U0051272

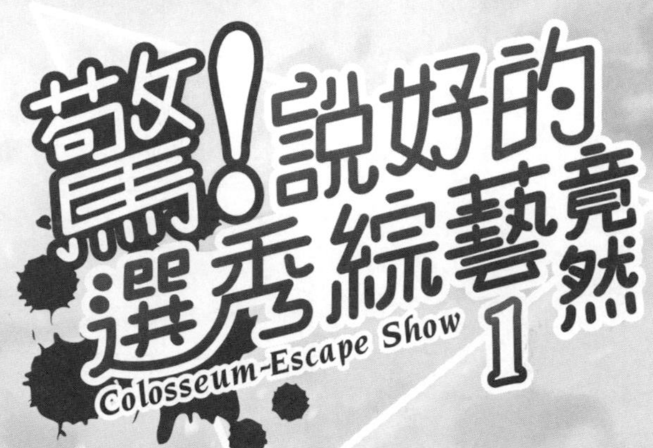
驚！說好的選秀綜藝竟然
Colosseum-Escape Show
1

目錄
CONTENT

【第一章】——歡迎來到克洛森真人逃殺秀

中午十二點，S市某選秀節目現場。

巫瑾乖巧坐在保姆車上，再次忍不住問道：「陳哥，我是不是應該下去排隊了……」

經紀人陳哥大手一揮，「急什麼！咱是給主辦方高層打過招呼的！」

言罷又憐愛地看了一眼自己好不容易搶到的搖錢樹。訓練三個月，這一屆公司內部評分最高的練習生，巫瑾。

「小巫啊，」陳哥順便把化妝師招呼過來，語重心長：「早上誰給你挑的唇釉？咱臉好看，不能用這麼油膩的顏色。」

巫瑾坦誠：「我剛才吃了個餅。」

陳哥立即批評：「這檔節目是你的出道之戰，人設都是提前兩週核對好的。說好的優雅貴公子呢？貴公子能吃手抓餅？」

巫瑾心道也是，想想以後吃不到了，於是下車前又多吃了三個手抓餅。

巫瑾所在的青鳥娛樂公司專攻時下爆火的偶像市場，每年下餃子似的包裝美少年組團出道，火了就大肆行銷，撲了就拎回來換個人設，打散重組，堪稱速食流水線一條龍。

公司內設立有兩百人的PR行銷團隊負責市場分析、人設經營、練習生包裝，而這其中，巫瑾無疑被青鳥異常看重。

無他，臉好。

確定出道路線之後，青鳥娛樂十分效率地在當紅選秀節目中為巫瑾鎖定了一個名額，打點好節目組關係，購買了大量職業粉絲，並提前雇好水軍伺機炒作。

「等等，妳們怎麼過來了？」保姆車下，經紀人陳哥吃了一驚，問道：「難道現在就要結算工資？」

「舉牌一百二十塊一天，尖叫再加二十。」當先的小女生笑咪咪道：「咱們團隊專業，都是預付款。老闆，要不買個金牌套餐唄？六千塊，保證把你們家小哥哥捧到天上。他在上面唱歌跳舞，我們在觀眾席控場，美滋滋啊！」

陳哥思考了一下，乾脆給錢，「成交。」

「你們家小哥哥呢，長啥樣啊？」那小妹子又問道：「就算我們是職業粉絲，也要事先見到照片才好在臺下應援吧？」

陳哥打了個電話，讓巫瑾出來準備排隊。

那小女生還在喋喋不休地賣安利，「老闆，再加六千，我們今晚就能把應援網站給你搭好了，100M頻寬，再來兩千萬粉絲訪問都不會當機。如果六千再加三千，今晚的水軍我們也給你包了……」

聲音戛然而止。

面前的車門被緩緩推開，S市溫暖的陽光下，約莫十八、九歲的少年正站在那裡，一手插兜看著她。他有著讓人一眼淪陷的眉眼，介乎少年與青年之間的臉龐有種讓人心悸的柔軟，零碎的短髮下無法遮掩精緻剔透的五官，半闔的雙眼泛著睏倦的水光，像是午睡才醒。

明明是最雋秀不過的東方面孔，瞳孔卻有溫暖的琥珀色暈開。

「妳好，我叫巫瑾。」他開口，清清亮亮的少年音色，沒有毛刺舒服至極。

小女生「啊」了一聲，神色有點恍惚。

陳哥那廂已是準備好現金，就要付款，說道：「六千，沒錯吧？人也看過了，一會兒咱們合作愉快。」

那小女生卻是突然找回了二十塊，「錯了，五千九百八十塊。剛才說的尖叫再加二十——

我那二十塊不用給了，免費給小哥哥應援。」

言罷給巫瑾比了個心，開開心心收錢離去。

陳哥方才反應過來，「小姐姐，不是說免費應援嗎？舉牌的那一百二十……算了。」

言罷又是感慨，「咱們小巫就是好看啊。顏值能打！就剛才，我還以為她要找你要聯繫方式呢。」

巫瑾迅速回答：「她有陳哥你的聯繫方式啊。」

「啊？欸，好像也是。」陳哥一拍腦袋，這才想起來，「行了。小巫去排隊吧。別緊張，咱們也算是帶資進組……」

巫瑾嗯了一聲，揮揮手，戴上墨鏡去主辦方那裡取號。

臨路過觀眾入口時，無數嘈雜音源裡傳來剛才那位小女生的聲音：「我跟妳講，什麼叫人間絕色，天上地下，絕無僅有，顏值巔峰，人類瑰寶……」

「太誇張了吧？小姐姐，青鳥娛樂到底給了妳多少……」

「真的呀！啊啊啊他聽到了，往這邊看了！」

「戴墨鏡的那個？不會吧，隔這麼遠……」

巫瑾原本還想打個招呼，此時只得作罷。

他的五感天生就很好，肢體協調性也強，當初就是在學校街舞社被陳哥一眼看中，生拉硬拽進了娛樂圈。

參加第一檔偶像選秀節目，巫瑾確實比想像中要緊張。

再次把海選曲目在腦海中溫習一遍，取號之後，他一溜小跑向等候區過去。

走廊上開嗓的也有，做拉伸的也有，補妝的也有。並沒有人注意到一位顏值殺器正向無辜群眾逼近。

巫瑾找了個靠邊角的座位，端正坐好，心中默念：C不了可以當主舞，當不了主舞當副舞，實在不行還能當花瓶。

冷不丁旁邊一位紅髮少年噗哧一聲笑了出來。

巫瑾睜大了眼睛，轉身。

「怎麼坐得這麼——乖巧。你是小學生嗎？」見巫瑾兩手空空，他友善指向一處，「要先去那邊填報名表。」

巫瑾立刻摘下墨鏡道謝，再抬頭時，對面的小紅毛神情一片空白，「你你你——」他長吸一口氣，「你可真好看！」

巫瑾彎了彎眼角，「謝謝，你也是。」

約是因為最後一個拿號，走廊盡頭，標有「報名處」的房間內空無一人。巫瑾自行拿了表單與簽字筆，坐在椅子上認真填寫。

一遝子表單裡從表演版權到代言分成都有，加起來統共十六、七本。

巫瑾一直簽到手腕發麻，忽的似有所覺，迅速翻回到上一頁。

這本合約和其他幾本都紙質不同，紙面上泛著淡淡的金屬光澤，與巫瑾所知的任何書寫材質都相差甚遠。

合約首頁，不同於熟悉的「XX選秀第X季」，而是「蔚藍賽區克洛森真人秀白月光娛樂練習生C級合約」。

巫瑾甚至無法為這句話正常斷句——所有字分開來他都認識，合在一起卻複雜無比。而且，這似乎是某家娛樂公司的練習生合約。

巫瑾立時察覺，把這張單獨抽出，就要出門找工作人員詢問，下一瞬，他忽然低頭，驚訝蹙眉。

巫瑾的五感向來很好，能在十幾公尺外的人群之中找到特定音源，也能迅速意識到被常人所忽略的細節。

此時，戴在他手腕上的那個運動腕錶，原本有規律的機械轉動聲戛然而止。所有指針都停在了一分鐘前。

緊接著，更加奇異的狀況發生。報名處的房間內燈光閃爍不定，幾秒後驟然黑暗。巫瑾第一反應就是去看放在桌上的手機——電子鐘還在向前推進，原本滿格的信號區卻已是一片空白。

當前服務區不可用。

巫瑾微微思索，恍然大悟。

這是要整蠱選手了！原來現在就已經開始綜藝拍攝了！

瞬間腰板挺直，認真坐好。

不得不說，節目組在這一點上充滿了大膽創意。巫瑾沒有去尋找房間內的鏡頭，而是鎮定自若捧起文件，向門外走去。

踏入走廊的一瞬，他卻有片刻驚異——幾分鐘前還熙熙攘攘的走廊一片安靜。

走廊直通室外，現在是中午十二點，光線無論如何都會比現在強烈。

再往前幾步，走廊上的陳設竟是與進來時完全不同。米色的牆紙被淡金屬色替代，之前休息區的一排排座位消失不見，取而代之的是材質奇異的陳列欄。

巫瑾一愣。如果說這是節目組對選手的整蠱，那未免也代價太大。有誰會在短短幾分鐘內把整個走廊重新裝修一遍？

第一章
歡迎來到克洛森真人逃殺秀

巫瑾有些遲疑的向散發著淡淡白光的陳列欄走去，那裡貼著幾幅老舊的海報。

「蔚藍賽區克洛森真人秀第四十二季選手招募」

「白月光娛樂蔚藍賽區第四十季十六強」

被「十六強」遮擋的下層，露出另一張海報的一角。

海報上是一位約莫二十七、八的男性，皮膚呈健康的偏深色澤，一身銀白色像是某種科幻電影裡的作戰服，抱著獎盃的右手腕上纏著帶血跡的繃帶，露出少許複雜的紋身。然而這些都是次要。

在海報裡僅僅露出的一小部分中，能看到他微微擰起的眉，和眼中荒漠一般的氣勢——這是一個讓人絕對無法忽視的男人。

走廊上空無一人，巫瑾只看了幾眼就移開視線。他的記憶裡，從來沒有在螢幕上見到過這樣一位藝人。

比起繼續細究，自己此時的處境更為堪憂。

這是哪裡？自己要去哪裡報名？自己還能不能順利出道……

走廊另一端，一扇漆黑的小門忽然在此時被打開。

出來的是一位三十來歲，長髮用髮網束起的職業裝束女性，就著昏暗的燈光看到巫瑾身上的號碼牌，也是微微一愣，「還沒結束？今天不是說只有六位來應聘……算了，你跟我來。」

巫瑾一片茫然，乖巧跟上。

「請問……」

那位女士回過頭來，再看清巫瑾那張臉的一瞬驀地一呆。

巫瑾禮貌開口：「抱歉，我可能走錯了，我在找節目海選入口……」

那位女士這才反應過來，臉頰泛紅眼冒紅心，「沒錯，對對對，就是這裡，今天就是海選。來，報名表給我收一下。」

巫瑾再次謹慎確認，「是ＸＸ選秀對嗎？您好，我是青鳥娛樂的練習生巫瑾。」

那位女士依舊神思不屬，聽到練習生三字便果斷應下：「沒問題。先進去吧，主考官都要離席了，再晚一點就沒機會了——快去快去！」

巫瑾終於放下心來，聯想到自己是最後一個拿號，道謝之後便加快步伐迅速進門。

門內共分兩層，外間站了幾個身材高大的男男女女，正在飲水機旁談論著什麼。巫瑾來不及打招呼就向那標著「考核室」的內間走去。

三位考官在門推開的一瞬都是有些驚訝，見到巫瑾，錯愕之情更甚。

「……沒走錯？」

巫瑾點頭點頭。

為首一位考官樂了：「條件不錯啊，小夥子有想法。」

巫瑾謙虛謙虛。

「說說看，來競選什麼位置的？」

巫瑾有一瞬茫然，還沒分組就要選位，節目組也是不同尋常。然而機會放在眼前，自然不該放過。

「C位。」

幾位考官神情頓時肅穆：「有膽量。行吧，先過來做個測評。」

一側的簾幕緩緩拉開，巫瑾在腦海中不斷複習著準備已久的海選曲目。然而微一抬頭就傻了眼——

簾幕後，是比舞蹈室要擴寬近乎六倍的空曠場地，地上凌亂放置障礙體，乍一看像是馬術訓練。

場地入口，兩排武器架上一應機械俱全。從冷兵器，到槍枝，到小型炮臺——

「……」

巫瑾：槍，有槍，他們有槍啊啊啊啊啊！

考官和顏悅色地拍了拍他的肩膀，「雖然比不上真正的逃殺真人秀，東西也算應有盡有了。那麼，挑會的來吧。」

十分鐘後，考核室的大門再次拉開。走出來的少年，就像被提住脖子上小軟毛的幼貓，耷拉著腦袋一片茫然，滿臉寫著：我是誰？我在哪裡？我剛才做了什麼？

半掩的考核室內，三位考官正在和節目PD導演激烈爭執。

「不會壓槍，一半脫靶。手抖，急救知識為零。我們不需要在這種選手身上浪費時間。」收到報告後，節目PD迅速表態。

考官溫和反駁，「不是手抖，是整個人都抖成篩子。壓槍可以再練，這位選手身上也有很多不常見的亮點。」

「比如？勇氣可嘉？」

考官建議：「先看重播再說吧。」

巫瑾並不知道，練習室內，全息虛擬螢幕正在播放考評時的錄影。

琥珀色瞳孔的少年臉色蒼白，抿著嘴唇縮成一團，每打一槍，纖長的睫毛就使勁兒翕動，投下零碎的陰影。

這一切都無損他的美貌。長成這樣，無論他在做什麼，就算是作鹹魚攤地，也是一道令人心醉的風景。

「如何？」

PD和顏悅色開口：「完美。半小時後，直接送這位選手到海選賽場。」

走廊上，依然茫然的巫瑾很快收到了一眾工作人員的熱烈祝賀。成為白月光娛樂旗下光榮的真人秀選手。

「什麼白月光……」巫瑾話音剛落，已是被迅速打包塞到了車裡。

車體在磁力的作用下緩緩懸浮，在虛空中化作一道極速光影。窗外空氣帶著灰濛濛的陰鬱，無數高樓的縫隙間，露出銀灰色城市的一角。光怪陸離的交通工具懸浮穿梭。

巫瑾驚愕的瞪圓了眼。眼前的一切都超出了他的認知。直到他下車，也依然保持著目瞪口呆的表情。

這是一處寬闊的場地，人流熙攘不絕。周圍金屬漆包裹的牆體上貼滿了贊助廣告，軍綠色的物資箱從接駁口不斷向外吞吐。

最引人注目的，是停在正中的一架飛機，巨大的機翼引擎聲不斷轟鳴。跑道延伸到遠處。遠處是一望無際的草原。

「讓一讓、讓一讓，別在這擋著——做準備運動的都去旁邊，馬上出發。」似乎所有人都出離忙碌。

巫瑾懵逼開口：「請問……」

立刻有工作人員前來接車，「300012號選手是嗎，去左邊佩戴初始裝備。」

「什麼？不會？您真的是選手……」工作人員忽然眼前一亮，熱情洋溢，「沒關係，我們為您提供百分百真誠援助！請由我來親手為您……」

巫瑾嚇了一跳，蹭蹭倒退，婉拒了援助，扒拉出一張說明書費勁地穿上了防護服。隨後，包括巫瑾在內的所有選手被趕上了飛機。

機艙內，巫瑾前後左右被身材高大、肌肉虯結的壯漢圍繞。巫瑾心想，很少能見到這種類型的練習生呢。不過大家都很靦腆，坐一起也不大說話。

狹隘的機艙內擠了幾十個人，頭頂的螢光指示牌上寫著「第三艙體」。

坐在巫瑾左側的選手正在默默祈禱，右側那位則抱著物資箱，滿臉嚴肅。

巫瑾對面的金髮大兄弟見他腦袋探個不停，微微側眼，在目光對上時有一瞬呆愣。

巫瑾笑咪咪地打了個招呼，露出看上去就沒什麼攻擊力的小白牙。

「您好，我是巫瑾！練習生三個月，來這裡之前是主舞位置！擅長urban、hip-hop和poping！」

金髮男人先是一愣，繼而被他的熱情帶動，「我是萊卡！第二年參賽，近戰位！擅長雙匕首和A2系霰彈槍！」

巫瑾正待詢問，驀然一陣刺耳的廣播響起：「目的地已到達。請選手入場。」

巫瑾一愣，這怕不是還在半空？

窗戶擋板在同一時間被打開，幾乎所有選手都迅速瞇眼向下方看去。

垂直下方是草原與丘陵的交界，一道河流從山脊蜿蜒，約莫是天氣陰暗的緣故，整個地貌都黑黢黢的黯淡無光。

最重要的是，沒有停機坪。

下一秒，巫瑾對面的艙門緩緩打開。

巫瑾：啊啊啊啊啊！飛機壞了啊啊啊啊啊！

身旁，萊卡向他點了點頭，當先一步踏出，齜牙一笑，「你真好看！祝你好運！咱們複賽見！」言罷第一個跳了出去。

跟在萊卡身後，整個機艙選手如同下餃子一般撲通撲通擠著門躍下。眨眼間只剩巫瑾一人瑟瑟發抖。

機艙內，廣播休息了兩分鐘，繼續播報。

「海選第五十一場，300012號選手消極比賽警告。」

「海選第五十一場，300012號選手掛機警告。」

機艙外寒風獵獵，眼看就要飛到場地盡頭。

巫瑾迅速握緊安全帶，終於忍不住爆了一句粗口，抓狂咆哮：「媽的，救命啊啊啊啊……」

節目組監控室內，第一個發現的工作人員驚訝無比，指著縮成一團的身影，「這麼多季了，我還第一次見到乖乖繫安全帶的。」後臺頓時充滿了快活的氣氛。

「既然這樣，直接彈出吧。」

下一瞬，巫瑾的座椅被巨力衝擊，安全帶極其自然的鬆開。

瞪圓了眼睛的小練習生在半空中劃出一道優美的弧線，繼而猛烈搖晃翻滾。

「那是什麼東西？」下方，選手震驚瞇眼。

「柔韌度非常好，落體難度係數很大——難道這也是晉級評判標準之一？」

巫瑾：「啊啊啊啊——不比了我要回家啊啊啊啊——」

下方丘陵在視野中逐漸清晰。飛鳥被驚散一片，在半空中使勁兒的撲騰。

就在巫瑾撞成一塊練習生餅的最後關頭，防護服兩側降落傘體驟然打開。巫瑾被降落傘狠狠一拉，猛烈晃動著向山體落去。腰部撞地的一瞬，腦海中一片眩暈。

我是誰？我在做什麼？什麼時候才輪到我表演？我剛才為什麼在天上晃來晃去？

巫瑾茫然張望，防護服右臂腕錶上，提示音突然響起。

「全域公告，請注意，全域公告。」

「海選第五十一場，207位選手正式聚集！」

「想成為萬人聚焦的逃殺節目正式選手嗎？想結束寂寞的練習生涯嗎？想在蔚藍賽區C位出道嗎？想代表蔚藍賽區英勇出征嗎？」

「克洛森年度真人逃殺選秀，你的夢想舞臺！固定導師、飛行導師，資源集聚！絕境生存，熱血逃殺！高難解密，激情對衝！搏殺盛筵！」

「誰能最後出道？誰又能穩居C位？誰是你心目中的最佳隊長？誰又是你心儀的突擊、輔助和完美指揮？海選第五十一場，淘汰賽啟動，為了出道而拚搏吧！逃殺練習生們！你的未來，萬裡挑一！」

巫瑾呆呆地攤了將近兩分鐘，就連被降落傘降落傘兜頭蓋住都沒察覺。

繼而他一個激靈——不對。哪裡都不對。這根本不是我要去的偶像選秀啊啊啊！

此時山體周邊一片涼意。

巫瑾忍不住用防水帆布把自己裹成粽子，一面顫顫巍巍試圖撥通剛才發布通告的腕錶。錶盤一側有形似麥克風的小點，形似雙向通訊裝置，現下已是巫瑾的最後一根稻草。

請……」

接通提醒的一瞬，巫瑾幾乎欣喜若狂。

「尊敬的選手，您好。積分查詢請按一、舉報選手請按二、緊急求助請按三、掛斷

巫瑾：「三三三三三！我要緊急求助！」

「選手掃描開啟，掃描結束。目前無任何特殊狀況。為您的健康乾杯。」

巫瑾：「……」

他靈光一閃：「二二二二二！我要舉報選手！」

「請輸入被舉報人編號、姓名。」

巫瑾毫不猶豫的對著自己的號碼牌輸入：「300012號，巫瑾！是他是他就是他！」

——舉報了！快送他回家！

機械音停頓三秒，慢條斯理回覆：「舉報成立。300012號選手反覆出現掛機行為，系統將對其採取強制措施。感謝您的舉報。」

巫瑾：「什麼措施……」

下一秒，「碰」的一聲，一顆流彈自他身側擦過，半空中執行懲處的飛行器警報聲嗡鳴。

巫瑾的臉色陡變，感知先一步控制軀體，肌肉輕微拉扯——躍起時再次躲過一次懲處襲擊。

身後警報音依然響個不停：「300012號選手掛機警告。300012號選手掛機警告。」

巫瑾簡直後悔莫及，「撤銷舉報！撤銷舉報！我只坐了那麼一會兒！根本沒有掛機！」

「300012號選手消極比賽警告。半小時內未進入戰鬥將執行B級懲罰。」

巫瑾費力辯解：「我真的不會戰鬥！我是良民！你們為什麼要逼著我來這裡——」

然而無機質的警報聲只是不斷反覆：「半小時內未進入戰鬥將執行B級懲罰。請立即行

動。再次重複，半小時內……」

言罷又是一顆流彈擦過。

巫瑾氣憤地瞪了飛行器一眼，「簡直不講道理的……哎喲別打，我跑還不行嗎！」

與此同時。克洛森逃殺真人秀後臺。

海選的監控影片不會剪輯公映，僅有極少數工作人員能看到內線監控轉播。

節目PD正在和顏悅色向投資人們介紹本季比賽。

「各位尊敬的贊助商，請相信，我們這一屆節目選手，將是最有潛力的一屆。」

「他們是各個娛樂公司送來的頂級練習生，有著不輸於職業逃殺選手的專業素養，最強健的體魄，最嫻熟的生存技能。」

螢幕中，閃過的一幀幀監控裡，有激烈槍戰，有白刃肉搏，也有合作狩獵。

後臺，一眾編導正在調整轉播鏡頭機位，向金主爸爸們全方位展示選手素質。

「停！」有人連忙開口：「E23機位不要轉。怎麼回事？不是說這場海選都是精英嗎，怎麼還有選手在到處流浪的？」

巫瑾此時的情況，近似於流浪貓在拖著塑膠袋。枝葉冗雜的丘陵中，他正拽著降落傘帆布艱難行走。

天光逐漸昏暗。遠處地貌凝聚成沉默黑影，泥土的氣息比剛才腥濕濃郁。

在過去的半小時裡，巫瑾採取了所有能夠想到的方法自救。

先是吧唧摔倒，企圖碰瓷緊急救援機制。接著在空曠地區奮力挖土，嘗試寫出SOS向外界求援。

然而半小時後，他不僅完全失去了來自執法機器的信任，還在挖掘工程中損失了一把珍貴的工兵鏟。

從朝氣蓬勃的主舞變成了精疲力盡的土撥鼠。

「最後警告，請300012號選手在五分鐘內進入戰鬥。」

巫瑾吭哧吭哧放下防水帆布，回頭悲壯反駁：「300012號選手明明已經很努力了！」

緊接著下一秒，他愣然瞪大了眼睛。

行進方向的盡頭，能聽見河床裡的水流，以及子彈迸出的交火聲。

「啊！」巫瑾毫不猶豫的把降落傘一丟，悶聲掉頭就跑。

遠處交火一頓，有三兩腳步聲迅速向巫瑾逼近。

巫瑾心跳快到了極限。

根據右臂腕錶提示，克洛森真人秀的海選機制相當簡單直白——選手開場只配備基本生存工具，一切生存、戰鬥資源散布在地圖各處。存活到最後的十名選手晉級。

這讓巫瑾想起了曾經團購過的每小時八十塊錢的真人CS。區別在於，這張海選地圖遠遠超出他的認知範圍。

從身後槍聲判斷，河岸上的交火異常激烈。

這與巫瑾半小時前預判的完全相反。

整張地圖非常大。在剩者生存、擊殺無獎勵的比賽機制下，苟在叢林的策略要遠優於正面衝突，絕不可能出現大規模交火。

除非——資源收益豐厚到足以讓所有選手不惜生命危險。

這怎麼可能?

正思索間,一顆子彈驟然從背後擊出,打在距離巫瑾兩公尺外的落葉堆上。

巫瑾的大腦瞬間一片空白,原本還在推敲遊戲規則的思維裡,只剩下血淋淋的場景——一小片巫瑾。軟乎乎,趴在地上。腦門兒上開了一個洞,次溜溜向外面冒血,像是一隻噴水的小藍鯨。

巫瑾:「啊啊啊啊啊——」

叢林內光線昏暗,蓊鬱的樹木在近晚的天色中依稀難辨,所有景物在極速逃亡中化作一道虛影。

河岸,有人低聲指揮:「南4,包抄。」

槍管調轉方向,兩道黑影迅速向左側掠去。硬底登山鞋落在地上悄無聲息,唯有拉動槍機的一瞬,子彈被推入膛腔發出輕微聲響。

巫瑾的耳骨微微震動,下意識方向驟變,一個側滾翻躲到樹後,展現了極為優秀的男團breaking舞蹈功底。

與此同時,左後側扳機扣響,子彈精準地打在他剛才所在的地方。

臨時組成的捕獵小組中,指揮愣是一頓,「剛才那是什麼動作?」

狙擊手一時茫然:「沒見過……從來沒見過這種戰術躲避。」

愣神之間,巫瑾已慌不迭地消失在密林深處。

一刻鐘後,終於確認安全的巫瑾撲通一聲撲在地上,兩隻眼睛紅撲撲又是氣憤又是委屈。

他要回家!他要報警!等他出去,明天報紙頭條就是「英勇練習生搗毀非法槍枝窩點,違章節目組將受法律嚴懲」！

然而在巫瑾走出叢林之前，隨之而來的卻是饑餓、寒冷和缺水。降落傘的帆布已經在剛才的單方面交火中丟棄，初始物資包內只剩下一塊壓縮餅乾、包裝塑膠袋、繩索和不知用處的金屬塊。

河岸附近水源始終有人把守。從山體上往下看，極遠處有篝火的光亮倒映在河邊，粼粼細波中有一彎碎月。

如果是一週前，看到此情此景，巫瑾定然會搬個小板凳，拿出吉他為美麗的大自然寫歌。現在卻只有饑寒交迫。

巫瑾坐在樹墩上，再次看了一眼遠處的篝火，羨慕得肚子咕咕叫。

誰知下一秒，篝火處槍聲驟響。

山腳，守在河邊的兩人迅速入林查看，冷不丁發出慘叫。

緊接著，從密林裡咕嚕嚕滾出來兩個銀白色球體，撲通撲通落入河水中。

巫瑾看了個呆，忍不住吃掉了唯一的一塊壓縮餅乾壓驚。然而絲毫沒有緩解他的饑餓。約莫是餓得狠了，餅乾似乎非常美味。昏暗的森林中只剩下塑膠紙微微翕張的聲音，和登山靴踩在碎葉上的陌生腳步聲。

巫瑾的脊背突然僵直。

腳步聲很輕，每一步都有著一模一樣的間隔。來人是從河岸口上山的。

針葉林中遍地沙土和碎葉，巫瑾甚至懷疑，怎麼會有這麼輕的腳步聲，幾乎像是河裡爬出來的水鬼。他又想起剛才山腳的槍聲——他自始至終沒有看見篝火旁有第三個人。

巫瑾幾乎和樹墩連成了一體，在山峰中可憐兮兮瑟縮著，死死凝視著前方。即使這樣，他仍是只能聽到對方腳步，聽不見對方的呼吸。

他只知道是面對自己的方向。咔擦一聲，像是槍枝保險被打開。

聲音是從身後傳來的，金屬機械元件輕微碰撞，似乎就在距離自己耳側十公分不到的位置——眼看扳機下一瞬就要扣下。

巫瑾瞳孔驟縮。

巫瑾臉色慘白，「救命啊啊啊啊——都是誤會——」

灼熱的槍膛在少年的小捲毛兒上擦過。

槍口依然抵著，月光下的巫瑾露出半個白兮兮的側臉，雙目緊閉，軟乎乎地像是樹墩上長出來的兔子精。

半隻手死死捏著壓縮餅乾，腳下的物資堪稱全場最貧瘠。

那人嘖了一聲：「哪裡來的兔子精。」

他聲線很低，音色冷冽帶一點沙啞。

巫瑾拚命搖頭搖頭。然後顫顫巍巍轉過身去。

那是一個身形高大的男人，約莫二十六、七歲。面容深邃英挺，非常耐看，低頭時，眉眼中的銳色像一隻山間的鷹。

與機艙中見到的選手不同，他沒有虯結突出的誇張肌肉。然而一旦被他逼近，就像是被一把尖銳的刺刀對上。

男人眼中是沒有什麼溫度的光。

巫瑾只掃了一眼，就趕快低下頭去。在這一瞬，他又想到了水鬼。水鬼可不會長這樣，但正常人看人也不是這麼看的。

男人拿槍的是左手，捲起的袖口裡露出的手臂線條結實，就這麼虛虛握著，抵在巫瑾頭上，就像是捏住了兔子耳朵，「這麼弱，來做什麼的？」

巫瑾誠懇：「走錯了。」

「走錯了？」

「本來要去參加XX偶像選秀……」

男人露出了似笑非笑的神情。直到這一刻，他才有了點正常人的氣息。

巫瑾總覺得，似乎在哪裡看到過這張臉。他的記憶力一向很好，無論螢幕還是海報，一旦記下總能對上號。唯獨這一次如何都搜刮不出。

男人問：「做飯會嗎？」

巫瑾：「啊？」

下一秒，巫瑾反應過來，趕緊點頭點頭。

微熱的槍管這才從小軟毛上撤下。

巫瑾的物資袋被毫不猶豫地強制上繳。

男人從裡面摸出了那塊銀黑色的金屬，又撕開背包隔層扒拉了點絨絮，撚了撚鋪在枯葉堆上。一百八十公分以上的個頭，俯身下來的時候也帶著隱隱威懾。

緊接著他的手上忽然多出了一柄匕首。

巫瑾：「啊！」

男人：「往左邊站。」

巫瑾乖乖站到左邊，乖巧縮好。

男人又下令：「站開點，擋風。」

巫瑾努力舒展了一下自己。

下一瞬，那人左手的匕首在金屬一側極速劃過，交接之處，沉悶的空氣中驟然躥起火星電光。下方的絨絮受熱燃起，零散的光點蔓延到柴堆上，逐漸聚成一小簇堅挺的火苗。

教科書式的點火。

巫瑾看了個呆，在男人把金屬塊隨手扔掉之後，過了許久才誠懇開口：「大哥，我……要一直站在這裡擋風嗎？」

男人沒料到他問了這一句，多看了巫瑾一眼。眼神就像在看沒什麼用的小動物，「隨意。」

巫瑾見他沒反駁那聲「大哥」，終於有了一兩絲被大佬罩住的安全感。他迅速撿起被丟掉的金屬塊，和腦海裡的中學化學知識點印合，立刻肅然起敬。

原來這就是珍貴的Mg鎂，鎂塊啊！

見大佬看向這裡，他趕緊眨眼，啪嗒啪嗒開口表忠心：「大哥，還有這麼大一截，萬一明天晚上還有用……」

男人把匕首收起，那鋒刃在手上晃蕩得讓巫瑾膽戰心驚，「比賽明天早上就會結束。」

巫瑾茫然，「啊？為什麼……」

「因為我下午還有事。」

巫瑾肅然起敬。忍不住又往火堆旁靠了靠，好擋住風，讓旺盛的篝火襯托大佬的輝光。

火光中，男人已是換上了一枝長杆獵槍。

巫瑾這才想起自己被留下來的價值，小聲問道：「大哥，我們晚上吃什麼？」

男人舉起槍，瞄準樹叢後的一隻兔子，漫不經心道：「你的同類。」

劈裡啪啦的篝火旁，巫瑾吧唧吧唧啃著兔子腿，絲毫沒有烹飪同類的良心覺悟。

吃完兔腿，他勤快地收拾好殘羹，繼續回到樹墩坐好。

篝火邊還堆著被大佬隨手丟下的物資，晚膳之後，人卻是不見蹤影。

夜幕漸沉，針葉林中微涼的濕氣被溫暖的火苗驅散。

巫瑾想著，就算出去報警也得再等一天，忍不住就腦袋一點一點地開始打瞌睡。

不過他依然牢記自己的小弟職責。即使睏得兩眼矇矓，巫瑾仍是謹慎地翻出了繩索，繩子一端是大佬丟下的物資，另一端繫在自己手腕上。

下一秒，巫瑾就靠著樹墩沉沉睡去——生存再艱難，夢裡啥都有！

幾小時後，巫瑾被一陣微弱的引擎聲吵醒。

夜色漆黑如墨，山腳下，淘汰了兩位選手的河岸上方，隱隱傳來類似螺旋槳的機械雜音。

巫瑾茫然地看了幾秒，下一瞬睡意驚散。

他迅速拉動繫在手腕的繩索，就要把大佬的物資藏好。然而繩索的另一端，卻是空空蕩蕩。

巫瑾一呆，僵硬回頭看去——

近乎熄滅的營火下，那位不知何時回來的大佬正冷淡的靠在樹上，看向山下河岸。他的右臂虛懸身側，緊實的肌肉曲線中有隱約可見的陳年刀疤，右掌隨意把玩著那把之前抵在巫瑾頭上的手槍。

「過來。」男人頭也不回，開口。

處於食物鏈最底層的巫瑾一個激靈，迅速在大佬身邊站定候命。

這位大佬比巫瑾高出不少，低頭審視時，巫瑾也不知道他究竟在看什麼。然而小動物的直覺一向敏銳，巫瑾隱隱約約能察覺，這位大佬似乎很滿意。

「學過槍嗎？」男人問。

巫瑾誠懇搖頭。

男人隨手從身後抽出一柄造型奇特的武器，扔給巫瑾。

巫瑾慌不迭接住給小弟的賞賜，沒想到這玩意兒還挺沉。他不受控制地倒退了一步——又憑藉出色的舞蹈功底直起腰來。

這是一杆長柄槍枝，深灰色的槍管像是軍事雜誌裡的滑膛霰彈槍，內膛直徑卻微小到匪夷所思。巫瑾深切懷疑，沒有任何子彈能通過狹小的槍膛。槍柄一側，刻著「A12束流」幾個小字。

巫瑾不懂就問：「大哥！這是什麼？」

男人敷衍解釋：「猴子拿著都能殺人的東西。」

「……」巫瑾終於意識到自己在大佬心目中的定位可能還要再低一級，不過轉念一想，被大哥發槍可是好事！

退一萬步，術業有專攻，自己的本職工作是男團偶像，和大佬的就業方向明顯不一樣。

巫瑾抱住槍，開開心心道了謝。心想以後出道開演唱會，一定要給大佬多留幾張票，以報答救命之恩！

他又順著大佬的視線方向看去。河岸旁，直升機似乎正在水上打撈什麼，此時終於有了成果，兩個一個人高的金屬球被濕淋淋地拎了出來。

下一秒，巫瑾呆滯地張大了嘴巴。

撈起的金屬球從外自內剖開，之前被大佬擊斃的兩名選手如同詐屍一般憤然跳出，對著執

法機器使勁投訴，「那人肯定是開掛了！都沒看到人影，點二二口徑子彈，兩百公尺射程，怎麼可能打到我們！」

機器球冷冰冰回覆：「舉報無效，申訴駁回。300010選手淘汰，299967選手淘汰。」

兩名選手還在兀自申辯：「絕不可能，這張地圖我也來過十幾次了，正常情況沒有這樣擊殺的……」

機器球煩不勝煩，不知道下達了什麼指令，兩名淘汰者被扔回銀色艙體，直升機一拎，晃晃悠悠飛走了。

「看完了？」男人早就移開了視線，轉為看向巫瑾。

似乎對他來說，比起河岸的鬧劇，巫瑾臉上傻子一樣的表情更為精彩。

巫瑾：「他他他……他們沒死？」

男人揚眉，樂了，「你以為呢？這裡是真人秀，又不是行刑現場。」

巫瑾一愣。

腦海中一片茫然，原本冰涼的四肢卻終於回暖。

「走了。」大佬不再廢話，示意巫瑾跟上。

冷不丁從身後小心翼翼探出個腦袋，「大哥……那啥，我也不會死的對吧？」

男人步伐一頓。真瘠薄事多——自己怎麼就想不開，撿了這個野兔子精。

小軟毛下面眼睛撲閃撲閃的，嘴上的油還沒擦乾，被投餵一次就美滋滋地冒泡。

在槍柄上扣著的右手食指微微勾起，男人漫不經心地「嗯」了一聲。

巫瑾終於放下心來，瞬間恢復活力，美滋滋地跟上，問道：「大哥！您要不要睡一會兒，補充體力？」

「沒必要。」大佬開口：「天亮之前結束比賽。」

巫瑾一愣：「不是說下午之前……」

接著又湊上去，小圓臉笑咪咪，「大哥，您出去有事？什麼事啊？咱們要不要留個聯繫方式？我叫巫瑾！還不知道大哥名——名諱？」

「回家餵貓。」男人隨口敷衍，見巫瑾還在等著，勉強施捨開口：「我叫衛時。」

兩人從叢林出來的時候，巫瑾估摸著不過凌晨一兩點。

衛時顯然對這裡熟悉無比，一手扣著讓兩位選手「死不瞑目」的點二二口徑獵槍，一邊領著巫瑾過山蹚水，像是在逛自家後花園。

巫瑾注意到，他此時拿槍的是左手，剛才自己睡著時用的卻是右手。

衛時原本捲起的袖子被平展放下，行路時並不說話，眼底一片漆黑，就連瞳孔都在吸光。黑暗中，他身材筆挺壯碩，像是披著人類外殼的悍獸。

路線順著河流向下，視野中丘陵與草原交接，凋落的針葉林被繁茂的闊葉樹木取代。就像是兩種全然不同的地貌，被上帝之手突兀連接。

正在巫瑾以為衛時絕不會出言解釋的當口，大佬突然開口。

「逃殺秀裡，每一張地圖，都有既定的資源線。」衛時的語速不快，以留給巫瑾消化的空間，「武器、防具、食物和所有你能想到的東西。跳富饒角的參賽者，必須在短時間內累積裝備對線。跳資源線以外，就是打野。」

巫瑾點頭點頭，乖巧聆聽大佬教誨。

「六個小時，記住這個時間。」在巫瑾驚愕的目光中，衛時把獵槍扔回了物資袋，「這張地圖規定的最長備戰時間。也就是六小時內，所有選手必須參與戰鬥一次。」

巫瑾舉手提問：「如果兩名選手事先組隊，互相打假拳，是不是就可以鑽規則漏洞？」

衛時搖頭，「參與戰鬥，必須以至少一位選手淘汰為終止。至於組隊，」他一聲嗤笑，「六個小時內淘汰不了敵人，對隊友下手的大有人在。」

巫瑾了然。

上一個六小時，與自己「戰鬥」的是之前河岸上的兩名選手，最後雙雙被衛時淘汰。自己從中撿漏，才能安然度過規則判定的「最長備戰時間」。

至於下一個六小時……

巫瑾磕磕絆絆地看向衛時。

六個小時內淘汰不了敵人，隊友之間下手的大有人在……

衛時淡淡看了他一眼，眼神倒不是像在看儲備糧，反像是在思考什麼。

巫瑾完全猜不透衛時的用意。給他武器，講解規則。就算巫瑾再天真，也不會認為大佬是……優待他這張臉。

在他見過的所有人之中，衛時無疑是最冷靜的。

「二七一。」黑暗中，衛時忽然報出了一個數字。

巫瑾茫然：「什麼……」

「二七一方向。」衛時忽然靠近，男人極具侵略性的氣場讓巫瑾只覺脊背發麻。然而衛時的動作太快，防護服擦過的一瞬，堅硬的手臂肌肉像是一塊塊頑鐵脅迫過來。

衛時強行將兔子精扭轉了一個方向，帶著槍繭的左手扣住他的手肘。巫瑾驚悚發現，也不知道大佬如何辦到，自己竟然不受控制的把槍架了起來！

巫瑾：「啊！」

衛時輕聲問：「看到了嗎？」

巫瑾懵逼：「什麼……」

衛時嘖了一聲：「小瞎子。」言罷命令：「開槍。」

巫瑾瞬間僵硬，「我、我還沒……」

衛時在他耳後不耐煩開口：「我說過，這把槍，猴子拿著都能殺人。」

男人粗糙的食指霸道擠入巫瑾扣住的扳機，以絕對性的力量壓制，按住巫瑾的手指向內側勾去。

砰的一聲。

槍管裡出來的不是子彈，而是帶著熾熱溫度的光束。

草原的三百公尺外，被打中的選手當即淘汰。代表逃生艙的銀色球體隨即彈出，在草地裡滴溜溜滾動。

巫瑾右手腕錶上，原本沉寂的螢幕忽然冒出一團煙花，底端浮現一行小字：300012選手，擊殺：1。

衛時起身，「走了，下一個。」

巫瑾一動不動。

衛時：「怎麼傻了？」

巫瑾一臉迷茫，低頭看向自己的右手，「我剛才……」

衛時還以為這小傻子又在糾結選手淘汰會不會被一槍崩死的問題，沒想巫瑾卻陡然振奮，眼睛激動瞪圓，「我剛才打中人了？」

衛時：「……」

巫瑾依然沉浸「擊殺1」的興奮之中，「我瞄準了？我打中人了！」

衛時冷漠：「這把槍是自動瞄準。」

巫瑾還待開口，衛時又再加一刀，「扳機是我替你扣的。」

巫瑾終於冷靜下來，恍然大悟，「怪不得，猴子拿著都能殺人……我又沒瞄準，又沒開槍……那我的作用是什麼……」

衛時想了想，「你就是那隻猴子。」

巫瑾抱著槍，高高興興地跟在衛時身後。

河流下游的資源線異常富集，開局後第九個小時，參賽者的活躍度遠遠高於想像——多數選手都選擇了積極遊走。

衛時領著人一路長驅直入，隔三差五就是一聲槍響。

一槍一個小朋友。

出乎巫瑾意料，此時竟是落單選手居多。

「組隊限制。」衛時解釋：「選手結盟，不能超過四小時。」

巫瑾一聽，立刻又緊張了起來，一溜小跑上前，「大哥！我是不是不能一直跟著你……」

衛時嗯了一聲，顯然毫不在意。

巫瑾危機感頓生，腦海中勾勒出一幅淒涼慘澹的畫面——自己冷冷清清涼在地上。遠處山頭，大佬正與新收的鹹魚談笑風生。

風水輪流轉，小弟隨時換……

衛時看他傻愣愣站著，擰眉，「規則都懂了？」

巫瑾連忙點頭點頭，努力總結：「最長休戰時限和組隊時限，就像是吸引力和排斥力，約束選手行為。腕錶負責監測場內選手動向，資源——資源線是用來固定整個戰線？」

衛時瞧了他一眼，倒是有些出乎意料，低聲思忖：「原來不傻啊？」

巫瑾：「……」原本一閃一閃的小眼神瞪圓，委屈又不敢出聲。

衛時：「有話就問。」

巫瑾舉手，「為什麼不禁止選手組隊？」

衛時動作不停，收回的槍口冒著白煙，從巫瑾身旁擦過，小軟毛都被燙得差點翻了個捲兒。

巫瑾蹭蹭蹭後退兩步，聽到大佬不耐開口：「真人秀，觀眾要看的不是一槍斃命，而是有娛樂價值的選手互動。海選之後自己找盤錄影去看。」

之後的掃蕩中，巫瑾表現得相當積極。

叫開槍就開槍，叫包抄就包抄，叫撲倒——撲通一聲在地上乖巧攤平，等衛時處理完畢就安靜自覺爬起，再拍拍手上的軟泥。

不知有意無意，一路過來，人頭都在大佬的命令下被巫瑾收割。

中途即使有短暫交戰，衛時悍然上去剛槍，最後的補刀也會留給躲在草叢裡的巫瑾。

補刀但凡慢一秒就會被大佬無情訓斥。

衛時：「不開槍？」

巫瑾迅速挺胸表忠心，「這槍自動瞄準，我怕誤傷大哥！」

衛時咔擦一聲給獵槍推彈上膛，眼神向下掃過巫瑾，眼廓因為陰影深陷而冷漠威嚴，「你是從哪裡來的自信，覺得能打到我？」

巫瑾立刻又對大佬堆起十二分仰慕。

約莫一小時，河岸周圍清場完畢。

全賴於衛時的鷹眼和追蹤能力，小瞎子巫瑾的腕錶上累積了整整二十一個計分。而衛時只親自出手結果了一個。

當腕錶上的數字跳到二十一，立即從原本的純白變為鮮紅。下方一行小字不斷閃爍——

【已晉級】

海選賽場內，已經剩下十人不到。遠處，天邊正剛剛翻出魚肚白。

「可以了。」衛時低頭看向巫瑾。

小練習生的眼睛睜得溜圓，還因為晉級而一片茫然。

巫瑾的碎髮亂成一團，早在幾百年前就淘汰掉的髮膠被蹭掉不少，戳出來一撮兒一撮兒軟乎乎的小捲毛。白白嫩嫩的臉上有兩道泥印子，顯是在剛才匍匐前進的時候尤其賣力。

衛時看他的眼神，分明是在看案板上的小動物。

巫瑾一呆，「大、大哥……」

衛時命令：「把臉擦乾淨。」

巫瑾呆呆點頭，迅速擼下一塊防護布料，翻出內面擦擦蹭蹭。

泥印還淡淡留在臉上，五官卻在破曉的天光中好看地發光。巫瑾的瞳孔偏琥珀色，即使此刻抱著槍，也看上去凶狠不起來。

整個人和賽場格格不入，就差沒在臉上寫一個白嫩乖巧。

有的人，天生就是鏡頭的寵兒。

衛時終於露出了滿意的表情，「行了，組隊時限差不多到了。」

巫瑾這才反應過來，依依不捨就要留聯繫方式，卻被衛時無情打斷，「把槍拿出來。」

巫瑾舉起原本抱得死死的槍，就像是拔出了心愛的胡蘿蔔，毫無怨言就要還給大佬。

「你留著。」衛時這次開口語速很慢。眼神裡沒什麼溫度，乍一看讓人脊背微涼，「記住，這把槍，是你自己撿到的。」

巫瑾一愣。

「你有臨時組隊的隊友，但這不重要。」衛時的左手在槍柄上輕輕摩挲，這似乎是他一個慣有的思考動作，「你甚至不知道他的名字。」

巫瑾突然想起，第一次見到大佬的時候，在山腳下的那片河岸，衛時開槍淘汰兩人，自始至終也沒有露面。

大哥，似乎並不想暴露自己的實力！

巫瑾使命感頓生，「大哥放心！絕對不會說出去……還有大哥住在哪裡？大哥要不留個手機？大哥回家餵什麼貓？田園貓還是……」

匕首從內槽彈出的聲音讓巫瑾驀地一頓，乖乖閉嘴。

組隊時限結束，選手還沒分道揚鑣，執法系統會強制開戰。巫瑾迅速反應過來：「大哥別戳臉！我還要靠這個出道……您看小腿肚子行不行？」

衛時漫不經心看了他一眼。

他手中的匕首比巫瑾見過的任何一把都要厚實，鋒刃折疊處，棘輪一半裸露在外，無名指按住的地方，竟然是槍械獨有的扳機連杆。

「過來，不動你。」衛時開口：「還有七分鐘。」

巫瑾再次放下心來，藉著光又瞅了一眼，大佬手掌的薄繭分布在好幾個指節。看來不僅僅是槍枝，大佬所熟悉的武器範疇，應當遠遠超乎自己想像。

這個人，就像是為戰鬥而生。

兩人穿過齊腰高的草原，熹微晨光中，帶著河水濕氣的風從耳畔飛過。匕首一端，銀黑色針體忽然彈出。

巫瑾張大了嘴巴。

這竟是一把麻醉槍。

衛時的瞄準點很低，在六十公尺外的樹下。少頃，巫瑾的懷裡就被扔了隻兔子。活的，麻醉劑量不大，耳朵耷拉著，四隻腿一蹬一蹬。

巫瑾：「……」

衛時慢條斯理道：「養著。」

巫瑾：「啊？」

淡色的天光中，衛時回過頭來。

男人表情懶散，眼神不像初遇時駭人，但瞳孔細看還有煞氣。

巫瑾隱隱確信，只要這兔子死了，大佬立刻就能找上門來一槍崩了自己。

想到這裡，巫瑾立刻換了個動作，從拎著野兔耳朵變成捧著。

衛時見狀點頭，「行了，以後再見。」

等巫瑾反應過來，人已經只剩下一個背影。

晨光越來越亮，巫瑾一手兔子一手槍，走了幾步還是沒追過去。忍不住喊了一聲：「欸，大哥——」

山風撲面而來，把清清亮亮的少年音吹到後面，也不知道衛時有沒有聽到，只巫瑾揉了個眼睛的工夫，視野中再沒找到人。

巫瑾只得抱著兔子繼續流浪。

半個小時一晃而過。

草原上晨風悠悠，萬物皆碧——驀然一顆飛彈打在地上，濺起泥土和碎石。

巫瑾陡然一驚，戰術性臥倒。

和衛時相處了四個小時，雖然還是小瞎子，但一些基礎戰鬥常識，巫瑾卻是學得極快。

雖然學得再快也沒用。

巫瑾既不知道對方在哪兒，也不知道自己在哪兒。下一秒，更可怕的事情發生——被大佬丟給他的那隻兔子麻醉失效，傻乎乎地從巫瑾背後跑出。

「兔啊，咱別……」

巫瑾慌不迭一手撈住，在他飛撲的同時，側面卻突兀射來一顆子彈。

巫瑾神情一凝，聽力在腎上腺素的催動下近乎奇跡般捕捉到槍聲方向——身體直覺端起槍柄，在半空中一個回擊——

砰。

子彈正中巫瑾胸膛的前一瞬，銀白色的球體驟然彈出，將巫瑾保護在內。與此同時，對面也愕然倒下。

失去意識前，資訊音再度響起。

「300012選手，擊殺：22，排名：8。已晉級。」

兩小時後。

克洛森真人秀海選第五十一場結束。

場外，長桌上擺放著香檳與號碼牌。

節目PD正在向金主爸爸們熱情洋溢的介紹賽制：

「海選沒有直拍、沒有解謎，就是上去剛槍。選手按人頭數算小分。入圍之後，咱們再根據測評給練習生們正式分組。」

「下週開始，節目兩期一次考核，四期一次淘汰，每天都出團綜——廣告按秒算，連著投放四期八折優惠，基本等於投三送一啊！要是投全程，咱們現在就能在防護服上印下您家的LOGO！」

「價格——嗨！生存節目都是藝術，咱們過會兒再談價格。啊？LOGO？對，金牌贊助印胸口，銀牌肩膀。五百萬信用點以下也可以印咯吱窩嘛！大逃殺，什麼戰術動作都有，指不定選手一抬槍，觀眾就看到你們商標了嘛！都說投房地產不如投綜藝，這幾年娛樂產業欣欣向榮，克洛森真人秀向來都是頂級流量……」

一旁，攝影師調整鏡頭，正在拍攝直升機把救生艙搬運回來的畫面。

有編導在一旁拿個小喇叭在喊：「二十一號機位準備，第八名選手已抵達，準備開艙。」

攝像做了個準備就緒的手勢。

編導熟練至極地按下密碼，伸手就要把人拍醒，表情卻驀地一怔，神色恍惚。

「怎麼回事，有意外？」急救人員見狀，立即趕來，伸頭一望，卻也同樣神情呆滯。

救生艙裡，沉睡的少年有著神賜一般美好的面容。很難想像一個人的五官可以精緻到這種程度——捲髮下的眉眼柔軟到令人心悸。

少年安靜乖巧蜷縮。在他的懷裡，同樣沉睡的是一隻雪白的幼兔，被少年的臂彎溫柔圈住。細軟的絨毛和少年白瓷樣的臉頰靠在一起，宛如最安詳優雅的藝術品。

二十一號機位忠實地將這一幕投射在了監控上。

場館前側，幾位對廣告投標猶豫不決的大佬，視線掃過螢幕時忽然一愣。

有人火速詢問節目PD：「之前說，選手會簽代言合約？」

PD連連點頭，「對，注資四期以上，咱們這週就能去拍……」

該金主大手一揮，「行，現在就投四期，六十秒。讓螢幕上這位選手來拍！」

巫瑾並不知道，自己在被喚醒之前，早已經被六七個鏡頭從頭到腳拍了個遍。

把選手從救生艙裡撬出來的環節向來簡單粗暴。

開個鎖，發張晉級證書，最多再送條廉價的毛巾，當場就可以把人送走。

然而此刻，編導小心翼翼的動作不像是砸蛋挖人，倒像是從珍珠扇貝裡挖掘美人魚。

在見慣了灰頭土臉、抱著槍管子鼾聲震天的正常選手之後，救生艙裡的巫瑾簡直就是上天派下的審美救贖。連腳脖子都晶瑩剔透額外可愛。

救生艙裡，沉睡的美少年睫毛翕動，終於緩緩睜開了雙眼。

他的瞳孔是淺淡的琥珀色，帶著細微濕漉漉的水光，倒映出湛藍的天空和橫七豎八的攝影機托架。初醒後約莫因為太過懵逼，乖巧到讓人不忍心打擾。

「300012選手？」編導和顏悅色開口。

巫瑾依然迷茫，臉頰無意識地在兔子身上蹭了蹭，似乎還以為是個抱枕。

周圍頓時抽氣聲一片，幾位伸頭張望的劇務妹子更是捂住心口，被萌得肝顫。

編導看向名冊表，「巫瑾……巫選手？」

巫瑾的瞳孔再次找到焦距，他眨了眨眼，乖乖點頭。

「身體怎麼樣？有不舒服的嗎？」

「我……」少年的聲線因為久睡而帶了點鼻音，睫毛不斷翕動，終於看清了眼前的一切。

空曠的場地與草原交接，停機坪上杵著昨天把他彈出的小型飛機。鋪天蓋地的看板小半已經換新，剩下來的則印著一串黑字——

克洛森真人秀四十二季贊助！有限投資，無限回報！詳情聯繫XXX-XXX-XXXX。

巫瑾：「啊！」

隨著巫選手甦醒，擠在救生艙前的人群一陣喧鬧。有的給巫瑾塞晉級證書，有的嚷嚷著要替他測量體溫，還有的風風火火要給他遞毛巾。

「讓一讓、讓一讓！怎麼是一次性毛巾？快給這位選手換成羊絨！來，小巫啊，咱要不再裹著毛巾出來拍一張……對對，鏡頭感可以！」

巫瑾低頭看向晉級證書，「複賽資格」四個大字讓他立時驚悚，「我、我其實……」

節目PD卻忽然橫插進來，「收拾收拾，快讓巫選手離場！好幾個贊助商都報價了，等著簽廣告代言！咱今天不能定下，只要人不在就不能簽合約。往後拖一拖，我看價格還能再提！」

一眾劇務心知肚明，三下五除二就把巫瑾連著兔子、毛巾一起打了個包，迅速送入車內。甚至還往裡面塞了兩片面膜。關門時，編導不斷唏噓：「百年難得一遇的顏值型選手啊，節目組的收視率就靠他拯救了！」

自動駕駛的懸浮車內，幼兔依然睡得團成一團。

巫瑾隨手把牠塞到水杯插槽裡，腦海中亂七八糟。

剛才自己打中人了？還有大佬最後去哪兒了？自己現在回去還能不能趕上偶像選秀……經紀人會不會找了他很久……還有這車……

巫瑾一頓。

無論是懸浮車，還是救生艙，甚至那把刻有A12的光束槍都遠遠超出他的科技認知。

進入城市後，窗外漸漸陰雨綿綿。沒有一個十字路口掛著紅綠燈，數不清的懸浮車像是被中樞系統統一調控，在不同高度閃爍著五顏六色的尾燈。

車體經過某座高樓，遠處一幅看板正顯示當下時間。

三〇一八年五月二十三日上午六點十五分。

巫瑾眨了眨眼睛，回頭坐好，認認真真做了四節眼保健操。

再往外看時，看板已經不見蹤影。

車門內側，收納袋中正擺放著當日的報紙。紙質偏藍，機器壓製的手感異常細膩。頭版頭條一行大字——聯邦三〇一八年再修訂反偷渡法案，黑戶量刑或有加重。

巫瑾的琥珀色瞳孔終於睜得溜圓——三〇一八！

懸浮車停在了一棟大廈門口，寫有「白月光經紀娛樂公司」的標識熒熒發亮。那位戴著黑色髮網的女士正笑咪咪地等在門口。

巫瑾頭重腳輕下了車，半天才想起來，一回頭又把兔子和報紙從車裡面撈了出來。

經過長長的走廊時，巫瑾一臉不可置信地看向右側。

女士溫聲問：「在找什麼？」

「報、報名處，」巫瑾磕磕絆絆道：「比賽之前填表的地方。」

光線暗淡的走廊上，左側一共有六個房間，右側的報名處——右側根本沒有報名處，只有一面光滑的牆壁。

女士順著他的目光看去，「為了建訓練場，幾十年前就把那裡的房間拆了。來之前你不是在走廊上填表的嗎？」言罷又想起了一事，「對了，你給我報名表的時候，裡面還夾了不少東西。看上去挺舊的，喏，都還給你。」

遞給巫瑾的一遝子紙張殘破不堪，僅有一兩頁能看清內容。

正是他準備了整整三個月的某某偶像選秀節目選手登記表。紙張模糊泛黃，就像風化了許多年的那種。

巫瑾一呆：「這是我本來報名的ＸＸ偶像選秀……」

女士微笑：「ＸＸ偶像選秀，就是克洛森真人秀幾百年前的名字啊！雖說是同一檔節目，但現在選的是職業逃殺選手，賽制也改了不少。好啦，恭喜你順利晉級，不過你需要休息。」

「我姓曲，小巫叫我曲祕書就好。來，宿舍鑰匙先給你。」

【第二章】

天賦是選手最重要的資本之一，顏值也是

上午七點，宿舍樓內一片安寧。

巫瑾失魂落魄的躺在床上，俄而迅速彈起，翻開報紙。

聯邦三〇一八年再修訂反偷渡法案，黑戶量刑或有加重——怎麼加重來著的啊啊啊啊！

兩分鐘後，巫瑾一臉絕望地從報紙上抬頭。

這是一間不大的單人宿舍，布置帶有極為科幻的超現實風。桌子前側有一面虛擬螢幕，正在播放ＸＸ機械的廣告。

巫瑾呆呆地伸手——指尖從全息投影中穿過，沒有觸及任何幕布。

與電腦桌面類似的操作臺在此時彈出。巫瑾摸索了半天才學會輸入，搜索框下迅速累積了一系列詞條。

黑戶，沒有身分晶片的聯邦非法居住者，通常有遣返、挖礦兩種處理方式。入籍，可通過所持工作簽證申請，或婚姻關係……

克洛森真人秀，一檔歷史悠久的逃殺選秀節目，蔚藍賽區練習生出道的最大流量平臺（七日最高熱搜排名#9，第四十二季海選火熱進行，正式節目將在一週後開播）。

白月光娛樂，蔚藍賽區知名逃殺秀經紀公司。旗下組建有白月光戰隊，簽約職業選手十二人，練習生三十人。

白月光娛樂招聘啟事：活的，能打的。

ＸＸ演藝娛樂招聘啟事：熟練六種以上現代舞、一種古典舞（民族舞、hip-hop、breaking），必須持有聯邦身分，本科以上藝術院校畢業……

「……」巫瑾艱難地清空搜索記錄，大腦運轉遲緩。

巫瑾並沒有少看科幻電影，對星際、聯邦之類的詞彙接受很快。

第二章
天賦是選手最重要的資本之一，
顏值也是

然而當下最緊急的問題是，沒晶片、沒身分，找不到工作就得挖煤。

當偶像藝人是不成了，之前僅有的技能——曾經風靡藍星的現代舞在一千年後也變成了古典舞。籍貫問題也懸而未決……他似乎只剩下了一條出路。

平攤在桌面上的，正是那張《蔚藍賽區克洛森真人秀白月光娛樂練習生C級合約》。

白月光招聘啟事是活的，能打的。

巫瑾仔細思考，樂觀來說，自己至少也是滿足了一半！

比起只滿足百分之二十五不到的演藝偶像招聘條件，也算勉強合格……小練習生的心情有一瞬低落，想著想著就撲通一聲攤到了床上。

回去是回不去了，黑戶要藏著掖著，只能先把手上這份工作保住再說……

九小時連續戰鬥後，睏意抵擋不住襲來。巫瑾打了個哈欠，一閉眼滿腦子都是工作，戶籍，草原，流彈，兔子，大佬。

要是能像大佬一樣厲害該多好！

巫瑾給自己翻了個面，成大字型躺在床上，被子蹬得亂七八糟，迷糊中就要陷入夢鄉——

驀然間，他警覺突起，似乎有一大顆毛茸茸的流彈砸到了他的臉上。巫瑾迅速一個翻滾，模仿著衛時教過的戰術躲避，強撐著睏意睜開眼。

「臥槽！傻兔子你別往我臉上跳！」

巫瑾一覺睡得七葷八素，醒來時宿舍終端顯示有兩個通知。

曲祕書細心給他發來了一份樓層地圖加資訊手冊，隨後又通知巫瑾半小時後來訓練室集合，為接下來的複賽做準備。

巫瑾跟著地圖一路走到食堂，要了兩個餅。

食堂的全息螢幕裡，正在播放當日娛樂新聞。

克洛森真人秀海選階段已經結束，節目PD正在鏡頭前誇誇其談。一旁給出的入圍名冊中，白月光娛樂，包括巫瑾在內一共四人。

巫瑾看了許久，愣是沒在經紀公司名下找到衛時的名字。

大佬……似乎是以個人名義參賽。

新聞畫風一轉，開始介紹克洛森秀今年的複賽賽制——練習生以經紀公司為團體進行評測表演，實行評委通過制。

巫瑾了然。

大佬曾經說過，逃殺真人秀，觀眾要看的不是一槍斃命，而是具有娛樂價值的選手互動。如果說海選是考察硬核實力，複賽就是挖掘選手的個人價值。只是團體評測……

巫瑾咬著剩下半個餅子，一面尋找訓練室，一面思索，複賽究竟是怎麼個準備方法。走廊盡頭，漆黑的大門微微敞開，裡面有說話聲傳來。

巫瑾連忙把餅吃完，禮貌敲門走入。四道視線立時向他投來。三位同樣入選克洛森秀的練習生威武壯碩，肌肉成塊虬結，坐在地毯上像三座巍峨的小山。

導師看到巫瑾，先是一愣，繼而咧嘴一笑，「行了，齊活兒。現在咱們臨時組個男團，來，要不先選個C位出來吧。」

陽光敞亮的訓練室內，白月光娛樂特聘戰術導師拿了個小本兒，逐一記錄選手資質。

四名練習生中，有兩人是參加了上屆克洛森秀的老搭檔。佐伊擅長狙擊位，和輔助文麟配合了整整兩個賽季，一手閃狙指哪兒打哪兒。

另一人則是為白月光職業戰隊準備的突擊位預備役，幻影凱撒。

巫瑾花了許久才弄明白，幻影凱撒是這位大兄弟的藝名。凱撒衝著巫瑾咧嘴一笑，染成暗銅色的頭髮隨風飄揚，蹲在那裡像一隻壯碩的獅……鬆獅。

C位競選由特長展示、匿名投票兩個環節組成。

巫瑾乖巧坐在觀眾席，輪到他時，唱了一手藍星流行情歌。

「……」導師低頭一看資料欄，瞬間樂了——巫瑾，白月光練習生，簽約時長：23小時。訓練時長：0。

「行了，投票吧。」

巫瑾咬著筆，回想著剛才三位隊友的槍械表演，投給了狙擊手位佐伊。

隨後佐伊以三票勝出，剩下一票被投給了巫瑾。

巫瑾：「嗯？」是誰這麼可愛給我投了票！

一時間，導師向他投來了憐愛的目光，一副投給自己也沒什麼關係的表情。

佐伊的名字前面被寫了一個C字。螢幕一閃，此時顯示的正是白月光娛樂在複賽抽籤中拿到的主題——狂野沙漠。

「複賽測評時間一共七分鐘，在全息模擬環境進行，五十六度的沙漠地表。對，到時候會有六個熱風機對著你們吹，上場前一定要記得帶好冰袋，熱暈過去當場淘汰。」

螢幕放大到場景地圖，導師繼續解釋：「這張沙漠地圖，一共在克洛森秀中出現過八次。你們的敵人是半人高的巨蜥，注意，能選擇的槍械有限，此外冷兵器基本可選。七分鐘戰鬥內

會有三波巨蜥進攻，防守失敗全部淘汰。」

巫瑾這才恍然，複賽賽制，是以小組形式為單位的塔防戰。

「被蜥蜴近身會扣小分，不失分基本可以保證B級。有亮眼表現有可能晉升A，甚至S。記住，你們的初始練習生評級決定了你們在之後節目裡的上鏡率。」導師頓了一下，看向巫瑾，「當然，個別選手除外。」

「行了，沒有別的問題就開始實戰練習。」

巫瑾迅速舉手，「老師，我打什麼位置？」

一時間，四雙視線迅速集中。導師打了個手勢，向公司系統調取了該練習生的戰績，被脫靶率狠狠震驚。

「……小巫啊，要不這樣！你就在前面鋪火力吧！」

鋪火力，俗稱一通亂打。使用衝鋒槍、重機槍等武器製造隊伍前的強火力線，小型地圖中，通常在突擊位之後兩個身位。

導師略一沉思，最終還是把巫瑾調位到了前面。

以防一旦打歪到隊友，當場就得把凱撒淘汰。

選位定下後，再下一步就是定妝。

四名選手統一黑色勁裝——一旦被沙蜥近身，指不定評委眼神不好就沒下手扣分呢！

幾人的臉上則被畫上象徵著沙漠的圖騰異彩。化妝師在三位選手臉上統共花費了五分鐘，輪到巫瑾卻琢磨了整整半個小時。

化妝間打開的一瞬，一眾選手的神色皆是有些愣怔。

巫瑾原本圓圓的眼尾被暈染出細長的線條，左側筆觸一路蜿蜒向下，在上半臉頰勾勒出了

第二章

天賦是選手最重要的資本之一，顏值也是

一隻金光燦燦的沙蠍。

如果說，少年原本是可愛居多，現下就憑空多出了幾分邪氣，和清明的琥珀色瞳孔印在一起，端的是一派天真殘忍。

打突擊位的凱撒一拍大腿，嚷嚷：「我就說，你們怎麼不投他當Center？」

巫瑾茫然睜眼，「我怎麼了……」

沙蠍圖騰上，殘忍的小鉗子瞬間變成兩個小三角。

化妝師連忙提醒：「表情管理，注意表情管理！」

導師咳嗽，「嚴肅，嚴肅！行了，全部給我進靶場排練！」

白月光的訓練設施相當高明。導師也不知道從哪裡摳下來個卡通蜥蜴模型，站在全息訓練場外，拿了個鐳射筆，指哪兒就平地冒出一隻蜥。

巫瑾盡職盡責地鋪了整整七分鐘機槍，隊伍只漏掉了開始兩隻，之後逐漸磨合，再沒有意外出現。

然而導師的眉頭卻是擰起。

「都過來。」他一揮手，巫瑾立刻放下機槍麻溜兒地跑來，後面跟著一連串其他選手。

「你們說說，問題在哪兒。」

巫瑾坦然認錯，「我拖後腿了！」

C位佐伊臉紅，「我沒Carry起來。」

輔助：「我也……」

導師一嘆，點了下凱撒，「你看，好歹也快是預備役選手了，說說看。」

凱撒厚實的手臂一拍巫瑾肩膀，「他不看我！」

巫瑾一愣，差點沒被拍在地板上。

導師欣慰點頭，「咱們是一個團隊，得有團魂，眼神交流。」又琢磨著思索，「最好是能讓觀眾讀出故事的。兩道戰線，C位輔助，小巫還有凱撒，記得你們的站位不僅是為了戰鬥，也要為了觀眾服務。行了，再來一遍！」

排練進行了整整七個小時，天色已是昏暗一片。

對於逃殺秀選手來說，根本沒有標準作息。

賽前必須睡著，賽間必須精力旺盛。除非落地成球——正式比賽中，就要做好四十八小時鏖戰的準備。

到第七個小時，導師才真正拿出了實戰環境給四人模擬。沙漠地圖在克洛森秀中一共只出現過八次。每一次的錄影都彌足珍貴。

有一瞬，巫瑾甚至生出了還在高中課堂的錯覺。教導主任心疼地把卷子下發，「去年高考題，做完了就沒了啊，只有這麼一次……」

第十個小時，導師終於宣布訓練完畢。

出乎意料，巫瑾卻是繼續留下來摸他的重機槍。

凱撒扛著霰彈槍，晃晃悠悠走到巫瑾身邊，下一瞬「喲」的一聲睜大了眼，狠狠拍了拍巫瑾肩膀。

巫瑾一個沒反應過來，一溜子彈都打到了地上的防彈鋼板。

「小巫不錯啊！」

十個小時「眼神互動」之後，凱撒頗為自來熟地坐到一邊。練習機槍的電子統計屏上，巫瑾的瞄準補償[1]已經從六十四個單位降低到了二十二個單位。

從第四個小時開始，凱撒就能隱約察覺隊伍配置中的機槍輸出在穩定增高。瞄準補償是狙擊位常用的戰術設備之一，重機槍原本不需要精確到細微的瞄準，然由於巫瑾是新手的緣故，這架練習設備還是粗略的配備了瞄準補償。

原本以為巫瑾需要兩天才能練習到三十以下，沒想僅僅十小時就達成了目的。

天賦是逃殺秀選手最重要的資本之一。

凱撒猛灌了兩口水，拖著巫瑾就要回去休息。

然而比天賦更重要的，是資歷。

突擊半個月，巫瑾還有可能成為勉強夠格的重機槍手，但算算時間，從現在到複賽只剩六天不到。以巫瑾的水準，運氣好碰上評委顏控，勉強還能拿到D。

克洛森真人秀中，想從初始評級晉升非常艱難。凱撒不難理解巫瑾的想法，但他也確信，就憑巫瑾這張臉，一個秀進不了，絕對還有千千萬萬個秀在後面等著！

「小巫，走著，哥帶你回宿舍，交流交流感情。累了就別練了，咱不差這點初始分。」凱撒大手一揮，彎腰時爆炸鬆獅頭瞬間遮擋巫瑾視線。

巫瑾十分感激，禮貌拒絕，「謝謝哥！我還想再留會兒。」

凱撒一愣，這會兒眼神裡卻是多了幾分欣賞，「行吧，早點回去。記得凌晨四點要在宿舍，有加項訓練。」

巫瑾點頭記下，揮手送隊友離開。

注釋1瞄準補償器：用於增加彈道距離穩定性、瞄準穩定性，使槍械更容易控制。

此時已是深夜十點。

海選後巫瑾睡了挺久，此時活動活動肩臂也不覺得太累。他繼續在全息環境內練習重機槍，直到補償器上的數字從二十二緩步降為二十一。

按照導師所說，當補償數字在十以下時，他就可以徹底擺脫瞄準補償器。重機槍的火力壓制在於連射。通過肉眼預瞄要遠比補償瞄準快速得多。

練習室的燈光只有這一處亮著。

巫瑾偶一抬頭，差點都忘了自己是在練槍還是練舞。

換了個練習生方向，生活節奏倒是沒變。記憶重疊之處，巫瑾終於感覺到了安定的熟悉。

白月光娛樂，一樓監控室。

安保人員正在逐層檢查監控，忽的一愣，「怎麼還有人在練習室？」

「昨天新招的練習生吧？個子挺小的，年齡也不大，過去沒見過。」

巫瑾的身高卡在一百七十八，在藍星偶像藝人行業也算是隨從大流。然而放在普遍肌肉身量發達的逃殺秀選手中，卻是要矮了一小截兒。

過了許久，練習室中的少年才放下機槍。

就當安保人員以為要關門時，巫瑾卻高高興興跳起，把剛才隊友用過的武器全部在靶場內逐一試過，方才心滿意足離開。

守著監控的職員笑了笑，遠程替他鎖上門。

十一點，巫瑾繞過食堂，給兔子帶了點口糧。甫一進門就看見那兔子在啃一張訓練表。

第二章

天賦是選手最重要的資本之一，顏值也是

「兔哥，別啃！」巫瑾連忙拎起白白軟軟的兔耳朵，一千年後的紙材大多帶著銀光，誰知到裡面有什麼重金屬——這可是大佬親自託付給他的兔子！

訓練表上，果然如凱撒所說，半夜四點有一項特殊訓練。

「親愛的白月光練習生們，在賽場上快速入睡，是回復體力的最佳方式。那麼當有敵襲發生，你是否又能快速進入戰鬥？」

「驅散演習將於凌晨四點開始。」

「晚安，美夢。」

巫瑾看了一眼，把兔子塞好，又給牠添上口糧，毫不在意地迅速入睡。

夢中，自己去參加藝人偶像面試，終於跳出了準備了三個月的表演曲目。接著被委婉拒絕。失魂落魄走到門口，正看到大佬懶懶靠在牆上，玩弄手上的獵槍……

警報聲驟然響起。

「敵襲！敵襲！聽到廣播的練習生速去二樓簽到處集合！」

巫瑾一臉生無可戀，下床撒腿就跑，上面就穿了件白月光娛樂的T恤，睡褲不知道什麼時候被蹬掉，衣沿下，兩腿空空蕩蕩。

黑暗中，宿舍門就在眼前。

巫瑾眯著眼睛去轉動把手，冷不丁聽到細微的金屬碰撞。

槍枝保險打開的聲音。

巫瑾一愣，背上陡然一寒。如果這是彩排，未免也太過真實，宿舍的鑰匙只有他這裡一份，且訓練手冊上明明白白寫著是排練撤退。

巫瑾心跳飛快，晚上操縱機槍時的豪情壯志一秒慫完。他舉起手，慢慢、慢慢回頭——緊

接著眼裡驟然迸發出光芒，就要興奮開口。

「閉嘴，別叫。」衛時先一步打斷，左手扣住的勃朗寧手槍，毫不留情地點向巫瑾兩隻小白腿，神色冷淡命令：「把褲子穿好。」

巫瑾一頓，飛快從衣櫃裡扒拉出作戰訓練褲套上。

「行了，」衛時點點頭，擰起的眉心舒展，「下去集合吧。」

白月光娛樂的驅散演習每週一次，讓一眾練習生叫苦不迭。

巫瑾是最後一個集合打卡的，被懲罰朗讀了白月光員工守則。

「英勇戰鬥，愛護隊友，積極練習……」

臺下，凱撒正在同教官爭論，「小巫昨天一直練習到半夜，才簽約不到兩天！下週還有克洛森秀的複賽……」

一眾練習生們則目不轉睛地看著巫瑾。

「好可愛……」

「我不是在做夢吧？今天不是驅散演習嗎，公司怎麼請了個小天使來給我們讀書？公司這麼摳……」

巫瑾一邊讀著，一邊小心翼翼地偷瞄宿舍窗戶。隱約中看到人影一閃，他立刻秒慫，「積極練習、習習習……」

「行了。」教官打斷，眼裡倒是興味十足，「小夥子不錯。好好練，有前途。下次再遲到就是操場跑圈了。都散了散了！」

巫瑾蹬蹬蹬跑上樓，小心翼翼帶上宿舍門。

衛時正在看他桌上的那張訓練表，拿槍的手懶懶散散擼著兔子。

巫瑾想到，大佬似乎隨時手上都捏著個東西，不是在摸槍就是在擼毛。大佬甚至可以一邊拿槍一邊揉兔。

不愧是大佬！

衛時與兩日前沒有太多變化，脫下防護服後，襯衣長褲顯得身長腿長。

巫瑾暗自鬆了口氣，大佬果然過來檢查兔子了！

他高高興興開口：「大哥！你怎麼知道我在這裡……」

衛時把訓練表放下，「過來。」

巫瑾乖巧湊過去。

「筆。」

巫瑾速度翻出一枝圓珠筆。

衛時在幾個科目上打了圈，「槍械和表現力加練。」

巫瑾欸了一聲：「大哥，那格鬥呢？」

衛時看了他一眼，視線在小軟毛上掠過，「你的力量不夠，不能速成。」

巫瑾點頭點頭，又瞅了一眼衛時襯衫中肌肉曲線清晰的手臂。

白月光宿舍走廊，隨處可見成桶的蛋白粉，練習生的肌塊也都比大佬誇張。但巫瑾卻毫不懷疑衛時一個人能放倒全樓。

衛時放下筆，視線重新鎖到巫瑾身上。宿舍內沒有開燈，窗外的月光將男人棱角分明的輪廓托出，眼窩深邃，乍一看沒什麼溫度。

然巫瑾作為嫡系小弟，早已深諳從他處揣摩大佬的心情。比如衛時左手在槍柄上小幅度摩挲，應是勉強滿意。

想必是兔子餵得好。

衛時忽然開口：「複賽評級，想不想拿A？」

巫瑾一愣：「我……我怎麼會……」

衛時：「我問你想不想？」

巫瑾恍然，順從心意點頭，「想！那個……大哥，我其實還有點想拿S！」

也許是巫瑾的錯覺，衛時揚起眉毛時，唇角肌肉扯動，似乎笑了又似乎沒有。

下一秒——巫瑾陡然睜大了眼睛。

大佬他打打打打開了宿舍門！

白月光經紀公司的安保水準在整塊區域都是數一數二。不僅二十四小時監控輪班，武器庫存完備，職業選手、練習生暴揍入侵者都不在話下。

然而衛時卻絲毫不在意。他徑直走到了訓練室，巫瑾小跑跟上。

訓練室這個點應該是上鎖的——衛時卻毫無阻攔打開。幾小時前，巫瑾用來練習的重機槍座還杵在地上。

「你適合突擊位。」衛時開口。

巫瑾趕緊記下。

「白月光是什麼地圖？」

巫瑾：「沙漠！」

衛時用眼神示意巫瑾演示。

巫瑾立即跑到重機槍前，俯身，瞄準。正在他準備突突突的時候，衛時叫停：「行了。」

巫瑾也不知道衛時到底看出來什麼。衛時示意他繼續趴著，走到槍座一側。

緊接著，大佬隨手就拆了巫瑾好不容易安裝上去的瞄準補償器，「還真是小瞎子。」

巫瑾瞪眼。

「機械瞄準受環境影響。」衛時隨手一扔，「複賽地表五十六度，除非在賽場重新給你兩小時安裝，否則起不了任何作用。」

巫瑾嗯了一聲，不自覺有些失落。十小時的練習就為了把準心偏移降下來，說不在意不大可能。但大佬的話總歸有道理。

下一秒，巫瑾的眼神驟然發亮。

衛時不知道從哪裡掏出來一個銀灰色的補償器，手速飛快地安了上去，「換這個。」

衛時指示巫瑾挪開，俯身時已是最標準的瞄準姿勢。眉心擰起，半邊側臉線條冷硬，左肩卡在槍柄與基座之間，右手在補償器錶盤上不斷調整。

巫瑾屏住呼吸，看得目瞪口呆。

配件錶盤細密複雜，透過銀質外殼能看到細微的齒輪扣合處。然而衛時那隻帶著槍繭的手精準到可怖，調校時連一個齒的偏差也無。

衛時驟然開槍，正中靶心。

補償器上綠色指示燈亮起，配置精準無誤。

然而衛時卻是開了第二槍，偏離到四環之外。

「行了。」大佬起身，示意巫瑾過來試試。

巫瑾伸頭看向補償器，終於明白衛時第二槍的用意。

瞄準補償單位：二十一。

幾小時前，小瞎子巫瑾能達到的最好記錄。

衛時的第二槍，竟是精準類比了剛才巫瑾演示時的偏離抖動，復原了巫瑾的記錄，以方便他接著那十個小時繼續練習。

「大哥！」巫瑾小眼神一閃一閃，看表情幾乎像是圍堵愛豆的過激粉絲，開心說道：「大恩不言謝……」

衛時只覺脖頸發毛，這小兔子精怎麼這麼膩乎？在巫瑾衝上來時把人牢牢按下。

巫瑾顯然興奮過了頭，一會兒摸摸這個，一會兒摸摸那個，忍不住問道：「大哥，這就能拿A了嗎？」

衛時冷漠：「怎麼可能。把地圖拿來給我看看。」

兩人結束訓練時，天色剛微微亮。

巫瑾一派心滿意足。

衛時比他先走出去，巫瑾在後面吭哧吭哧復原槍械，以防被監控發覺不妥。

按照大佬所說，白月光的監控設備只會停滯兩個小時，隨後就會回復正常。

巫瑾走出訓練室，反鎖上門，忽然發現衛時正站在海報欄前，低頭平靜看著什麼。

見到巫瑾出來，他才移開目光，把小瞎子帶走。

兩小時還差一刻鐘，巫瑾頗有些戀戀不捨。

「大哥，咱們克洛森秀還能碰上對吧！」

衛時嗯了一聲。

下一秒巫瑾又開始笑咪咪重複，「大哥留個聯繫方式吧！大哥你家在哪裡？大哥你養的什麼貓？是田園貓還是……」

衛時煩不勝煩，斷然開口：「走了，好好練。」

巫瑾失落的喔了一聲，趕緊表忠心，「大哥放心，兔子我一定養著！下次大哥再來肯定好好穿褲子，不會衣冠不整……」

衛時挑眉，「成，兔子還小，別把牠帶壞了。臉上都畫得什麼亂七八糟的。」

巫瑾：「……」他這才想起，白天化妝師給畫的小鬚子還在。

那廂，衛時徑直翻過宿舍二樓的圍欄，俐落落地，頃刻就沒了蹤影。

巫瑾又看了一會兒，才重新躺到床上去。

大佬……到底想要做什麼？

才想了沒幾分鐘，巫瑾就耐不住睏意，陷入沉沉夢鄉。

之後的一週過得飛快。

巫瑾的時間只被分割為兩塊，除了睡覺就是練習。

當克洛森秀的複賽請柬送到白月光時，重機槍補償器上的偏離單位已經降到了十二。

賽前最後兩天，巫瑾更是忽然在模擬作戰中大放異彩。

不僅凱撒，就連作戰導師都狠狠吃了一驚。

很快，白月光內部建設小組就長槍短炮前來採訪巫瑾。練習生部的宿舍走廊上貼滿了模範

員工巫瑾的照片和心得感言——一口小白牙，笑得甜甜軟軟。

複賽當天。

巫瑾從化妝室中走出，幾乎所有人都為之屏息。

原本定妝時的黑色沙蠍被改成了銀色，從眼角綴著兩三點亮片零星而下，和巫瑾的瞳色溫柔融合。

那柄重機槍也被重新上色，槍柄處同樣熠熠發光。

凱撒看了看被漆成和自己髮色相同的機關槍，再看看巫瑾，滿臉羨慕。

「我說小姐姐，小巫弄那麼好看，我怎麼就一行走的金色色塊？」

化妝師挑眉，「當初選造型主題的時候，是你把沙漠之獅挑走的，只給人家小巫剩一個『沙漠之淚』。你現在要換妝還來得及，來我給你塗個淚痣……」

凱撒慌不迭逃走。

給巫瑾化妝的小姐姐嘻嘻一笑，低頭往他身前一湊，「來，小巫！和姐姐合個影！」

言罷美滋滋存圖，「聽說走廊上的模範員工海報都被人偷了，咱小巫顏值就是能打！妥妥兒克洛森第一美人……節目後天播出對吧。說是克洛森那裡壓著圖不給放，就等著播出炒一波熱度。小巫你記得代言費多要點，這黑心節目可是賺了不少錢……」

去而復返的凱撒一個招呼，「集隊，走了！」

懸浮車緩緩上行。

跟著選手一起的還有四個箱子，以及巫瑾的兔子。

一旦複賽入選，練習生們將在為期四個月的真人秀中培訓、競爭，角逐最後有限的出道位，成為蔚藍賽區的逃殺秀正式選手。

第二章
天賦是選手最重要的資本之一，顏值也是

一個小時後，懸浮車在等候區停下。

巫瑾訝然睜大了眼睛。

足足有兩個足球場寬大的賽區金碧輝煌，侍者端著香檳穿行在人群之中。極盡奢華的看臺上，選手區懸空升起，從場下連通晉級座位的是一座玻璃拱橋，象徵著英勇無畏的紅色絲綢迎風飄蕩。

凱撒看向巫瑾，嘿嘿一笑，「我就說，海選都是瞎搞！複賽才有點看頭。來，小巫！歡迎來到聯邦有史以來最吸金的綜藝節目——逃殺秀。」

克洛森真人秀的賽場上熙熙攘攘。

出示了選手號碼牌之後，侍者尊敬地給幾人提供了白水而非香檳，參賽選手在比賽前一律被禁止飲酒。

中途有路過的觀眾看到他們胸前的標識，還會異常興奮地索要簽名。

「你們是白月光旗下的練習生？」

這一處角落很快被嘰嘰喳喳的粉絲們包圍，「我們是林隊死忠粉！不過林隊這兩天在深空賽區打比賽，肯定來不了。你們加油！白月光的男人絕不認輸！」

巫瑾立刻反應過來，小粉絲們所說的，是白月光旗下戰隊隊長。

突擊選手凱撒和狙擊手佐伊都對這種場合遊刃有餘，一面囑咐巫瑾壓低帽子。

巫瑾瞪眼，「……」

「節目組把你出場前中後的廣告都賣了，整整六分鐘。出於資金回收考慮，節目PD再三囑咐咱們把你藏好。」佐伊溫和道：「當然，代言費提成也會多給。」

言罷又眨了眨眼，「很多。」

巫瑾想了想，自己目前還是黑戶，大額消費沒準會引起聯邦注意，忍不住心中嘆惋。

觀眾席上，淑女們穿著精緻，戴紗網禮帽，紳士們則正裝領帶，風度翩翩。

凱撒懶洋洋解釋：「女士入場必須戴帽子，十二公分以上帽底寬度。裙子必須過膝，不能吊帶，男士……哎呀，看妹子就行，誰管他們！知道逃殺秀為什麼吸金了嗎？一群閒得沒地方花錢的觀眾……」

狙擊手佐伊理智反駁：「看克洛森年度財報，最大資金流不是門票，而是贊助。最主要是救生艙。畢竟是生活必需品，一場重要賽事的引流就能讓雜牌救生艙賣到脫銷。其次還有武器、藥物、旅遊相關……」

巫瑾感慨萬千。一千年以後的科技繁盛到超乎想像，星際大航海帶動無數產業發展，就連觀眾喜好也發生了質的改變。

選手晉級區上方橫幅布條飄動，正是克洛森秀的宣傳標語。

英勇，無畏，百裡挑一。

甫一入場，巫瑾就開始在人群裡尋找熟悉的身影。然而衛時直到現在都沒有出現。

整點一到，複賽在一片歡騰中拉開帷幕。三位評委嘉賓入席，第一組選手上臺備戰。球幕投影中，所有細節一覽無餘。

這一組抽中的是淤泥地形，場館內完美模擬了熱帶沼澤的地面材質，到選手小腿肚子的跳跳蛙分三批不斷襲來。

巫瑾瞪圓了眼睛，心有餘悸，「這個得是對空作戰……幸虧沒有抽到。」

凱撒點頭，瞇眼看評審結果，「淘汰兩個……唔，晉級選手難度係數高，評級也高。一個B、兩個D。」

之後的六組中，只有一位選手被判定為A，淘汰率占百分之二十，至今沒有一個S級選手出現。

「準備了，再往後兩個上場。」凱撒一聲招呼。

巫瑾卻是在想，如果衛時不拿S，全場定然沒有一個選手能S。衛時……他甚至隱隱有種感覺，大佬的實力比許多職業選手都要強悍得多。

巫瑾問道：「如果是個人參與比賽，是要單人通過複賽考核嗎？」

凱撒聳肩，「會組隊吧，個人參賽很難拚得過公司練習生。實力基本沒有超過D的。你想想咱們公司訓練室……除了娛樂巨頭，誰有這個財力？」

電梯將幾人一路送到備戰區。陰冷潮濕的空氣從四周侵襲。

巫瑾從工作人員處接過重機槍，原本還有些緊張的心跳終於平復。左手托住機槍槍柄，右手在嵌入扳機之前輕輕撫摸過補償器。然後活力十足地站起。

凱撒一愣，「你不緊張？」

巫瑾誠懇：「還好還好。」

連續一週每天十多個小時的練習已經形成了固定的肌肉記憶，運動反射在脊髓內產生，大腦皮層很少參與。

換句話說——緊張也沒什麼用！

巫瑾感慨了一下快被自己忘光的高考知識點，扛著槍走進了參戰席。

一旁的侍者立刻提醒，「300012號選手，您的帽子。」

巫瑾這才想起，立即感謝，把棒球帽揪了下來，委託侍者放好。

參戰席緩緩上升。

侍者驀然驚起，迅速跑到後臺觀看轉播。

賽場中央，評委剛剛念完白月光娛樂，場內響起熱烈歡呼。觀眾席上有不少白月光的戰隊粉，對練習生們也給予了十二分善意。

此時參戰席已經就位，四位選手都在光線暗處。

緊接著戰歌響起，處於C位的佐伊驟然被鎂光燈攏入。

佐伊笑著向臺下招手，揮了揮手中的大狙。緊接著亮相的是他的輔助，繼而是全身金燦燦的凱撒，最後是抱著機槍的巫瑾。

鏡頭從遠處推入，在巫瑾的身側停頓。微微捲曲的碎髮蓬鬆柔軟，少年眼角彎彎，比起緊張更像是興奮，精緻到極致的五官因為近焦放大而額外天真可愛，左頰上的銀色沙蠍與裝飾淚滴在鎂光燈下微微閃爍——像是耀眼的星辰。

全場一片寂靜。

巫瑾將右手食指卡入扳機，微微一勾，做出了一個將要射擊的姿勢。繼而扣著扳機向臺下禮貌鞠躬，「大家好，我是白月光娛樂練習生巫瑾。」

臺下驟然反應過來，爆發出此起彼伏的尖叫。

如果巫瑾此時能看到直播彈幕，定然不會比現在平靜。

克洛森真人秀的忠實粉絲們已然在螢幕前沸騰。

「麻蛋我又戀愛了啊啊啊！辣雞真人秀，拎這樣一個小可愛上臺是想掏空我的錢包嗎？」

「我已經識破了你們的策略！把巫小哥哥丟到超級可怕的地方然後敲詐粉絲給小哥哥應援！一百信用點一片麵包，五百信用點一把槍！啊啊啊你們這群混蛋！好吧，為什麼我還是想付款……」

「真的是少年感十足！老阿姨已經心軟了！求求你們不要傷害小動物！這是犯法的！」

「等等，我好像不對勁，我為什麼這麼激動！啊哈哈哈我就是很激動，我為什麼這麼想看小可愛深陷泥潭……」

巫瑾背後，凱撒給他豎立了個大拇指。

評委一聲輕咳，清了清嗓子，制止了場內過於喧囂的噪音。

「那麼，請開始你們的表演。」

巫瑾點點頭，在舞臺上找到自己的戰術位置，機槍迅速架設完畢。

四位練習生相互擊掌，繼而隱匿於黑暗之中。

複賽表演開始之前，節目組足足插播了六分鐘廣告，對於場內的選手也是不小壓力。

巫瑾深吸一口氣，在黑暗中細微調整射擊動作。

右肩沉下的一瞬，六天內不斷重複的動作記憶如潮水湧來，每一塊肌肉都向著最舒適的方向拉伸，意志力開始繃緊，五感黑暗中放大。

地表溫度不斷上升。

虛擬沙漠場景構造完畢。

瞄準鏡發出瑩瑩綠光，溫度適配完畢。

六分鐘插播結束，場景陡然亮起——

巫瑾微微瞇眼，在虛擬巨蜥襲來的一瞬，毫不猶豫開槍，三次點射在場地內勾勒出三角區域，為隊友精準定位第一波集火範圍。

凱撒的衝鋒槍隨後跟上，與巫瑾的兩道交叉火力築成一道死亡火牆，將一切踏入集火區域的生物剿滅。

「座標（52，171）注意。」第六分鐘，輔助突然出聲。

狙擊手佐伊迅速預判，「放牠進北二區。」

凱撒不再壓槍，準心揚起，一連串火力將象徵著二十個積分的火紅色巨蜥王連連逼退，幾乎在同一時間巫瑾跟上，精準度高到驚人。

砰的一聲。

狙擊彈悍然出膛，在火蜥的頭部留下一個血紅的窟窿。虛擬場景驟然消失。

現場爆發出熱烈的掌聲，球幕顯示一行大字。

全殲。

鎂光燈下，巫瑾呼吸急促。

他還保留著十幾秒前的標準跪射姿勢，身體微微前傾，左手肘卡在左膝前方，視線向右傾一側與瞄準鏡重疊。

鏡頭精準捕捉到了少年的側臉。細碎的捲髮因為汗水而微微潮濕，跪射時像古老儀式中的騎士，瞇眼時罕見的肅穆冷冽，專注而帥氣。

場下的氣氛瞬間激發到了頂點。

淑女們毫不吝嗇為巫瑾尖叫，直播彈幕流量陡增。

導播喜上眉梢，當機立斷，「快，燈光掐了，這裡插播廣告！」

就連凱撒也是咂舌不已，在巫瑾肩頭猛拍，「厲害了，兄弟！」

逃殺秀的鏡頭裡，表現力和選手性格關係巨大。巫瑾這種老老實實的小白兔，能在一週達到這種程度實屬不易。

雖然摸槍還不大利索，但氣勢足以唬人。

巫瑾才站起來，被凱撒拍得差點重心不穩，臉頰微微有些發紅。

剛才驚豔全場的跪射，模仿的是那天凌晨訓練室裡衛時的開槍姿勢。

按照大佬當時的分析，如果說海選考評的是大逃殺，複賽就是逃殺秀。

三位評委就技能、戰術、表現力分別評分，換言之「逃殺」占三分之一，「秀場」占三分之二。

巫瑾試圖爭辯，戰術也是逃殺實戰能力之一，卻被衛時毫不猶豫駁回。有參考資料的預選地圖，也需要戰術？

沙漠地圖在克洛森秀中曾經出現過八次。衛時把八份複盤資料壓榨到了極致，微調了巫瑾的戰術位置。

至於開槍動作——

沉寂的夏夜裡，衛時把巫瑾拎過來，「記住了，我只示範一次。」

訓練室的燈光敞亮，照在大佬身上冷硬迫人。衛時在三秒間從機動變為跪射，瞇眼的一瞬氣壓陡沉。

「愣著幹什麼？」衛時揚眉。

巫瑾連忙爬起來，坐正，觀看。

「……」衛時命令：「站過來，學。」

燈光再度亮起。

克洛森複賽舞臺，評委席上，小組評分已經揭曉。四位選手全部晉級。

佐伊與凱撒A，輔助文麟B。

鏡頭終於轉到了巫瑾身上。

克洛森秀中一共有三位導師兼評委。其中，退役兩年的血鴿負責戰術指導，其他兩名導師一人為臨時特邀，負責實戰技能，另一人負責鏡頭表現。

三張評分表遞到血鴿手上，這位在逃殺秀廝殺了近二十年的退役老將看向巫瑾，說道：「30012號，巫選手。」

巫瑾迅速立正站好。

血鴿抽出第一份評分，和藹開口：「天賦很好。槍法比較生疏，能看出來下了苦工夫，還需要繼續練習。出於對其他選手的公平，戰鬥技能——C，有異議嗎？」

場內顏控一陣騷動，巫瑾微微有些失落，卻是很快調整，迅速搖頭，鞠躬表示感謝。

巫瑾並不排斥這個C，如果不是整整一週的反覆訓練，他最多也只能在F和E之間。

雖然……巫瑾的餘光掃過遠處A區，那裡零星坐了幾個選手，也是離S最近的位置。巫瑾的小軟毛微微塌下，他要讓大佬失望了。

血鴿又拿出第二張評分，「戰術設計，」他頓了一下，終於露出了笑容，說道：「沒有瑕疵，A。」

巫瑾一愣，眼神閃閃發亮。臉頰顯而易見的發熱，明明開心得不行還在立正站好，讓人忍不住就想多看他幾眼。

巫瑾的個人平均分此時已經被拉到B，最後一項評判至關重要。血鴿揚眉：「舞臺表現力……應老師，我很好奇妳為什麼打出這個分數。」

克洛森秀的表現力導師，是唯一一位女評委，知名演員應湘湘。在一群逃殺選手之中她顯得異常嫵媚，身材嬌小妝容精緻。然而所有人都知道，能一連三季穩坐導師席位，這位女演員相當不簡單。

「具有感染力的秀場表演，會讓鏡頭主動追隨。」應湘湘笑咪咪道：「舞臺上一共有十六個機位，就在剛才，當所有鏡頭都凝固在他的臉上時，我想，也該給出這個分數了。」

應湘湘從血鴿手上抽出自己的評分表，大方展示在攝影機前，「S。完美，毋庸置疑，這就是S級別的頂尖表現力。」

舞臺上的禮花驟然噴薄而出，掌聲如潮水洶湧而來。幕上的資訊欄一瞬替換：300012號選手巫瑾，戰鬥技能C，戰術設計A，表現力S。最終評分：A。

巫瑾驟然睜大了眼睛。

凱撒興奮得箍住巫瑾的肩膀，滿臉不可思議，開心道：「小巫你怎麼做到的？才七天！我擦你……」

血鴿在評測上簽下自己的名字，在貫穿全場的尖叫當中向巫瑾做了個口型：「加油。」

通往選手席位的透明階梯亮起，白月光娛樂的練習生們向觀眾道謝，一路向上走去。

鏡頭移開後的評委席上，應湘湘輕輕一笑，避開話筒悄聲道：「真可惜，評委不能給選手買第一杯香檳。」

血鴿：「……妳悠著點。」

下一組的表演即將開始。選手區內，幾人一路向上，在B席入口和文麟分別。

巫瑾最後和這位安靜的隊友碰了下肩膀，文麟笑呵呵道：「不用送了，等我下週晉級來找你們。」

佐伊用力點了點頭，目送自己的輔助走遠。

剩下三人走到A席，和未來的同窗招呼之後，凱撒和佐伊都是長舒了一口氣，迅速解下厚重的作戰外套。

巫瑾再回頭時，兩個隊友大剌剌靠在那裡，已經完全進入休閒模式，眼神莫名雀躍。

凱撒嘿嘿一笑，原本還算得上英俊的臉上說不出的詭異，「小巫，來！到哥這裡坐著，教你個好東西……」

佐伊突然想起：「等等，小巫你成年了沒？」

巫瑾懵逼點頭。

「那就好。」佐伊這才放心，打了個響指，座位前的螢幕應聲打開。

螢幕中似乎是一場拍賣會，價目表不斷刷新。

「都漲到八千信用點了啊，」佐伊頗為感慨地說：「想起來我去年那杯香檳，才只拍出去兩千信用點。」

巫瑾驚悚發現，自己的選手號碼也赫然出現在拍賣資訊裡面，此時價格已經瘋漲到了兩萬信用點。

「放鬆，不是拍賣選手。」佐伊解釋：「拍賣的是為選手買第一杯香檳的資格。當然，重點不在香檳本身。」

凱撒：「嘿嘿嘿嘿……」

三人中，凱撒的香檳首先停在了七千信用點，侍者很快送來了流淌著琥珀色液體的水晶高腳杯。托盤下面放了一個小巧的信封，封冂處能看見淺淡唇印。

巫瑾：「……」等等，這個、這個操作好像……

凱撒心滿意足接過，笑得活像個一百八的傻子。他用比開槍更快的手速拆開信封，半天抬頭，「那什麼，晚上回練習生宿舍的門禁是幾點來著的？」

巫瑾：「……」

就連佐伊都有些詫異，回道：「這麼快？你還是個人嗎？六點散場，十點門禁，中間有四個小時。」

凱撒遺憾：「才四個小時，怎麼可能夠。」

佐伊：「……那你還去不去？」

凱撒點頭，「廢話，當然去！」言罷荷爾蒙爆發，向侍者吩咐：「紳士怎麼能讓淑女請酒。信用點我來出，替我告訴那位可愛的小姐，今晚不見不散。」

第二杯香檳緊接著被遞到佐伊手裡。這位征戰兩季克洛森秀的狙擊手此時身價倍增，附贈的信封上倒是沒有誇張的唇印。

「是聯絡號碼。」佐伊拿出終端加上，看對面頭像是個十六、七歲的少年。

「很遺憾，我從來不對未成年出手。」佐伊挑眉，有些鬱悶，嘆道：「算了，回頭幫他輔導作業。」

凱撒正對著酒水一通牛飲，「說不定人家只是看著小呢，跟小巫似的。小巫，你那香檳拍多少了？」

巫瑾呆呆看向螢幕，「六萬。」

凱撒差點沒把酒噴出來，「六萬？他們瘋了？」言罷想起，「你的選手資料是不是還沒更新？我擦麻煩大了，這下男人女人都要搶。」

巫瑾悚然回神：「我我我……」

佐伊若有所思：「小巫，你交過女朋友嗎？」

巫瑾搖頭搖頭。

「男朋友呢？」

巫瑾的腦袋就差沒晃成撥浪鼓。

佐伊露出了難以置信的眼神，眼見巫瑾被嚇成了鵪鶉，立時改成安慰，「拒絕也沒事。記著，你是選手，他們請你酒，你沒有義務回請。」

然而緊接著佐伊就換了個語氣。

巫瑾的第一杯香檳已經被炒到了十萬，最終被忽然橫插一足的土豪加價到十四萬成交。

「有點多。」佐伊乾巴巴道。

「小巫，你要不要先跟公司預支點工資還上？」凱撒也是憂心忡忡，然而明顯捨不得那十四萬，「要不，我和佐伊替你上？」

佐伊一腳揣在凱撒屁股，正此時，侍者將香檳和信封送到巫瑾手裡。

「也許土豪只是要跟你交朋友呢！」凱撒安慰，一面好奇無比，「打開來看看。」

巫瑾打開信封，心中使勁兒唾棄辣雞節目組。

香檳拍賣，克洛森秀抽成百分之二十，這三萬信用點也不知道什麼時候才能還上。

凱撒和佐伊正興致勃勃伸著腦袋，冷不丁地巫瑾突然把信封合上。

「給我看看！給我看看啊！」凱撒嚷嚷。

巫瑾迅速把信封丟到口袋。

「裡面寫著啥？你臉紅什麼？」佐伊也是抓耳撓腮。

「就祝賀晉級。」巫瑾老老實實回答。

凱撒誇張怪叫：「十四萬就為了祝賀你晉級？現在的土豪都這麼有風度了？沒給房間號？連個聯繫方式都沒給你？」言罷一聲哀嚎：「段位高啊。小巫你小心著點，別被人生吞活剝了，這種絕對是情場老手。」

巫瑾心道，瞎扯！才不是！一面美滋滋又把紙條翻出來看了一遍。

祝賀。

——衛

巫瑾收好紙條，繼續坐好觀戰。

克洛森秀複賽後半場，競爭相當激烈。

以白月光為代表的老牌經紀公司，練習生儲備雄厚，實力排名高居不下。其餘等級A到C則被小公司瓜分。

十二點半，侍者捧著帶有風信子花香的燙金菜單，恭敬問詢後推來餐桌，將鵝肝雪蟹紅酒並銀質餐具放在了巫瑾桌上。

巫瑾看得目瞪口呆。

凱撒面前擺放著量大質粗的T骨牛排，一刀下去形同剁肉，顯然早已習慣，「小巫啊，哥說過，逃殺秀就是貴族運動。」他又加了一份蟹粉麵，「所以咱們這種選手，一向都搶手。」

佐伊看向巫瑾，眼裡充滿好奇，「小巫真沒談過戀愛？」

巫瑾老實點頭。

凱撒露出誇張的表情湊過來，「不是吧，只要你招招手，今晚就能……」

巫瑾驚悚，磕磕絆絆：「我不……」

琥珀色的瞳孔睜得溜圓，硬生生把凱撒後半句話給憋了回去。佐伊哈哈大笑，凱撒快快扭過頭，「真純情啊……」

邪了門了這兩隻小眼珠子！逃殺選手長這麼好看真是要命！

「這兩年最受歡迎就是長得好看又能打的。」佐伊溫和道：「走哪兒都是狂蜂浪蝶。」

長得好看又能打的。

巫瑾微微一頓，腦海中有個人影一閃而過。還沒等他去戳口袋裡的小紙條，舞臺上再次換了一組選手——

巫瑾的眼神驟然亮了起來！

舞臺上烏央央一片人，清一色迷彩服，臉上塗得亂七八糟，巫瑾卻是能一眼認出站在角落的大佬。

衛時懶懶散散站著，左手虛握一柄霰彈槍，鏡頭從左自右推入，愣是沒把他照進去。

站在衛時前面的選手，一頭紅毛皮膚黝黑，倒是跳脫得很。對著觀眾又是比心又是剪刀手，就差沒把鏡頭拽過來往自己臉盤子上扣。

觀眾頓時一陣哄笑。

巫瑾卻振奮無比，伸了個腦袋趴在欄杆上往下看。

這一組包括衛時在內，全是以個人名義報名。

佐伊感慨：「我記得，去年個人選手評分最高只有C。資源為王。好苗子都被經紀公司簽了，沒個幾百萬信用點還真砸不下出道位。」

凱撒嗯了聲，好奇看向巫瑾，「瞅啥呢？不是D就是EF，沒個看頭。」

巫瑾反駁：「還沒開始。」

佐伊笑著為他解釋規則：「這一組複賽節目難度偏低，技術分決定了評級不會超過D。除非……在海選裡表現特別突出。」

巫瑾一愣：「表現突出？」

佐伊查了下規則，「到手二十個人頭，節目組會予以重視，調整複賽難度。」

巫瑾隱隱想起什麼，長大了嘴巴——一週前，衛時把槍給他之後，人頭自始至終都是記在巫瑾身上，不到萬不得已絕不補刀。

克洛森秀顯然對這組選手並不重視，只挑出來兩三個人做自我介紹，而且多半是事先打點好關係的。

等戰鬥開始，巫瑾終於確定了猜測。

大佬……果然在隱藏實力！

衛時帽子壓得極低，只能在一閃而過的鏡頭中看到英挺的鼻梁，不僅臉頰，下頷到喉結的曲線都被軍綠色的油彩遮住，只有敵方近身才不緊不慢按住一槍。

和划水明顯的大佬相比，先前的紅毛就像是撒歡的火烈鳥，在舞臺上上下下撲騰出一地雞毛。不僅自己的目標要打，別人的怪也槍，興奮之處甚至用槍托砸死了衝著衛時過來的一隻史萊姆。

衛時也不計較，抬手開槍結果了旁邊一隻，補上被搶的積分。

佐伊突然皺起了眉頭，「那個紅毛……」

凱撒點點頭，也看出了門道，「看著有點剛。那路數，八成是打地下比賽出身的。出手太狠，留意著點。」

七分鐘後，評分揭曉。一批人裡淘汰了近一半，僅有四人達到D等級。

直到一群選手走上晉級席，評委血鴿還有些恍惚，指著衛時的背影小聲嘀咕：「剛才有這個人嗎？」

應湘湘瞇眼看了會兒，攤手，「不知道，看著身材倒是不錯。」

凱撒和佐伊還在討論著紅毛，巫瑾的視線始終跟在衛時身後，直到幾人消失在了更衣室。

正此時，場內忽然一陣喧嘩，觀眾表情明顯亢奮。

「下一組，R碼娛樂。」兩位隊友的神色突然嚴肅。幾乎同一時間，所有場內選手都目不轉睛盯著臺下。

「小巫看著。」凱撒開口：「馬上要有S了。」

巫瑾：「R碼娛樂？」

「每一季只派出一位練習生，而且初始評級一定是S。」凱撒說道，眉毛卻微微擰起，像是忌憚又像是厭惡，「R碼，全稱RNA轉錄編碼，精通選手改造。」

巫瑾：「……改改改造？基因改造？」

凱撒點頭，不想多提，「嗯，臺上那個，人形兵器。」

節目組這一次插播了整整八分鐘廣告，燈光再次亮起時，巫瑾終於看清了這位人形兵器的模樣。

約莫二十三、四歲，五官冷漠，面無表情，右臂紋身繁複。巫瑾還未看個仔細，他已在三分鐘內結束戰鬥。

實戰S，戰術S，表現力A。

他很少開口，就連應湘湘都沒法把話頭接下去，只能朗讀該位選手的資料掩飾尷尬。

巫瑾這才知道這位兵器的名字，魏衍。

魏衍走上S席成為了下半場的高潮。

一個小時後，複賽表演結束，共計一個S、二十六個A，剩下多數分布在D與E。

評審席內，剛剛統計完結果的應湘湘衝著螢幕嫣然一笑，「各位觀眾，克洛森秀本季投票通道已經正式開啟。」

現場霎時一片沸騰。

「六十輪海選，一萬名選手，四百人通過複賽。但請記住，只有十位選手，能在節目中順利出道。」

「現在打開投票通道，能看到為觀眾準備的第一個福利——為你心儀的選手選擇室友。投票將於十五分鐘後截止。」應湘湘眨了一下眼睛，「你的Pick，由你決定。」

球幕上投影出瘋狂攀升的投票數位，巫瑾一時瞠目結舌。僅僅一個選秀綜藝，此時記載投票就有六億……一千年後的人口爆炸簡直匪夷所思！

而凱撒佐伊皆是手速爆發，迅速給自己投票——

「小巫肯定和魏衍同寢，還有兩個床位，誰搶到是誰。」

巫瑾一片茫然：「什麼……」

「人氣。」佐伊解釋：「人氣高的選手，基本都會被投到一起。」

巫瑾迅速反應過來，拿出白月光配置的標準終端，進入投票選擇介面，恬不知恥的輸入自

己編號。

進入室友選項之後，他毫不猶豫開始翻找衛時。

不料，大佬的ID卻在此時無法選中。

「請為選手挑選等級相同或相鄰的室友。」

巫瑾瞪大了眼睛。

十五分鐘一晃而過，寢室表在球幕上貼出。巫瑾赫然與魏衍被分到一起，另外兩位室友分別是凱撒和一位銀絲卷戰隊練習生。

巫瑾在南七〇一，衛時在北塔二樓。

佐伊則和輔助文麟同寢，與上一季相同。

幾人皆是鬆了一口氣，臨走時凱撒拍了拍巫瑾肩膀，「小巫啊，我還得感謝你的粉。」

隨著寢室貼出，載有選手坐席的平臺緩緩下降，場館頂部的球幕四半分開，露出晴朗的天空和不遠處古堡一般的雙子塔。

褐色的磚體像是十八世紀的建築，寢室密布在兩座塔內，有工作人員拿著雷射筆逐一為選手領路。

「S、A、B在南塔。」巫瑾讀著手上的說明：「C、D、E、F在北塔。這麼多人都住在北塔？」

佐伊點頭，「住在南塔是優勢。」

第二章

天賦是選手最重要的資本之一，顏值也是

巫瑾點頭，「陽光好。」

佐伊一臉古怪，「陽光好？上一季最後一個逃殺副本，就是練習生宿舍樓。」

「……」巫瑾立刻又把地圖多背了幾遍。

四百多位練習生中，僅有一百人住在南塔，光線優渥空間充足。每四位練習生共用休息室，卻各自有單獨房間。

巫瑾向工作人員取回了兔子，甫一安頓好就被節目組叫過去簽代言，繼而迅速把他推向攝影棚。

一棚子全是兔子，白絨絨軟乎乎咂吧著嘴的。

「來，小巫躺進去！」

前排有位攝影師給他做了個示範，巫瑾勉強扒拉出來一塊躺下。

兔子球球慢吞吞地四散開去。

「完美！」攝影師的臉上充滿了藝術的輝光，對著巫瑾就是一陣猛拍，「抓一個。」

巫瑾茫然：「什麼？」

天花板上驟然降下來一隻機械手，類似於曾經風靡的抓娃娃機，不容分說提了隻兔子就往巫瑾懷裡塞，靈活的手指不斷調整道具位置，最終在完美角度停下。

一旁的小編導臉色微紅，眼神晶晶發亮。金屬機械手按住眼神無辜的絕色美少年……攝影師一聲輕咳，吩咐：「保存下來做花絮。」

拍攝迅速結束，巫瑾依然懵逼，「剛才拍的是什麼廣告……」

編導妹子甜甜道：「晚上就知道了。」

一番拍攝結束已是深夜。

巫瑾正打算挑個時間去找大佬，冷不丁收到凱撒訊息：小巫給我留門！速至！

距離十點宵禁只差五分鐘，巫瑾慌不迭地跑到南塔門口。

直到兩分鐘後凱撒才晃晃悠悠地走過來，一旁是位一襲長裙的年輕女士，戴著紫色紗網禮帽，長髮蜷曲像是油畫裡走出來的美人。

「介紹一下，這是我的女朋友。」凱撒一臉癡迷。

巫瑾：「……」

這位貴族小姐美滋滋的和巫瑾打了個招呼，臨走時還不忘把凱撒拉下來纏綿一吻。

「喜歡我送你的香檳嗎？」她低聲道。

「寶貝，我喜歡的是送香檳的妳……」

巫瑾瞪圓了眼，趕快移開視線，提醒：「還有三分鐘。」

凱撒伸出手，比了個二十秒的姿勢，低頭加深離別吻。

十五秒，兩人終於分開，深情相望。

砰的一聲，南塔大門應聲而關。

巫瑾：「……」

凱撒：「……」

那位女士盈盈一笑，優雅道：「放心，我在這附近有棟別墅，小巫要不要一起來？」

巫瑾連忙拒絕，眼看著不遠處北塔還未關閉，他立刻告別向宿舍樓衝去。

凱撒在身後同他告別，半天才想起，「這個時候，南北塔好像是不通的……算了，都在節目組裡面，丟也丟不了！」言罷美滋滋離去。

北塔內，巫瑾順著樓梯走到樓上，愣然發現選手大多鼻青臉腫。

直到看到公告欄，他才明白「北塔二樓」的含義。

十二間宿舍，大小不一，全靠搶。

巫瑾毫不意外的在面積最大的那間前面，看到了衛時的名字。

他迅速整理好小捲毛，開始敲門。

開門的卻是在賽場上看到的紅髮選手——紅毛看到巫瑾，眼睛立時一亮，看清性別之後才興致怏怏開口：「找誰？」

巫瑾眼睛一閃一閃，「衛時。」

誰知紅毛神情陡變，碰的一聲把他關在門外。

巫瑾：「……」

北塔二〇一宿舍內，衛時裹著條浴巾從浴室出來，未擦乾的水珠順著結塊的肌肉滑落。

紅毛大聲嚷嚷：「衛哥，剛才有個人找上咱們，你說會不會是……」

說話間，一小張紙條從門縫裡刺溜一下遞了進來，乖乖巧巧的扒拉在地上。

衛時：「……」

紅毛狗腿撿起，一看愣了，「祝賀……衛哥你的字，哎我去，我說衛哥你怎麼拍了人家香檳，敢情是真給了房間號——趕緊的，我再去搶個宿舍，不打擾您……」

衛時把人往旁邊一踹，打開了門。

【第三章】空降十分二十二秒，只能幫到這裡了——

巫瑾等在房間外面，甫一聽到開門聲，就嗖的一下躥了起來。

小眼神閃閃發亮，「大哥——」

巫瑾的聲音倏忽停頓，呆呆看向門內。

衛時明顯剛洗完澡，五官深邃表情冷淡，腰間只圍了條白色浴巾。赤裸冷硬的輪廓一直沒入陰影之中，身材上寬下窄，八塊腹肌曲線賁張，右臂、前胸隱見陳舊的刀傷彈痕。

開門時，水汽撲面而來。

巫瑾忽然想到隊友說過的話——長得好看，又能打的。

衛時把兔子精拎了進去，揚眉示意他說話。

巫瑾乖巧老實，「南塔關門了……」

一旁的紅毛一拍大腿，「嗨呀！都這個點了，衛哥您麻溜兒的……」

衛時視線下移，眼神淡淡掃過去，紅毛一個激靈站好，縮一邊和牆角對齊。

巫瑾伸了個腦袋，往裡面一探一探，充滿了小動物的好奇，「大哥！我就來擠擠！我不占地兒……」

不知為何，紅毛登時對巫瑾露出了欽佩的表情。

正此時，茶几上的終端忽然響起。

在巫瑾睜圓的瞳孔裡，衛時扔了浴巾，除了穿著純黑內褲的胯部，壯碩的身材近乎完全赤裸。他隨手披上睡袍，拿起終端，看了眼巫瑾，「在這裡等著。」

巫瑾點頭點頭。

衛時拿著終端去了露臺，旁邊的紅毛這才恢復了活蹦亂跳。一面飛快收拾東西，一面對巫瑾殷勤備至，「我去隔壁住著。哎甭坐椅子，那灰還是上一季攢的，床都鋪好了，右邊，對右邊那張床。行了齊活兒！改明兒再見！」

不大的房間順時安靜了下來。巫瑾這才看清屋內的陳設。

北塔二〇一室面向與巫瑾宿舍完全相反的方向，一應設施俱全，除衛浴外僅有一間房間，相隔最遠的地方擺了兩張床。

透過窗外暗淡的燈光，能看到遠處搭了一半的逃殺秀場，據說是本季克洛森秀第二或者第三個淘汰副本。

露臺上，衛時正與終端那邊通訊，大多是對面在彙報，衛時只偶爾嗯一聲，聲線低沉沒有毛刺。

巫瑾聽著聽著，忍不住眼睛就迷迷濛濛了起來，順從意志躺倒，攤平。

枕頭上有極其舒適的陽光氣味，摻雜了並不陌生的氣息。

巫瑾想著，紅毛真是個好人！把床讓給自己……

枕頭一側凹凸不平，巫瑾只覺得腦門下面壓了什麼東西。

他翻了個面兒，慢慢吞吞伸手在枕頭下面摸索，老半天扒拉出一個冷冰冰的物事，緊接著瞪圓了眼。

——槍。

——槍啊啊啊！

克洛森秀裡明明白白寫著，槍枝僅允許在比賽以及訓練中出現，選手需嚴格遵守聯邦法律條例。

巫瑾和那把手槍大眼瞪小眼，正準備塞回去之際，露臺門從外打開。

巫瑾迅速驚醒，磕磕絆絆：「大哥，我這張床上有有有……」

衛時看了眼，「那是我的床。」

巫瑾一愣，果然在床柱上看到了衛時的號碼，慌不迭撲騰起來。

衛時抱臂看著，原本平整的床單被扒拉出幾條褶皺，被子被巫瑾裹起，巫選手顯而易見還沒洗澡，站在浴室門口都能感覺到奶香奶香的兔子味兒往外冒。

還挺能築窩的。衛時嘖了一聲，開口：「行了，你就睡這裡。」

言罷走到床邊，示意巫瑾，「手。」

巫瑾茫然伸手。

緊接著，食指根部被帶著槍繭的兩指扣住，掌心被灼得發燙，摸出來的那把勃朗寧神不知鬼不覺落到了衛時手裡。

男人的動作熟練老辣，他順手又從床單底下摸出一把微型左輪，床柱一角解下一柄虎爪刀。

「腳。」衛時繼續下令。

稀薄的月光從窗戶外面透進來，巫瑾終於反應過來，兩隻白白嫩嫩的腳丫子嗖地一下縮回被子裡。

衛時又把巫瑾往裡頭塞了塞，緊接著彈簧床墊掀起，巫瑾咕嘟嘟往後滾了滾，一把粒子槍被整個抽了出來。

巫瑾幾乎目瞪口呆，他絲毫不懷疑，衛時一個人就能轟了整個真人秀基地……

他終於忍不住問道：「大哥，這些槍……」

衛時漫不經心開口：「哪裡有槍？」

關燈後，黑漆漆的宿舍內一片安寧，絲毫看不出兩分鐘前大佬開火器庫的架式。

巫瑾立時醒悟，「沒有！是我看錯了……」

然後眼睜睜看著大佬再次用違禁品布置好火力防線。

巫瑾瞪大了眼睛：我又不瞎……

衛時回頭，嘴角似乎揚了一下，「睡了。」

黑暗之中，巫瑾的眼睛滴溜溜亂轉，隔一會兒就悄悄地瞅瞅衛時，似乎有點興奮，又不敢突兀開口。

腦海中，亂七八糟閃過之前的訊息。

大佬是帶著紅毛來的，大佬似乎有很多小弟……看來自己還得競爭上崗！

大佬在隱藏實力，以及大佬的香檳……

巫瑾幾次差點開口，又最終嚥了下去。

他也不知道大佬究竟睡著了沒有。

漆黑的北塔寢室內，琥珀色的眼睛亮了又暗，暗了又亮，反覆許久之後才耷拉著閉起，呼吸綿長幾不可聞。

三小時後。

黑暗中，衛時驀然睜眼，吸光的瞳孔不帶一絲感情，右手在電光石火之間扣上勃朗寧精巧的扳機。

練習生宿舍內，低垂的制式帷幔讓他一時分不清夢境還是現實。

衛時厭惡的擰起了眉頭，一伸手摸了個空，才想起貓沒帶過來。

他忽有所覺，看向房間另一側——向北的小窗半開，夏風輕輕送入，在不遠處打了個旋，巫瑾淺緩的呼吸聲低低起伏。

貓不夠，兔子精勉強還能湊。

衛時靜靜聽了許久，心跳終於平復。

巫瑾一覺睡得極好。

醒來時天色剛微微亮，對面床鋪已是空無一人。

巫瑾連忙爬起，浴室內留了一套洗漱用品，另一套已經拆開，工工整整地放在一旁，連一滴水珠都不見。

臨走之前，巫瑾認真把被子疊好，又把昨天用來敲門的紙條重新塞回口袋。

雙塔樓下，展示欄裡貼著當天的訓練表。

巫瑾啃著早餐，正在地圖上尋找教室入口，遠處一位金髮壯漢迎面而來。

「小巫！」凱撒一掌拍在巫瑾肩膀，端的是神情饜足。

「……」巫瑾瞪圓眼睛，看著這位害他無家可歸的罪魁禍首。

「昨晚住哪兒？」凱撒很是好奇，「不會是去找送香檳的那位……哎玩笑、玩笑！」

巫瑾一頓：「……」

凱撒慢悠悠晃蕩過去，言語中神采飛揚，對昨晚回味無窮，「再說，去了指不定就是賺到，那身材……」

巫瑾又一頓：「……」

凱撒終於挪開話題，瞅了眼日程，剛要開口倏忽被打斷。

佐伊笑咪咪走來，向巫瑾溫和道：「小巫，廣告不錯。」

巫瑾恍然想起昨晚在兔子堆裡拍的廣告：「佐伊哥，哪裡能看到？」

佐伊一愣，「你不知道？昨天晚上，跟複賽剪輯一起發布的——平臺流量差點爆了。」

蔚藍之刃——蔚藍賽區最大粉絲流量平臺。

幾十億用戶活躍在各個板塊，戰隊粉、組合粉、節目粉、槍枝型號粉、選手唯粉來往絡繹不絕。

與逃殺秀一貫的硬派作風相同，蔚藍之刃的粉絲群體向來以驃悍著稱——頭鐵，能撕，硬剛，掐出一地雞毛。

此時正值星際聯賽夏季場，相關討論近乎在首頁屠版。

「四年心頭白月光，這場又他媽沒打準槍——白月光戰隊黑樓26。」

「黑子還跳？You can you up？開樓強行藉白月光流量給你家炒作，活該你家被一腳踢出聯賽入圍。祝涼透【微笑】【蠟燭】」

「涼透反彈謝謝。誰不知道白月光內戰是隻虎，外戰小倉鼠。在蔚藍賽區占用出線位——」

「小組賽才輸一場，白月光就算背鍋，也輪不到你家野雞銀絲卷戰隊蹭流量！」

「不好意思，我家至少不是強推之恥……等等，麻蛋誰舉報我……」

管理員封禁兩人各二十四小時：「聯賽期間禁止人身攻擊選手及戰隊。」

白月光粉絲憤憤下線，換上名為「月光協奏曲」的小號。一上一下之間，版面上另一條從未見過的主題，竟是倏忽高高頂起。

「克洛森秀啟動——你的Pick，因你出道！」

僅僅一個刷新的工夫，回覆已經多了兩千來條，甚至還有不斷上漲的趨勢。

她微微一愣。

星際聯賽是頂級職業賽事，往下還有蔚藍賽區XX杯同時進行。相比之下，克洛森秀作為練習生選秀節目，雖然名氣不低，但也絕不至於霸佔版首如此之久。

點開之後，一條彈幕迅速彈出：「空降十分二十二秒，只能幫到這裡了，速來！」

十分二十二秒，正是導師宣傳結束，贊助商廣告插播——

她陡然瞪大了眼睛。

這是一則老牌救生艙的廣告，只見一片混亂之中有人在慌忙喊叫：「進艙，危險——等待支援！」

銀質救生艙迅速彈出，在爆炸前將選手牢牢保護在內。緊接著畫面一轉，救援隊順著飛船殘骸找來，將救生艙打開。

幾乎所有觀眾都在這一刻不自覺屏住了呼吸。

艙體內，美好到不似人間的少年和毛絨絨的白兔互相依偎，被喚醒時睫毛翕動，瞳孔中琥珀色無辜水光讓人一眼淪陷。

螢幕中緩緩浮現一行花體字——

保護你，只因為你。XX救生艙，為你和你的摯愛準備。

緊接著風格陡變：XX救生艙配備有純淨供氧設備，流線設計符合人體力學，24K鍍金外殼接受鑲鑽訂製，三百六十度高級防震，用心守護您的睡眠。讓愛，因保護而延續。

背景中，銀灰色的艙體被淡化，少年蜷縮的地方延展出一片森林，無數隻毛絨絨的兔子落在草坪，少年伸手攏住，微微彎起的眼睛像是灑下萬點星光，腰間露出號碼牌以及宣傳標識——300012選手，巫瑾。我在克洛森秀等你。

呆了整整三秒，這位粉絲才愕然驚醒，臉色緋紅，手速飛快打開彈幕。

這份宣傳影片的評論流量，在此時近乎爆炸，一條彈幕被點讚四千多次。

「我不是在開玩笑！十秒鐘內，本寶寶必須知道小哥哥的全部資料！」

下方回覆迅速：「二十二分零三秒出場，二十六分半複賽表演。」

無數顏控向指定位置空降而去，彈幕奔湧而來。

「選手？真是選手？」

「這個世界瘋了！這麼漂亮的小哥哥都去做逃殺練習生？」

「真．福利！鼻血橫流！那隻兔子，放開小哥哥讓我來啊啊啊！不就是救生艙嗎！我買總行了吧，小巫同學能當贈品不？」

「哪家娛樂公司的？看了複賽才發現人家是A，這是明明可以靠顏值，非要走實力出道的節奏？救命！老阿姨分分鐘路轉粉……」

「好像是白月光……」

論壇上，廣大戰隊粉一愣，迅速翻開資料。

巫瑾，十九歲，白月光練習生，簽約時間八天。

白月光應援組陡然炸開：「我就說官方怎麼從三名練習生加到四名！趕快準備準備，應援站做起來！克洛森秀下一集之前趕快引流，不能讓小哥哥受委屈。宣傳組在不在？趕快控場轉讚評……」

宣傳組大佬慢吞吞在對話方塊敲字：「不用控場了，這些路人粉……比我們之前買的水軍都要積極。」

幾人進入訓練場時，一屋子視線齊刷刷看過來，彷彿巫瑾自帶流量聖光。

導師講臺在場地一側，巨大的落地窗透入明亮的天光。練習生排排坐，一時極似巫瑾在穿越前。恍惚中，下一秒就要有經紀人前來宣布考核，柔軟努力的練習生們紛紛卡著牆角劈叉壓筋……

不遠處「咔擦」一聲。

兩位正在切磋的練習生不慎折斷了入口處的欄杆。

劇組人員習以為常，扛著攝影機把兩人分開。

巫瑾一秒回神，拿起桌上的講義。講義上印的不是熟悉中的編舞或者樂理，而是野外求生。講義封面，一群練習生手拉著手，圍著篝火幸福的載歌載舞。

「……」巫瑾從未見過如此欺詐的封面。

在他的左側，凱撒正在和佐伊嘀嘀咕咕，時不時看向終端螢幕，露出沒什麼智商的笑容。

「小哥哥缺女朋友嗎？給小哥哥運送物資的時候，可以把我也裝進去嗎？」凱撒朗讀，咧嘴：「嘿嘿嘿嘿嘿……」

緊接著凱撒又挑了一條評論：「小巫！你才九歲！媽媽不許你參加危險活動！來跟媽媽回去……嘿嘿嘿嘿嘿……九歲嘿嘿……」

巫瑾終於忍不住瞪眼，琥珀色眼睛凶巴巴地警告過去。

佐伊一聲輕咳，把凱撒的終端沒收。

凱撒似乎多數時間智商都並不在線上，日常蛋白質供給全部運送給了肌肉——巫瑾甚至相信，如果未來人類只能選擇一種進化方向，凱撒會毫不猶豫拋棄大腦選擇肌肉。

佐伊身為狙擊手，顯然要冷靜許多。

「第一次淘汰考核在二十天後。」佐伊打開時間表，分析道：「地圖和海選相似，淘汰一百人。小巫……」

他看了眼巫瑾，「白天訓練，晚上讓凱撒給你惡補基礎。」

白月光的練習生中，巫瑾雖然評級A，處境卻無疑是四人中最危險。

淘汰考核與表演賽不同，沒有演習，任何狀況都有可能發生。巫瑾最缺乏的實戰經驗，在其中起到最關鍵的作用。

巫瑾認真點頭，餘光瞄到終端，耳後微微發熱。

這是他第一次擁有粉絲。

活生生的，軟綿綿的，會開玩笑的，在網路另一端的，特別可愛的那種。

佐伊拍了拍他的肩膀，「別緊張，怕什麼？」

巫瑾誠懇：「不想讓她們失望。」

佐伊一笑，「放心。比賽前第一次投票會公布，應援排名靠前的選手有特殊獎勵，比如先發優勢，再比如……」

凱撒忽然揉了揉眼睛，看向下面，「是我看錯了？那紅毛怎麼進來打了兩次卡？」

巫瑾順著他的視線看去，只見和大佬同寢室的紅毛大搖大擺走進來，直到訓練室關門都沒見到衛時的身影。

佐伊也是目瞪口呆，「幫人打卡……這才第一節課？就有人蹺課？太囂張了吧——」

紅毛看到巫瑾，興高采烈地揮了揮手。

佐伊：「他在看誰？」

凱撒：「臥槽，看小巫啊！他不會對咱們小巫有意思吧？打他丫的……」

訓練室的前門同時被打開。

實戰導師血鴿走進的一瞬，全場陡然安靜。

這位退役逃殺秀選手，曾經是蔚藍賽區偵查位的無冕之王，也是他開創了雙突擊—狙擊—偵查C位的詭譎戰術，首次將蔚藍賽區推入聯賽八強的寶座。

與昨晚在評委席上的禮服不同，血鴿這次出現時，穿著制式迷彩，短硬的板寸俐落爽朗。所有練習生都立時興奮了起來，耳濡目染的賽區神話就在他們面前。

血鴿衝臺下點點頭，「這是我參加的第四季克洛森秀。」

「一季五百人，加起來兩千人。裡面一共只有四十人出道。」

臺下鴉雀無聲。

「這其中，有人打入了星際聯賽，還有的人出道就是巔峰，至今默默無聞。當然，也有中途淘汰的練習生，現在鏖戰在蔚藍賽區的最高賽事。」

血鴿頓了一下，「我退役八年，過來當導師，是因為還沒見過蔚藍賽區在聯賽拿一次冠軍。而這個冠軍，很可能就出現在你們之間。」

血鴿的話就像是丟入人群中的火星，迅猛將整個練習室點燃。

聯賽冠軍——幾十年來，就連幾大娛樂豪門都沒能達成的夢想。

血鴿再次開口：「記住，你們進入克洛森秀，為的不是出道。我最想在你們身上看到的，是野心。沒有野心，你們的職業生涯可能就到這個教室為止。」

「記住我說的話。」血鴿結束了開場白，背身打開螢幕。

「野外求生」四個大字投影在白板上。

「現在從第一課開始。逃殺秀裡的求生，不是活著，而是高貴且有尊嚴地活下去。」

訓練室內，巫瑾飛速作著筆記。

「按壓止血，必須將受傷肢體抬高，施壓點必須位於關節上方……」

「理想的庇護場所要避開岩石滑落及野生動物襲擊。節目組並不阻止選手睡在坑裡，但是請務必考慮有多少觀眾在觀看直播。」

「出發前的物資可以用應援積分換取，甚至包括藥品。如果你不懂得藥理——請讓經紀人提前替你寫好說明。克洛森秀的死亡率是一萬五分之一。整整三十季只有一位選手，被毒蛇咬傷後誤吞了阿托品，救生艙加全體醫療人員出動都沒救回來。」

「如果你連阿托品是什麼都不知道——我建議你在物資裡裝上散粉，不僅沒有生命危險，還能在節目裡補妝。」

血鴿開了個無傷大雅的玩笑，訓練室內充滿了快活的空氣。

巫瑾記筆記的右手一頓，緩緩摸向終端，開始飛速查找詞條。

凱撒瞥了一眼，差點沒憋住當場笑出聲。

下課時，巫瑾找節目組領了根繩子，認真練習血鴿教過的幾種繩結。

到人跡罕至之處，凱撒終於忍不住嚷嚷：「哈哈哈哈哈，小巫真的不知道阿托品哈哈哈哈……你是哪裡長大的小可愛哈哈哈……來，哥給你找個資料！」

巫瑾乖乖遞去終端。

凱撒剛輸入詞條，一系列搜索記錄彈出。在阿托品之後，巫瑾又搜索了一連串的光譜解毒劑、阻斷劑、中樞神經症狀等等。

凱撒一愣，僅僅兩個小時的課程，巫瑾查詢了將近三百個詞條。

「你記了幾頁筆記？」佐伊伸頭。

巫瑾把筆記本攤開，一手行楷均勻整齊。字裡行間留有大片空白，又被後來補充的資料填補，整整十二頁被簡略的筆記和不明其意的符號填滿。

佐伊刷的一下抽走了筆記本，「A型支撐？」

巫瑾一愣，呆呆開口：「降落傘搭載樹木橫梁，適合非惡劣天氣的簡易帳篷。」

凱撒從搜索記錄裡揪出一條：「達、達什麼他科……」

「達科他生火洞。」巫瑾迅速糾正，「出煙量最少的生火裝置之一，可以有效避免在生火時暴露方位，主洞消耗氧氣，從副洞抽取燃料……」

凱撒張大了嘴巴，「剛才上課講過？」

佐伊嘆氣：「導師提了一句地下生火。」

凱撒迷茫：「我怎麼不記得？小巫怎麼知道？」

「……」佐伊憐憫：學渣，沒救了！

把筆記本還給巫瑾前，佐伊用終端拍了張照，傳給聯繫列表中的一個人，「給他看看榜樣，督促好好學習。」

凱撒一拍大腿，「這不是那誰！給你點香檳想泡你的……」

「小朋友才十六歲。」佐伊涼涼看過去，「再多嘴一句，下局比賽崩你一大狙。」

直到巫瑾走後，佐伊尤其感慨：「倒是不用擔心小巫，人學習成績肯定不錯。」

凱撒點頭點頭，「厲害！難不成是高中畢業？」

佐伊一愣，「你不是？」

凱撒嘿嘿一笑，自豪：「小學沒讀完，踢了幾年足球比賽就轉行練習生了。」

佐伊恍然大悟，「你他媽幼稚園畢業就敢來當練習生……不對，公司還敢招你！」

凱撒奇了，「幼稚園畢業怎麼了？聽說公司還招了一個沒戶口的呢！」

巫瑾回到寢室，南塔七樓空無一人。

他給兔子添上口糧，繼續實踐之前的繩結。

中途，巫瑾的視線幾次三番從兔子腿兒上瞄過，手癢就想抓來練習——最終努力克制放棄。這不是兔子。這是兔哥。

是大佬親自託付給自己的，不能欺負……

門鈴響起，巫瑾學著衛時的樣子，在兔哥身上擼了一把才轉身開門。

黑色的信封被快遞機器送到巫瑾手上，落款是白月光娛樂公司。

拆開信封，一枚小小的晶片安靜躺在包裝袋裡。

聯邦工作簽證。有效期：一年。

巫瑾把晶片裝入終端，終於鬆了一口氣。

一年之後……努力當一年練習生，指不定就能申下來公民身分了呢！

午後溫暖的陽光裡，巫瑾一面擼著兔，一面打了個盹兒，翻滾時露出白白的肚皮。

賽場上少不了近戰，體能訓練也要提上日程……

想到這裡，巫瑾睏意頓消，趕緊對照體能手冊，打開指導語音，做了個廣播體操。

下午的課程是鏡頭表現力。

應湘湘出現時，一眾直男都張大了嘴巴。這位女導師一襲白色長裙，言笑晏晏，素淡妝容

正是當夏主打的初戀情人系列。

就連巫瑾都忍不住多看了兩眼。

然而一旁卻是有道目光直戳戳過來。

巫瑾側身，愕然看向紅毛。

紅毛瞪大了眼睛，做出口型：衛——哥——

巫瑾也睜大眼睛，做出口型：不在啊！我也找不到大哥啊！

紅毛一噎，又揪著巫瑾，確認他沒再盯著應湘湘猛看，才放下心來。一面又思索著衛哥是怎麼個想法，睡都睡了……

臺上，應湘湘打開一段影片，正是一位逃殺選手在包紮手臂傷口，額頭冒汗，碘酒塗上去的時候疼得刺溜溜亂竄。

「看清楚了嗎？」應小姐微微一笑。

一眾練習生點頭點頭。

應湘湘：「逃殺秀，不管順風逆風，都有直拍鏡頭跟著你。受傷——是最考驗選手心理素質的境遇之一。觀眾會追隨你的強大，也會體諒你的脆弱。但是鏡頭，只會忠實反應它所看到的一切。」

應湘湘切換到下一段影片，鏡頭中央正是當紅流量選手，銀絲卷戰隊的狙擊手薄覆水。打從薄覆水出現的一瞬，凱撒立刻皺起了眉頭，「這騷男。」

巫瑾茫然：「啊……」

凱撒撇撇嘴，「小破戰隊，打的不行，事兒一堆。粉絲能掐善戰，喏，這人和咱們隊長是死敵。同期練習生、同期出道，都是狙擊位。」

螢幕中，薄覆水的左臂一道傷口貫穿，低頭纏繞繃帶之前調整機位，刻意給鏡頭留了個側臉——張揚的五官蹙起，桃花眼因為吃痛而微動，他顯然也在喘氣，但小幅度的起伏絲毫不損害畫面美感。

巫瑾看得目瞪口呆。

緊接著，這位選手在包紮之後竟然對著鏡頭勾唇一笑，「抱歉，讓我的寶寶們擔心了。」

凱撒的臉色青了又白白了又青，差點沒乾嘔出來。

佐伊眼神恍惚，「這什麼破瘠薄操作……」

臺上，應湘湘卻是對薄覆水毫不吝嗇稱讚。

「記住，逃殺秀也是秀場，你的一切表演都必須以鏡頭為基礎。行了，咱們挑幾個同學挨個表演下。從單項分S開始，」應湘湘看了眼名冊，眼神發光，「300012選手，巫瑾。」

正在專心聽講的巫瑾一呆。教室內倏忽安靜，無數道目光齊刷刷看了過來。

攝影師控制著機位向巫瑾聚焦，餘光掃過左右——剛才還在大力唾棄騷男的兩位隊友，凱撒與佐伊瞬間安靜如雞，兩手放膝坐在巫瑾旁邊，活像積極聽話的小學生。

一面不著痕跡的在巫瑾小腿肚子上一蹬。

巫瑾條件反射躥起，「……」

鏡頭裡的少年能看得出緊張，琥珀色的瞳孔泛著迷茫的水光，又在睫毛翕動中找回焦距，努力維持鎮定。

就連訓練室內的直男都是微微一震。

應湘湘眼中精光亂綻，「讓我們給巫同學一些鼓勵。」

掌聲齊刷刷響起，凱撒收回腳，一臉死道友不死貧道的快樂，拍得尤其歡脫。

巫瑾乖乖走上講臺，從身後看去就像隻夾著尾巴的小動物。

作為教具示範的繃帶安靜擺放在講臺上。巫瑾揣摩著影片裡的套路，將繃帶扯開一段，循著機位搭在左手肘——

衣袖擼起，白白嫩嫩的胳膊泛著瓷白的光芒，繃帶一端被左手三指固定，另一端被扯開，凌亂地纏繞在關節周圍。

有了求生課程作為鋪墊，巫瑾嚴格恪守止血按壓點必須高於關節的急救知識。他努力把胳膊舉起，正好卡在光線與鏡頭的正中。透窗而入的陽光將飛塵、繃帶、手肘與少年精緻的側臉練成一線，巫瑾抬頭時微微瞇眼，恰巧停在錄製時的最後一個鏡頭機位——

「停。」應湘湘掐錶。

整個訓練室，像是從靜止中被應聲喚醒。

凱撒看得眼珠子都要掉了，「……臥槽，小巫厲害啊！」

佐伊點頭附和，「當時簽他的時候怎麼說來著……顏值太能打。」言罷頓了一下：「不過，還是經驗欠缺。」

佐伊已經是二度參加克洛森秀，直奔出道位而來，對許多評判標準都看得透徹。和頭腦簡單、只知道「臥槽」、「好看」、「賊瘠薄好看」的凱撒有著本質不同。

然而訓練室中，絕大多數練習生都和凱撒相似，對巫瑾的示範嘆為觀止。

例如最後一排的紅毛，拿著個針孔終端劈裡啪啦敲字：嘿可以啊！老大看到沒……啥？我這冒著開除危險給老大傳課程資料，怎麼卻是你們幾個在看！

臺上，應湘湘將剛才巫瑾的鏡頭重播，笑意盈盈：「小巫同學，你猜，這一段我能給你什麼等級？」

巫瑾謹慎預估：「……B？」

應湘湘點頭，「猜對了，B。」

臺下一片譁然。

應湘湘打了個響指，一旁刷刷刷湧來三個助教，按幀分鏡。

「四十六秒，一分十二秒，一分三十六秒，鏡頭重心嚴重偏移。記住，在任何需要包紮的場景中，傷勢應該占據你百分之九十以上的注意力。包紮不夠快，動作拖泥帶水。機位構圖合格，但是……」應湘湘語速飛快，卻在此時停頓：「如果你關注觀眾，會發現，多數視線聚焦在你的臉上。」

巫瑾一愣。

「這是你的優勢，也是你的劣勢。」應湘湘說道：「如果你的氣勢不能壓過臉，無論你在做什麼——包紮、開槍還是隱匿，觀眾看見的，永遠只有你的臉。兩分五十八秒，靠近結尾。單獨把鏡頭截取出來，我首先想到的，是捧著白色絲緞的唱詩班少年，而不是萬人矚目的逃殺秀選手。在逃殺秀裡，你首先應當是一個征服者。只有你的強大，才值得觀眾追隨。」應湘湘語速放緩，又恢復了慣有的笑容，「回去再找一下鏡頭感覺。好了，下一個，299763號選手，魏衍。」

巫瑾回到座位時，佐伊幫他拉開了椅子。

凱撒盯著他瞅了半天。原以為自家隊友會備受打擊，沒想巫瑾竟是露出了閃亮崇敬的眼神，「應老師好厲害！」

佐伊感慨點頭。

凱撒仍是摸不著北，「她剛才說啥意思？」

佐伊：「……」

凱撒嚷嚷：「小巫怎麼就B了？長得好看就不給S？什麼道理！」

佐伊絕望，「太可怕了，幼稚園畢業的練習生……」

臺上，唯一的S級練習生，人形兵器魏衍正面無表情進行他的表演。

應湘湘在B和C裡面猶豫了很久，幾乎頭疼腦脹——

魏衍和鏡頭毫無互動，整整三分鐘拍攝，只能見到矩形螢幕裡籠罩住的大頭。最終應湘湘給他布置的家庭作業，是回去看至少三部電影。

「改基因的時候編碼刪錯了吧？」魏衍下來時，凱撒繼續嘀咕：「小巫啊，說起來咱們還和他一個寢……」

練習生一個接一個被叫上來，隨著應湘湘的點評，巫瑾的講義上擠滿了分鏡草稿和筆記。

——只有強大才值得觀眾追隨。

巫瑾盯著講義上的一行字，又對著點評把教學影片看了一遍。

銀絲卷戰隊的薄覆水，撇開結尾對著鏡頭尬撩不談，整個鏡頭抓得非常到位。巫瑾把中間撕開繃帶的鏡頭反覆循環，很快就將過程解析了出來。繼而小心戳了戳一旁的佐伊。

佐伊轉身，正看到巫瑾亮晶晶的小眼神。

趁著臺上，應湘湘正在給一位B級練習生調整走位的間隙，巫瑾飛快模仿了一遍從影片裡摳下來的標準動作。和薄覆水絲毫不差。

佐伊張大了嘴，表情驚異——在那一瞬間，他幾乎以為是薄覆水從影片裡蹦了出來，然而很快他就搖了搖頭。

「他的風格不適合你，」佐伊努力組織措辭，「當然，對新手來說找對路子很難。在這之前，你需要更好的例子。」

兩個小時的課程很快結束。

五百名練習生無法逐一上臺演示，應湘湘叫號也僅限於A到C等級的練習生之間。

按照佐伊的說法，練習生評級不一定代表實力，但絕對與節目鏡頭呈正相關。

巫瑾嚴重懷疑，大佬卡在D等級，就是為了能避開鏡頭輕鬆蹺課。

再加上紅毛打卡，簡直萬無一失……

下課後，巫瑾排隊去找劇務領了練習道具，夾在一群肌肉壯漢之中異常顯眼。

中途不斷有練習生過來搭話，大都對巫瑾好奇至極。

巫瑾甚至見到了自己在海選時遇到的選手，名叫萊卡的練習生。

時隔一週再度重逢，萊卡依然熱情。

「對了巫選手，上次你說過的主舞位置，我後來沒有查到。」

巫瑾耳根泛紅，故作嚴肅，「我已經決定改到突擊位了。」

「突擊位？這麼巧！」萊卡十分激動，「看來以後可以一起訓練了！從主……主舞換位真的沒問題嗎？都要從頭開始學。」

巫瑾連忙點頭，「沒有問題。」

人潮洶湧向劇務湧來，巫瑾同萊卡打了個招呼，轉身消失在教室門口。

劇組食堂，凱撒本想給巫瑾占座，意外發現打卡機上已經出現了自家隊友的名字。

「不在食堂、不在寢室，奇了怪了……」凱撒叫了三份牛排，坐下時，和對面提了兩個飯桶的大兄弟視線相交，嘿嘿一笑。

克洛森秀，北塔地下二層射擊練習室。

巫瑾開門時，諾大的場地空無一人。

巫瑾快速消滅晚飯，然後占據了其中一架機槍。

繼而從口袋裡翻出亮銀色的瞄準補償器，安裝在了機槍槍身。

克洛森秀初始一週的課程集中在環境勘察、求生技能與鏡頭表現力，使得南塔的全息模擬訓練室極其火爆，練習生蜂擁而去，北塔靶場則無人問津。

巫瑾不知道他還能獨占這個靶場多久。

瞄準補償器上，還保留著巫瑾最好的瞄準記錄——十二個偏離補償單位。

巫瑾將燈光微微調暗，模仿根據兩週後天氣預報——雨天作戰時的光源。

沉悶的槍聲在訓練室響起。

節奏單一、枯燥，幽暗的燈光讓人昏昏欲睡。然而槍聲卻始終沒有停下。

門外，嘈雜的電流聲中夾雜著通訊音。

有人正在向訓練室走來。

「你這次過去，真不帶貓？」對方無奈，「我說過，你的治療還沒結束。」

「不用。」

「行吧……聽說魏衍也在？」

「嗯。」

「喔，我還聽二毛說，你睡了魏衍他室友。」

「……」

「衛哥，咱們不帶貓也成，倉鼠要不？不占地兒！壓扁了再換一窩！」

「……」

衛時的動作忽然停頓。

對方嚷嚷：「誰在打槍？重機槍？這手速，別是個手殘吧……哎衛哥、衛哥，您看兔子呢？傻里吧唧不用照顧，您不想餵丟給二毛也行……」

「掛了。」

衛時不再廢話，打開了訓練室的大門。

巫瑾剛剛放下重機槍的槍柄，揉了揉痠澀的右肩，正在琢磨手上的繃帶。原本槍屏的位置被他臨時當成鏡頭，按照應湘湘的建議摸索著改進。

直到一道人影被昏暗的燈光拉長。

巫瑾抬頭，驚喜異常，「大哥！」

言罷刺溜一下蹦起，左臂被繃帶纏得亂七八糟，像隻兔子木乃伊。

衛時揚眉開口：「你的影片我看過了。」

巫瑾茫然：「什麼……」

衛時伸手，示意他把繃帶遞過來。

巫瑾眼神驟然發亮。

「應湘湘說的話，最多聽一半。」

衛時接過繃帶，為巫瑾示範。擼起的袖子下面，左臂肌肉精悍，像是粗獷雕刻的大理石浮雕。他迅速將繃帶固定在左肘，多出的一段用牙咬住——比之影片裡薄覆水誇張的動作省略了不止六個鏡頭。

但巫瑾卻是屏住了呼吸。

男人眼神漫不經心，深邃的眼部輪廓投下與光絕緣的陰影。他明明站在燈下，卻像是把所有的光源驅開。他自始至終沒有看一眼「機位」，視線凝固在左肘，眼皮微微抬起時讓人不寒而慄。

衛時不像一個選手，反而像一隻將要復仇的悍獸。

巫瑾腦海中驟然靈光一閃。

「看清楚了嗎？」衛時停下動作，居高臨下，看著站在自己陰影裡的巫瑾，緩緩開口。陰影下，巫瑾的脊背刷地一下挺直。如果巫瑾所在的地方就是攝影機位，衛時的站位、互動都只勉強合格。

但他整個人卻像是鋒利的刺刀——明明看著是冷的，卻因威勢太盛，視線審視過來，如同淬了火、燙過酒，裹挾烈焰直直闖入觀者瞳孔，再在腦海中轟然炸開。

侵略性太強。

巫瑾一動都不敢動，活像被釘死在影子裡的小白兔。

直到繃帶從男人的左臂扯下，巫瑾才頓然醒悟，眼神崇拜，「看清楚了！」繼而連忙向大佬交作業，「要用自己的氣勢去帶動鏡頭，而不是迎合鏡頭。」

衛時低頭看著他，少年原本亮琥珀的瞳孔因為激動而瞪圓，睫毛微動下像是暖蜜色的貓眼石，折著燈光滴溜溜發亮。

然而很快巫瑾又略顯沮喪，「但是我……」

衛時掃了一眼，一目了然。

軟綿綿一身兔子味，扯了條繃帶就像放風箏，臉上寫滿乖巧，小胳膊白白嫩嫩，隨便捏圓搓扁。

不說氣勢，凶起來都能被人一把拎著耳朵順毛的那種。

衛時挑眉，「不急。先把淘汰賽打了，找找感覺。」

巫瑾終於放下心來。不管自己心裡有沒有譜，大佬就是主心骨！

訓練室內，巫瑾再次恢復了活蹦亂跳。他獻寶似的給衛時看了眼瞄準補償器上的數位——十一個補償單位，新手偏差以下。

繼苦練了整整一週之後，巫瑾終於可以擺脫小瞎子的稱號，卸載補償設備，正式以一個職業選手的身分練習射擊。

「大哥，」巫瑾倏忽期待開口：「補償器……我能留著嗎？」

瞄準補償是一週前衛時送給他的，從娛樂公司跟著巫瑾來到克洛森秀，每天都要反覆安裝、拆卸不下三次，銀灰色的機械組架被磨得發亮。

衛時點頭，巫瑾的眼神驟然亮起，小捲毛都因為心情愉悅而格外蓬鬆，刺溜一下從機槍位站起。

兩人一時離得極近。

衛時眯眼，心道這小兔子精真是黏黏糊糊。視線劃過小軟毛的一瞬，右手卻是下意識在槍膛上摩挲。

冷冰冰的堅鐵觸感和兔子毛千差萬別。

衛時頓了一秒，把視線從巫瑾身上移開。

巫瑾絲毫未覺，鄭重其事地把補償器拆下，放到口袋裡。

大哥真是個好人！巫瑾美滋滋想著，卻又忽然記起一事。

海選時，大佬帶自己躺贏……是為了隱藏實力出線。那現在……

身後的視線太過灼熱，原本已經看向窗外的衛時回過頭來。

逆光的陰影中，男人眼闊深邃，讓巫瑾很難看出他此刻的表情。

「淘汰賽，」衛時緩緩開口，與其說是鼓勵更像是命令：「不能降級。」

巫瑾睜大了眼睛，異常艱難地點頭。

克洛森秀的第一場淘汰賽就在兩週之後，選手等級會向上或者向下微調，排名最後的一百名練習生淘汰出局。

巫瑾深知，自己的A來自複賽表演突襲。第一場淘汰賽，實戰技能比重提高，以自己的單項C來看，極有可能徘徊在降級邊緣。

但是大哥都開口了……

衛時揚眉，視線掃過臉上寫滿緊張的巫瑾，「第一場淘汰，難度不大。」

巫瑾：「欸？」

「注意這兩週的課表。」衛時玩弄著手上的槍枝，給出提示，說道：「考核內容一定與課程相關。」

勃朗寧的保險栓精準卡合，槍械零件撞擊的輕微聲響在訓練室內迴蕩。

衛時交代完畢，轉身離去。電光石火間手腕低扣，槍膛微微下沉，明顯是違禁品的小型槍枝已在左手消失。收槍時熟練無比，似乎槍膛已經融為了左臂的一部分。

此時的衛時兩手空空。如果不看布滿指尖的槍繭，決計沒有人猜到，面前的男人就是一座凶悍的移動熱武器庫。

巫瑾連忙揮手向大哥告別，一面從終端內翻找出課表——繼而睜大了眼睛。

「二十小時求生技能，四小時鏡頭表現力，一小時心理戰，一小時數學，一小時槍械……這是逃殺秀課程？逗我？」

南塔寢室內，凱撒對著課表嚷嚷。

因為實踐課容量的緣故，即使同等級練習生也存在課表差異。

巫瑾和凱撒對照之後，才確定自己的排課並非個例。

寬敞的寢室內，暖融融的燈光自頂端灑下，將床上的淡米色織物鍍上一層光邊。桌上攤開放著講義和筆記，裝飾性壁爐因為盛夏而棄置不用，堆滿了巫瑾餵兔子的菜葉。

通向客廳的門扇掩著，上面掛有「300012選手，巫瑾」的名牌。

門外，電影播放的聲音從門縫擠入。

「我愛你，敬仰你，一提起你，我的心就稀巴爛……可你為什麼對我的心，啊，棄之敝履……」女主角奮力哭嚎。

「對不起，我愛的是她，妳不像她。」男主角在雨聲中同樣奮力嘶吼。

凱撒一聲哀嚎，把課表拍到臉上捂住耳朵，「這特麼還有完沒完了！啊？應湘湘讓他回去看三部電影，他還真看三部電影？都一晚上了……」

回頭一瞅，巫瑾趴在床上，整個腦袋都貼著牆，正伸手在床縫裡艱難地撈兔子。

凱撒轉身，直勾勾盯著門，看了半天還是放棄，「算了，咱哥倆加一起都揍不過那個人形

兵器……」

那廂，巫瑾終於把兔子撈了出來，撲騰幾下坐好，還在想剛才的課表，「也就是說，第一次淘汰賽之前基本沒有槍械課程。野外求生才是教綱重點。」

凱撒撇嘴，「教學進度不給力啊，不過小巫，咱參加克洛森秀是奔著出道來的，估計也沒幾個人在乎課表。」

巫瑾辯駁：「可第一次淘汰賽……」

凱撒揮手，豪氣沖天，「淘汰賽？撿了槍就是幹，打他丫的！」

「……」巫瑾決定還是自行探索賽制。

距離宵禁還差四十分鐘，巫瑾簡單收拾，拿上地圖就準備出門。

凱撒在寢室內安然不動如鹹魚。自從送他香檳的「女朋友」去隔壁星球採購置產之後，凱撒沉迷終端影片的時間明顯增多。

「哎小巫，你這兔子能不能借我用下！」凱撒忽道。

巫瑾點頭，把兔子從床上擼下來遞過去，接著連忙奪回，「不要揪牠耳朵！兔子耳朵神經密集，受損後很難恢復，要一隻手托著牠……」

凱撒瞪眼看巫瑾示範，連連點頭，「抱歉抱歉，過去逮到都直接吃了。」他忽然疑惑看向巫瑾，「小巫，這兔子誰給你的？」

巫瑾一頓。

然而凱撒很快就忘了這茬，「這麼看還真有點像……」

巫瑾瞪圓了眼睛，不再和鹹魚室友消耗時間，開門離去。

客廳內，狗血青春疼痛電影還在繼續。

微弱的光源下，克洛森秀本季目前唯一的S級選手，魏衍正面無表情觀看。

由於鏡頭表現力太過差勁，應湘湘給他布置了三部電影的家庭作業——螢幕中男女主哭成一團，螢幕外魏衍眼神犀利，面含殺氣。

巫瑾開門時，他淡漠地往這裡看了一眼。

藉著光源，巫瑾第一次近距離觀察自己的室友。

魏衍五官清俊，眉毛上揚，天生有拒人於千里之外的氣勢。他端正坐在沙發上，右手一杯清水，右臂上刺青極其顯眼。喝水時從手肘到手腕逐一轉動，像是計算精準的機械作業。

「……」巫瑾嚴重懷疑，魏衍身下的不是坐墊，而是個幾十萬毫安培的充電器，以保持這位S級練習生日常運行。

一片靜默中，兩人大眼瞪小眼。

巫瑾立刻展示善意：「我叫巫瑾，白月光娛樂練習生。」

魏衍示意巫瑾去看，自己寢室門口貼著的名牌。

299763號選手，魏衍。

巫瑾毫不氣餒，努力拓寬話題，「電影……是誰給你推薦的？」

魏衍示意另一個方向，四人寢中唯一還未出現的那位——銀絲卷娛樂練習生，薄傳火的臥室名牌。

「……」巫瑾終於體會到了應湘湘和這位選手互動時的尷尬，他努力露出真誠的笑容，說：「行，那我先走了，晚上見。」

魏衍終於開口，吐出沒什麼溫度的兩個字：「再見。」言罷繼續完成觀影作業。

宵禁還未開始，南塔四處熱鬧非凡。

巫瑾避開人群，一直走向南塔西側的露天沙盤。

沙盤上刻畫的第一次淘汰賽，也是海選曾經使用過的比賽地圖。

淡藍色的河流自丘陵深處發源，一路向草原衍伸。

空無一人的沙盤室內，巫瑾迅速整理著有限的線索。

兩週，二十七小時課程。二十小時求生技能，四小時鏡頭表現力，一小時心理戰，一小時數學，一小時槍械。

淘汰賽中，槍械要求顯然比海選更低。節目剪輯所限，淘汰賽會在二十四小時內結束。選手衝突降低，淘汰規則不變，則必定存在一個能讓選手快速淘汰的潛在威脅……

巫瑾忽然一頓。

環境。極端苛刻的生存環境。

沙盤室內，無影燈敞亮如畫。微縮的海選地圖嵌在玻璃罩內，約合兩張撞球桌大小。

距離宵禁還差半小時，巫瑾不斷轉換角度，調整沙盤模型中的設置參數，觀察整幅地圖的變化。

半邊丘陵、半邊草原。風速到達33m/s的時候，河流下游決堤，波峰呈現飛沫，三處丘陵存在山體滑坡。闊葉林土質酥鬆，針葉林地表堅硬……極寒狀態下……

巫瑾的筆記本內很快標注了一系列資料。

同一張地圖，因為賽制的不同能衍伸出完全相異的打法。

如果他推測得沒錯，海選是PVP（選手對決），淘汰賽就是PVE（選手與環境對決）。主宰比賽節奏的從選手變為災難環境，叢林法則下資源稀缺程度將直線上升。

巫瑾突然想起了一千年前流行的網路遊戲。PVE副本中，玩家面對的是攻擊、防禦資料超出自己無數倍的副本BOSS，但出於遊戲公平性原則，通常有規律可以遵循破解。

如果能在比賽裡找到規律——

巫瑾的視線落在了課表上唯一的一節「數學」上，緊接著移到「槍械」。

在能趴在樹林裡認認真真打草稿計算規律之前，還是先防止自己被一槍崩死吧！

巫瑾心底一聲哀嘆。

一週的時間一晃而過。

紅毛依然兢兢業業幫衛時打卡。

凱撒每天在影片裡蜜裡調油、日常甜蜜蜜詢問女朋友「我是不是妳可愛的小兔嘰」，就連魏衍冷漠的眼神掃過凱撒時，都宛若在看一個智障。

另一位室友——銀絲卷戰隊的薄傳火則神出鬼沒，偶爾幾次見到還是他在小樹林裡給粉絲開直播。

巫瑾忽然醒悟，「他……和銀絲卷的狙擊手薄覆水名字好像……」

一旁的佐伊冷冷道：「是兄弟。薄覆水平均每天三條星博狀態，就為了給薄傳火拉票，還把直播間的土豪粉送過去造勢。」

巫瑾驚訝。

佐伊又補充了一句：「走的和薄覆水一個風格，菜得摳腳，死騷男。」

夏風吹過，小樹林內傳來薄傳火刻意壓低嗓子，作出來的男神音，溫柔說道：「寶貝們，想我了，嗯？」

巫瑾毛骨悚然。

薄傳火還在繼續，「謝謝ＸＸ愛傳火的大寶劍。嗯？今天不喊麥，唱歌可以，寶寶想聽什麼……」

佐伊迅速把巫瑾拉走，「神經病！小巫別理他，好孩子不和他玩！」一面諄諄教誨，「銀絲卷就這路子，六百萬贊助一半都能砸行銷上，招練習生第一看臉第二要……」

他忽的一頓，回頭看向巫瑾，霎時賞心悅目。臉最好看的——可是在咱們白月光！

如果小巫開直播，怕不是直播間要分分鐘擠爆！

巫瑾在克洛森秀的第一週，基本是訓練室－寢室兩點一線度過。

取下瞄準補償器之後，巫瑾的準心偏離再次飄忽不定，射速卻有了穩定提升。

第九天的槍械課上——深諳巫瑾薄弱基礎的凱撒差點瞪出了眼珠。

靜態靶射擊平均五環，無脫靶。

職業狙擊手佐伊也明顯吃驚，在看過巫瑾的訓練記錄後心服口服。

「九天，四十小時靜態靶射擊練習、十二小時動態靶、九小時戰術躲避……」佐伊看向凱撒，「白天還要上課，他一天睡幾個小時來著的？」

凱撒迷茫，「這……平時也沒見小巫回寢室……」

佐伊微微一嘆，「小朋友太拚了。」

槍械課結束，練習生紛紛離開教室。

克洛森秀的節目PD從後門進來，找導師血鴿借了火，接著兩人蹲在地上吞雲吐霧，一面看重播。

「300012號選手，怎麼樣？」節目PD忽然問道。

血鴿一愣，「啥？」

PD用菸點點螢幕，「長得乖的那個。」

血鴿點點頭，顯然印象深刻，半晌吐出一口煙圈，「不錯。」

PD嘿嘿一笑，以血鴿的標準，不錯那是相當不錯。

他掐著重播影片給剪輯提點，「特寫一下巫選手的訓練時間，還有筆記本……他桌上那瓶礦泉水什麼牌子來著的？不是贊助商的？商標統統馬賽克了！不拿出幾十萬信用點別想和咱小巫同框！」

節目PD紅光滿面，又瞅了眼血鴿，「巫選手給咱節目拉了不少投資，你那個訪談綜藝，要不要扯幾個練習生一起上？加上小巫？」

血鴿卻是搖搖頭，「你知道的，我挑練習生，不看商業價值。」

PD咂咂嘴，「……嗨，練習生選秀，你還真奔著挑聯賽冠軍來著的。人小巫實力不行，態度擺在那裡，勤奮肯吃苦。出道打聯賽不是遲早的事？」

血鴿開口：「他的資質，能排在中上。」

血鴿做職業選手二十年，退役二十年，經手過的練習生數不勝數。巫瑾不是槍械天賦最好中上，而不是頂級。

的，卻是最勤奮的之一。

他欣賞巫瑾的態度，這種練習生往往能走得更遠。

但逃殺秀遠比想像中殘酷。選手之間，天賦的差距是後天努力都無法彌補的。放在二十年前，他在找的是聯賽選手，巫瑾還能納入考慮。但二十年後，他只想帶出來一位聯賽冠軍。

節目PD一聽「中上」已是了然，微嘆：「行吧。那你說說，這一屆練習生哪個能入得了您老法眼？」

血鴿：「魏衍。」

「R碼娛樂啊，」PD想了想：「之前那事出了，股價下跌不少。三個S級練習生走得只剩下魏衍一個，還有人權組織天天盯著。」

血鴿搖頭，「我說過，我只要冠軍。」

PD喔了一聲：「除了魏衍之外，其他人呢？」其他一應不在考慮之內。

「銀絲卷的薄傳火，白月光的狙擊手。還有那個紅毛……」血鴿一時半會兒也想不起這位選手名字。

PD樂了：「喲，我想起來。那個D級練習生，出挑得很啊。路子還野，看這架式，過去在地下打黑賽的吧。」

血鴿點點頭，「天賦不錯。還有，把他教出來的人……」他微微停頓，「實力至少不在我之下。」

節目PD一愣，驚得差點掉了菸頭。

兩週課表上，唯一的一節數學課姍姍來遲。

教室內一片哀嚎，練習生們迫不得已從肌肉中擠出腦容量背記公式，直到下課凱撒還沒分清導數和除法。

巫瑾於心不忍的把筆記塞給自家隊友借閱，帶上終端就要往沙盤室走去。

凱撒吭哧吭哧抄了一半，忽然想起來一事，「哎小巫，別忘了今天晚上八點……」

回頭一看，身側已是沒了人影。

無人問津的沙盤室內，智慧型攝影機在巫瑾進來的一瞬亮起，圍著他滴溜溜直轉。

巫瑾在鏡頭上摸了一把，權當打了個招呼，靠著地圖盤膝坐下。

二十四小時淘汰賽，極端惡劣生存環境。再加上今天得到的新提示。

兩小時的數學課，內容並非巫瑾事先猜想的幾何學，而是更偏重於數論——也就是說，淘汰賽中的「規則」可以用數值量化，具有少數或者唯一解。

安靜的沙盤室內，唯有筆尖在本冊上劃過的沙沙聲響。

巫瑾的眉心微微聚起，琥珀色的瞳孔投射出柔和的頂光。

從現有條件無法推斷出淘汰賽的具體模型——但把地圖上的等高線、比例尺背下來總沒有壞處。

寂靜之中，終端忽然「滴滴」響起。

晚上七點五十八分。

巫瑾看了眼終端螢幕，顯示「訂閱節目即將在兩分鐘後播出」。

巫瑾正待隨手關閉，忽然想起——自己似乎只訂閱了一檔綜藝節目。

克洛森秀。

一週一期，週日準點開播。

佐伊特意囑咐過，白月光作為一家人，要整整齊齊地聚在一起收看。

巫瑾慌不迭站起，離開沙盤室，向佐伊的寢室衝去。

八點零一分，巫瑾還在南塔艱難爬樓梯。終端裡片頭已經結束，複賽後的第一期克洛森秀正式開播。

螢幕中一片黑暗。

滴答、滴答的鐘聲傳來。鏡頭裡光線亮起，正是熟悉的練習生寢室。

床上的練習生翻了個面兒，露出軟乎乎的小捲毛和精緻帶紅暈的臉頰。

原本沉寂的彈幕驟然沸騰！

幾十星里之外，某私人基地。

正攤在沙發上收看電視的青年猛地坐起，眼神呆滯，「這是克洛森秀？我沒調錯臺？尤物、人間尤物……臥槽我現在報名還來得及嗎？或者把二毛叫回來換我去……」

一旁的同伴一聲輕咳，示意他看向身後。

青年一愣，緩緩回頭，脊背僵直，「衛、衛哥，您也在啊……」

衛時目光掃向螢幕，面無表情。

房間內，一時氣氛冰涼。男人的瞳孔低沉，乍一看沒什麼溫度。

青年緊張地看向衛時，眼皮子跳個不停，僵硬坐在沙發邊緣，就差沒把遵紀守序團結友愛寫在臉上——少頃他才反應過來，迅速給大哥讓座。

螢幕中央。

克羅森秀的鏡頭還在繼續，密密麻麻的彈幕幾乎把巫瑾的臉頰遮住。

「小巫炒雞可愛——啊啊啊啊！克洛森秀你變了！你竟然用美色誘惑寶寶！」

「救命我看到了天使……這是人類能達到的顏值？@節目PD——你們真的不是在用全息合成美少年騙收視率？等等，美色當前，其他練習生是怎麼做到專心訓練的？」

「鏡頭還能不能行？敢不敢再拉近一點？」

「樓上，明明已經很近了！再近就要鑽小巫被子了……麻蛋忽然覺得小巫睡得好甜美，被子裡一定是軟乎乎的，美少年的芬♡芳！」

衛時坐在沙發的一側，長腿散漫屈伸。明明沒什麼動作，周身氣溫卻垂直降低。

地板上忽然喵了一聲。一隻黑貓不知從哪裡竄出，優雅抬起爪子，扒拉住衛時的大腿。衛時伸出布滿槍繭的右手，淡漠把貓撈起。

「衛、衛哥，彈幕要關嗎？」青年察覺氣氛不對，乾巴巴開口。

「開著。」衛時命令。

星網，在巫瑾無往不利的顏值殺器下，克羅森秀的收視流量飛速飆升。

複賽後的第一期從清晨六點的南塔宿舍開始播出，在掃過魏衍、薄傳火的時候幾度引起粉絲狂熱。

鏡頭繼而聚焦在課堂。從光線明朗的階梯教室，到布滿污泥的實戰訓練場，再到地下八十公尺深的靶場，一應選手群像倏忽閃過。

克洛森秀中，鏡頭曝光率和選手等級成正比。除了一個特例——

布滿整個秀場的鏡頭下，衛時硬是連個側臉都沒露過。

沙發上，眾人頓時目光崇敬。

這得要怎樣優異的反偵察能力，才能百分百規避上鏡，甚至有可能連節目組都未必知道這位大佬的存在！

小型基地內，衛時粗糙的指尖在黑貓柔軟的皮毛上摩挲。

黑貓平時霸道慣了，唯獨在衛時手下咕嚕咕嚕捲成一團。直到衛時起身，完全被擼塌了的

黑貓迅速立起，亦步亦趨地跟在男人身後，跳起來用貓臉在他肌肉虯結的手臂上討好亂蹭。

青年暗搓搓盯著那貓，心中正唾棄，冷不丁被衛時的目光掃過，脊背一陣冰寒。

「衛、衛哥，早去早回……」

青年強顏歡笑，待衛時走後才刷的一下跳起，「臥槽，衛哥今晚怎麼回來了？他還看綜藝……他竟然會看綜藝？我這週訓練時長還沒刷夠，衛哥那眼神，肯定知道了啊啊啊完了完了……」他抱頭在沙發上滾來滾去，倏忽又想起一事，後悔萬分，「早知道當時衛哥選人的時候，就把二毛的位置搶了。誰知道節目裡會有個絕色小美人……」

坐在一旁的同伴一頓，眼神匪夷所思地看向他，「你特麼……該不會不知道，衛哥剛才為什麼瞪你？」

青年傻乎乎抬頭，「啊？」

同伴清了清嗓子，壓低聲音：「那個小美人……」

基地別墅內沉寂了兩秒，驟然爆發出高亢的驚叫：「你說什麼！」

【第四章】

再說一次，克洛森秀不會向選手提供場內援助

星網首播的流量在兩小時後達到巔峰。節目甫一結束——相關話題迅速擠入熱搜。

蔚藍之刃粉絲平臺，瞬間迸生無數新發主題。

「R碼娛樂練習生應援——人形兵器，你的刀鋒，我的信仰。」

「覆水傳火，CP應援三樓。禁唯粉——要來一份骨科銀絲卷嗎！」

一眾話題之中，又有一棟新樓被長盛不衰，高高頂起。

「向全世界安利最可愛的小巫！【圖片】【圖片】槍與繃帶與美人，克洛森顏值擔當！」

此時正是晚間流量高峰，路人剛從論壇主版掐完一波星級聯賽，倏忽就被宣傳圖片擠入視線。九宮格分別是少年的八張鏡頭拼接，近焦遠焦錯落有致，正中是應援站地址。

少年約莫十八、九歲，精美到極致的五官與槍械、彈藥、繃帶形成莫名震撼的反差。

十幾秒後，吃瓜路人蜂擁而入！

早有準備的白月光應援支部火速接應，在樓內有組織有紀律地售賣安利。然而不出所料，仍是有黑子混了進來。

「射擊平均五環——白月光是真沒落，招練習生只看臉？」

樓內迅速有粉絲反擊：「小巫才訓練兩週，你行你上？」

然而黑子很快擰成了一股勢力：「頂多騙騙小女生的把戲，這個A是白月光出多少錢買的？聯賽打不好，練習生也堪憂，坐等淘汰賽打臉。」

「人家小巫憑實力進的海選複賽！」

「喔。那恭喜白月光，第一個從A直接淘汰的練習生即將誕生……」

克洛森秀基地。南塔寢室。

星網熱搜直線飆升，佐伊對播出結果相當滿意。

第四章
再說一次，克洛森秀不會向選手提供場內援助

明天第一次投票即將截止，將決定選手在比賽中的先發順序——不出意外，巫瑾的排名將會相當靠前。

客廳內，凱撒高高興興開了兩瓶啤酒慶祝首播，巫瑾仍在翻閱星網上的用戶評論。

凱撒向終端內瞥了一眼，「小巫啊，咱不用管這些黑子。基本上都是白月光的固定黑。咱公司戰隊，這次星際賽打得不順，噴子都連著一起發洩在練習生身上。」

巫瑾想了想，「但他們……說的好像也沒錯。」

靜態射擊平均五環，和任何選手相比都是短板。

佐伊一頓，隱隱擔憂巫瑾的心態。

他略微組織了一下語言，正要安慰，側頭一看——巫瑾卻是揚起腦袋，眼神振奮，「所以要繼續努力，淘汰賽絕對不能降級！」

佐伊皺起的眉頭展開，拍了拍他的肩膀，眼中欣慰。

入夜。巫瑾回到七樓寢室，給兔子餵了菜葉。

終端螢幕散發著柔和的光芒，標為「大佬」的分組中，唯一的頭像依然亮著。

算起來——大佬已經一週沒有出現了！

巫瑾在床上翻滾了幾遍，只把剛剛曬好的被單拱出暖烘烘的少年氣息。

——大哥o(*￣︶￣*)o

巫瑾趕緊刪掉了輸入框內的顏文字。

——大哥，今天的節目……

不對！大佬不食人間煙火，怎麼都不像是會看綜藝的樣子！

巫瑾想了半天，愣是沒找到合適的開場白。敞開的抽屜裡，一團影子拱了拱。

巫瑾倏忽想起，「兔哥，借您金身一用！」

終端內，一張兔照已是傳給了衛時。

巫瑾把兔子輕拿輕放，回到抽屜塞好，給小兔爪遞上菜葉，再回頭時一道訊息傳來。

衛時：不錯。

巫瑾的眼神驟然發亮。大佬誇他了——誇他兔子養得不錯！

巫瑾把被子拉起，小圓臉蹭著枕頭，心滿意足，美滋滋入睡。

睡夢中，隱隱約約能看到衛時摩挲著獵槍，頭頂Lv99的最高遊戲等級站在賽場中央。

巫瑾撲通一下抱住大佬大腿，把兔子獻了出來，向大佬上貢。

大佬的頭頂冒出「好感度５」的提示字樣，進度條又往前推移了一點點。

果然應該經常聯繫，交流感情！等好感度刷滿——自己一定能成為大佬座下第一小弟。

睡夢中的少年咂吧著嘴，小軟毛隨著夜風雀躍揚起。

淘汰賽前，最後一週轉瞬而過。

克洛森秀第十四天，巫瑾給兔子備好了兩天的口糧，反手帶上了寢室的大門。

南塔宿舍外，負責運輸選手的直升機在空地停靠，劇務人員正在做最後的賽前物資清點。

巫瑾換上作戰服時極其感慨。

上一次被趕上飛機時，自己還是奔著男團C位出道來的……

克洛森秀的制式作戰服呈淡綠色。本該極其適合野外隱蔽偽裝，然而從領口、腰線到褲腳，根據商家贊助費不同，印滿了大大小小的廣告。

五百位衣著相同的練習生聚在一起，遠遠看去就像是串了色的海洋。

直至此時，節目首次播出後的投票排名終於發布，並最終決定練習生先發順序。魏衍以唯一的S級練習生身分位列第一，薄傳火和巫瑾票數接近，以微弱的優勢奪得第二。

攝影鏡頭掃過白月光，凱撒奮力扯出了真誠祝福的笑容。等機位一過立刻嚷嚷：「銀絲卷這是砸了多少錢在薄傳火身上？刷個星博到處都是他的小廣告……」

人群最前，薄傳火正在壓著嗓子和鏡頭互動。巫瑾恍然發現，自己似乎從來沒有聽到這位室友用除了男神音以外的正常語調說話。

偶像包袱太重！

另一側，佐伊與文麟低聲交談，回頭時微微皺眉，看向遠處導播臺，「這次的解說……是從聯賽退下來的，之前對白月光一直有意見。」

巫瑾順著佐伊的視線看去，血鴿旁邊坐了長髮戴墨鏡的男人。

凱撒人高馬大，一眼把人揪住，吃了一驚，「臥槽，Axel？這人一直嘴賤……怎麼把他找來了？」

佐伊沉思，「為了話題度。不用管他，該怎麼打就怎麼打……」緊接著忽然想起什麼，看向巫瑾。

第一輪淘汰賽為個人賽，選手根據先發順序，落點隨機不同。比起實力穩定的凱撒、文麟，他最擔心的還是巫瑾。

巫瑾的優勢在於鏡頭表現力，直播鏡頭掌握在解說手裡。如果Axel一如既往的針對白月光，巫瑾的投票順位很可能會在第二期下跌。

晚上十點，直升機引擎聲轟然響起。

「小巫。」進場前，佐伊給了他一個擁抱，「小心，加油！」

巫瑾眼角彎彎，點頭。

根據票數階梯，第一批在比賽地圖降落的只有排名前三的練習生。

克洛森訓練基地在窗外逐漸縮小，巫瑾向隊友打了個招呼，最後奮力伸頭，眼神閃閃，看向黑壓壓一片的D區。

狹小機艙內。巫瑾最後複習了一遍沙盤地圖，腦海中是密密麻麻的等高線和尺度表。在他的座位前方，虛擬螢幕正在播放贊助商廣告。

巫瑾掃了兩眼，視線忽然一頓。

XX生物科技公司，始創於三百年前，星際航海時代老牌企業，旗下有多個農業作物的生產基地，招牌專利是在荒蕪星球中，類比不同植被生長的溫度環境……暨本季節目首輪淘汰賽最大贊助商。

似乎有哪裡不對。

巫瑾微微蹙眉，半小時內的記憶飛速倒退，直到他從劇組接過作戰物資的一刻，重播忽然停頓。

巫瑾迅速看向自己的作戰服，密密麻麻的贊助商標中，竟是完全找不到這位頭號贊助金主，XX生物科技公司。

如果廣告不在選手身上，那必定會出現在賽場。

機艙內，提示音驟然響起。

「300012號選手請準備，請在三分鐘內離艙降落。」

艙門轟然開啟。

窗外，如墨的夜色黑沉沉像要把一切吞噬，夾雜著泥土腥氣的山風獵獵湧來。

巫瑾最後整理了一遍線索，深吸一口氣。

幾十公里之外，克洛森秀解說臺。

Axel在大力吹捧過魏衍的標準戰術降落之後，終於把鏡頭移到了巫瑾的機艙。

「白月光的練習生？」Axel翻了翻資料，「非常明顯，就是這週網傳的克洛森秀顏值擔當，靜態靶環平均成績五……」

一旁的應湘湘補充，「鏡頭表現很好。」

Axel揚眉，忽然咧嘴一笑，「讓我們來看看巫瑾選手的上期得票——一千二百萬票，很多穩定十環的職業選手一生都難以企及的數字。」

應湘湘側頭，面部依然保持微笑，內裡卻是微微一頓。

Axel，似乎對巫瑾並不感冒。這位老牌解說員一向帶有強烈的個人色彩，短短一句就有了引戰的意思。

Axel的解說受眾通常是偏向「硬核」口味的觀眾，尊崇實力，迷戀強者，和給巫瑾投票顏值粉綜藝粉毫無重疊——從固粉的角度來說，Axel很可能會在解說中特別針對巫瑾。

應湘湘還沒思考完畢，Axel已經有所操作，說道：「那麼按照慣例，在選手跳傘前給一個鏡頭……」

應湘湘的嘴角忽然抿住。即便笑容還在，此時她已經罕見有些生氣。

跳傘前的鏡頭應該在機艙廣播時給到選手，Axel的動作遲了半分鐘。螢幕中，巫瑾走到艙門，已經鬆開繩索預備跳下。

百分之八十的選手在跳傘失重的情況下臉部肌肉都會扭曲。更不存在所謂的表情管理以及鏡頭表現力。

作為職業演員出身，應湘湘在新人時期沒少吃過這種嫁禍於機位的暗虧，與Axel的行為何其相似。更何況Axel推入機位的方向正好在巫瑾背後，甚至都要戳到選手……

機艙內，巫瑾驚訝回頭。

黑黝黝的鏡頭從背後突然躥出，但他已經一腳踏空，收勢不住就要墜下。

這是一個被解說控制的直拍鏡頭，無論巫瑾願不願意都將被轉接到節目直播。

電光石火之間，巫瑾的身體比意識先做出判斷。

記憶中，穿越前、穿越後的表演課如潮水湧入。

比槍械，巫瑾的確基礎薄弱。

比起撩粉，一千年前紅遍藍星的藝人偶像，每一個都能碾壓克洛森秀選手！

巫瑾當機立斷，藉著艙門一個換位，從俯跳變為仰跳。

漆黑的夜空中，少年令人心悸的眉眼驟然放大，緊接著是柔軟中帶著矯健的身軀，以一個不設防的姿勢緩慢向後仰去。

機艙外，稀薄的高空強壓像磁鐵一般將巫瑾向外吸，巫瑾卻是沒有第一時間鬆開繩索。他用右手牢牢扣住最後一道安全鈕，在鏡頭緊追過來的一瞬微微側頭，左手並作槍指，向攝影機輕輕一揚，琥珀色的瞳孔映入一片星光，右眼瞇起。

——你的練習生向你發射了一個WINK。

導播室內，操縱鏡頭的Axel一頓，應湘湘一拍桌子，簡直要立刻鼓起掌來。

完美的翻盤！

剩下來，唯一的問題就是選手下墜時，因為失重而產生的面部肌肉痙攣。

應湘湘微吸一口氣，她在課堂上反覆提到過這一點，巫瑾不可能不記得。但除了魏衍這種天生沒什麼表情的，多數選手都很難應付這種機位。

緊接著她睜大了眼睛。

巫瑾的舉動令所有人都意想不到。

他在拆卸安全帶的同時，左手抬起，似是要撫摸鏡頭互動。

觸碰到鏡頭的一刻，卻是把幾十斤重的攝影機一拳打歪，毫不猶豫解開繩索自由落體下墜，在被失重侵襲的一瞬進入拍攝死角！

鏡頭滴溜溜轉了幾圈，螢幕裡只剩下漆黑的夜幕。

Axel這才反應過來，重新轉向巫瑾下落的方向。黑夜之中，剩下一個微微閃爍的小點，許久才見到降落傘打開，油帆布面反射出上方的螢光。

直播間內，沉寂了許久的彈幕驟然爆炸。

巫瑾的一系列操作如同行雲流水，完美到近乎沒有瑕疵。

「近乎」。

如果是魏衍，絕不可能在一個鏡頭上施捨寶貴時間。作為完美的人形戰鬥體，區區失重不會對他肌肉僵硬的臉部造成任何影響。

但是巫瑾不行。

加上海選的強迫跳傘，即便事先做過再多功課，他也缺乏實踐練習的經驗。

——無法在下落時控制面部表情，那就讓攝影機滾蛋。

克洛森秀直播間內，Axel清了清嗓子，開始點評巫瑾開傘的時機過於莽撞。

然而彈幕之中，幾乎沒有一人願意停下來聽他嗶嗶。

「小巫向我WINK了啊啊啊！心都化了啊！最後那個跳躍——我的天使為我墜入凡間！」

「Axel給的機位有問題吧？剛才也沒見到他用鏡頭戳薄傳火。靜態靶五環就五環，衝著開場——就算小巫落地成艙我也會給他投票！」

「落地成艙不可能！求開場內應援通道嗷嗷嗷！讓我氪金給小巫送槍好不好！」

送槍是不可能的。克洛森秀還沒有淪落到破壞遊戲平衡的地步。

夜幕中，巫瑾盡了最大努力以標準姿勢降落。最後還是難以避免地以巫瑾球的形式撞到了草地裡。然後被衝擊力均勻攤開，從球變餅。

顯然經驗欠缺。

巫瑾從草地裡爬起，揉了揉臉，忽然意識到什麼，將掌心貼在乾燥的土地上。

地表是熱的。

溫度比人體略低，約莫在攝氏三十一到三十七度之間——明顯不是原地圖中正常亞熱帶草原的地溫。

巫瑾來不及細究，短暫休整之後，迅速利用先發優勢收集物資。

腦海中快速計算——先發批次，是為了讓觀眾投票的選手獲得初始優勢。

王不見王，薄覆水和魏衍的先發點一定不在同一片區。

相對，自己所處的位置也應該安全。

第二批次選手一共有三十位，投放覆蓋整個地圖。如果不能在他們降落之前找到隱蔽場所，已經搜集好物資的巫瑾無疑是眾人打劫的對象，相當於愛心快遞員……

第六分鐘，巫瑾找到了第一個小型物資箱。

第十三分鐘，巫瑾撿到了第一把槍——從外形來看，甚至更像老掉牙的火銃。

十五分鐘，夜幕被探照燈劃過。

黑暗中，能看到選手開傘的反光。

巫瑾飛速隱匿入丘陵區域，瞇著眼睛細數片區附近的降落傘數量。

一個……五個、六個。

巫瑾記了一下方位，繼續向叢林深處探去。

他的腳步忽然微頓。

巫瑾俯身，觸摸潮濕的土壤，比體溫更高的熱氣從石頭底躥上，和十五分鐘前相比，地表升溫了。

微熱的溫度滲入掌心。泥土呈現不自然的漸層分部。表層黝黑黏膩，中層水分蒸乾，下層土質偏灰，偶有裂紋，像是被火烤炙一樣硬邦邦結塊——熱源埋在泥土之下。

整片賽區，至少在選手降落的兩小時前就開始升溫。

巫瑾眉心一跳，所有線索終於被拼接到一起。

淘汰賽中的極端惡劣環境，不是颶風暴雨，而是封閉賽場中，人為製造的高熱「熔爐」。

地溫還在不斷上升。節目組會在二十四小時內淘汰全部選手並決定出名次。也就是說，場內溫度會在二十四小時內上升到人類所不能承受的範疇。

隱蔽的闊葉林內，巫瑾趕緊打開背包，清點現有物資。

一把改良火銃，槍身粗糙簡陋，尾壑中空。共配有十二發填彈，黑漆漆裹著鉛殼。

巫瑾努力把火銃塞到背包，槍屁股直戳戳伸了出去，他迫不得已把火銃抱在手上。

很可能全場都找不到比它更沒用的槍。

明明有火箭筒的體積，威力卻在熱武器墊底，絕不可能支撐他留到最後。

巫瑾的眼神有一瞬沮喪，再打開物資袋時——簡直變成了絕望。

十五分鐘內，唯一找到的物資中僅有一捆繩索、鎂條和吸管。

沒有水。在高熱環境下，水才是最稀缺的資源。

現在還是黑夜，植被稀疏的丘陵內山風微涼。然等到水分蒸發完畢，早上太陽升起——按照現在的升溫趨勢，地熱加上陽光，站在空氣裡就像是被熱水澆過，任何選手都不可能在這種極端環境生存。

他不確定是所在的片區這樣，還是整張地圖都無一例外。無論是為了避開熱源，還是為了找水，他都必須離開這裡。

巫瑾迅速收拾好行囊，將降落傘與物資一併放置好，向樹林深處走去。

他的動作忽然一停，迅速在石塊後隱蔽。

遠處有腳步聲傳來。

克洛森導播室內，Axel還在洋洋灑灑點評第二批選手的降落準心，冷不丁一道資訊傳來。

——在觀眾的強烈要求下，請務必給巫選手二十秒以上鏡頭。

Axel只得找出巫瑾座標，接入轉播，繼而驚訝地揚起了眉毛。

事先在場地排布好的攝影機，從被燒灼乾癟的苔蘚縫隙下悄然探出。

螢幕裡，有三位第二批次降落的選手已經結隊，向巫瑾隱蔽的角落搜去。

Axel頓時來了興致，「觀眾們，現在三位選手已經非常靠近藏匿點。注意，雙方都沒有找到水。根據我們之前對地圖的分析，在極端資源匱乏環境下，開場組隊才是最明智的選擇。」

「那麼讓我們來看看巫選手的狀況——一把槍。」

Axel笑了，「看來，巫選手必須把槍交出來才能獲准入組。現在我們看到的將是一個經典博弈。槍枝上交之後，三位評級為B的選手，是會接納這位『克洛森秀的顏值擔當』，還是當場反悔把巫選手淘汰。OK，給一個鏡頭，巫選手要出來了……」

螢幕中，鉛彈從火銃脫出的炸裂聲驟然響起！

Axel的解說被子彈出膛的聲音掐斷，龜裂的土塊在針孔鏡頭旁迸濺。

不僅三位已經結盟的選手嚇了一跳，就連在遠端調整機位的應湘湘都沒有想到。

巫瑾竟然敢開槍。

對面有三個人，隊伍相差懸殊。即便巫瑾有槍——火銃無法精確瞄準，巫瑾的靜態射擊成績也眾人皆知。

第一槍不出意外打偏。

沙塵散去，攝影機轉向巫瑾。第二槍來得比預想中更快，掩體後，巫瑾站在星光未及的夜色最深處，琥珀色的瞳孔泛著專注而冷冽的光。

下一槍與一位選手的小腿擦過，準心完全不夠造成傷害。那廂，對面已經迅速反應過來向周圍掩體後撤。

巫瑾毫不猶豫給出第三槍，握住火銃的右手忽然微微一顫。

幾乎所有觀眾都以為他在緊張，出乎意料，Axel卻是沒有抓住這個細節嘲諷。

Axel的嘴唇動了動，將原本的說辭迅速嚥下。作為專業解說，他看到的比觀眾更多。巫瑾的右手一開始就沒抖過，雖然準心一塌糊塗，卻始終保持和後座力相抵。

剛才那個瞬間，不是巫瑾緊張，而是槍炸膛了。

成熟槍枝的炸膛率在百萬分之一以下，但巫瑾手裡的是火銃。火藥配比一旦增加，射擊時對槍管的傷害極大。如果他沒有猜錯，此時此刻，巫瑾的火銃前端已經裂開。

這把槍，已經是一把廢槍。

巫瑾對面，三位選手還沒弄清狀況，穩妥起見決定後撤。

直到此時，大部分觀眾都明白了巫瑾的策略。

他在清場。

雖然在這個時間，結盟才是第一選擇。但巫瑾仍是不管不顧，消耗有限子彈清場。

這一舉動相當冒險，如果其中一位選手現在回過身去，很可能就會當即發現對方色厲內荏，當場就能將巫瑾淘汰。

正在此時。

螢幕中，一位選手略帶懷疑轉身，「聽著槍聲不對……」

下一秒，鉛彈直直在幾人耳邊炸裂。

第四槍。

「臥槽，他是撿了多少子彈，還能這樣浪費？」那人大呼：「先撤！」

丘陵內，很快就沒了三人的身影。

克洛森秀。

在一旁觀看的血鴿忽然開口：「有點意思，炸膛了也敢開槍。」

吞雲吐霧的節目PD一愣，「你說小巫？等等，炸……炸炸炸膛了剛才？」PD平靜下來，嘖嘖稱奇，「小巫這一局很剛啊。」

血鴿開口，分析巫瑾剛才的表現：「他這個位置卡得不好，逃不掉。」

「小巫為啥不組隊？」PD納悶。

「他要把組隊時限留在最後。」血鴿解釋：「他想留在A，就必須活到最後。」

PD恍然。

許久，血鴿才又悠悠開口：「槍法不行、走位不行，有野心、有判斷力。有點意思。」

丘陵之中。

巫瑾被炸膛後的衝擊力砸得頭昏腦脹，鉛彈的碎片從火銃前端飛出，和塵土碎石一起打在臉上。

他忽有所覺，左手在臉頰上方擦過，淡淡的血絲被指尖抹下。

巫瑾放下心來。

傷得不重！至少不用找藥！

火銃已經完全報廢，子彈還剩八發。巫瑾丟下六發，最終沒有拋棄火銃——這畢竟是他唯一一把槍，必要時候還能做鐵鍬用。

此時的地表溫度已經開始灼燒鞋底，右手腕終端上微微一閃，昭示所有選手已經降落。

四百九十三人存活。

巫瑾無暇探究七位選手如何開場離場。他清楚知道，自己現在必須走。暴露位置之後，一旦對面攢夠武裝，極有可能回頭圍剿。

稀疏的闊葉林間，從根部枯竭的樹木如同怪影，在月光下詭譎駭人。

肅殺的寂靜，炎熱和缺水讓巫瑾隱約耳鳴，他強迫自己集中注意力，分析目前掌握的全部資訊。

按照這塊片區的升溫速度，很快所有留在這裡的選手都要淘汰。淘汰賽不會設置死局，必然有規律可循。也就是說極端環境下存在一定的規則，或者，安全區。

很不幸，他至今沒有找到安全區。

四小時十分鐘，巫瑾，終於在暗淡的月光中找到擺放在樹椿上的另一個資源袋。

他把資源袋打開，驚喜的發現了第一個能派上用場的生存工具——一把鏟形尖刀。

巫瑾迅速找到一棵勉強存活的樹木，將尖刀插入，鑿開，用吸管引流，鋪開降落傘防水帆布盛接。

涓涓細流像是熾熱中的救贖，巫瑾慌不迭將樹幹水一飲而盡。

五感因為水源的滋潤恢復。

此時地表溫度已經無法用皮膚觸碰，橡膠鞋底散發出奇異的焦糊味道。腕錶上，淘汰人數不斷增多。

巫瑾收集完最後一小袋水，用防水布保存好。繼續向著一個方向前行。

前方是距離他最近的高山。

算了下時間，此時已經臨近早晨。

如果要找到這張地圖的規律，他起碼要一個清晰的視野。

如果憑運氣走不到安全區——巫瑾最後看了一眼背包裡的降落傘，義無反顧向山峰走去。

克洛森秀導播臺。

此時，部分片區地溫攀升至七十二度，第一批選手業已淘汰。

Axel終於再次把鏡頭轉到了巫瑾身上。

「北山脈。」Axel解釋：「非常意外的選位。現在場內一共有三百七十名選手存活，戰線集中在河道。當然，巫選手不參與交火的理由非常充分，大家都熟知他的槍法。」

「很遺憾，巫選手的運氣並不好，他挑選的方向始終和安全區背離。當然，運氣也是實力的一部分。」

應湘湘微微挑眉。

Axel向她笑了一笑，「現在距離日出只有十分鐘，距離巫選手的最長備戰時間只有一個小時。一個小時後，如果他無法淘汰選手，節目組會將他淘汰。」

「我很疑惑他的決定。北山脈附近確實有個安全區，但下山遠遠不止一個小時。除非他能在山頂盲狙到人頭才不會淘汰……喔，前提是他有狙。」

應湘湘溫聲道：「巫選手開場發揮得很好，我對他有信心。」

Axel：「是嗎？我倒是覺得，他只是為了在淘汰前看一場日出。」

山峰頂端。

巫瑾將最後採集的水源飲盡，因為耗費了大量體力而不斷喘息。

整座山都像是著了火一般，地熱化為無形的烈焰，煎熬著他的神經。

遠處的天邊翻出魚肚白——太陽出來的時候，依然不斷升溫的片區將化為人間煉獄。

巫瑾眯起眼睛，藉著熹微的光向山下看去。

河流、草原、丘陵，在視野中不斷衍伸，和他所背記的地圖座標重合。

然而他不是看地形。

而是植物。

自己一路走來的地方，樹木乾枯，幾乎見不到落葉。而在山峰的另一側，有的片區針葉焦黃，有的鬱鬱蔥蔥——是安全區。

巫瑾不由感嘆自己運氣當真不好。如果降落的是那個方向，也不會變成快烤乾了的巫瑾。

山下，如棋盤一般密布的片區維持著各不相同的生態。

巫瑾估算了一下座標，整個地圖被分為八十一個片區。9×9。

植被狀態錯落有致，從完全乾枯，到小半存活，再到茂密如常，形成鮮明的梯度對比。

巫瑾從腰間抽出尖刀，從植被狀況反推，在背包內側迅速記錄下視野中片區的地溫分部。

導播室。

Axel嘆了口氣：「他果然看到安全區了。」

應湘湘頓了一下：「也許多給他半小時，巫選手就能發現其中的規律。」

Axel：「但是他的選擇從一開始就是錯的。破解地圖規律並不加分，活下來才能決定排名。如果他現在下山，至少需要一個半小時，會在路程中被強制淘汰……」

Axel忽然一頓。

螢幕中，巫瑾將片區記錄完畢，迅速背好行裝，丟下沉重的火銃。

「他是要跑下山嗎？」應湘湘遲疑：「體力應該不夠……」

螢幕中央，巫瑾已經迅速收拾降落傘。

站在導播室外的血鴿忽然站了起來，驚訝看向螢幕。

巫瑾在視野中再次確認了一遍安全區的方向，接著快速向前方助跑，在山崖的頂端驀然騰空跳起——

應湘湘張大了嘴巴。

「他……」Axel許久才找回語調：「不是跑下去，是……直接跳下去。」

刷的一聲。下墜的同時傘體打開。

與山體一樣灼熱的晨風將巫瑾向遠方的安全區推去，正與天邊的日出相逢。

第四章
再說一次，克洛森秀不會向選手提供場內援助

克洛森秀，淘汰賽現場。

整張地圖被熾熱的地溫分割，僅剩的幾處安全區前交火猛烈。

遠處北部山脈，從山崖頂端跳下來的選手迅速吸引各方聚焦。

「臥槽，這什麼東西？」凱撒從灌木中探出腦袋，一臉驚愕：「咱要不狙下來瞧瞧？」

佐伊差點沒被對面流彈掃到，一腳揣在他腰子上，「你他媽一個突擊位，能好好保護狙擊手嗎？跟你組隊就跟帶幼稚園小朋友逛公園似的。」

一面迅速給狙擊槍上膛，給予對面反擊。

兩人在白月光娛樂就曾打過搭檔，第一期票數相近，又同樣是第二批次跳傘。快速清場後在降落點會合。

根據佐伊的推測，文麟和巫瑾很可能被困在高熱片區，兩人只能先行組隊。

個人賽中，最長組隊時限僅有四小時。

僅僅前兩小時，佐伊就到手了六個人頭，凱撒用噴子（霰彈槍）淘汰三個。

在遇到對方之前，兩人一直無往不利。

「小心！」凱撒眼神驟暗，將佐伊推到一邊，避開了對面的鉛彈，「媽的這紅毛打的什麼套路，有本事扔了槍跟老子剛拳頭。還有他隊友是誰？這麼棘手，狙玩的有點意思……」

他狐疑看向身後，只見佐伊盯著半空中，神色難以置信。

一位出色的狙擊手，絕不可能在這個時候走神。

「小巫。」佐伊忽然開口：「那個是小巫。跳傘跳得在風裡翻跟頭的，只有小巫。」

凱撒一愣：「他怎麼從上面跳下來了？等等，會不會有人狙他？」

「小巫跳的方向，是薄傳火清場的安全區。那個死騷男吃這麼多資源，肯定有狙。」佐伊迅速開口：「你先讓開。」

凱撒閃到一邊。

只見佐伊迅速架起瞄準鏡朝向薄傳火的方向，緊接著皺起了眉頭，「不行，他在視野盲區。這個角度鋪不開火力。小巫恐怕危險……」

下一刻，佐伊愕然張大了嘴巴。瞄準鏡中，山後掩體倏忽炸開，薄傳火扛著長槍、抱著攝影機狼狽翻滾。

聽槍聲，把他轟走的人正在自己和凱撒附近。

不是走突擊位的紅毛——是紅毛自始至終沒有出現的、拿狙的隊友。

有了這一槍的干擾，薄傳火再沒閒暇瞄準巫瑾，迅速向後撤去。

佐伊依然保持著神情恍惚，許久才爆了一句粗口，扛起槍，「走了。」

凱撒嚷嚷：「安全區不要了？小巫那咱過不去，不如繼續和紅毛剛槍……」

佐伊面無表情，「聽到剛才那槍了嗎？紅毛的隊友，要淘汰咱倆也就分分鐘的事。合著人剛才都玩我們呢，讓我倆給紅毛練槍。再不走，還嫌臉沒丟夠？」

凱撒一愣，冒出來一句：「那他為什麼要救小巫？」

佐伊對自家隊友的智商痛心疾首，「你再仔細想想，人家這是救小巫嗎？小巫啥都沒，輕裝跳傘一窮二白，人家肯定是看上了薄傳火手裡的資源。你傻啊你！」

一公里外。

紅毛喜滋滋接過狙擊槍，反覆又問了幾遍：「衛哥，這槍真留給我？哎衛哥您這是去哪兒？得嘞，衛哥您放心，我守在這裡，赴湯蹈火也給您把巫選手保下來。」

衛時卸下瞄準鏡，一併扔給紅毛，「不用。」

紅毛：「啊？」

衛時：「讓他練手。」

巫瑾從山崖一腳踏出時，正旭日初升迎風飄揚。等到下降一半，氣流紊亂——便開始一顛一顛翻滾下落。

此時距離他的最長備戰時間只有三十五分鐘。

腳下的安全區鬱鬱蔥蔥，顯然沒有被地熱侵襲。降落傘落在樹梢，粗壯的枝幹與碎葉被帆布壓得弓起——巫瑾迅速一躍而下。

樹下有一杆自動步槍和被透明袋包裹的物資。

制式彈藥三十發，壓縮餅乾一袋。

但最重要的不是這些。巫瑾小心翼翼地解下透明包裝袋，綁在了面向日光的樹枝上。塑膠袋底端用乾淨的石塊拉扯下垂。

長期的高熱煎熬，和冷冽的山風讓他再次處於失水邊緣。

一小時後，如果他還沒有被淘汰，這套臨時搭建的裝置將給他帶來最乾淨的水源之一——植物蒸餾水。

搭建好蒸餾袋，巫瑾終於長吁了一口氣。

藉著樹蔭，他靠在粗壯的枝椏，正準備扯開背包給步槍裝彈，冷不丁卻摸了個空。

懸掛背包的地方空空如也。一道人影被陽光打下，投在樹幹一側。

巫瑾的脊背瞬間僵直。

火銃被他留在了山頂，步槍還沒裝彈。這種情況下只有一種解決方案——巫瑾毫不猶豫轉身，儘量友好無害，眼睛晶晶亮亮，「大兄弟，組隊？」

轉身的一瞬，他微微一頓。巫瑾顯然記得這張臉。

A級練習生，多數時候拿著個攝影機在小樹林裡給粉絲開直播。

銀絲卷戰隊，薄傳火。

克洛森秀投票排名第二的練習生，職業逃選手薄覆水的弟弟，顯然有兩把刷子。佐伊曾多次稱呼其為「騷男」，但也私下同巫瑾分析過。

薄傳火和魏衍一樣，都是逼近職業選手水準，不需要任何隊友的練習生。

「這把槍……」為了組隊，巫瑾果斷祭出物資。

然而伸頭一探，薄傳火的背後高高低低背了不止一把槍。

巫瑾迅速加碼，「還有餅乾……」

薄傳火不動如山。

巫瑾一頓，最後開口：「我有地圖。」

薄傳火挑起了眉毛，桃花眼微揚，「說說看。」

巫瑾迅速回憶在山頂看到的俯瞰圖，「座標（20，160）高熱區無法通行，安全區（30，160），南部還在升溫，兩小時後會超過極限承受溫度，至於其他……」

巫瑾瞅了瞅他自己的背包，「我要步槍子彈。」

淘汰賽的地圖被分割為9×9，每塊區域的升溫速度各不相同。以薄傳火的實力，此時明明應該出現在資源富集河岸戰線。

如果巫瑾沒有猜錯，他不是故意留在這裡，而是被困在這片安全區。

用子彈交換訊息，合情合理。

薄傳火微微思索，「成交。如果你也走不出去……」

巫瑾終於放下心來，從樹幹上跳下，用拳頭拍著胸脯，「我靜態靶射擊成績只有五，你可以隨時淘汰我祭天。」

薄傳火：「……」

組隊協定暫時達成，巫瑾將子彈裝入步槍。甫一回頭，發現薄傳火正在一旁眼神奇異的看著自己。

「會化妝不？」

巫瑾一愣，「啊……」

薄傳火滿意點頭，遞給他一樣物事，「給我補個眼線。」言罷補充：「剛才有個神經病，莫名其妙狙了我一槍，閃躲的時候暈妝了。」

巫瑾這才看清薄傳火的臉，五官確實不錯，除了臉頰少許淤泥，高光陰影打底散粉一樣不差，竟然會有人帶妝參賽。

薄傳火見他一臉茫然，忍不住批評教育：「隊友就應該相互照應。各種方面的。這裡沒有鏡子，我自己補眼線就跟盲狙一樣？你難道還讓我自己動手？有沒有隊友愛？」

在隊友的不斷催促下，巫瑾勉強給他補好了眼線。

那廂，薄傳火已是打開了包裡的攝影機。

薄傳火開口的一瞬，巫瑾只覺得脊背發麻。

壓低聲線，從嗓子眼裡冒出來的男神音矯揉造作，「寶貝們，想我了嗎？剛才沒開攝影，是怕你們擔心。要乖乖的，等我比賽回來……」

薄傳火一心沉迷與鏡頭互動，巫瑾在鏡頭外待著，心中不斷計算。

距離最長備戰時限只有二十分鐘，二十分鐘內他必須與距離安全區最近的兩名選手交戰。叢林內，巫瑾迅速根據記憶裡的目標方向設置埋伏。

不出意料，兩人果然是往這個方向走來。

槍聲驟然響起。

兩名目標選手都在安全區外，措不及防遭到伏擊，在灼熱的地溫下閃躲緩慢。

巫瑾的自動步槍設置為三發連射，第一槍準心嚴重失衡，第三槍勉強碰上了目標邊緣。第六槍，第十八發子彈。

銀色的救生艙驟然從視野中彈出。巫瑾右臂的終端一亮，第一個擊殺分收入囊中。

身旁，薄傳火終於關了鏡頭，隨手一槍解決了僥倖逃脫的選手，恢復了正常語調：「還真是靜態靶五環的水準。」

繼而把攝影機給巫瑾一扔，「拿著。」

……巫瑾終於知道攝影機哪兒來的了，下面的杆子斷了一半，八成是薄傳火從某個機位連杆拔起，用來給自己加戲的。

「紅色鍵開機，拍左邊側臉，注意鏡頭對焦，還有補光會不？」

戲精隊友一面吩咐，一面從背包裡掏出槍，兇狠開口：「我看見剛才狙我的人了。敢露臉，爸爸這就把你打得稀巴爛！」

瞄準鏡架起。薄傳火憤然開槍。

巫瑾睜著眼睛朝槍口方向看著，愣是沒見到遠處山脊有救生艙彈出。

薄傳火一愣。緊接著又是一槍。

巫瑾眨了眨眼睛，忽然驚悚開口：「你臉上有個紅點……」

碰的一聲。掩體旁的土塊炸開，薄傳火被驚了個人仰馬翻，撲通一下撲到泥裡。然而他戰術素養過硬，滾了兩滾勉強躲到石頭後面，含糊不清開口。

巫瑾也迅速撤入掩體，「你說什麼，聽不見——」

「鏡頭……」薄傳火沙啞咆哮：「把鏡頭關了，快快快，別拍我，再拍要掉粉——你開鏡看看對面藏哪兒了？」

巫瑾趕緊把鏡頭塞到土裡，架起隊友的狙擊槍，開鏡看向遠處山頭。

琥珀色的瞳孔倏忽亮起。

只見三千公尺外，衛時從掩體後走出，向巫瑾打了個手勢，卸下狙擊槍，迅速消失在山脊的另一側。

「你說剛才什麼人都沒有看到？」確認安全後，薄傳火嗖地一聲破土而出，風騷站起。

巫瑾心虛點頭。

那廂，薄傳火已是篤定對面被自己嚇跑，厭惡的撣去臉上灰塵，「底妝脫了沒？」

薄傳火膚色偏白，為了迎合時下流行的硬漢風格硬是塗深了一個色階，剛才一頭撞到地上，黑黑白白混合不均。

巫瑾誠懇點頭，「脫妝了。」

薄傳火只得用粗暴手法卸了僅剩的那層粉底。

兩人從安全區出發，已是開場第七個小時。

片區分布與巫瑾的記憶別無二致。

從山頂俯瞰到的視野裡——幾十個片區至少呈現七種以上的地熱梯度。從目前方位到河道，最穩妥的路徑需要多繞四塊座標，途經六個低熱區與一塊安全區。

太陽升起時，蟄伏於地表的高溫如同被惡魔喚醒。

沿途植物水分大量蒸發，此時還剩下兩百三十位選手，而A以上只可能有二十五人。

第九個小時，巫瑾再度察覺到脫水症狀，從植物中蒸餾的水分業已用完，低熱區內植被乾枯，很難再取得多餘水源。

薄傳火的臉色也開始沉肅，他的儲備水也不夠用了。

「現在回安全區需要多久？」薄傳火忽然開口。

巫瑾皺眉回答：「三個小時。」繼而補充：「這裡也是安全區。」

薄傳火露出匪夷所思的眼神。

巫瑾示意他觸碰土壤，「沒有地熱。植物枯萎是因為空氣是流動的。」

陽光在氣流層與土壤之間不斷反射，由於周圍大量升溫，即便是勉強能夠通行的安全區也宛若人間地獄。

日出之後，地圖內已經沒有了絕對安全的區域。

薄傳火終於反應過來，看向巫瑾的眼神也多了幾分深究，「繼續往河道走。」

安全區瀕臨消失。

極限高熱環境下，扛起槍桿子淘汰對手、奪取水源成了唯一的選擇。

巫瑾記得，衛時最後消失的方向也是河道。

此時他的狀態相當不好。口腔內乾燥枯竭，察覺不到一絲水分，心跳似乎在加速，脈搏卻極其微弱。

熱氣灼燒他的視野，視線所及的丘陵裡，枯枝砂礫如同一片荒漠。

河道就在前方，然而幾乎在他與薄傳火抵達的同一刻，右腕終端上的存活數字急劇減少。

八十四人。

寂靜之中，猛烈的槍聲從遠處響起。

薄傳火精神一振，架起衝鋒槍就要橫插一腳，卻是被巫瑾驟然打斷。

「等一下！」巫瑾開口，聲音因為炎熱失水而顯得略帶虛弱，腦海中艱難運轉。

短短五分鐘內淘汰了將近八人。

槍聲此起彼伏。如果資源足夠，賽程只接近一半，多數選手都不會在這一刻做亡命之徒。

除非——資源消失，選手發覺賽程比想像中要更短，河岸的附近形式扭轉，能逼迫所有選手進入交戰的只有一種可能。

巫瑾終於找回了聲調，「你聽這個槍聲，河道應該已經乾涸了。」

薄傳火微頓，少年的音色帶一點沙啞，軟軟的像可憐兮兮的貓科幼獸。

他傳達的訊息，卻是兩人都不願看到的。

巫瑾推測得有理有據，稍一提點，薄傳火也不難想到。

河道一旦乾涸，水源只剩下唯一一種獲取方式。

那廂，巫瑾已是迅速裝上步槍。

薄傳火看了他一眼，眼神微頓，「你還能行不？」

少年的臉色比兩小時前白了不止一個色階，嘴唇因為缺水而乾涸，臉頰有不自然的紅暈。

薄傳火甚至百分百肯定，此時節目組一定有鏡頭聚焦在巫瑾的臉上。

漂亮的小美人因為脆弱而格外吸引眼神流連。

薄傳火換了一把火力凶猛的噴子，出乎意料，巫瑾也在後面跟了上來。

「我看著東南。」巫瑾徑直開口。即使狀態再差，他的手依然穩穩托著槍。

巫瑾的心跳再次加速，他甚至能感覺到膝蓋在微微打顫，非常明顯的中暑標誌。

但他沒有別的選擇。整張地圖中，自然資源消失，水源只能通過淘汰選手獲取。

薄傳火向他打了個信號，兩人迅速向南面潛行突擊。

滿地枯枝之中，強烈的日光帶著溫度，近乎灼傷巫瑾的視野。眼前重複的枝幹像是形成了星羅密布的怪圈，明明雙腳還在麻木行走，視野一成不變。

二十公尺外，白楊樹皮剝落，枯死的碎葉在踩下時發出輕微聲響。

兩聲。一近一遠。

巫瑾的心臟猛烈一跳，身旁的薄傳火動作一頓。

不是他的腳步。

兩週的訓練讓巫瑾的肢體比思維更早做出條件反射，烈焰一般燒灼的子彈自楊樹背後噴出，與左臂擦肩而過。

薄傳火閃避得比他更快，在伏地的一瞬掏槍反擊。

緊隨而來的是巫瑾的火力。

七分鐘，掩體背後兩架銀色救生艙彈出。

「能搶到人頭，比剛才還強一點。」薄傳火鬆了口氣，大剌剌點評隊友，一面迅速向前摸物資，緊接著爆了一聲粗口：「媽的，他們也沒水。」

再回頭時，薄傳火眼神一頓。

巫瑾的情況比開火時更差，瞳孔因為中暑而微微渙散。沒有經過體能訓練的新手，在極端環境下能撐到現在已經不易。

「你……」薄傳火看了眼腕錶，「我給你開救生艙吧。」

巫瑾咬了咬下唇，輕微搖頭，「還剩多少人？」

「七十八個。」

巫瑾扛起槍，沉默的跟在了薄傳火背後。

「還有，組隊時限要到了。」

巫瑾恍惚地點了點頭，誠懇開口：「謝了，比賽結束再……」

即便沒什麼體力，巫瑾還是向薄傳火鞠了個躬，一如當年見到公司藝人前輩。他揮了揮手，轉身就走。

薄傳火盯著他的背影看了半天，忽然把人叫住。

「槍。」他從身後抽出一把輕裝機槍，給出來時頗為肉痛，像是孔雀拔毛，「我記得，你複賽的時候用的是這個？」

巫瑾精神一振。

時間逐漸逼向正午。

十一點。存活四十六人。

十二點，存活三十五人。

巨石的陰影後，巫瑾不斷喘息。

他的終端上，擊殺數字已經跳到了三。

半小時前，他與一位E級選手不期而遇，消耗了全部體力和子彈才完成了絞殺。還是相當不漂亮的絞殺。

右頰的傷口裂開，手臂三處掛彩。

巫瑾低頭，握槍的右手，十指沒有一絲血色。極端失水使他最終陷入煎熬的疲乏——意識混沌，耳鳴，幻覺。

每一秒都極有可能睡過去，又強硬地撐了過來。

如果昏迷，救生艙會當場彈出將他淘汰。

巫瑾並不知道，克洛森秀的導播室內，鏡頭已經轉向他很久。

「很拚命。」應湘湘微嘆：「好吧，接導播室通知。按照賽制，克洛森秀不會以任何管道向選手提供場內援助，這已經是我們第三次回答這個問題。」

「在為選手投票的同時，也要尊重他們的選擇。終端上的紅色按鍵，想必大家都非常熟悉。如果他願意，他可以隨時離場。Axel——」

解說Axel破天荒地點了個頭，「不算精彩的槍法，但是，很值得敬佩的選手。」

應湘湘終於露出了笑容。

彈幕內，數以萬計的評論密密麻麻刷成一片。

克洛森秀的直播流量，破天荒經過一整夜還沒有下落。鏡頭幕後，節目編導不斷挑出評論高飄在輔螢幕。

「小巫我喜歡你啊啊啊啊啊！」

「小哥哥我等你出來QAQ！看逃殺秀差點看哭是怎麼回事！不要硬撐好不好！擔心你！」

「給小巫比心！親媽粉心疼到爆炸，乖啊，麻麻在外面等你，為你驕傲！」

Axel咳嗽一聲，在無數觀眾的反抗中將鏡頭強制移開，「讓我們再看看魏衍選手的情況，不出意外，現在所有的水源都集中在他身上……等等，魏衍被狙了？魏衍怎麼被狙了！」

河岸北側，隱在草垛裡的薄傳火正在開鏡偵查，一面向粉絲直播，「寶貝們，只剩二十九個人了。等我出來之後，那個，能不能在直播間刷一波大寶劍……」

他驀然一頓，聲音如同被人掐住。

瞄準鏡中，魏衍被人一槍打在右臂。

受沒受傷不知道，看他的表情──魏衍多數時候沒有表情，此時薄傳火卻生生看出了恐懼、茫然、不可置信。

他這是看到了誰？這破表情，就跟看到老仇人從墳裡爬出來找他一樣……

衛時闔了鏡，身後草地滾燙如火海，也不知他為何還能穩穩當當站著。

直到紅毛一跳一跳地竄了上來：「衛哥這草賊燙！」

兩人甫一靠近，終端開始警報嗡鳴。

四小時組隊時限已過，系統將強制要求選手開戰，不死不休。

「上來做什麼？」衛時看紅毛的眼神，已經和看救生艙沒有兩樣。

「剛才和白月光那誰，用拳頭幹了一場，真他娘的爽！」紅毛高高興興會合，「上來是因為……衛哥，那啥，你那個小巫選手真不用幫忙？看著挺可憐的，我這不怕您沒看到……」

衛時嗯了一聲，快速裝彈入膛，「我在看著。」

紅毛驚了。衛哥在看著？不愧是衛哥，對小情人也狠得下心。

眼見著終端進入紅色警報，他慌不迭開口：「衛哥別用噴子，我這賊喜歡狙，您給我一狙就成……」

衛時絲毫不為廢話所動，手速飛快。

碰的一聲，紅毛化作救生艙，順著山坡滴溜溜滾了下去。

還剩二十八人存活。

衛時站在山峰，灼熱的風裹挾著地溫周旋如煉獄。

他的體溫卻始終沒有上升。在他的腳下，被剝去電池的劇組攝影機直直悶在地上。

衛時沒有開鏡，微微瞇起的瞳孔中，視線鎖在河岸旁一處石塊掩體。

二十六人。

二十五人。

代表保級的「二十五」像一個訊號，槍聲甫一結束，石塊後銀色救生艙應聲彈出。

衛時終於移開目光。

還剩二十四人。

衛時換了一把槍，獵獵山風如焰騰起。

日光照耀在山頂，被溫度扭曲的空氣中幾乎見不到人影，只能看到光與光的焦點，在距離太陽最近的折角彙集——衛時就站在那裡。

沉寂之中，撤去滅音器的槍聲悍然響起。

二十四人。

十五人。

山下，薄傳火已是意識到不對，迅速關掉攝影。

按照他的推測，比賽至少還要拉鋸兩小時——選手不可能淘汰得這麼快。

然而腕錶上的數字還在迅速下降。

「臥槽！」

薄傳火一個閃躲，他面前的掩體四散炸開，下一槍被直擊要害——

薄傳火淘汰。

存活，兩人。

轟鳴如禮炮的音樂在半空響起，守在場外的劇組人員一愣，問道：「結束了？這麼快就結束了？」

「冠軍誰啊？不是說還有幾小時……」

「魏衍。」衝進來的攝影師回答：「趕緊的，把人都接出來。」

那劇務點了點頭，果然在意料之中。他趕忙調整鏡頭追蹤魏衍，緊接著噗哧一笑，「魏選手怎麼看上去不知所措的？又不是第一次比賽，哪有冠軍還害羞的……」

螢幕中，直升機轟鳴降落，一堆攝影師圍上採訪。

魏衍依然沉默，許久才對著鏡頭開口。

看口型，他似乎只說了一句話。

「不是我，我沒有開槍。」

場外。

救生艙相繼被抬出。

「醫療隊？醫療隊到了沒？PD剛催了，小巫可能狀態不好……還有五分鐘？怎麼回事？」

開艙的一刻，喧嘩聲從四處湧來。

「欸這位選手，先去後面體檢，醫療隊——不對，醫療隊還沒到。」

刺眼的陽光從緊閉的雙眼透入。

巫瑾意識昏沉，睫毛動了動，依然沒有醒來的跡象。

一雙手覆在了他的眉眼上，光線帶來的雜亂波長終於消失，意識深處回復平靜。

有人握住他的手。

「呼吸二十八，脈搏一百四十六，重度脫水。」男人的聲音低沉有力：「水給我。三百毫升，半小時一次，防止過度水合，到二點二升為止。」

「還有葡萄糖。」

微涼的掌心覆蓋在巫瑾的手上，輸液針刺入的一瞬巫瑾忽然動了動。

少年雙眼緊閉，白如透明的臉頰上，漂亮的五官微微皺起，漂亮的薄唇毫無血色，意識不安像被遺棄的動物。

「衛……」他似有所覺，在夢魘中掙扎著開口。

「嗯，我在。」

男人輕而易舉把人按下，虎口內收，巫瑾失去血色的左手被微涼帶槍繭的掌心握住。

昏迷後的夢境光怪陸離。

周圍一片喧囂，似乎回到了XX偶像選秀現場。炫目的鎂光燈下，綜藝導演給他遞了一把重機槍，倏忽狹窄的舞臺變成寬闊的草原，無數雪白雪白的兔子團子嚶嚶嘰嘰滾來滾去。

視野變得低窄，巫瑾在草叢中滴溜溜不斷翻滾，俄而被自己長長的耳朵絆住，縮成一小隻，毛茸茸的掛在灌木上隨風晃蕩。

周圍有兔子經過，軟乎乎問：「你是什麼品種的兔子啊？怎麼從來沒見過你啊？」

巫瑾緊張：「我……我不知道啊！」

兔子吃驚：「好吧。那！那你要藏好了。不能被人發現，不然會被吃掉噠！」

巫瑾趕緊在灌木叢裡躲好，外面槍聲接連不斷。

直到過了許久，白白嫩嫩的巫瑾兔子球球才被一隻大手撈了出來，兩隻耳朵因為害怕不住翕動。

「爪子。」男人下令。

巫瑾閉著眼睛，抖抖索索伸出一隻爪子，帶著槍繭的左手在他的小爪墊上微微摩挲，利索地把它揣好。

「行了，就這隻了。」

巫瑾緩緩甦醒。

映入眼簾的是淺藍色的牆紙，堆在牆角的氫氣球，滴滴作響的醫療器械和純白的床單。

芒果的清香在病房飄蕩。

佐伊在門外怒斥：「有意思嗎？這是人家粉絲送給小巫的！你自己嘎嘣嘎嘣都吃了八個了！你屠殺芒果啊？」

凱撒辯解：「小巫吃不了這麼多，都是粉絲的心意，咱倆不能浪費……」

病房一側的書架上堆了高高的信紙，牆角的氫氣球一閃一閃，螢光塗料迎著陽光換了個色，從「小巫我敲喜歡你啊」變成實拍圖像——日出的暉光中，少年繫著降落傘迎風飛翔。

巫瑾不自覺有些臉紅。

右邊果盤正中，小粉絲用翻糖捏了個兩頭身的巫瑾，正抱著兔子安靜躺在鳳梨殼兒的救生艙裡。

心率監測儀叫了兩聲，門外兩人立時衝了進來。

「小巫！」凱撒嘿嘿一笑，晃了晃手上啃了一半的芒果。

「凱撒哥、佐伊哥。」巫瑾軟軟開口，清了清嗓子才恢復了清涼的少年音色。

佐伊看得心疼得很。

小巫在床上躺了一天一夜，小臉煞白地埋在枕頭裡，任誰看了都心中不忍。

二十四小時之內，節目組更是用病房實拍賺足了觀眾的眼淚——一眾親媽粉哭著喊著去給小巫投票、買應援。

此時巫瑾的票數已經直逼騷男薄傳火。

巫瑾的粉絲群體與其他練習生都不相同。

魏衍是硬核粉，薄傳火是老婆粉，巫瑾的姐姐粉與親媽粉雖然在數量上還不足以與前者抗衡，消費能力卻是實打實的。

巫瑾醒來後第一個問題就是那天誰送他回來。

「醫療隊啊，」凱撒理所應當：「我出來的時候，醫療隊正在給你掛點滴。」

佐伊點頭。

他和凱撒排名分為六和十五，兩人相繼淘汰的時間只差了三分鐘。

「你淘汰之後，不出十分鐘比賽就結束了。」佐伊解釋：「有人撿到了束流A14。」凱撒露出了鬱悶的表情。

束流A14——巫瑾迅速想起了海選時衛時給他的那把槍，同樣是束流系列。自動瞄準，中子武器，射距在十二公里以上，堪稱可以結束比賽的大殺器。這類影響規則平衡的武器，獲取難度遠遠超過用其他方式淘汰選手。

病床前的全息螢幕被打開，裡面正在播放新一期的贊助商廣告——代言人竟然是紅毛。

「魏衍贏了，不過，結束比賽的不是他。」佐伊說道。

「拿束流A14開槍的人站在山頂。很不幸，由於地溫升高摧毀攝影機的晶片，所有影像資料都烤糊了。就連選手戴著的終端也在高溫下失靈，僅有一處鏡頭拍下，最後一個走上山頂的是紅毛。」

「紅毛這廝也承認了，據說他在山頂凹了半天造型，結果一個鏡頭都沒拍到，節目組只能給他簽了代言作為補償。」

「喔，你問為什麼冠軍是魏衍。紅毛自己也被烤糊了，強制彈出救生艙降溫。」

凱撒在一邊幸災樂禍：「淘汰賽燒壞了好幾個晶片，一個A級選手的，一個D級選手的，還有紅毛的。節目組無法判斷淘汰順序，昨天亂成了一鍋粥。不過……」

他嘿嘿一笑，「小巫，恭喜你留在A等級。」

巫瑾眉眼彎彎，明顯開心。

佐伊拍了拍他的肩膀，豎起大拇指，「夠拚，有衝勁。以後白月光戰隊，也要靠你了。」

巫瑾知道，這已經是佐伊能給出的最高評價。

克洛森秀一共有五百名練習生，從中出道必須搶奪僅有的十個位置。

出道之後，要為白月光戰隊服役還要進行嚴格的考核——蔚藍賽區的頂級豪門，對隊員有著比練習生更加嚴苛的標準。

他顯然已經獲得了佐伊的認可。

「佐伊哥，送我回來的——真的是醫療隊？」

佐伊點頭。

巫瑾頷首，看向右手背上的輸液針孔，用左手輕輕戳了戳。

【第五章】
——做夢吧！王是不會為她們摘下面具的

幾人回到寢室時，雙子塔已經空了大半。

淘汰賽之後，節目組給練習生放了兩天的假期休整。

陽光暖融融投入南塔，巫瑾上樓梯時還有些吃力，精神狀態卻恢復得不錯。

「小巫，跟哥回公司！」

開門時，凱撒高興嚷嚷：「陽光沙灘美人，」他瞅了一眼巫瑾，繼續說：「來啊，造作啊！不能浪費咱們工資獎金。這破地方，要不是比賽哥可不願意待著。」

凱撒動作一頓。原本以為空無一人的寢室裡，魏衍竟然還坐著。

昨天比賽結束時，應湘湘嚴厲批評了他在冠軍公布時的茫然表情。

並布置了看三部電影的假期作業。

寢室內，全息投影傳來電影女主角嚶嚶嚶的哭聲。

「為什麼，你愛的是我的妹妹而不是我。明明是她自己故意摔下去的，你冤枉我，還逼著我給她捐腎，我肚子裡的孩子該怎麼辦……」

魏衍冷冰冰地盯著螢幕，兩眼空洞無神。

直到兩人進來才勉強點了個頭。

兩人收拾完行李離開房間後，凱撒這才咂咂嘴，說：「他從昨天開始就這樣，這是受了什麼打擊了？」

懸浮車載著四名練習生一路飛馳，半小時後停在了白月光娛樂的門口。

巫瑾抱著兔子，進門時收到了從祕書到食堂大媽的熱烈歡迎。

無論走到哪裡都是愛憐的目光。

曲祕書更是連忙幫他分擔包裹，「小巫，你這是把所有粉絲來信都背回來了？」

巫瑾點頭點頭，小眼神亮晶晶發光。

曲祕書沒忍住摸了摸他的小軟毛。

兩週未曾回來的白月光宿舍被收拾得乾淨整潔。

下午三點，所有練習生被叫到會議室觀摩學習，讓凱撒大呼血虧，早知道就不回公司，直接開瓶吹到天亮。

眾人觀摩的影片，是白月光戰隊星級聯賽的小組賽錄播。

小組賽第一輪一共四場，果然如星網所說，白月光發揮有失水準。

倒數第二場，副隊陳希阮預瞄失誤，隊長林玨在搶點時被狙，直接救生艙彈出淘汰。

「林隊……被連累了。」許久，佐伊才唏噓開口。

複盤結束之後，又是一小時的戰術討論。

轉眼就是天黑。

「去哪兒？」佐伊看向凱撒，此人吃喝玩樂無一不精，堪稱方圓十里夜場一霸，「哥幾個走著，帶小巫見識見識。」

巫瑾睜大了眼睛。

凱撒神祕兮兮賣了半天關子，直到佐伊擼起袖子才開口：「去蔚藍深空。」

佐伊一愣：「你他媽別扯皮，進得去嗎你？」言罷向巫瑾解釋：「無政府區域，亂得很，有錢能買到一切你想要東西——喔，基本只對貴族開放。」

誰知凱撒從兜裡掏出幾張票，刷的一聲拍在桌上，「我媳婦給我的！」

佐伊、巫瑾：「……」

凱撒得意洋洋：「紅毛記得不？淘汰賽裡，我跟他赤膊打了一架。回頭和媳婦兒一說，誰知道她記得紅毛——過去在蔚藍深空裡打地下賽的。我說要上紅毛他家幹翻他，媳婦兒立刻給我弄了票。」

巫瑾一愣，如果他沒記錯，紅毛好像是被大佬帶來的。

紅毛跟大佬似乎……似乎有不可告人的祕密……

那廂，凱撒一拍桌子，「去不去？」

夜幕降臨時，懸浮車從白月光娛樂出發。

曲祕書對巫瑾額外關照，送幾人走時反覆提及「路上謹慎」、「小心壞人」、「看著小巫不能讓人偷走了」云云。

離開公司時，佐伊一臉古怪。

不說小巫乖乖的，大活人怎麼被偷走，車內三人的戰鬥力加起來，足以與一個小型火力庫相當。

逃殺選手，向來是站在實力鏈頂端的人類之一。

臨經過公司對面的大樓，巫瑾的眼睛愕然亮起。

夜幕下，高聳入雲的樓層在微濕的空氣中投射出鮮豔的虛擬光幕，因為粒子折射而光影幻織。光幕是一塊巨大的應援牌——

我的C位，我的驕傲。My One Pick——克洛森秀，300012號練習生，巫瑾。

亮色的字幕褪去，光幕中是巫瑾在空中向攝影機眨眼，繼而是他在重機槍前跪射，最後又回歸於字幕。

「用心了啊。」佐伊感嘆：「特意在白月光大樓前面，就是為了讓小巫看到。」

巫瑾趴在窗戶上，一直看到光幕消失，才關上了用於拍攝的終端。

再回頭時，琥珀色的瞳孔光彩熠熠。

「小巫繼續努力，出道不成問題！」正在駕車的凱撒鼓勵。

巫瑾忽然開口：「如果是C位出道……」

懸浮車往下一衝，凱撒反應過來，這才再次控制住方向。

佐伊卻是哈哈大笑，「小朋友，有想法！想站C位，必須打贏魏衍，還有我和你凱撒哥，喔還有那個騷男、井儀娛樂、卓瑪娛樂，現在再加一個紅毛……」

巫瑾想像了一下，各家娛樂公司的王牌練習生在金字塔上持槍羅列，包括隊友在內都是自己未來的對手。

相比之下，自己還在金字塔底端蠕動，但他卻能看到金字塔的頂端。大佬的身影在腦海中一閃而過。

「蔚藍深空」位於一片深空星體的正中。甚至與克洛森秀不處於同一個星球。

懸浮車在接駁口進入星港，停在星船甲板，立刻有侍者禮貌查看門票。

凱撒得意洋洋遞出三張，一面炫耀戀情虐狗。

巫瑾依然記得那位淑女裝扮的貴族小姐。

佐伊不敢置信：「這年頭，還有人喜歡腦子不好使的人。」

凱撒得瑟：「她就喜歡我這種既簡單又能幹的男人。」

驗票之後，一架小型星船徑直載著幾人連同懸浮車進入軌道。星船內一應設施俱有，從陳設到餐點琳琅滿目，皆可隨意取用。

從沒見過市面的土包子巫瑾目瞪口呆。

「蔚藍深空，銷金窟。」佐伊感嘆：「三不管地帶，一旦有了秩序，比哪裡都要可怕。」

巫瑾翻動星船上的報紙，迅速吸收其中的訊息。

「蔚藍深空自由貿易合約，軍備出口再創新高，基因產業居次，娛樂產季度增長下降。」

「一週賽事綜覽：浮空城新秀嶄露頭角。消失兩週的狂獅竟然。專題：基因戰士。專題：探訪星際聯賽．怯懦者的樂園。」

報紙首版，燙銀的面具標識奢華矜貴，似乎代表其隸屬於某一勢力。

娛樂版塊中，將星際聯賽批評得一無是處，甚至專門拎出白月光戰隊在小組賽的表現嘲諷。與之相對的，是對地下聯賽的大力讚揚。

「地下賽……是什麼？」巫瑾不懂就問。

「紅毛打的玩意兒。」凱撒說道：「和逃殺秀不大一樣。」

佐伊補充：「沒有救生艙。」

巫瑾一頓。

佐伊感慨：「紅毛能活著出來，也是不容易。地下賽死亡率多少來著的？百分之二十？傷殘率更高了。選手一般簽死約，至死不能退役。也不知道紅毛怎麼逃出來的。」

巫瑾一愣一愣，「沒有救生艙……」

「刺激唄。」凱撒皺眉，「討好貴族老爺的東西。選手豎著進去橫著抬出來，死了也就死了。咱們玩的叫逃殺秀，他們……」

凱撒嘖了一聲，「他們沒有工資，只有賞金。場均是聯邦逃殺秀選手收入的十倍，能有命

第五章

做夢吧！王是不會為她們摘下面具的

享用的還真不多。」

星船緩緩靠岸。

碎裂的隕石帶懸浮在星體周圍，漫無邊際的星塵充斥整個視野。宇宙蒼穹皆是灰濛濛一片，紫外線輻射下星雲發生電離，輻射出微弱的螢光。

直到導航裝置「滴」的一聲響起。

星船俯身向前衝去，劇烈的動能灼燒著艙體，星塵因為衝擊而瀰散，視野驟然照亮——遠處熾熱的恒星光下，深藍色星體逐漸莊嚴浮現在眼前。

凱撒嗖的一下躍起，「到了！小巫——歡迎來到蔚藍深空。」

下車前，佐伊給巫瑾遞去墨鏡口罩。

凱撒大手一揮，「這裡只看地下賽，別說克洛森秀了，就連星際聯賽都沒人關心。小巫妥妥兒不會被粉絲圍堵……」

巫瑾一聽很有道理，點頭點頭。

佐伊冷漠開口：「防的不是粉絲，是怕小巫被人搶走。」

巫瑾最終被迫全副武裝。

三人在接駁口入境時，面無表情的工作人員向巫瑾開口：「摘下來，面部識別。」

巫瑾摘下墨鏡的一瞬，該工作人員陡然僵直，原本吝於表情的臉龐熱情洋溢：「想去哪裡？要不要導遊？我這裡隨時可以換班，一起喝一杯？」

巫瑾茫然睜大了眼睛，最終拿回終端晶片時，被塞了寫有通訊號的小紙條。

「這裡是蔚藍深空。」佐伊和顏悅色，「民風相當奔放。小巫你隨便看上誰，摘了墨鏡直接上，百分百暴擊，一發入魂。」

巫瑾鼓起了臉，「……」

佐伊笑咪咪揉他軟乎乎的捲毛，「小巫真可愛，嘻嘻嘻。」

走出接駁口，開門的一瞬，無數紛雜的陸離光影從縫隙中透入，巫瑾的心臟猛烈一跳。

這大約是每個直男夢中的場景，硬核、科幻、賽博龐克。

後現代式的建築與巴洛克街道詭異融合，躍動的光束照亮整個城市。懸浮車帶著長長的尾光如同彗星掠過，路邊行人種族各異，無數看板在虛空之中閃耀矗立。

每塊看板的右下角都刻著特殊標識，有薔薇、沙蜥，還有巫瑾在報紙上見到的銀色面具。

街道上，頹靡的芳香瀰漫。

年輕的貴族女士乘著古銅色的馬車談笑風生，持槍巡邏的機械智慧徘徊在城市上空，用冷冰冰的探照燈向下掃視。

星星點點的光源映入巫瑾眼中，琥珀色的瞳孔像是反光的琉璃珠子，跟隨著蔚藍深空的夜晚閃動。

「小巫別看了，再看要呆了！」佐伊一把把巫瑾拎走，循著地圖向一處走去。

接駁口對面一座高樓，在此刻倏忽替換了廣告——

浮空城新季度移民政策……

街道上，似乎是巫瑾的錯覺，有不少人都在此刻停下，抬頭張望。

螢幕中，懸浮在星雲中城池緩緩顯現，誘人福利一個接一個拋出。

巫瑾迅速分析資訊，浮空城，似乎是蔚藍深空幾大勢力之一。看板上，鏡頭最終定格在一個背影——那是一個戴著銀色面具的男人。

巫瑾一愣，眼睛睜得溜圓，差一點脫口而出：「大佬——」

佐伊咦了一聲，回頭看過去。

巫瑾迅速嚥下。左手下意識的覆上右手背側，在近乎癒合的輸液針孔上輕輕碰過。

佐伊很快將巫瑾的反應拋在了腦後。

按照凱撒女友所給的指示，紅毛長期活躍在主城區的某棟知名建築物內。

三人循著地圖一路走去，中途吃吃玩玩不亦樂乎。

蔚藍深空的黑夜敞亮如白晝，燈影浮香紙醉金迷。這座被尖端科技鍛造而成的星球似乎永遠不會熟睡，所有設施二十四小時開放，不放過任何榨乾遊客錢包的機會。

路邊拉車的駿馬打了個響鼻，凱撒看了眼價格，立時掉頭就走。

「八百信用點。」凱撒誇張大叫：「怎麼不乾脆去搶？」

「蔚藍深空物價就這樣。」佐伊聳了聳肩，「要不怎麼只接待貴族。」

路過一處遊樂場時，凱撒眼冒精光看向某氣槍射擊遊戲——積滿六百分可以兌換任意巨型玩偶。

佐伊頓覺不妙：「這個傻子該不會要……」

五分鐘後，凱撒已經繳費完畢，端起了氣槍，嘿嘿傻笑，「老婆送了我三張票，我要回禮……」

碰的一聲，七環。

接著六環。

「這槍有問題！」凱撒氣憤嚷嚷。

佐伊忍無可忍把他撥開，順便鄙視了沒什麼用的突擊位。

狙擊手上場後，氣槍非常穩定的以十環積分疊加。

一旁的監控裝置忽然響起：「警告，警告，數據異常——」

佐伊一頓，這才看到牆上貼有「僅供業餘愛好者使用，職業選手、服役者勿擾」。

遊樂場後臺，已是迅速有值班人員走來。

佐伊當機立斷，「小巫，快！」

兩分鐘後，兩位值班人員走到靶位旁邊，巫瑾正在三環與脫靶之間戳個不停。可愛的少年抿著嘴，像是倔強而柔軟的小動物，和氣槍不斷較勁。

其中一位年長女性立刻被萌得心肝亂顫，柔聲安慰之：「上個月我們遊樂園為了圈錢，把槍全換了。不好打，說是六百積分換玩具都是騙人的，還沒人拿到過呢。小弟弟，要不然我偷偷送你一個……」

巫瑾滿臉通紅拒絕。

三人離開時，凱撒不斷露出幽怨的眼神。

佐伊嘆息：「小巫，雖然槍有問題。但你這個脫靶，真的該練練了。」

巫瑾有點沮喪，少頃又振作了起來。

蔚藍深空內白夜如晝。

商城、賭場、湧動的噴泉，溫柔的弦樂，街邊大剌剌陳列的殺傷武器，相互追逐的少年和言笑晏晏的少女和被幾大勢力嚴密劃分的街區，在主城詭譎而和平的共存。

轉瞬間，一行人已是走到了目標位址。

主城區在此處人潮洶湧。

十字路口的正中，是盤踞四個街區的龐大建築，這是一座神殿一般恢弘的場館。

暗色的磚牆像是盤踞一方的凶獸匍匐在街道正中，寬闊的穹頂卻在夜空中熠熠閃亮，繁複的浮雕隨著光影而游離，因為錯視畫法而漣漣躍動，虛幻不真。

猩紅的地毯從草地的噴泉處衍伸出來，隨處可見銀色的篆刻標示著：十六號街區，隸屬浮空城所有。

巫瑾「哇」的一聲張大了嘴巴。

凱撒神情恍惚，「地下賽是在這裡打？真他娘的有錢……那什麼浮空城……」

進入建築中庭時，坐在接待區高腳凳上，穿淺藍色蓬蓬裙，嗑瓜子的小妹子噗哧一笑，指著凱撒與佐伊，「大哥，左轉安檢。」

凱撒不滿：「為什麼只有我們倆……」

小妹子眨眼，一臉理所應當，「身高體壯，看著不大像良民喔。去後面檢檢有沒帶槍。」

凱撒……蔚藍深空有良民嗎？

小妹子又喜滋滋地看向巫瑾，沉迷美色不可自拔，眼中滿是驚豔。

就連說話聲音都不自覺放緩：「小哥哥先跟我進來吧，今天人有點多。喏，這是我的工號。小哥哥你叫什麼啊？是第一次來嗎？住在深空外面還是深空裡面……小哥哥你要紅酒還是香檳……」

巫瑾記得，出院時醫生囑咐不能喝酒，但紅酒酒精濃度不高。

他點頭道謝，從小妹子手中接過水晶杯。

兩人穿過冗長奢華的迴廊，巫瑾驟然睜大了眼睛。

穹頂之下，是比克洛森秀還要寬大數倍的舞臺。四個街區在這所龐然大物之內拼接扣合，周圍看臺坐滿了神色亢奮的觀眾。

一塊塊全息螢幕在虛空中豎立，細密的光粒子中，臺上的一切幾乎觸手可及。

觀眾席位於暗處，鏡頭卻密布於整棟建築。

巫瑾進門時，遠處不少人都向他的方向看去。其中一人瞠目結舌，少頃反應過來，「這這這好像是二毛說的那位，他怎麼來了？還沒坐在包廂？快，快通知大人！」

「這……大人已經上去了，就在剛才……」

場內，所有螢幕微微一閃，熟悉的銀色面具標誌浮現在虛空之中。穹頂之下瞬間爆發出撼天震地的歡呼。

巫瑾嚇了一跳，前後左右已是狀若瘋狂，坐在前排、穿著禮服長裙的貴族小姐們將手帕與鮮花向內擲去，無數觀眾如潮水般站起，向即將走出來的那位脫帽致敬。

為他引路的小妹子此時連瓜子都不嗑了，捧著個終端精神亢奮地拍向場內。巫瑾敏銳地注意到，她的蓬蓬裙一側掛著與面具相似的微縮應援手辦。

臺上，紋路繁複的大門終於打開。

戴著銀色面具的男人從他的王座上站起，舉起手中的高腳杯，向臺下無聲示意。

尖叫聲霎時響成一片。

小妹子的臉色蹭的一下通紅，端起自己的果酒和虛擬螢幕中的男人碰杯，一面語速飛快：「小哥哥，還好你沒遲到——啊啊啊啊——吾王好帥啊啊啊啊——」

巫瑾呆呆地看著臺上的男人，半天才磕磕絆絆出聲：「他是……」

「你不知道？」小妹子一愣，「地下賽四個賽季蟬聯冠軍，過去是浮空城的王牌，現在是——浮空城的新王。」

王的舉杯象徵著地下賽的開始。

很快，臺下地圖展開，選手進入備戰。然而無數視線仍是追隨著臺上的男人，直到他消失

第五章
做夢吧！王是不會為她們摘下面具的

在聚攏的光線之中。

小妹子又恢復了嗑瓜子的狀態，吧唧吧唧說個不停，在黑暗中對前排的貴族小姐們指指點點，「今天的內場票被炒到了十倍以上，嘖，每個人都想在晚上被新王帶走。」

「做夢吧！王是不會為她們摘下面具的！」小妹子揚起下巴，「小哥哥吃瓜子嗎？我跟你講，王到現在都沒有緋聞，我懷疑平時給他暖床的是狂獅那個紅毛肌肉男……」

巫瑾神色恍惚，半天沒有反應過來，呆呆地接過瓜子。

兩人所在的地方，光線驟然變暗。

觀眾臺寬敞奢華，座位與座位之間隔得極遠，此時正值開賽，四周並未有人注意到這裡。

小妹子呀了一聲。

沒想唯一的光源——全息螢幕也暗了下來。

她正要用終端叫人，藉著微弱的光芒抬頭，緊接著僵直在了當場。

高大冷漠的男人不知道何時出現，站在巫瑾身前。

微光映出他刀刻般的下頷線，沒入熟悉的銀灰色面具之中。他居高臨下，不帶溫度的視線在巫瑾手中的紅酒杯上掃過。

「啊！」巫瑾立即一個條件反射——和兩週前在練習室裡一樣，在男人面前刷的一下乖巧起立。

臺下，昏暗的螢光成為了僅有的光源。

戴著銀色面具的男人站在黑暗深處，明明與所有光芒絕緣，整個人卻像利刃一樣倏忽劈開視野，讓人難以忽視。就連他的瞳孔都是吸光的，俯視時黑沉沉的濃霧堆積，氣勢迫人，顯得虛幻不真。

寂靜中，撲通一聲，卻是那位洋裝小妹子一個激動跌在了地上，複雜的蕾絲蛋糕裙邊捲起，整個人被裙撐掛在了座位邊緣搖搖晃晃。

在蔚藍深空，幾乎每個少女都幻想過眼前這一幕。

王從高臺上走下，為自己低下倨傲的頭顱，將被他擄獲的臣服者帶走，在重重帷幔之間施捨般揭下讓無數人瘋狂的面具。

她早已過了不切實際的少女幻想期。讓她興奮的是面前的場景——尊貴的新王，從神壇上走下，竟然是為了親自去接這位漂亮到不食人間煙火的小哥哥！

宛若一口香甜的驚天大瓜！

小哥哥顯然與新王熟稔，無聲無息就乖順地跟在後面。

約莫是大病初癒，巫瑾的臉色仍偏白，瓷器般的肌膚在暗淡的光線下顯得溫馴柔軟，蓬鬆的捲毛隨著氣流微微飛動，纖長的睫毛投下陰影，為完美無瑕的輪廓增添了幾分人間氣息。

兩人一高一低對視，氣場竟然詭異融洽。

男人自始至終沒有開口，轉身時少年立刻乖巧跟上。

整棟建築的中控系統隨之被操縱，兩人經過的地方，原本明亮的燈光一一熄滅，就連投射下的影子也與黑暗融為一體。

觀眾大多聚焦在臺上，竟無一人察覺此處。

唯一伸著脖子的小妹子，過了許久忽然想起了什麼。

五分鐘前，她似乎才和小哥哥說過，自己懷疑給新王暖床的是狂獅那個紅毛肌肉男……她緊張的打了個嗝兒。

現在後悔還來不來得及啊啊啊啊啊啊！

巫瑾亦步亦趨地跟在男人身後，眼神好奇，視線到處轉悠。

等到四處無人，他忍不住高高興興的喊了一聲：「大哥！」

男人嗯了一聲。腳下步伐不停。

巫瑾眨巴著眼睛看向衛時，奢華的銀質面具擋住了男人的表情，寬厚的手掌上是極其熟悉的槍繭分布。

衛時領著他走過黑暗的觀眾席，巴洛克式誇張恢弘的廳堂，鍍了金屬淡漆的走廊。視野盡頭，原本一片平整的牆壁忽然泛起虛擬波紋。

「驗證開始，驗證成功。恭迎大人。」

門內，似乎是另一個完全不同的世界。

電梯飛速下降，這處神祕基地竟是位於賽場的正下方。

從電梯內踏出的一瞬，十幾雙視線向此處彙集，見到衛時後紛紛恭敬行禮，繼而看向跟在他身後的巫瑾。

有好奇、有驚豔，有的則目瞪口呆。

其中一位穿白袍的女士對巫瑾和藹微笑。

「衛哥。」她繼而開口彙報：「人都在B64會議室競標。這位……」

衛時看了一眼巫瑾。

巫瑾眨了眨眼睛，臉上就差沒寫著——把我放哪兒都好。

「在這裡等我。」衛時開口，言簡意賅。

離開時，一旁的女士笑咪咪給巫瑾打開了休息室的門。

B64會議室。

地下一百公尺深處，金碧輝煌，僅能容納二十人的會議室被嚴密把守，隸屬不同勢力的亡命之徒持槍站在門外。

會場內，同樣穿著醫生白袍的男人正在向投標方解釋浮空城最新科研結晶。

在他的領口名片上，寫了一個龍飛鳳舞的「宋」字。

臺下，氣氛一片凝肅。

除了一隻黑貓在第一排座椅上，吧唧吧唧吃貓零食。

「基因改造技術，在十一個世紀前就被古人提出。」宋研究員溫和解釋：「到二十七世紀，個體改造研究的重心開始由DNA向RNA轉移。如果說DNA是生命之書，在我們出生的那一刻，這本書就無法改寫。研發出高效、穩定的DNA鏈，代價是巨大的。」

黑貓快如閃電躥上講臺，宋研究員不得不把這位祖宗恭敬請下，「相比之下，更為低成本是做法是誘導RNA行為——也就是翻譯、轉錄這生命之書的媒介。」

「眾所周知，各大生物科技巨頭——南虛宿公司、R碼娛樂，包括聯邦軍方在內，近幾年來大量經由藥物注射、生物輻射等方式改變實驗體內RNA轉錄過程。在創造新細胞組織的過程中，嚴密控制激素分泌，增強人體機能，並創造出所謂最完美的人形兵器。」

「意志堅定，忠誠，骨骼密度強悍，肌肉占比高。」

「這一類戰鬥體卻有著致命的缺陷。情緒稀少，對外感知度下降，心臟疾病高發。」

「這其中，最為重要的缺陷，被我們稱為『情感枷鎖』。」

四個大字浮現在螢幕中。

「浮空城在上個季度基因醫療產業盈利飆升，就是因為我們破解了這道『情感枷鎖』。」

臺下，眾人神情皆是一震。

「請大家注意這隻貓。」宋研究員在黑貓的下巴上撓了撓，趁其不注意把貓拎了上來，「在我治療過的所有病例中，有一位尤其複雜棘手。對方實力強大，戒備心強，意志完全不受心理暗示干擾。」

「就在我們束手無策的時候，移情療法給了我們靈感。」

「沒有人會對可愛的小動物戒備，在對病人進行藥物調整的同時，我們採取心理醫師輔助下的動物伴療。」

「病人很快和這位『伴療師』建立起深厚的情誼，主動敞開內心，並在最近的一次體檢中反應出了顯著的多巴胺上升。病人通過和這隻貓玩耍……」宋研究員摸了摸牠的脊背，黑貓倏忽炸毛，對著他張牙舞爪。

「以及溝通交流……」宋研究員忽然捂住了左手，上面三道血痕清晰可見。

臺上的演講還在繼續。

會議室的一側，單面鏡後，兩位浮空城要員看得瞠目結舌。

「小宋怎麼就想不開，非要抓這隻黑貓演示？除了衛哥，這基地裡誰沒被牠撓過？」

「為了實事求是唄……真他麼瞎瘠薄亂扯，你說，真是這破貓把衛哥治好的？看著不像啊，感情也沒見得有多深！」

「宋老師都說了，昨天的檢測報告就是移情成功的結果。這麼久的心理暗示，怎麼著也得有點效果。這半把個月，衛哥身邊的小動物不就這隻貓嗎？不移到牠身上還能移到哪兒？」

「不是貓，還能是紅毛獅子？二毛？哈哈哈哈哈……」

門把手從外打開，兩人立時消音，齊刷刷用眼神致敬，「衛哥！」

衛時：「裡面怎麼樣。」

「比預料中更好。」一位小弟迅速稟報：「一期專利投標漲到十二億信用點了，那炙薇邊還在加價……」

少頃。

招標圓滿結束。

宋研究員抱著貓從會議室出來，還沒看到人，黑貓就嗖的一下躥到地上，撒嬌地去蹭衛時的小腿，毛茸茸的尾巴在男人的褲腿上勾來勾去。

蹭著蹭著就躺平在地上露出肚皮。

眼見著衛時沒有抱牠的意思，甚至都不用腳給牠揉揉肚子，黑貓翻滾了幾圈，最終只能悻悻地跟在男人身後。

衛時從宋研究員手上接過合約，滿意點頭，「不錯。準備一下，跟我去見炙薇。」

宋研究員應了一聲，回去裡間收拾。

中途視線不停瞄向衛時的背影，許久忽然一頓。

「不對啊！」他一拍大腿，驚訝道：「移情……應該和伴療者感情不錯才對。他怎麼不把貓抱起來？」

一旁同僚微愣：「這——不一定吧？」

宋研究員把頭搖成了撥浪鼓，「移情兩大要素。」

「第一，在心理暗示後十二小時內首次接觸伴療者。第二，對伴療者持續關注。還有，這才是第一階段，等治療推進到下個階段，就是產生感情連結，包括愛護欲、占有欲、撫慰欲等等……除了衛哥之外，其他病例都是和伴療者形影不離。比如大毛就會每天出門遛豚鼠……」

他忽然一頓，「一個月前，衛哥做完心理暗示之後去哪兒了？」

「按照實驗室吩咐，和黑貓待了幾個小時，就直接去克洛森秀打海選了。」同僚查詢了一下治療記錄。

宋研究員點頭，「行了，我記著，回去查……欸等等，你們說衛哥剛才把誰帶進來著？」

一張照片被投射在了螢幕上。

宋研究員微愣：「挺好看的……查查資料。」

巫瑾，十九歲，白月光娛樂，克洛森秀練習生順位排名第三，複賽評級A，海選第五十一場晉級。

「海選第五十一場……不就是衛哥參加的那場？」

巫瑾在休息室內瞇了許久，因為先前喝了點紅酒，無意識微微打盹兒。

半夢半醒之間，似乎有個毛茸茸的腦袋在臉頰上擦過。

「兔哥，別——」

巫瑾啊嗚一聲翻了個面，把頭埋在沙發墊裡，冷不丁脊背上被爪子踩來踩去。

他的兔子才沒有這麼大……

巫瑾悚然驚醒，一道黑色閃電自身後倡狂躍下，露出一雙綠幽幽的貓眼。繼而乖覺的竄到男人身後，不斷用腦袋去蹭他的褲腳。

黑貓一扭頭，融入黑暗裡連個影子都撈不著。

等等！沒開燈！

下一瞬，房間內忽然亮起。

衛時站在中控系統旁，正低頭看向巫瑾。

巫瑾這才意識到，大佬已經摘下了銀色面具。

白晃晃的燈光自上而下，男人五官鋒利深邃，輪廓線將沒什麼表情的臉分出深刻的陰影，高挺的鼻梁下唇線冷硬，右手在巫瑾從未見過的槍械上摩挲。

方才那隻耀武揚威的黑貓正在他腳下膩著翻滾。

巫瑾忽然想，如果是正常人，第一反應定然是持槍害命……

而他大概是把腦子睡懵了。意識裡驟然昏沉沉飄出一句話——做夢吧！王是不會為她們摘下面具的！

沙發上的少年耳後微紅，凌亂著小捲毛揉了揉臉，抬頭時小眼神滿是崇敬！

擼槍是大佬慣有的思考動作，巫瑾猜不出大佬在想些什麼。抬頭時他才恍惚記起，似乎睡著的時候燈還開著。

啪嗒一聲，一把槍驟然被扔在了茶几上。

「拆了。」衛時懶散下令。

巫瑾還未反應過來，身體已經先於意識將小型手槍捧起。

金屬的槍管帶著大佬微熱的體溫，比起在克洛森秀所學到的基礎武器，多出了幾個巫瑾從未見過的零件。

他按照記憶麻利卸下槍栓、子彈夾、復進簧、阻鐵，繼而表情驚訝——彈道拋殼挺下部凹凸不平，摩擦力比他見過的任何一把槍枝還要大。

衛時見他發現蹊蹺，眼中微微露出滿意的神色。

巫瑾猶疑抬頭，見到大佬用眼神示意他開口。

「拋殼挺阻力增加，抑、抑制子彈動能……」巫瑾非常努力地瞎瘠薄亂猜：「這種設計是為了……呃……」

他微一卡殼兒，衛時身後探出一張貓臉，鄙夷的看向他。

琥珀色的瞳孔睜圓，和黑貓大眼瞪小眼，「為了……減小殺傷力……」

黑貓：「喵喵喵喵！」

巫瑾：「呃……所以……」

黑貓：「喵喵喵！」

衛時的視線在巫瑾和黑貓之間掃了一圈，似乎被少年的表情取悅，心情不錯。

巫瑾思路被打斷，再次低頭時才想起，能被衛時隨身帶著的槍，自然不可能是削弱殺傷力的玩具槍。

衛時盯著凌亂的小捲毛，微微揚眉，從巫瑾手中接過槍，取出子彈。

「7.62口徑，螺旋紋路。」

巫瑾睜大眼睛看著衛時拆槍，男人的雙手似乎有著莫名的魔力，冷冰冰的金屬器械在指尖上下翻飛，硬是拆出鋒利的藝術感。

「每一把槍的設計，都有必然原因。」衛時靠近，在巫瑾睜大的琥珀色瞳孔裡把彈頭遞給他，說道：「子彈摧毀對手，最好的方式不是擊穿，而是留在他的體內。直致血管潰敗，組織壞死。」

男人的氣勢太有侵略性，巫瑾無意識後傾，用指尖蹭了蹭彈頭螺旋複雜的花紋。

「彈頭帶血槽。」衛時看了一眼花紋，「逃殺秀裡，最有效率的槍，是能用最大動能激出對手救生艙的槍。但它不一樣。」

巫瑾手中的槍柄忽然冰涼。

衛時說的已經足夠清晰。拋殼挺增加阻力，彈頭附加血槽，這是一把為摧毀血肉之軀設計的槍——真正用來殺人的槍。

「地下賽？」巫瑾終於反應過來。

「嗯，還有，」衛時漫不經心道：「以及，用在比賽之外。」

巫瑾手一抖，子彈掉在了地上。他連忙抖抖索索彎腰去撿，絲毫沒注意到衛時的眼神微微壓低。

再度看向大佬時，眼前的男人終於再度與戴著銀色面具的王重合。

而坐在他面前的巫瑾活像一隻被端上桌獻給王的鵪鶉。

衛時嘖了一聲，毫不意外兔子精被嚇得瑟瑟發抖。

「三環到脫靶。」衛時忽然說道。

巫瑾迷茫地眨了眨眼，驟然想起——這似乎是自己剛才在遊樂場的成績……

大佬怎麼會知道？

等等，大佬好像真的能知道……貫徹整條街的銀色面具標識就像是浮空城的眼一樣，無處不在。

巫瑾眨巴眨巴眼睛看過去，就像是考了不及格的小學生，在大哥面前微微沮喪。

衛時的視線在少年鼓氣的臉頰上掃過，「槍的問題，整個蔚藍深空，包括氣槍在內，都是能殺人的設計。記住，如果遇到你無法掌握的武器，就先把它拆了。」

巫瑾這才恍然，看著桌上的小型槍枝放下心來，小捲毛再次因為安全而蓬鬆。

大佬果然不是因為要恐嚇他！

大佬只是在採取一種特殊的方式教學！

正在巫瑾放鬆攤開之時，衛時忽然道：「槍送你了。」

巫瑾一頓，琥珀色瞳孔神色驚悚。

——這這這是能殺人的槍！

——私自持槍是犯法的！

然而衛時的表情冰冷，毫無商量餘地可言。

直到巫瑾在威壓下，慫兮兮地把槍塞到口袋，才滿意頷首。

半小時前，衛時拎著黑貓進入診療設備，由浮空城首席研究員親自操刀進行心理暗示。

「現階段病患會對伴療者持續增加關注。請您放心，這是治療中的正常現象，一切都在合理可控的範圍之中。」

「下一階段，我們將指導您與您的伴療者建立情緒聯繫。」

「注射激素完畢。」

「請您放鬆，正視腦海中的伴療者影像。」

「您看到的，是一隻怎樣的黑貓？」

衛時：「……」

「您是否想撫摸牠？」

衛時：「……」

「如果您想送牠一件禮物，您會選擇逗貓棒、貓零食，還是鈴鐺？」

絲毫不配合治療的衛時終於開口：「送槍。」

電梯從地下堡壘緩緩上升。

衛時走在前面，巫瑾束手束腳跟在後面。

此時大佬已經摘下了標誌性的銀色面具，鮮少再有人注意到此處。

經過安檢口時，巫瑾忽然四肢僵直，像是被捏住了脖子上毛毛的小動物一樣，緊張得瞳孔溜圓。

衛時停下腳步，回頭漫不經心看了一眼。

巫瑾只得被迫跟上。

金屬探測器在巫瑾周身緩緩掃過，警報燈安靜佇立。一旦發現殺傷性武器，整個基地將在瞬息被喚醒，以蔚藍深空最強悍的防禦系統向入侵者宣戰。

探測器臨近右側口袋，巫瑾表情益發緊張。

他眼巴巴的向衛時看去——男人站在不遠處的陰影裡，和濕漉漉的琥珀色瞳孔視線相撞。

濃郁的眉峰挑起，眼神因為被瑟瑟發抖的兔子精取悅而微閃。

巫瑾求救失敗，只得絕望閉眼，沒想探測器卻「滴」了一聲。

安全放行。

兩分鐘後，衛時領著神色恍惚的巫瑾走入穹頂。

巫瑾這才反應過來，蹭蹭蹭湊到衛時旁邊，右手小心翼翼地探入口袋。

「大哥！這槍……」巫瑾眼神莫名崇敬。

「查不出來。」衛時看了他一眼，這兔子精膽子比誰都小。

巫瑾終於放心，下一個動作卻是把槍又往裡頭塞了塞，藏好。就跟兔子藏蘿蔔似的。

見大佬在一旁漠然看著，巫瑾立刻乖乖解釋：「我怕一不小心就露出來了……」

一片蘿蔔葉也不敢往外冒。

衛時忽問：「這麼怕？」

遵紀守法好少年，僅有十九年良民經驗的巫瑾點頭點頭。

「過來。」衛時開口。

巫瑾自動站好，揚起小圓臉就要聆聽老大的日常教誨。

冷不丁視野中銀光一閃。

衛時徑直伸手，剛好懸停在他的領口。

巫瑾訝然睜大了眼睛，男人的五官因為低頭靠近而放大，眼部輪廓陰影濃重而冷漠威嚴，視線直直看向下方。

——大佬真好看！又好看又能打！

巫瑾的耳朵微微泛紅，自己必須更加努力才能不愧對大佬的指導提拔！

「行了。」衛時示意他低頭。

巫瑾的衣領上，赫然被別上了一枚小巧的銀色面具徽章，在穹頂的燈光下泛出溫和的光澤。巫瑾一眼認出了浮空城的標誌，眼神雀躍：「這是……」

男人收回眼神，恢復慣有的冷漠：「戴著，扛著火箭炮也沒人敢管你。」

巫瑾一瞬了然。

蔚藍深空沒有法律，或者說，各個勢力決定了灰色區域的「法律」。浮空城在其中顯然是佼佼者，而大佬是浮空城的王……

「謝謝大哥！」巫瑾笑咪咪道，小眼神在穹頂下閃爍，右手小心翼翼地在銀質徽章上蹭蹭摸摸。

——這是大哥給的持槍證！

衛時揚眉，眼神在少年的臉頰上停頓，右手微微摩挲，眼神滿意。

給兔子發蘿蔔，最後再蓋個戳。

嘖，也算日行一善。

巫瑾終於敢把小型手槍從口袋深處挖掘了出來。

他瞅了一眼衛時，右手隨著大哥的樣子在槍械上摩擦摩擦。

佐伊曾經說過，作為射手，要和自己的槍培養感情……

衛時見他擼槍擼得不可自拔，緩緩開口：「剛才教的，學會了沒？」

巫瑾點點頭，「就是還要練習……」

衛時嗯了一聲，示意他跟上。

「大哥，我們去哪兒？」巫瑾興奮眨眼。

衛時懶洋洋道：「走，帶你去找回場子。」

兩人穿過穹頂下的迴廊，入眼所及與記憶中重疊——巨大的場館內衣香鬢影，燈火輝煌。無數焦灼熾烈的光線聚焦在臺下，全息螢幕忠實的投影出激烈廝殺。

兩人在後臺的走廊之間穿梭，直至衛時打開一扇大門。濕潤的水分帶著夜晚的煙火氣息在空中飄蕩，萬點星光自夜幕投下，遠處霓虹點點，彙聚成一片色彩斑斕。

與來時的正門不同，這裡燈光微暗，一架奢華的懸浮車優雅躍起，穩穩停在兩人面前。

衛時示意他利索上車。

巫瑾乖巧遵令，晶晶發亮的眼神在車體上滴溜溜掃過。

即便常識嚴重匱乏，他仍是能百分百確信這輛座駕身價不菲。

然而沒等他多摸幾下，衛時便風馳電掣停在了一處園區前。

巫瑾看了許久才恍然想起，這就是自己幾小時前脫靶的地方。

說起來，另外兩位隊友——巫瑾看向終端，原本毫無資訊提示的介面在走出地下基地後收到了不少訊息，顯然是某種信號遮罩設備所致。

凱撒在兩小時前曾詢問巫瑾在哪裡，隨後又迅速發了一條消息，告知他們與紅毛在一起，且語氣曖昧，祝巫瑾「玩得開心」。

巫瑾：「……」

氣槍靶場前，衛時於陰影中站立，讓巫瑾麻利開槍。

六百積分可以換取的毛絨玩具在玻璃櫃中堆積成山。

巫瑾瞅過去，只覺得凶悍的大佬站在擠來擠去的小動物中間，好像整個人的輪廓都被光線柔化了一點，雖然面無表情，卻多了點煙火氣息。

積分按環數累積，脫靶扣分。在氣槍做了手腳的情況下達到六百分著實不易，且每一發射擊都貫到離譜。

衛時只給了巫瑾一百發子彈。

在不脫靶的情況下，需要平均六環才能達成兌換條件。

靜態射擊一向不是巫瑾的強項，即便是克洛森秀中的制式訓練，最好成績也不過五環，更何況是動了手腳的氣槍。

巫瑾起初動作很慢，約莫兩三分鐘才能摸索出一槍，腦海中不斷重播著衛時拆槍的場景。子彈夾、復進簧、阻鐵、彈道拋殼——每一層原件在意識中拆分、組合，巫瑾不斷調整著射擊的姿勢，陌生的槍體像是不可觸及的黑箱，卻忠實的給出每次動作調整後的反應。

少年微微瞇著眼睛，琥珀色的瞳孔自始至終看向準心，絲毫沒有注意到衛時在陰影下看向他的視線。

第六次射擊後，巫瑾微微一頓。即便無法精準摸清槍體原件，但數次嘗試已經足夠勾勒出大致的彈道表現。

巫瑾深吸一口氣，再次按下扳機——

五環。

三環。

巫瑾正待再次開槍，右臂忽然一沉。

「放鬆。」衛時的聲音低沉有力，像是灼在耳邊的烈焰。

巫瑾下意識地脊背一僵，在觸及到熟悉的氣息後逐漸回復自然。

「手腕壓低，右肩向下。」帶著槍繭的手在巫瑾的肩側微微下壓，「記住你的彈道，合格的狙擊手，自己就是彈道的一部分。」

巫瑾一頓，似有所覺。

衛時給他微調了射擊姿勢，巫瑾卻沒有立刻開槍，而是回到了原來的位置。

繼而緩緩摸索，肩臂手肘遵循男人的指點逐漸歸位。

就像是他此時空空蕩蕩的身後，依然站著衛時，在托住他的右肘。

緊接著，槍聲驟響。

六環。

少年驚喜地睜大了眼睛。

巫瑾之後的幾十發子彈多數在五環、六環之間徘徊，最高成績甚至能達到九環，但一開始的脫靶卻嚴重拉低分數。

時間一點一點推移，還剩最後兩發子彈時，距離六百分兌換界線還差十七分。

他必須在最後兩次射擊中，至少打出一個九環。

巫瑾深吸一口氣，果決扣動扳機——

彈道平平穩穩地落在靶位，計分板上緩緩亮起了一個「+7」。

五百九十分。

不遠處，堆積在一起的毛絨玩具在透明展櫃裡閃了閃。

如果說不沮喪……一定是騙人的。

巫瑾知道，自己不可能打出正中準心的成績。但明明距離大佬的要求只剩一點點。

幾秒鐘後，他摒棄雜念，再度調整狀態，手指正要內扣——

他忽然側身，抬頭。

衛時示意他讓出點位置，燈光投下男人高大的陰影，右手在扳機的縫隙間擠入，霸道覆住巫瑾的食指。

巫瑾眨了眨眼，迷茫間似乎想起了剛見到大佬的時候——扳機驟然扣響。

衛時揚眉。

巫瑾這才倏忽發覺，自己竟然……竟然看著大佬的臉開了最後一槍！

小圓臉蹭的一下泛紅，巫瑾回頭，計分板上赫然一個紅色的「十環」彈出。

一百發子彈，不多不少正好六百分。

巫瑾又是驚喜又是迷茫：「大哥……」

衛時嘖了一聲，開口：「我說過，要給你找回場子。」

神遊天外的兔子精眼神倏忽亮起。

五分鐘後，巫瑾抱著一個超大號的白兔玩偶走在路上。

蔚藍深空的遊樂園秉承「掏空遊客最後一個鋼鏰兒」的理念，即便深夜也營業如常。輕快的音樂隨著氣球與煙花跳動，豪華加長款雲霄飛車衝天而入又倏忽下降，摩天輪與自由落體閃爍著鮮亮的光芒。

除去無人問津的射擊遊戲區外，園區中處處可見來蔚藍深空尋歡作樂的年輕貴族以及豪車、駿馬。

兌換獎品時，巫瑾著實吸引了不少工作人員的目光。

動了手腳的槍，一百發子彈，六百積分，在業餘射擊愛好者中屬於極端出類拔萃。

直到巫瑾離開，一眾工作人員仍是議論紛紛。

「真不是職業狙擊手？」

「……職業狙擊手能平均六環？」

「業餘的？天賦不錯啊！」

「天賦再好能去打槍？你看到人家那張臉沒？我的天，長得是真乖！人家靠臉就能吃飯，誰忍心讓他去打比賽？」

「這倒也是，在蔚藍深空這麼多年，也沒見到長成這樣的，看著年齡還小，挺可愛，長大了妥妥兒一妖孽……」

巫瑾臨走一刻，還有一位職員笑咪咪給他塞了兩張體驗券，「以後還要常來喔！」

遊樂園的林蔭小道上，巫瑾努力從兔子玩偶軟綿綿的縫隙裡探出腦袋，藉著燈光讀取體驗券上的說明。

一人一票。

當日即可使用。

可兌換雲霄飛車或摩天輪。

氣槍射擊場的門口，衛時靠在落地的懸浮車上。

巫瑾想了想，雖然有點心動，但大佬看上去怎麼著都不像是會去這些地方。

白乎乎軟綿綿的兔子玩偶被塞到車裡，占用了大半個後座。

衛時徑直從巫瑾手上抽出一張體驗券，「選哪個？」

巫瑾張大了嘴，「……」

衛時掃了一眼傻乎乎的巫瑾。

巫瑾這才反應過來，毫不猶豫：「雲霄飛車！」

衛時頷首，繼而慢條斯理開口：「這裡過去曾是地下賽半決賽地圖。」

巫瑾：「……啊……」

「雲霄飛車淘汰了兩人，摩天輪淘汰了二十六人，大部分淘汰者沒有摸清運轉規律。」衛時回憶。

巫瑾神色一愣，危機意識頓起，「那……大哥我們要不還是……去摩天輪……」

十分鐘後，緩緩上升的摩天輪座艙到達整座城市的頂端。

蔚藍深空的主城化為璀璨的織物，在腳下閃爍發光。

座艙內，虛擬螢幕驟然亮起，廣播伴隨著音樂：「古老的習俗裡，人們會在摩天輪到達頂端的一刻親吻愛人……」

一片巫瑾趴在透明窗口，緊張向下看去，「大哥，克洛森秀會不會也有這種地圖？如果要跳艙自救，咱們應該怎麼走……」

「大哥咱們這個艙口，能被狙擊槍擊穿嗎？還是防彈的……」

「大哥大哥……」

座艙在空中輪了一圈，等到兩人出艙，不知為何巫瑾隱約察覺，大佬似乎心情不錯。

回程時，巫瑾戀戀不捨地看向遠處的雲霄飛車，「下次如果還有體驗券……」

衛時掃了一眼窮苦的兔子精：「等著。」

三分鐘後，精緻的禮品盒被工作人員恭敬送上。

巫瑾似有所覺，手速飛快拆開——裡面躺著的，赫然是兩張雲霄飛車體驗票。

巫瑾揚起腦袋，蓬起的小軟毛下星星眼發亮。

第五章
做夢吧！王是不會為她們摘下面具的

蔚藍深空，主城十六號街區。

凱撒、佐伊和紅毛上一刻還鼻青臉腫，此時已經勾肩搭背，一桌瓜子兒烈酒滿目狼藉。

「小、小巫……」凱撒大著舌頭，迷迷糊糊想起什麼，「小巫怎麼還沒回來……嗝……」

紅毛揮揮手，酒氣熏天，「上面看比賽呢……咱兄弟幾個先喝啊……」

佐伊皺著眉頭，點開終端查詢。

從公司離開時，曲祕書尤其不放心巫瑾，為其特意配備了兒童防走丟監控系統。

終端上，代表巫瑾的卡通小黃旗顯然不在同一街區——而是在十幾公里之外。

「小巫……」佐伊一個激靈，酒醒了大半，「臥槽，小巫被人偷走了！傻子別喝了——凱撒我他媽說你呢！抄傢伙，跟我去搶人！」

蔚藍深空，主城十六號街區酒吧。

大門轟然打開，從裡面風風火火跑出來兩人。

「快！小巫還在附近！」

圍著個錶盤大的終端看了幾秒之後，佐伊與凱撒倏忽化作兩道閃電向遠處奔去。

門口正在嘰嘰喳喳交談的女士們嚇了一跳。

「太粗魯了！」

「就是！就知道低頭看錶，還當自己是在主城區裡尋龍點穴呢……不是說今天狂獅大人包場嗎？出來的怎麼是他們？」

終端上，定位巫瑾的小旗子瞬息萬變。

還沒醒酒的凱撒一臉呆滯——

「小巫在地表平面以上一百二十八公尺的高度……小巫在兩秒內從靜止加速到了時速一百

公里！小巫在七十度旋轉！小巫倒倒倒過來了？」

「臥槽！咱小巫被什麼究極迴旋噴火龍劫持了？佐伊──」

十五分鐘後，兩人愣然停在街道的盡頭。

燈光熠熠的夜空中，如方程式一樣流暢的金屬軌道布滿整座園區，雲霄飛車沿著陡坡極速俯衝，遊客的尖叫聲穿透耳膜。

「小巫！」

佐伊忽然看向設施出口，神色驚喜。

柔和的橘色路燈下，少年安靜站立，努力抱著一隻等身兔子玩偶，瓷白的下巴搭在兔子腦袋上，被軟軟的織物絨毛襯托得益發小巧可愛。

飛塵浮起的光線為他打上精緻的輪廓，將巫瑾從光影中分割開來。許多還在排隊的遊客都不自覺看向他的方向，甚至有小妹子想舉起終端拍攝。

「佐伊哥！」巫瑾遲了半拍反應過來，拖著大兔子歡騰跑去。

凱撒也終於放心，嚷嚷：「咱小巫一個大活人，就說怎麼會走丟！剛才紅毛還說……哎他說啥來著的……」

三人隨即彙集。

按照巫瑾的解釋，半小時前他回到遊樂園練習氣槍射擊，並用附贈的兩張體驗券乘坐了摩天輪與雲霄飛車。

佐伊立時慚愧不已。身為公司前輩，沒有好好照顧小巫，喝酒尋歡作樂。小朋友一個人孤零零地在氣槍靶場，除了兔子玩偶之外沒有相依取暖的同伴，這種毫無階級友情的行為簡直令人髮指！

凱撒還在一旁扯兔子耳朵，「喲，品質不錯啊！小巫你多少信用點打出來的？能回本不，要是能咱再多打幾個運回去賣了。」

巫瑾睜大了眼睛，蹭蹭蹭後退，試圖解救即將被拐賣的兔子。

佐伊直接無視了凱撒，看向終端，「行了，收拾收拾準備回去。那三張蔚藍深空門票，只有五個小時逗留時限。」

在這座銷金窟中，時間本身也會被高昂收費。

凱撒點頭，拎起兔子耳朵，炫耀膨脹的肱二頭肌，「來，要不要哥給你扛著！」

巫瑾連忙道謝，婉拒了凱撒的幫助。

臨走時，忍不住又回頭看向道路漆黑的盡頭。

主城區的深夜十二點燈火通明，與幾人出發的地方恰巧時差相同。

再次回到接駁口時，蓬鬆的兔子玩偶在狹窄的安檢口卡成了長方形兔子餡餅。

數位工作人員連忙跑來，爭先恐後把玩偶推出，並恭敬地告知巫瑾無需安檢。

凱撒和佐伊則被趕著去排出境長隊。

接駁口的一側，一塵不染的紅毯鋪在地上。

星船值機人員替巫瑾打開了禮遇通道，幾步之外就是VIP候機室，配備有獨立的私人空間，舒適的拖鞋，叫不出名字的飲料小食。

巫瑾目瞪口呆，直到被侍者遞上濕潤溫熱的手巾才反應過來。手巾上的刺繡與衛時別在他衣領上的徽章一模一樣。低調的銀色面具反射出柔和的光澤。

巫瑾下意識的將右手伸入口袋，冰涼的金屬槍柄在指尖摩挲而過。

兩位隊友安檢完畢已是接近凌晨一點，星船再度載著三人向無窮無盡的星塵中穿梭離去。

凱撒鹹魚一般攤在沙發上，正在和女朋友隔空膩歪，時不時吧唧一聲親向螢幕。看佐伊的表情，如果手上有槍可能立即就會對著凱撒腦門行動。

巫瑾還在翻看星船艙體內的報紙。

凱撒伸了個懶腰，終於把終端螢幕闔上，嘿嘿一笑，「這酒真帶勁！等回去那鳥不拉屎的地方，讓紅毛再順幾瓶過來。」

佐伊冷漠的報出了酒瓶上的標價，凱撒一驚。

「真他娘的有錢……紅毛到底在地下賽撈了多少？」

佐伊攤手。

凱撒摸摸下巴，「他怎麼就來當練習生了？」

「活著多好。」佐伊開口：「至少克洛森秀不會死人。」

巫瑾抬頭問道：「佐伊哥，為什麼這些選手不去打星際聯賽？」

佐伊想起來巫瑾常識匱乏，耐心解釋：「星際聯賽是合法壟斷產業，選手審核嚴格。像蔚藍深空這種黑色區域，一向是聯邦大力打擊的對象。兩邊的逃殺秀產業鏈完全隔絕，選手之間也不會流通。」

巫瑾想了想：「如果是自己組建戰隊呢？」

佐伊回答：「你看蔚藍賽區內部，盈利被各大娛樂公司、節目方把持，每年多少勢力盯著這塊香餑餑，能組建戰隊的寥寥無幾。因為准入門檻太高。」

「不說背景審查、資金儲備，單旗下選手這一項，正式賽事中，各站隊主力必須為正式出道選手。所以，要麼就是重金撬走人家選手轉會，要不就自己培養練習生。加上克洛森秀，蔚藍賽區一年才幾個出道位？」

巫瑾睜大了眼睛。

佐伊拎出重點，敲了敲桌子，「小巫記著，這是合法壟斷。聯賽，選秀，贊助，裡面每一環都有聯邦在撈錢，咱們幾個只是給這條產業鏈打工的。」

凱撒嘎嘣咬開了個堅果，附議點頭。

星船穿過隕石帶，緩緩在城市邊緣停靠。

回到公司時，整座大樓寂靜無聲，只有曲祕書在練習室磕瓜子兒，用平時給練習生複盤的高清投影螢幕追劇。

當抱著兔子玩偶的少年出現時，曲祕書陡然眼睛一亮。

鏡片後發出幽幽綠光。

「好好休息，明天還要回克洛森基地。」曲祕書在巫瑾回寢之前，忍不住又摸了摸蓬鬆的小捲毛兒，還耐心幫他理順玩偶上凌亂的絨毛。

直到巫瑾離開，曲祕書的神色益發滿意。

小巫好乖巧！小巫好溫柔！不僅顏值超高，實力還在穩步上升！

等出道之後務必要給他S級簽約，小巫就是白月光戰隊日後的瑰寶！

如果有人敢在公司眼皮子底下偷小巫——

曲祕書眼神微瞇，殘酷無情地咬碎了手裡的瓜子殼兒。

白月光練習生寢室。

巫瑾甫一打開門，就看到兔哥在歪著腦袋看他。

他把超大號玩偶放下，反手鎖門，拉上窗簾，這才放鬆地擼了一把兔。

繼而從口袋裡小心翼翼取出大佬送的槍。

兔子從抽屜裡蹦了出來，安靜地窩在巫瑾懷裡。
寬敞的書櫃上，少年高高興興地騰出最上層空間。
從左到右，從小到大——銀色面具徽、小型手槍、兔子玩偶。
「兔哥，來！」
巫瑾笑咪咪把兔子抱起，塞到手槍與玩偶的中央。全都是大哥送給他的東西！
巫瑾摸摸這個，摸摸那個，半天才美滋滋地把兔哥抱了下來，並將徽章與槍枝收好，放入明早帶回克洛森秀的行李中。
月光透過窗簾的縫隙，在寢室內投下斜斜的淺白。
巫瑾在床上打了個滾兒，把自己和暖呼呼的被子捲到一起。
迷迷濛濛中，大佬把他從雲霄飛車上領下來，看了眼終端讓他去和隊友會合。
夢中燈光迷幻的遊樂園裡，巫瑾剛從雲霄飛車下來還快活得很，走起路來都帶蹦躂。
「開心？」衛時揚眉開口。
巫瑾點頭點頭，眼神晶晶發亮。
大佬的頭頂，無聲無息地飄出一個「好感度+5」的資訊泡。
巫瑾一愣，揚起腦袋——緊接著無數個信息泡咕嚕咕嚕從小捲毛上溢出，「好感度+5」、「好感度+5」、「好感度+5」，空氣中都是晶瑩剔透的透明泡泡！
左側領口，剛剛別上的徽章一閃，浮現出一行小字。
已升級。Lv2普通小弟→Lv3銅牌小弟。
寢室柔軟的單人床上，巫瑾開心咂吧著嘴，和兔子擠在一起，睡成溫暖的一小團。

【第六章】

準備克洛森秀第二輪淘汰賽

巫瑾一覺睡到了早上十點。

白月光大廈樓下，懸浮車等候已久。

克洛森秀寶貴的兩天假期業已結束，凱撒神色困頓地拖了個箱子，伸手一掄塞到了後座。

佐伊和文麟邊聊邊走進車內，最後是抱著兔子的巫瑾。

車體在半空中飛馳，高樓大廈逐一後退，很快秀場基地的雙子塔就出現在眼前。

幾人走下車，草坪上，未來兩週的訓練日程已經貼出。

「臥槽！」凱撒忽然看到了，「戰術射擊，二十課時，靜態靶七環合格。小巫別急，我記得A級選手有一次延後基礎考核特權來著的，哥給你找找……」

「放心，」巫瑾搖頭，右手深入口袋與溫熱的金屬部件相觸，「不用延後。」

餘下三人一愣。

佐伊開口：「真的不要幫忙？」

巫瑾圓圓的眼睛晶晶亮亮，「放心。」

佐伊點頭。此時才下午一點不到，克洛森基地內空空蕩蕩，第一輪淘汰賽前爆滿的射擊訓練室在終端上一概顯示為「未預約」。

佐伊略微思索，「小巫，要不要現在去靶場。」

北塔地下二層，靶場空曠無人。

打從巫瑾對準衝鋒槍瞄具的一瞬，佐伊露出了微微驚訝的表情，回頭和文麟交換了一個眼神。衝鋒槍與巫瑾慣用的重機槍不同，槍體輕便後座力小，中遠距離壓制不足——主要原因在子彈規格上。

彈頭輕，有效射程不到兩百公尺，彈道拋物線顯著不同。

巫瑾上手先掂了一下槍，微調設計姿勢，在靜態靶上打出了第一個二環。

佐伊注意到，巫瑾的視線高度並不與準心平齊，而是在子彈拋物線的最上切線。

巫瑾沒有立即開槍，而是緩緩調整肩臂。微微眯起的視線裡，訓練室冷淡的陳設褪去，彷彿還置身於氣槍靶場，流動的空氣被彈道擦出熾熱的弧線——槍聲再次轟鳴。

六環。

一旁蹲著的凱撒驀然跳起，給巫瑾熱烈鼓掌，「小巫可以啊！這一波……」

佐伊迅速把他擼回去，「閉嘴別吵。」

巫瑾瞬間從剛才的浸入狀態中醒來，準心在五環與六環間偏移。訓練子彈打完時，再回頭，正看到佐伊目光欣慰。

「不錯。」白月光的狙擊手終於點頭。

巫瑾和凱撒走後，佐伊給自家輔助遞了根菸，兩人趁著練習生還沒集合，在訓練室內吞雲吐霧十分愜意。

「小巫不錯，準心不夠，槍感跟上來了。」佐伊開口：「再練兩週，等正式槍法考核，我倒是要看著那群黑子怎麼被打臉。」

文麟笑了笑。

許久，佐伊再度輕聲開口：「隊長……林隊他狀態可能不大好。這次小組賽失誤頻發，白月光沒有出線。還有副隊……」

文麟嗯了一聲，知道他說的是之前回看複盤時，白月光星際聯賽小組賽淘汰最後一場，副隊陳希阮預瞄失誤，隊長林玨在搶點時被狙。

「不是副隊。」文麟忽然開口：「失誤的是林隊，後場指揮預判出錯。副隊預瞄甩狙錯

位，是為了搶鍋。」

佐伊一愣，卡在手指間的菸頭險些掉落。

雙子塔南塔。

短暫的休假之後，練習生寢室終於恢復了喧鬧。

此時已是盛夏，灼灼烈日當空。巫瑾提著箱子和凱撒打開了南塔七〇一的大門，清爽的涼風從門縫中送出。

凱撒伸頭一瞅，「裝空調了？黑心節目組終於又捨得花錢了？」

銀藍色的控溫裝置掛在客廳正中，下方貼著七十二字級大小的巨大贊助商商標——淘汰賽第一場贊助商XX生物科技公司室內恒溫控制系統。

凱撒與巫瑾的表情俱是一僵。比賽時的場景還歷歷在目，並留下了深刻的心理陰影，似乎下一刻就有地熱蒸騰而起，撲面燒灼而來。

然而克洛森秀顯然並不關心選手的心理健康。該生物科技公司在淘汰賽的直播中狠賺了一筆，並迅速與克洛森秀續簽了三個月的廣告合約。現在只要鏡頭推進寢室，百分百保證拍到其旗下室內空調、商標以及七十二級字的宣傳標語。

「還好第二場淘汰賽不是他們贊助。」凱撒甩下箱子，哐啷一腳踹到床底，「新贊助商哪家來著？」

巫瑾捧著新發的訓練手冊，仿羊皮紙的封面上用火漆蓋了個戳兒，正是兩週後第二輪淘汰賽的金主，「艾莉薇科技……」

凱撒一臉茫然，「沒聽過啊。」

巫瑾迅速查詢終端，捧起來朗讀：「艾莉薇科技，主營星際長途運輸、大宗貨物接駁……民用電梯、寵物托運……」

凱撒頓覺頭大，「這些都什麼東西？下一場到底怎麼比？」

歷經幾百年形式演變，每一場逃殺秀都是精心設計的藝術品。

贊助商決定藝術品的取材，節目組進行設計，選手表現、取景和解說共同構成藝術演繹。

克洛森秀的第二場淘汰賽，顯然和艾莉薇科技的主營方向相關。

巫瑾思索了一下，搖了搖頭。目前給出的已知資訊太少。按照之前的經驗，節目組會在接下來兩週的課程中繼續給出線索，並在賽前公布地圖。

那廂，凱撒在提出問題之後轉眼就拋在了腦後，瞅向一處門上掛著的粉紅色餅形物體。

XX美顏鏡頭專用補光鏡。

凱撒：「……」

一旁的房間門忽然打開，薄傳火舉了個自拍杆走了出來，壓低嗓子，氣沉丹田，矯揉做作的男神音正在給粉絲直播。

「休息了兩天。嗯？寶寶們想看我在假期開播？可以，但是……」

「啊，謝謝XX小姐送的大寶劍！謝謝這位小姐送的十個大寶劍，現在已經二十個了！寶貝們，我喊三二一，我們一起為這位XX小姐扣一波666【抱拳】好不好！大家整齊隊形，讓新來直播間的訪客們看看我們薄家軍的力量！」

薄傳火一面直播，一面隨手一勾扯下了掛在牆上的補光鏡，熟門熟路地安裝在了自拍杆上。臨走時，他推開寢室大門，忽然微微側身，回頭——

已經看呆了的凱撒、巫瑾神色震驚。

薄傳火徑直看向巫瑾，桃花眼忽然一動，低聲開口：「我先走了。小巫，晚上等我。」

巫瑾嗖的脊背一僵，毛骨悚然。

大門關上的一瞬，凱撒才合上嘴巴，臉色扭曲。

身為鋼鐵直男，面前的薄傳火，幾乎能比得上在某次比賽中被他一腳踩扁的外星蟲卵，「臥槽這騷男……賊他媽污染環境，走之前還gay你一下。小巫你別怕啊，哥今晚就在你隔壁房間守著，他要是敢對你怎麼，哥掄著椅子就給他砸翻！」

凱撒回頭又一琢磨，「小巫你淘汰賽跟他一組？」

巫瑾點頭點頭，「對，薄……薄前輩挺好，還送了我一把槍……」

凱撒痛心疾首，「一把槍算什麼，小巫你別被他騙了。下次比賽還他兩把哈，咱不跟他攪和在一起！」頓了一下又問：「小巫你和他很熟？」

巫瑾想了想，遲疑搖頭。

休假前他還見過一次薄前輩。上去道謝時，對方反應不鹹不淡，勉強算是點頭之交。剛才那句話顯然詭異非常。

克洛森秀留給練習生的休整時間到下午五點為止。

第二場淘汰賽為團體賽，訓練開始之前，練習生必須在當晚進行初次選位測評。

巫瑾吃完晚飯，取了號就去訓練室外排隊等待。

走廊上站滿了等待選位評測的練習生，有的在練習戰術躲避、有的在背誦摩斯密碼、有的在地上匍匐前進、有的則對著虛空兩指並槍突突突。

巫瑾感慨萬分。穿越之前，在經紀公司做藝人位置測評的記憶紛湧而來。當時他還是一個實力強勁的主舞，而現在……

兩個劇務從訓練室內走出，把站得亂七八糟的練習生擼成一列，一面宣布評測標準。

「你們面前有編號零到六的測評室，分別代表不同的選位項目。請各位選手看向自己的編號，除以七獲得的餘數就是你們的第一個測評類別……」

練習生霎時亂成一團，向著編號不同的房門蜂擁而去，喧囂中，巫瑾似乎聽見遠處凱撒隨便拽了一個人，「哎大兄弟你幫我除除，我這號碼對七的餘數是多少來著……」

一旁的劇務盯著凱撒看了半天，忍不住低聲和同事交談：「那選手多少號？咱要不先給他扣個五分……」

巫瑾在一群肌肉壯漢中擠來擠去，終於找到了自己的測評等待區。

訓練室大門上貼了個標籤：偵查位。考核項目，地圖背記，形式預判。左右眼視力……

巫瑾趁著門還沒開，連忙在一邊安安靜靜做準備活動——眼保健操。

冷不丁旁邊一聲笑，克洛森秀的導師血鴿走了過來。

血鴿，曾在役二十年的逃殺秀老將，蔚藍賽區最早的偵查位C位，曾帶領戰隊首次衝入星際聯賽十六強。

「小巫啊，上週打得不錯。」血鴿一面說著，一面掏出節目組給的資料夾，「白月光給你報名的時候，說你的選位是C位來著的？」

巫瑾連忙停下了揉按睛明穴，耳後發紅，「謝謝老師，沒有……不選C位……」

「年輕人，有志氣是好事。」血鴿給予鼓勵，把人領進訓練室，說道：「行了，一個一個項目來吧。」

十分鐘後，巫瑾氣喘吁吁的從訓練室走了出來，大門應聲關上。

血鴿在門後面翻看評測報告，向劇務順便要了枝筆。

「聽力滿分，視力中等偏上。戰術素養……」血鴿思索，「在掩體後面畏畏縮縮，半天出來一下，一有風聲草動跑得比兔子還快，偵查目的地區域的時候，嗯……」

評測影片中，軍綠色的掩體後面，一會兒探出點小捲毛兒，一會兒又撲騰兩下縮回去。

一旁劇務看著影片，幫血鴿導師揀了個描述詞，「暗中觀察。」

血鴿合上評測，開門又把巫瑾叫了進來，問道：「聽力不錯，基礎差了點。小巫想打什麼位置？」

巫瑾毫不猶豫，「突擊位！」

血鴿點點頭，一旁的琥珀色瞳孔晶晶亮亮，讓他在開口打擊之前略微停頓，「小巫，突擊位的實戰戰術要求和偵查位一樣高，如果你執意要去，位置分不會很高。」

虛擬螢幕上，淘汰賽組隊規則投射而出。

所有練習生按照偵查、突擊、副突擊、輔助、狙擊、指揮、重裝七大類別選位，並以該類別評測的分數為位置分。

選位結束後，從S至F，各等級練習生依次為自己挑選隊友，同等級內挑選順序由位置分決定。

首次淘汰賽後，A等級的練習生共有二十一人。一旦巫瑾定下突擊位，很可能在選位過程中處於被動地位。

巫瑾點點頭，卻並不像血鴿所說的憂慮。

按照白月光戰術導師的建議，凱撒和佐伊之中，位置分最高的會把巫瑾選走，白月光將在下一輪淘汰賽中以團體形式出鏡。

血鴿見巫瑾已經決定，也不多說，僅僅提出自己的看法，「輔助位，小巫你可以試試。」

巫瑾向導師道謝，取走測評表離開了練習室。

「下一個——」血鴿饒有興趣地看向名單，「把那個紅毛叫進來，探探他的路子。」

位置測評一直到將近八點才完全結束。

巫瑾集齊了七份評測表，狙擊、突擊、偵查並列分數墊底，輔助與指揮則相對較高。

巫瑾看了一下時間，決定在宵禁前去一次北塔靶場。

無論任何選位，戰術設計都是必要考察專案之一。

靜態靶七環合格——一旦低於七環，會抵扣第二次淘汰賽中的先發優勢。

北塔地下二層，動態靶場上零星站著幾個練習生。

巫瑾羨慕巴巴地看了一眼，最終還是站到了靜態練習靶前。

能在克洛森秀留到現在的大多實力過硬，巫瑾甫一走進靜態靶區，周圍空空蕩蕩，不見一人。他剛架起槍，訓練室的大門應聲而開。

巫瑾抬起腦袋，驚訝看到了絕對不可能出現在靜態靶區的人。

薄傳火。

「薄前輩！」巫瑾立刻禮貌問好。

薄傳火點點頭，這一次倒是沒帶著他的自拍杆，開口時語氣卻出離慈祥，讓巫瑾下意識脊背發麻，「小巫你忙，我就看看。」

巫瑾只能點頭，對著準心戳了幾槍。薄傳火背著手四處轉悠，時不時笑咪咪地回頭看向巫瑾，眼線狹長像隻大狐狸。

等巫瑾崩完一排子彈，他才閒聊似開口：「小巫啊，咱們也是室友，好久沒熱絡熱絡，以後一起去食堂吃飯怎麼樣？」

巫瑾努力抑制住怪異感，「和薄前輩一起吃飯，當然可以……」

薄傳火點點頭，「訓練也一起。」

「……」巫瑾看了一眼無人問津的新手靜態靶，和氣焰傲慢的銀絲卷娛樂頂級練習生，竟是一時語塞。

「晚上睡不著也可以找我談心。」薄傳火補充。

巫瑾茫然睜圓了眼睛，「前輩，這……」

薄傳火拍拍他的肩膀，一聲輕咳，面色嚴肅，「小巫，和你商量件事。上一期淘汰賽播出之後，你還記得咱倆組隊的事情不？」

巫瑾立刻點頭，「記得！謝謝前輩給的槍……」

薄傳火揮手，表示小事一樁，繼而開口：「粉絲反應很好。話題指數直線上升，直播間走了好幾波禮物，無論是白月光還是銀絲卷，都在短期內漲粉不少。」

「根據銀絲卷行銷團隊的建議，」薄傳火強調，「當然，銀絲卷戰隊在蔚藍賽區中擁有最具經驗的行銷顧問，以及無數成功先例。所以根據他們的建議——小巫，咱倆要不要，在節目炒個CP？」

巫瑾呆呆張大了嘴巴。

就在此時，吱呀一聲，被薄傳火反手帶上的靶場大門再次被打開。

衛時打開門，懶洋洋走了進來，視線在薄傳火身上一掃而過，眸光閃動。

訓練室打開的瞬間，薄傳火一頓，遵從直覺回頭。他眯起眼睛，看清來人時有些詫異。

C級練習生。

薄傳火記憶力極佳，打從節目之初就把C以上的競爭對手記了個遍，特別是長得有潛在威脅的，他卻不記得眼前的男人。

來人身材高大健碩，五官深邃冷漠，他在一堆器械中挑了一把狙擊步槍，伸手時，袖口下手臂肌肉輪廓清晰可見。

步槍被布滿槍繭的手掌掂了兩下，男人隨即拎著槍柄站到靶位前，背影逆著光，從肩肘到脊背線條冷硬。

薄傳火這才想起來，似乎是有這麼一個人。

上一場淘汰賽中，場內溫度急劇上升，燒壞了幾塊選手晶片，節目組無法判定名次，只能統一記分晉級。

除了紅毛之外，還有一位名不見經傳的D級練習生因此晉升到C。

薄傳火興致乏乏地移開了目光。

轉過頭去時，忽的看到巫瑾眼睛晶晶亮亮，小圓臉高高揚起。

薄傳火眼神一動，見機再賣安利，「小巫，你要相信銀絲卷的行銷力量。」

「不會耽誤你的訓練時間，開局一張圖，新聞全靠扯。你儘管放心，咱炒CP，只要給我修圖就給你修圖，只要給我磨皮就給你磨皮。白月光和銀絲卷雖然關係緊張，咱可以炒薄密歐與巫麗葉，薄瑾CP就叫鉑金之戀……」

原本背景安靜的靶場內，忽然「砰」的一聲。

狙擊步槍轟然響起。

明明在薄傳火背後十幾公尺，卻像是在耳邊驀然炸開，開槍後還嗡嗡耳鳴不停。

「我擦你……」薄傳火捂住一邊耳朵，迅速扭頭，看向C級練習生，「我說大兄弟，你練槍能裝個滅音器不？」

繼而回頭，「咱繼續說這個鉑金之戀……」

天花板一陣巨震，身後槍聲僅稍停頓，繼而悍然響成一片，宛若五雷轟頂。

薄傳火：「……」

衛時漠然取下耳塞，伸手在零件堆裡翻了個滅音器。

原本正待發作的薄傳火微微一頓，硬生生把話憋了進去。

六十子彈連發——槍口溫度至少在攝氏一百二十度以上，靶位前的男人卻悍然不懼，徑直對著槍口把滅音器裝上。

瘋子才敢這麼做。

薄傳火愣愣的看著衛時毫無損傷的左手，許久才回過頭來。

巫瑾眼神不住往衛時身上飄，架不住薄傳火說的話益發離譜，立刻澄清，「薄前輩！我沒有想和您……」

薄傳火眼神眯起，露出匪夷所思且痛心的目光，「小巫，你難道是在嫌棄哥哥？」

他想了想，又擼起袖子，語重心長：「小巫，憑你現在的實力，要留到出道位難度很大。如果跟我組隊就不一樣了。」

緊接著，薄傳火也挑了一把狙擊步槍，在靶位前站定。

「下一場淘汰賽——室內場地，賽場就在北塔對面，剛剛施工完畢，占地六公頃，位處地底。」薄傳火洋洋灑灑開口：「知道最稀缺的資源是什麼嗎？」

他用瞄準鏡探了一下，放下槍口，繼而閉上眼睛，「是光。」

薄傳火忽然抬起槍管，眼睛仍不睜開，右手已是扣動扳機——正中十環靶心。

巫瑾目瞪口呆。

即便薄傳火歪門邪道一大堆，不得不承認他是整個克洛森秀實力最強大的練習生之一。

預瞄，盲狙。

對於普通練習生來說，熟練其中之一就要耗費大量的精力。薄傳火卻是憑藉出色的算力和肌肉記憶，完美的將兩者融合在一起。

薄傳火洋洋得意的睜開眼睛，冷不丁視線一暗。

啪的一聲，訓練室的燈光被關閉。

北塔負二層靜態靶場伸手不見五指。

還沒等薄傳火反應過來，與剛才如出一轍的槍聲響起——

七槍點射，速度之快近乎於自動連發！

黑暗之中，一雙琥珀色瞳孔閃閃發亮，巫瑾已是陡然意識到什麼。他來過靜態靶場的次數最多，對靶場設施倒背如流。

八架靜態訓練靶位。

除了薄傳火站著的地方，還剩下七架，正好對應七次射擊。

隨著槍聲落下，所有靶位上的計分板依次亮起，每一個都標著鮮紅的「十環」。

薄傳火難以置信地張大了嘴巴，看向衛時所在的方向。

燈光再次亮起。

衛時漫不經心收槍，就像是完成了某個低級新手訓練——如果他不是在兩秒內連發七次盲狙，次次十環。

薄傳火下意識的估測衛時和離他最遠靶位的間距，震驚地嚥了一口口水。

「大兄弟。」他終於開口。

連發盲狙，有薄傳火出手在先，此時已經形同挑釁。

還是壓得薄傳火翹起尾巴也翻不了身的那種。

薄傳火一聲輕咳，無意間掃到巫瑾的表情，差點沒急得背過氣來。

燈光下，小圓臉敬仰的揚起，琥珀色的瞳孔光都在打飄兒，這小眼神簡直就是要去倒貼那個C級練習生炒CP！

薄傳火暗罵了一聲粗口，第一反應就是去找訓練室的鏡頭，好在此時選手才剛回基地，節目組機位還沒布置完全。

薄傳火這才放心下來，他嚴肅看向衛時，許久開口：「來一局？」

衛時終於轉過身來。

薄傳火瞇起了眼睛，直直與他氣勢相撞，心中如有驚濤駭浪。陌生的C級練習生站在對面，一言不發，瞳孔黑沉沉的不吸光，像是在維護地盤的獅。

「過來。」衛時忽然開口。

男人的聲音低沉，帶輕微毛刺。

還沒等薄傳火反應過來，身後的巫瑾已是刺溜一下躥了過去。

薄傳火差點沒被嗆住，過去就過去，這特麼還帶蹦躂的？

衛時揚眉，示意薄傳火說話。

薄傳火放下槍，用下巴點了點門外，「一分鐘全息類比沼澤動態靶。」

如果說靜態靶的難度是一級，動態靶是二級，全息靶就是五級。

靶位有可能在三百六十度方向出現，狙擊手的對手不止是靶目標，還有一同進入類比環境的競爭者。

和克洛森秀的複賽測評類似——敵人、積分都是要靠搶的。

幾分鐘後，全息射擊室的大門打開。

薄傳火熟練地裝上訓練槍，一回頭發現巫瑾也在吭哧吭哧地撈槍。

「……」薄傳火隱隱覺著不對：美人不是用來壓陣的嗎？

衛時隨手給兔子塞了一蘿蔔。

巫瑾想都不想接過，美滋滋掂量了一下蘿蔔的槍膛、瞄準和彈道。

三人隨即進入全息場景，腳底軟材質塌陷為泥濘的沼澤地，周圍環境驟變。

第一個靶位是澤鼠，薄傳火立刻先行預判，迅速向其前方偏離半個身位開槍——卻是在他扣下扳機的一瞬，目標迅速化為白光。

這不科學！

薄傳火驚得內眼線都要翻了出來，然而只一愣神的工夫，衛時已經再度奪走積分。

他驀然側頭，正對上男人鋒銳的眼神。

衛時打得極其驃悍，點射時就連子彈都帶著沸騰血氣，壓得薄傳火透不過氣來。

薄傳火當機立斷，對準靶位的槍口偏離，有意無意向衛時偏去，已是極具挑釁意義。男人毫不在意，側身與他剛槍——直像一把尖刀剜在視野中央，散發讓直覺發顫的強侵略性。

四十五秒。

衛時面無表情。

薄傳火脊背發寒，眼神空茫，表情匪夷所思。

巫瑾則扛著他的蘿蔔槍，一槍一槍地打地鼠，動態預瞄一塌糊塗，積分板上只有一個可憐巴巴的「一」。

衛時六十七分。

薄傳火還是零。

五十五秒。

薄傳火大腦已經當機，眼光泛紅，已經完全放棄了靶目標，拚死也要戳上衛時一槍。正此時，不知是有意還是巧合，一條沼澤鱷突破火力線，向幾人蠻橫衝去。

巫瑾睜圓了眼睛，驀然肩膀一沉。

「低頭。」大佬冷淡的聲音驀然在耳邊響起。

巫瑾毫不猶豫低頭。

男人堅實有力的手臂把他往內一護，灼熱的體溫如烈火在脊背蠻橫燒灼，強侵略性的氣息霸道鑽入，從皮膚表層觸及神經末梢，帶著電流刺溜溜躥升——兩次點射。

「靶位全清。」

「300029號選手薄傳火，隊友誤傷，出局。」

驚！說好的選秀綜藝竟然 1
Colosseum-Escape Show
愛呦文創
愛呦文創
《驚！說好的選秀綜藝竟然1》晏白白 ◎著　六零、魅赵 ◎繪

虛擬場景應聲消失。

巫瑾滿臉崇敬地把自己扒拉出來，抱著蘿蔔槍抬頭。

正對上薄傳火吞了倉鼠一樣難以言喻的眼神。

薄傳火腦海中簡直爆滿了粗口。剛才在淘汰的一瞬，他分明看到了男人將巫瑾一把撈起，眼神因警告而森寒。

他……他來找小巫幹啥來著的？

喔，只是想炒個CP。

所以他只是想炒個CP啊！至於嗎？神他媽命都要炒掉了！

薄傳火扔了槍，勉強維持體面離開，在關門的一瞬迅速發訊：「有個大佬，點子扎手，幹不過先溜，等下一波……」

「啥？你問我跟炒CP有什麼關係？現在炒不了，那個大佬……好像是巫瑾的親媽粉，看樣子不給他出緋聞，管得賊膺薄寬……下次繞開他再找機會……」

「親媽粉！不是女的，掛了掛了跟你解釋不通……」

薄傳火迅速消失在了門外。

直到許久之後、美顏燈補光鏡才在遙遠的走廊盡頭亮起，薄傳火重新把頭髮撥亂，用隨身補水噴霧做出汗水效果，扯了扯衣領，施施然又是一條好漢，「寶貝們還不睡？這麼晚還等在直播間，想我了沒，嗯？……」

訓練室內，巫瑾眼神閃亮，狗腿的從大佬手上接過模擬槍，和自己的那把一併，堆蘿蔔似的在牆角放好歸位。

蘿蔔纓子都理得整整齊齊。

巫瑾歡脫得很，「大哥！這麼早就來了……」

他立即想起，今天第一場選位測評，不好渾水摸魚，衛時必然要出現打卡。

他似乎從來沒有問過，大哥打的是什麼位置。

巫瑾揚起小圓臉，正直直對上衛時的目光。

男人眼睛瞇起，和剛才讓他低頭時如出一轍，見少年睜大眼睛才微微收斂。然而有那麼一瞬，巫瑾似乎隱約看見，衛時深邃的眼部輪廓中，瞳孔像荒漠一樣騰騰燒灼。

「偵查位。」衛時移開視線，隨口敷衍。

巫瑾一愣，他想像過大佬精準狙擊，或是扛著霰彈槍悍然衝線，至於偵查位……

那廂，衛時揚了揚下巴，示意巫瑾把包裡的測評報告拿出來。

巫瑾乖巧照做，遞交報告時像是給家長簽字試卷的小朋友。

此時第一輪測評結束，所有選手位置分已經公開。

按單項最高分排序，名次最高的是狙擊位滿分的魏衍，其次是薄傳火，以九十六分的突擊位，與佐伊的狙擊位並列第二。

其中，巫瑾得分最高的為輔助位，七十二分，第一志願突擊位則慘烈的只有三十六分。

然而巫瑾毫不氣餒，小捲毛意氣風發，「還有兩週，努力訓練應該能上四十……」

巫瑾看了眼大佬的眼神，立刻補充：「能上四十五！」

衛時無動於衷，巫瑾再次加碼，「呃，五十……」

衛時掃了他一眼，巫瑾底氣不足，「五十一……」

衛時冷漠開口：「九十七。」

巫瑾：「……」

突擊位測評中，不說戰術考核、動態靶射擊，但只肌體力量一欄巫瑾就嚴重不達標，和九十七分隔了十萬八千里。

擠在一群彪形大漢之間，巫瑾的肌肉密度、體脂含量都與正常逃殺選手相差甚遠。據說最標準的體型是凱撒那種……巫瑾回來時，人高馬大的測評老師看他小胳膊小細腿兒，還給他塞了兩罐增肌蛋白粉，走起路來都撲通作響。

衛時漠然無光的眼神在巫瑾開了口的背包上一掃而過，伸手挑出一張測評表，「兩週，輔助位，九十七分。」

巫瑾一愣，「輔助位……」

衛時：「說說看，對輔助位瞭解多少。」

巫瑾抬頭，細數道：「幫助C位，團結隊友，勇於犧牲，無私奉獻，呃，攜帶直拍鏡頭防塵擦布……」

「……」衛時揚眉，「戰術指揮，資源配置，資訊採集，工程，防化，通信。」

「一旦進攻位全力備戰，偵查位離隊，能建立起陣地優勢、收集資訊資源的，只有輔助位。職業聯賽裡，一個完備的隊伍配置，所有選手必須能隨時補位輔助。」

巫瑾恍然大悟。

衛時所言也有另一種含義——要想成為合格的突擊位，必須能隨時彌補隊內的輔助缺口。等到他從大佬手上拿回評測單，一遝子位置分中，輔助評測已是擺在了第一位。

此時已經臨近宵禁。

衛時向他微微點頭，不再多說——臨走時看了眼巫瑾的背包。

巫瑾迷茫打開，在衛時的示意下上繳了兩瓶增肌蛋白粉。綠色的瓶身上，繪製著鮮紅的肌肉纖維和某代言健美冠軍。

衛時眼神冷漠沒收。

巫瑾連忙試圖申辯：「大、大哥，我還要準備下週的肌體力量考核……」

「用不著。」衛時斷然回絕。

眼看著小兔子神色耷拉了下來，衛時在心底嘖了一聲，示意他伸手，「換這個。」

巫瑾眼睛一亮，接過大佬遞來的兩顆圓柱形食品。大佬送的東西從來都不是凡品！

衛時點了點頭，推門離開。

訓練室內，巫瑾高高興興地攤開手掌。

軟乎乎的手心上，躺著兩顆白色的——大白兔奶糖。

巫瑾倏忽睜大了眼睛。歷經千年演變，奶糖的包裝已經和自己記憶中天翻地覆，糖紙上畫的小兔子卻還安安靜靜地蹲著。

巫瑾遲疑地剝開一顆。

甜的。似乎並沒有什麼作用。

轉念一想，既然是大佬給的，說不定晚上睡一覺，明天一早起來就肌肉暴增了呢！

巫瑾啊嗚啊嗚把奶糖嚥下，高高興興走了。

夜晚的南塔靜謐安詳，微開的窗扇投入灼熱的夏風，在空調口打了個旋兒又被冷氣吞噬。

巫瑾一面爬樓，一面思索，大佬選的是偵查位……腦海中驀然靈光一閃。

團體賽中，每隊四人，有跟隨鏡頭直拍。鏡頭跟C位走，通常是指揮或者狙擊手。

整個直拍過程中，唯一有理由跑得沒影兒的，只有未必跟隊的偵查位。

大佬……果然保持了一貫作風，在整個克洛森秀中，除了等級排位一路上竄，在鏡頭前如無形幽靈。

巫瑾頗為感慨，一面又想起節目第二期投票通道似乎是今天開啟。終端的螢光微微亮起，順位排名中，巫瑾已是和薄傳火近乎並列。魏衍因為淘汰賽冠軍的優勢高居第一，佐伊、紅毛也名次頗高。

他一直翻到最底。

果不其然，大佬的票數寥寥無幾。

就連選手頭像也是模糊不清，絲毫不及大佬本人萬分之一！

巫瑾頓了頓，伸手戳向下方的投票按鈕。

「請確認您PICK的選手。」

巫瑾輸入「衛時」，耳後微微發燙。

巫瑾點向「全部剩餘選票」，畫面忽然一變。

「請選擇您的票數。」

「恭喜您鎖定該選手作為ONE PICK！在本頁面開通守護可登入粉絲排行榜，只要一百信用點即可開通貴族，為您的小哥哥應援打CALL！三百信用點開通男爵，額外解鎖小哥哥資料！五百信用點開通子爵……」

巫瑾看了眼終端餘額，以及大佬寥寥無幾的選票。

克洛森秀的第二期錄製還未開始，此時表白牆已經被刷屏成一片虛影，有文字表白、有應援圖、有站子宣傳……

再多一條似乎也並不會有人注意！

他迅速從終端劃出一百點。

「恭喜您為衛時小哥哥開通貴族，他的晉級，由您守護！」

……有點中二。

巫瑾只覺臉側發紅，趕緊揉了揉臉。

「請輸入您的應援條幅，提交後將顯示在大螢幕中。」

巫瑾用食指畫了隻簡筆畫兔子，勉強可以看出是正在寢室裡啃草的兔哥。

應援條幅嗖的一下被提交，在大螢幕上一閃而過。笑得傻兮兮的兔哥擠在一長串小粉絲繪製的紅心之中，閃了兩下旋即消失。

巫瑾眨了兩下眼睛，小捲毛在夏風中雀躍揚起。

他收好終端，繼而高高興興蹦躂上樓，消失在了南塔上層。

南塔七〇一，巫瑾甫一打開門就聽到凱撒在隔壁臥室嚷嚷。

他先擼了幾把兔哥，繼而把輔助位測評表貼在了牆上。

包括靜態靶設計在內，一共六門科目。

兩週後第二次位置測評，以兩次測評中最高分為最終位置分，並順位進行隊友挑選。

巫瑾從筆記本中撕下一頁白紙，根據考核項嚴密制定了學習計畫表。並在右下角貼上目標——「97」。

隔壁，凱撒仍是吵吵鬧鬧。

巫瑾寫完計畫表，距離睡眠時間還差半小時，於是秒速進入學習狀態。寢室內只聽見筆尖沙沙作響。

很快，記滿考核點的便利貼覆蓋了整個桌面。

抽屜裡兔子跳了上來，搖搖晃在知識點上踩來踩去。

「哎兔哥——」巫瑾連忙把兔子擼到收納盒裡，順便給牠塞了根草。

十二點整，寢室內燈光熄滅，巫瑾舒適地鑽到被子裡。

十二點零五，南塔七層走廊。

佐伊皺眉，「你說薄傳火淘汰賽要把小巫挑走？」

凱撒氣悶，「鬼知道他怎麼想的？上一次和小巫組隊，組上癮了？」

佐伊：「先不管，薄傳火……那個騷男，狙擊位測評分九十六分。一旦他排在A等級第一，被挑中的隊友沒有拒絕可能。與其和他掄拳頭，不如你或者我下次測評把他超了。先不管，我去找下小巫。」

安靜的寢室門被推開，內裡一片黑暗。

巫瑾在床上正睡得香甜，佐伊一愣，正要離開，冷不丁從門縫裡探出半個兔子腦袋。

佐伊自然記得巫瑾這隻兔子。

此時白色絨毛上也不知道在哪兒黏了一堆便利貼。

佐伊蹲下，把便利貼摘下來。上面正是巫瑾的筆記。

戰況預判……資源線分析……反偵察……

摘到最後一張，佐伊微微一愣。

上面寫著兩行小字。

六月二十日初次測評分：72。

七月四日目標測評分：97。

佐伊一頓，搖搖頭，露出既無奈又欣慰的笑容。

與此同時，北塔二樓。

紅毛正在陽臺上打電話，一面摳腳一面嗑瓜子兒終端商聊得飛起。

「哥，哎我那糖怎麼少了兩顆？我放客廳的，剛才數了數……不是，我都這麼大人了，沒數錯啊！」

「衛哥拿的？衛哥會吃糖？哎我說哥你別老在基地待著，都窩傻了！」

「黑貓出去打架了？沒問題！衛哥帶出來的，賊瘠薄能打。之前那狗不是老招惹黑貓嗎，咱都以為衛哥要揍狗了，結果人把黑貓帶走特訓了。牛掰！」

「可不，全基地都供著這個祖宗，衛哥的伴療者……啊，哥你說啥？你懷疑伴療者不是黑貓？怎麼可能！難不成還是你那隻豚鼠……哈哈哈那傻子豚鼠……」

「你說什麼？分析結果出來了？患者和伴療者情緒聯繫不是因為心理暗示，是患者主觀意志？」

巫瑾一覺醒來，站在鏡子前咕嘰咕嘰刷牙。

鏡子裡的少年細胳膊細腿兒，絲毫看不出半點增肌趨勢。

從洗漱間出來，巫瑾忍不住翻出了剩下的一顆大白兔奶糖。

此時距離集合還有半個小時。

巫瑾認認真真做了二十個俯臥撐，從寢室一端蛙跳到另一端，再蹦躂回來，最後舉了會兒鐵，才啊嗚一聲、珍而重之把奶糖吞下。

柔韌的身軀因晨練而微微發熱，巫瑾沖了個澡，戳了戳軟乎乎的小肚皮，高高興興出門。

巫瑾似乎天生就不是運動型體質，骨架偏細，肌肉線條不明顯。由於長期練舞的緣故身材柔韌勻稱，即便看不出腹肌，空翻、動作爆發力卻不可小覷。

按照昔日舞蹈老師的評價，巫瑾天生就是吃偶像行業這碗飯的。

然而此時，巫瑾卻夾在一群體格森然、肌肉虬結、毛髮旺盛的彪形大漢間捧著個小白碗排隊打早飯。

克洛森秀的食堂阿姨眼睛一亮，迅速給巫瑾塞了個奶黃流沙包，樂呵呵用晶瑩剔透的白米飯覆住藏好。

輪到凱撒時，飯勺在空中敷衍一掄，碰的一聲在碗裡拍扁、壓實，「行了，下一個。」

食堂內熙熙攘攘，人聲嘈雜。

比起一週前，卻已是寬敞了很多。

原本進入複賽的五百名練習生中，一百名因為淘汰賽名次離開了克洛森秀基地。白月光、R碼這類豪門所受波及不大，部分小公司的練習生，近乎全軍覆沒。

巫瑾小口小口啃著流沙包，甜溜溜的內餡兒淌出來，鹹蛋黃摻著奶油牛奶飄出一股清香。

凱撒歪著腦袋看了半天，扯了扯佐伊，「小巫的包子怎麼和咱的不一樣？」

佐伊一心沉浸在課程資料裡，「廢話這麼多，吃你的包子！」

九點整，四百名練習生終於在拍攝場館集合。

金字塔形的座椅從上自下梯度排開，璀璨的燈光如同引路使，向上延伸並在頂端交匯。

舞臺後方，節目PD打了個手勢，場內驟然安靜。密密麻麻的機位依次亮起，攝像組回了個OK——虛擬螢幕驀然打開。

克洛森秀第二期拍攝，正式開始。

第一個鏡頭特寫給了順位排布的選手座次。

魏衍穩穩當當位居第一，背後光效浮誇光暈旋轉，其腳下的另外九個出道位同樣高高居上，有著俯瞰眾生的威嚴。

白月光四人之中，佐伊順位第六名，凱撒排在十五，巫瑾二十三，文麟二十八。

淘汰賽後，不同等級之間也出現了微調——幾位巫瑾熟悉的A級練習生降級到了B，CDE近乎大換血，其中曝出黑馬的紅毛更是一飛衝天，連著接了好幾個代言。

根據比賽規則，選手無法跨等級晉級。

即便紅毛實力不亞於A，此時他也只是進入C級階梯。

巫瑾抬頭看了一眼出道位——R碼娛樂一人，銀絲卷娛樂一人，卓瑪娛樂三人，白月光一人，井儀娛樂兩人，蔚藍人民娛樂一人。

如果他需要衝擊出道位——

場館正中，節目PD已經拿起了麥克風，開始洋洋灑灑地感謝贊助商。凱撒正坐在巫瑾身後，往自己嘴裡擠豆漿，俄而看著贊助商標識出神。

「艾莉薇科技……主營星際長途運輸、大宗貨物接駁……寵物托運……比賽項目是送快遞？」凱撒哈哈笑了起來，周圍充滿了快活的豆漿味空氣。

遠處控制鏡頭的導播見狀，緩緩將機位移開。

原本正衝著鏡頭深沉微笑的薄傳火似有所覺，眯起眼睛看向凱撒。凱撒毫不示弱瞪了過去，順便把騷男視野中的巫瑾擋住。

薄傳火一頓，不知想到了什麼，憤憤移開目光。

臺上，將近二十分鐘的廣告結束，終於進入正題。

「兩週後的第二輪淘汰賽中，四百名選手將組成一百支隊伍，各等級根據位置評測分依次挑選隊友。比賽由艾莉薇科技友情贊助，該公司最新研發運輸、調度中控技術已經獲批聯邦二類專利……」

巫瑾迅速記下關鍵字，然而節目PD只是一筆帶過，「淘汰賽後，克洛森秀第一次團綜即將開播，由排名前五的隊伍參與錄製，與廣大粉絲互動……」

「另外下達一則通知，上期節目『粉絲最期待的節目福利』已經揭曉，投票結果為『所有選手共同演繹克洛森秀當季主題曲，並發布MV打榜』，打榜收益將無償捐贈給聯邦XX公益基金會。請各位選手務必在兩週內熟悉基本動作，淘汰賽後將由應湘湘導師統一組織練習……」

噗的一聲，凱撒喝完的豆漿包裝紙被一掌捏扁。

直到開播儀式結束，一眾選手仍是目光呆滯，神色戚戚。除了薄傳火面有喜色，甚至當場開啟了直播。

「唱歌？跳舞？」凱撒不滿低聲嚷嚷：「什麼鬼投票？這是銀絲卷買水軍刷上來的吧，誰他媽不知道那個死騷男天天在直播間就是幹這個的。咱正兒八經逃殺秀練習生，誰有心思搗鼓這個？」

前．男團．主舞巫瑾眨了眨眼睛，不好意思地謙虛低頭。

凱撒毫末覺，「不行，我要一人血書抗議，佐伊咱要不一起……」

佐伊涼涼看過去，「有個方法，不用你跳。」

凱撒：「什麼？」

「在下期排練主題曲之前淘汰。」佐伊不再理會，轉向巫瑾，「走，我們去看看賽場。」

第二輪淘汰賽賽場在北塔外七公里處，占地六公頃，外面豎著艾莉薇科技的標識。看地基似乎挖掘得極深，外面用遮光塑膠布擋著，看不出一絲線索。

賽場周圍，不少假裝散步實為探底的練習生正在四處溜達。

「運輸，調度。」巫瑾從筆記裡抽出兩個關鍵字。

佐伊若有所思：「下面有沒有可能是迷宮？」

巫瑾瞇眼思索了一下，所有已知資訊彙集，在腦海中大致勾出畫面。

七公頃，中型農場大小。賽場位於地底，光線昏暗。

艾莉薇科技主要專利在於中控運輸，賽場中必定存在貨物運輸裝置。可能是傳送帶、電梯或者最簡單的滑輪裝置，所有機械根據一定規律運行，在交戰中形成助力或是障礙……

巫瑾問道：「這週課程是什麼？」

佐伊看向課表，皺眉，「射擊，戰術躲避，生物學……還有社會心理學。」

淘汰賽前的課程必然與比賽內容相關。

生物學相當容易理解。星際異獸是逃殺賽中永遠經典的主題，由於綜藝娛樂產業興盛，每年都有源源不斷的高攻擊性物種送往賽場。

社會心理學……則在一眾課程中顯得相當突兀。

「第一節課在十五分鐘後。」佐伊踹了腳正在試圖刨土發掘線索的凱撒，「先去探探。」

四百人的教室擠得滿滿當當。

一位穿著格子襯衫的青年走上臺時，教室內依然一片喧囂，直到他開口卻驟然安靜。

「我是艾莉薇實驗室的研究員，中控信號部門。很高興能站在這裡。」

無數目光聚集，巫瑾也不由睜大了眼睛。

然而這位研究員先生卻隻字不提賽場布局，反身在黑板寫了幾個娟秀的大字：生命，社會，心理。

「每個人都是社會中的個體。我們害怕孤獨，如果周圍沒有朋友，我們會在孤獨中消失。我們懼怕擁擠，如果生存空間太過狹隘，我們會在擁擠中消失。我們會涅槃，穩定的環境下會有新生命誕生。我們也會在動盪中趨於不變……」

一小時後，下課鈴響起。

整座教室沉默無聲——顯然不止一個人沒有聽懂。

直到這位研究員笑咪咪地向大家揮手告別，就連佐伊都忍不住恍惚，「這是研究員？不是什麼……傳銷、神棍之類的……」

巫瑾的視線依然盯著筆記本。

佐伊瞅了眼看去，只見巫瑾的筆記本上畫了不少密密麻麻的火柴人，呆呆的站在一起。還挺可愛。

巫瑾忽然開口：「佐伊哥，他說的……有沒有可能是提示？」

佐伊一愣，「提示？比賽規則的提示？」

巫瑾想了想，最後仍是合上了筆記本。已知線索太少，不出意外——還是要像上一次一樣，去比賽中挖掘規則細節。

克洛森秀第二期，依然會有一百位選手在節目結束後離開秀場。節目組根據比賽中選手存活時長與擊殺分排序，E、F等級直接淘汰，D至S等級以降級代替淘汰。

對於低位圈選手來說，想要衝出重圍，廝殺比上一期更為激烈。淘汰永遠是從E、F開始。低位圈岌岌可危，中位圈勉強無憂，高位圈為僅有的十個出道位搶得你死我活，似乎已經成了克洛森秀幾十期以來的特質。等級即是特權，弱即是原罪。越到節目最後角逐越是驚險。

兩週後。

早上六點，動態靶單人射擊練習室的大門打開，滿頭大汗的F級練習生走出，看向走廊時忽然一愣。

他沒有想到，還有人也能起這麼早。單人射擊練習室一向是克洛森秀中炙手可熱的資源，且克洛森秀中等級森嚴，為了製造節目效果和話題性，比練習室使用者評級更高的練習生，可以隨時刷卡，將房間內的使用者清出，並取而代之。從早八點到晚十點全部占滿。

等在門外的，卻是一名A級練習生。

來人身形在朝陽下拉長，手上捧著一本書，看樣子已經站了許久。

沒有人不認識克洛森秀這一季堪稱門面擔當的臉。

「是巫……巫瑾選手？讓你久等了。」他連忙道。

巫瑾的身分卡就掛在袖子裡，明明隨時可以用等級優勢把自己趕走，卻在門外等到現在。

巫瑾示意了一下手裡的資料，「沒有，正好在外面看書。」

《3015至3017經典逃殺秀場分析—指揮位與輔助位》。巫瑾空缺的知識儲備太多，戰術射擊僅是其中之一——比起他，顯然面前的練習生更需要剛才的單人射擊室。

青年露出笑容，「剛才謝謝了。我的幾個妹妹都很喜歡看你比賽。」

巫瑾倏忽睜大了眼睛，「真的？也請替我謝謝她們。」

青年笑了笑，回頭幫巫瑾打開訓練室的大門。離開時，遠處的北塔才零星走出幾名練習生，南塔則安安靜靜。

他這才想起——巫瑾是什麼時候過來的？他到底起得有多早？

太陽逐漸升起。

克洛森秀食堂破天荒的給每個人都供應了點心，流沙包、小籠包、蝦餃、白堊古鱘魚子、變旋蔗糖正散發著誘人的香味。

蔗糖晶體本身有光性無變旋，科學家經過嘔心瀝血的十年研究，終於熬製出了變旋蔗糖晶體，這在顯微鏡下有細微區別，口味上沒有任何差異，價格卻貴了將近六倍，如今成為風靡聯邦星網的網紅零食。在佐伊的簡單解釋之後，巫瑾捧著糖紙直接傻眼。

這些體態玲瓏的精細美食，在逃殺秀選手的食量前微不足道。

凱撒端著個飯盆排隊，每到一籠點心面前就呼啦啦盛滿，在排到下一籠之前又呼啦啦吃完。

即便如此，向來摳門的克洛森秀仍是毫不吝嗇這頓豐盛早餐。

巫瑾吞下最後一個小籠湯包，腮幫子鼓鼓地看著佐伊一筷子戳向花捲。

佐伊微嘆：「吃這麼好，是要打一場硬仗啊。」

巫瑾聞言，立時搜刮回憶。

上次快要把人烤乾的淘汰賽之前……節目組好像也只供應了冷冰冰的奶油吐司來著的。

他驚悚地看向面前豐盛的點心。

左邊餐桌上，兩位選手正一面吃飯，一面盯著全息影像研究某星際蟲族剖面。右側，某個小隊正在商議突擊策略。

透過食堂巨大的落地窗，可以看到遠處北部的淘汰賽賽場被陽光勾勒出金邊。

所有鷹架已經拆除完畢。

一小時後，選手將進行最後一次位置測評，挑選隊友，並根據先發順序一隊一隊被扔進賽場之中。

文麟率先吃完早餐，向巫瑾一笑，「小巫，加油。」

這位白月光的昔日輔助在選位時出乎意料挑選了重裝，正好由巫瑾補上空缺。

凱撒又端回來一盤餃子，嚷嚷：「小巫準備好了？」

輔助位測評中，理論考試占據了百分之六十，急救、通訊、防化等實操又占百分之三十，剩下百分之十為兩週前就公布的射擊考核。

巫瑾整理了一下腦海中密密麻麻的知識點，點頭。

選手從食堂魚貫而出，依次進入考核會場。穹頂上的全息螢幕倒映出了先發順序。

魏衍排名第一，巫瑾以微弱的票數差距超過薄傳火，位居第二。

很快三人就被帶到後臺做準備。

魏衍一言不發。

薄傳火欲言又止。

魏衍被血鴿叫走之後，薄傳火終於湊上來，「小巫啊，上次你那個朋友是什麼來頭？」

巫瑾警惕的睜圓了眼睛。

薄傳火倒是不以為意，「小巫別緊張，咱倆都是直男，炒個CP你放心我也放心！你別讓他知道我又來找你啊……你看咱們這次比賽組隊怎麼樣，擦邊球都不打，就純潔的友情……」

導播向巫瑾打了個手勢。

巫瑾蹭蹭蹭溜走，經過選手席時被劇務塞了張應援卡片，「粉絲給你的。」

小巧的應援手幅只有巴掌大小，上面畫了三頭身的巫瑾，頂著一隻兔子，抱槍突突突。

——小巫你是最棒的！

巫瑾眼神發亮。

「很可愛對吧，」劇務笑了笑，「粉絲在應援通道提交應援物，隨機抽取送給選手。留著吧，可以帶到比賽裡。」

巫瑾高高興興點頭，把紙條收好。進入測評前和其他練習生揮了揮手……他忽然一呆。

「每、每個選手都有嗎？」

劇務：「是啊，理論上來說，選手應援越少，應援物被抽中的機率也就越大。有的選手只有一張應援圖，就是百分百抽中。像小巫你這種票數高的，粉絲的心意能被選到，非常難得……有什麼問題嗎？」

巫瑾神色恍惚：「沒、沒有……」

選手預備席上。

紅毛驚愕的看著劇務給衛時遞了一張紙條。

「神了……衛哥全場一個鏡頭都沒有，照片模糊處理，資料一片空白，就這還有人應援打CALL？還花了一百信用點守護選手晉級？哈哈哈守護衛哥哈哈哈人才啊……」

衛時掃了他一眼，懶洋洋攤開紙條，望著上面的簡筆畫兔子揚起眉毛，表情似被取悅。

紅毛立時閉嘴，眼睛瞪成銅鈴也沒看到寫了個啥，急得抓耳撓腮。

克洛森秀第二輪淘汰賽。

繼魏衍之後，巫瑾下一個走入位置測評考核。

還未等他進門，負責評分的血鴿一樂，「暗中觀察選手來了。」

應湘湘抬頭，「什麼暗中觀察？」

虛擬螢幕上，巫瑾首次位置考核的影像投射而出——應湘湘愣是找了半天才揪出人在哪兒，緊接著噗哧一聲笑出聲來。

掩體背後，蓬鬆的小捲毛兒露出一點，在槍聲響起後碰的一下縮回。

「巫選手這次填寫的志願是輔助位，」血鴿翻了一下資料，面向螢幕解釋：「理論考核多於實操的選位，那就先做題吧。」

巫瑾走近進來的一瞬，耀眼的舞臺光侵入視野。

鏡頭忠實捕捉到了他茫然的表情，進場時還瞅了眼身後的選手席。

「不要緊張。」應湘湘溫柔鼓勵。

巫瑾立刻回神，將應援紙條塞到口袋，向幾位導師問好後站在了答題板前。

五分鐘，一百道選擇題，無論是對選手的快速讀題、知識記憶、邏輯推理都要求極高。

評委席上，應湘湘正側身同血鴿說話，回頭時驚訝得睜大了眼睛，「前二十題全對？」

放大的鏡頭焦距裡，巫瑾的手腕始終沒有離開題板，甚至有幾次直接在題目出現的瞬間按下答案。

「你看他的眼睛，」血鴿觀察了少許開口，身為前逃殺秀偵查位選手，他看到的東西比應湘湘更多，「先看答案，再看題，非常奇妙的技巧。思考時視線向左下基線，包括幾道常識性題目在內。」

應湘湘立時被點通。身為知名演員的她，面部表情析構也是她的必修課程之一，「視線向左……代表他在回憶。」

血鴿點頭，無奈：「如果我沒猜錯，巫選手很可能在此之前對輔助位常識一竅不通。不過現在他已經做到六十題了，依然保持全對的成績。幫助他答題的應該是短期記憶。」

應湘湘睜大了眼睛，許久嘆服，「……非常厲害。我想，巫選手很可能是最懂得該如何考試的選手之一。我很好奇，輔助位測評一共有多少本參考書？」

血鴿回答：「整整六本，包括一套實操影片。」

五分鐘倏忽而過。計時器停止的一瞬，巫瑾恍惚還以為自己在高考考場……被簽為練習生前，他確實剛剛結束了高考。

血鴿神色複雜地宣布了他的成績，繼而是實操考核——依然滿分通過。

位置測評只剩下最後一項。

巫瑾挑選好順手的槍枝，走入了考核靶場。

靶場外，應湘湘嘖嘖稱奇，「與其說是投機取巧，不如說也是實力的一部分。不過今天的淘汰賽形式複雜，恐怕和小巫選手學習的理論知識有很大差距。」

血鴿聳聳肩，「誰知道呢。逃殺秀雖然是動作類節目，記憶力也是選手天賦的一種。還記得上一次淘汰賽，他怎麼從高溫區走出來的嗎？」

應湘湘一頓，感慨萬分。

十分鐘後，巫瑾從靶場走出。血鴿的臉上首次露出了滿意的笑容。

比起一位異軍突起的考神型選手，他更欣賞巫瑾在槍械上花的工夫——和上一期的平均五環相比，進步聳人聽聞，超出了靜態七環的合格線。

「小巫，」血鴿最終在第二次測評記錄上蓋章，還給了巫瑾，「你的戰鬥天賦不是最好，但你是我見過最特殊的選手之一。繼續努力，還有……」

巫瑾高興揚起了腦袋。

血鴿補充：「回去謝謝你的射擊老師，他讓你少走了很多彎路。」

巫瑾眼神躍動，眉眼彎彎。

離開考評室後，巫瑾正碰上了在門口用輕柔手法按壓散粉的薄傳火，迎著後臺微弱的光，冷不丁從簾子裡躥出來一張妝容濃厚的臉。

巫瑾：「嗯？」

薄傳火立刻解釋：「上次就跟你說了，地下賽場光線昏暗，到時候鏡頭肯定要補強光。不弄個舞臺妝進去，看上去跟素顏也沒兩樣。哎小巫別跑，互相幫助，我給你加個眼線……」

薄傳火一手眼線筆，一手自拍杆，其心昭昭若揭。

巫瑾連忙回絕：「謝謝前輩，不、不用不用……」

薄傳火桃花眼微微瞇起，最終還是放下了眼線筆，「行吧，小巫在這等我。」

一刻鐘後，薄傳火施施然揭簾而出。此時後臺已是聚集了大部分A等級選手，薄傳火一眼就挑出了站在佐伊旁邊的巫瑾。

他一副自來熟的樣子擠進去，洋洋得意，「砸了、砸了，沒發揮出最好水準——怎麼才九十六？不小心失誤了，再多複習一晚上，肯定就能滿分……」

蹲在一旁的凱撒騰然站起，不少選手都紛紛對其側目而視，表達大眾對學婊的憤恨！

薄傳火說話時，眼神有意無意看向佐伊。

白月光四位練習生中，佐伊的初始測評分最高——九十四分，也是最有希望能在選位時優先挑走巫瑾的選手。

突擊、狙擊兩個位置，戰術評分遠高於理論分，需要長期大量累積。兩人同樣入行多年，實力均不可能在短期內突飛猛進。

自己的九十六分，毫無疑問將會壓佐伊一籌。

薄傳火桃花眼瞇成了狐狸眼，轉向巫瑾時，已然把對方當成了自己的囊中之物。

組個隊而已，又不是明目張膽炒CP，只要兩人先有同框，後面幾百個行銷號隨時待命，捕風捉影——

「小巫，」薄傳火大度表達對未來隊友的關心，「這次測評怎麼樣啊？進步很大吧？」

巫瑾眨了眨眼睛，低調開口：「考砸了，只有九十七。」

「沒關係，哥帶著你……」薄傳火一頓，桃花眼瞪圓，眼線凸出，「你說什麼？」

凱撒對著騷男的表情欣賞了半天，嘿嘿開口：「理論滿分，實操滿分。靜態靶扣三分。九十七，沒毛病！小巫賊溜！」

【第七章】

細胞、迷宮與改良鱗翅目

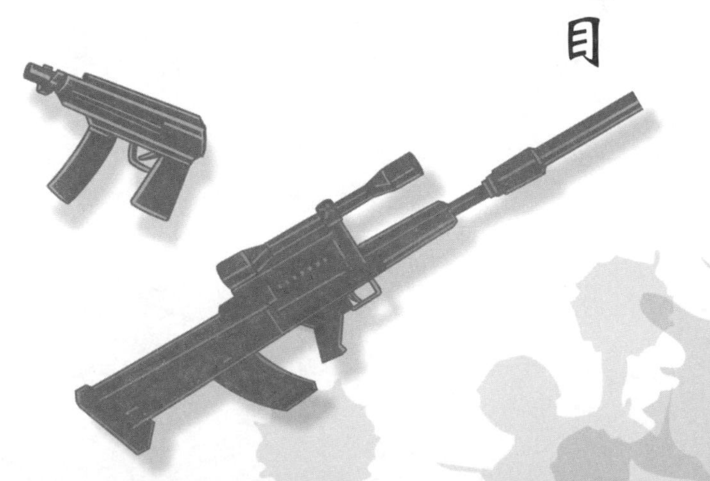

幾小時後。各評測室前，長長的隊流考核完畢。

正式分隊從S等級開始。魏衍秉承了R碼娛樂的一貫作風，拒絕選擇任何隊友，一人一槍走入了升降機中，消失在了賽場邊緣。

此時第二次淘汰賽建築上幕布終於被揭開。

占地七公頃，表面泛著銀色金屬光澤的立方體。

巫瑾緊緊盯著在地表浮起的立方。

升降機軌道和賽場外殼統一材質，軌道光滑鋥亮。按照克洛森秀一貫能省就省的風格，如果只是用來臨時送選手入場的接駁口，很可能和上一場一樣粗製濫造。

除非軌道本身就是賽場的一部分。

換而言之，賽場內，很可能布滿了這樣的金屬軌道。

巫瑾迅速想起了艾莉薇科技的關鍵字——運輸、調度。

身後，有幾個選手在竊竊私語。

「R碼娛樂的都不要隊友？厲害得很啊，那他們平時怎麼訓練戰隊？」

「人家戰隊打的雙C配置，不用配合，兩個人各打各的，照樣贏……」

巫瑾還待再聽一耳朵，已是被節目編導叫去挑選隊友。

九十七分的測評分位列A等級第一，在所有練習生中也僅次於魏衍。

看到巫瑾在薄傳火之前出列，不少練習生都露出了驚訝的表情。

場內一陣喧嘩，甚至有人詢問導演組是否規則有變，為什麼不根據測評分排序，直到金色的「九十七」投影在螢幕中議論聲仍未停止。

在場地負責的編導向巫瑾感慨：「下面很多人不服氣啊。」

巫瑾接過物資包，振奮開口：「我會繼續努力的！」

編導拍了拍他的肩膀，「心態好，不錯！」

選擇隊友時，臺下的薄傳火蹭的一下躥了起來，眼神幽怨地看向巫瑾。然而巫瑾徑直略過他，把白月光的三位練習生挑了出來。

四人集隊完畢，最後檢查了一下救生艙，在全場矚目的鎂光燈中走進通往賽場的升降機。銀色的大門緩緩閉合，升降機像狹窄的金屬盒把一切感官封閉。隨著幾人被運往地底，地面上的嘈雜迅速褪去。

升降機外，金屬零件發出細微碰撞的聲響，黑暗中只有梯井上方微弱的頂光，投射到牆壁泛著慘白。

克洛森秀導播室。

直播螢幕，在巫瑾幾人出現的一瞬，無數評論、彈幕蜂擁而來。

「小巫啊啊啊啊啊！麻麻終於等到你！麻麻超心疼你！剛才聽規則解說，嚇得差點都沒敢打開電視來看你！嗚嗚咱不比了跟麻麻回家好不好！」

血鴿挑出這條彈幕，呵呵一笑，「放心，節目組貼心地為大家準備了高能預警，點擊螢幕右下角即可選擇原始直拍（NC-17）、彈幕護體（R）、綠色過濾（PG-13），兒童可觀看版（G）——不過當然，我們可以保證選手並沒有這一待遇。」

一旁的應湘湘點頭，「勇敢，無畏，也是克洛森秀崇尚的選手品格之一。」

彈幕又迅速刷了起來。

「我想看小巫拍偶像劇，結果他卻要去恐怖綜藝。」

「衝啊白月光——在切換到兒童觀看模式之前，最後再給你們打一次CALL。」

「我愛克洛森秀，現在我的女朋友和貓都瑟瑟發抖在我懷裡。」

鏡頭中，升降機終於在一處停止。

應湘湘掃了眼隊伍配置，點評：「佐伊C位狙擊，票數高、天賦好、發揮穩定的選手。還有文麟，我記得他們倆都是第二次參加克洛森秀，為衝擊出道位而來。小巫打輔助，中規中矩的選擇。凱撒……應該算不上新人。」

血鴿點頭，「白月光戰隊突擊位預備役。」

應湘湘微笑，點點頭，「非常合理的戰隊配置。就是不知道白月光練習生們，能不能在第一時間察覺……」

鏡頭忽然一震，升降機撲簌簌打顫，遠處傳來沉悶的巨響。

「魏衍遇上那些東西了。」應湘湘眼睛一亮，「下面讓我們把鏡頭切向R碼娛樂……」

克洛森秀淘汰賽賽場。

金屬色澤的立方體在陽光下微微閃爍，繼而像是被某個信號啟動。

未知生物的吼聲從地底傳來。

金屬表層下，以更小立方體為單位的紋路緩緩蠕動，像是皮膚表層密密麻麻的細胞，胞壁是慘白的牆體，介質是傳輸軌道，此時因為神經調度而活了過來——

航拍機悠悠轉了一圈，拍下讓人頭皮發麻的鏡頭。

最後給了一旁豎立的標牌特寫。

第二場淘汰賽，艾莉薇科技贊助——細胞、迷宮與改良鱗翅目。

賽場內。白月光小隊剛剛從升降梯踏出，正警惕的看向四周。

空氣帶著黑黢黢的濕涼。整座建築浸入地下，溫度驟降。

巫瑾吸了吸鼻子，瀰漫在賽場中的味道並不好聞，像是泥土腥味、金屬器件、鐵銹夾雜了奇怪的酸性物質，膠著成一團潛伏在黑暗之中。

凱撒扛著衝鋒槍，當先一步走出。

「不大對勁。」他眼睛瞇起，沉沉看向前方。

將第二批選手送入後，升降機吱呀呀上升，零件切合發出刺耳摩擦，如同在悚然怪叫。

巫瑾接著微弱的光源，盯著升降軌道看了許久，才收回目光。

四人快速給槍枝上膛。

選手初始攜帶的子彈有限，出於戰略考慮，作為狙擊手的佐伊放棄了慣用的12.7mm口徑子彈，換成了和凱撒、文麟同一制式的9mm。

巫瑾手中，則是一把5.56mm的突擊步槍。作為偏重近戰配置的白月光戰隊中，中遠端副火力擔當。

「剛才那是什麼聲音？」佐伊皺眉。在升降機落地之前，他分明聽見遠處有沉悶巨響。

「兩聲，重物撞擊，然後是小型機槍。」凱撒回答：「魏衍……好像被什麼東西給揍了。先去探探。」

然而很快，幾人就又回到了原地。

他們所站立的地方，竟然是一處密封的空間。長寬約莫三十公尺，四面牆壁呈現金屬色澤，光滑無法攀爬，中間似有縫隙，但任憑幾人如何使力都無法掰開。

佐伊皺眉，「先看看有多高。小巫，」他看向巫瑾，「去梯井測風速……」

文麟搖頭，「沒有風。上面應該堵死了。」

利用空氣對流推測高度是輔助位探究環境的常用手段，然而風卻是必要條件。

佐伊一頓，還沒開口，巫瑾卻是結束了閉目心算，迅速說道：「到地表八十公尺，圍牆高度三十公尺。」

地表，克洛森秀直播間。

應湘湘一聲驚嘆，「不愧是記憶型選手。我記得他剛才一直在看升降梯，根據速度和梯井視野被堵住的時間得出『細胞』高度。」

血鴿點頭，看了下時間，「還有二十秒，他們的比賽將正式開始。」

克洛森秀賽場內，虛空中忽然傳來「叮咚」的一聲。

「什麼聲音？」凱撒驀然從地上彈起，繼而迅速反應過來。

在場四人對背景音都並不陌生，雙子塔寢室中，電梯到達樓層的音效與之一模一樣。

然而緊接著凱撒愕然睜大了眼睛——四面牆壁的縫隙同時打開，通向四條近乎一模一樣的走廊。在走廊的盡頭能隱約看到微弱光源，因為金屬牆壁的反射而森森發寒。

沒有人知道等在前面的是什麼。

「一起走。」佐伊開口。

四人選中一條走廊，凱撒走在前面，巫瑾抱著槍斷後——幾乎在他踏出的一瞬，身後的牆壁突然關閉。

巫瑾微微一頓，藉著金屬的聲音傳導性，他能聽見無數機關被轟然拉扯。

走廊的盡頭即是白光的來源，越是靠近光線越強——光是從一道狹小的窄門裡傳來的。

臨走入時，巫瑾忽然吸了吸鼻子。

化學酸一樣的味道飄浮在黏稠的空氣中。

「等等。」走在前面的凱撒忽然彎腰，從地上撿起一張小小的信封。

信封展開，能看到一行花體字：最美麗的顏色，是變幻莫測。

「是線索。」凱撒讀了兩遍，把紙條塞到口袋，「能看出什麼不？」

幾人搖頭，凱撒做了個備戰手勢，躋身進去把門打開——房門自動關閉。

明亮到刺目的光線自頂端傾瀉而下，幾乎所有人第一反應就是閉眼。

太亮了！這是一座同樣30×30的房間，然不僅是白晃晃的頂燈，任何視野所及之處都被光線如尖刀般灼燒。

這座房間沒有牆壁。取而代之的是六面巨大詭異的鏡子，圍成的立方體將幾人籠在其中，倒影被不斷反射、重複，向任何一個方向看去都像是黑壓壓站了一片人。

凱撒下意識舉起槍，對著牆上的鏡子就要來一崩子。

佐伊連忙把傻子攔住，「子彈留著，還有，萬一打到什麼觸發條件，大家都跟你一起淘汰……你沒事打鏡子幹啥？」

凱撒摸了摸腦袋，「就……覺得危險……」

佐伊卻是警惕心驟起。

逃殺秀選手通常智勇雙全，體力腦力並用，像凱撒這種從來不用腦子的——直覺代替腦細胞承擔了絕大部分判斷。如果凱撒覺得危險，可信度在百分之七十以上。

他正要開口，卻從一側鏡子上看到巫瑾走向房間一角。

「小巫！」

巫瑾似乎想要伸手，最終縮回。那廂文麟也發現了不對。

「看地上！」地面同樣也是鏡面。

佐伊低頭看去，光滑的鏡面上忽然泛起波瀾，像是有人把水灑在鏡子上，又像是某種液體蔓延，帶著刺鼻的酸味。佐伊忽然露出了見了鬼的表情。

「在動——」凱撒毫不猶豫把隊友拉開，開槍就是一崩子，「媽的，這鏡子在動！」

衝鋒子彈乍然沒入鏡面之中，玻璃如蛛網一般寸寸碎裂，蹦起尖銳的碎茬。凱撒的表情卻更加驚愕——原本那一片在蠕動的鏡面忽然折起，以一種反重力的姿態懸浮在空中。

鏡面成三角形，中間一折，旋即向利刃一樣對著凱撒撲來！

他終於看清這是個什麼東西。

約莫半掌大小。兩片鏡面實為昆蟲的翅膀，展開時融入為鏡子的一部分，收起時露出尖細的身體和泛著寒光的口器。

這似乎是一隻蝴蝶，如果牠勉強能稱之為蝴蝶的話。或者說，兩片鏡子中間夾了個噁心巴拉的蟲子，但牠毫無疑問對翅膀有靈活的操縱能力，翅膀邊緣鋒利如匕首。

空氣陡然一滯，繼而不止這一隻，無數翅膀撲閃的變異蝴蝶從房間的四面八方襲來！

「守一個角。」佐伊焦急開口：「鋪火力！」

槍聲轟然炸開，文麟和凱撒迅速鋪開火力，交火區鏡面四分五裂。

刺鼻的酸味夾雜著硫磺硝煙，鏡面上的液體失去了寄主緩緩流動，似乎是這一鱗翅目昆蟲的分泌物。

巫瑾只看了一眼就覺得胃中翻騰，分泌物裡面有白色的……他視線忽然一頓。

巫瑾倏忽伸手，將一塊殘破的鏡面牆翻開，從縫隙間抽出一張熟悉的白色信封。

「新線索！」巫瑾開口的一瞬，佐伊神色稍緩，小隊的子彈儲備最多只能支撐三波火力，節目組不會設置死局，每一條線索都是走出這裡的關鍵。

「銀氨枯葉蝶，改造偽裝色基因以及翅膀材質，通過向蟲繭注射氨水與硝酸銀達成鏡面沉濺效果……」巫瑾差點沒噎住，與簡單直白的第一條線索不同，第二條線索密密麻麻寫了兩張A4紙，似乎節目組把整片論文都列印了出來。

第一輪火力已經支撐到了極限，佐伊替上凱撒的位置，凱撒已經在裝換第二輪子彈，開口時沙啞無比：「小巫！」

巫瑾沒有回答，心跳在耳邊如雷鳴。

他一目十行的讀過去，不少一千年後的專業名詞都遠遠超出他的認知，好在一週來突擊考試的短期記憶幫他濾去大部分詞條。

巫瑾的眼睛倏忽瞇起，指尖覆上一處，「銀氨枯葉王蝶，受雄蝶保護，展翅三十八公分，顏色偏深啞光，蟲體灰褐，銀氨蝶攻擊性受王蝶誘導……快，找一面深色、霧面的鏡子！」

佐伊迅速點頭，沒有立即尋找，而是換上了狙擊步槍，向著遠處一面牆體打去。

蝶群不受影響攻勢依然猛烈，有翅刃在佐伊手臂劃過，刺啦便是一道血痕。

下一瞬，佐伊一側的缺口被補上，巫瑾使勁兒揮動槍柄，把變異蝶砰的一聲砸到牆上。

佐伊：「……怎麼不開槍？」

凱撒哈哈大笑：「小巫開槍打不準，砸起來倒是挺猛。下次首發不用帶槍，找節目組要個棒槌就好。」

巫瑾瞪大了眼睛，右手這才扣上扳機。

比賽前他平均靜態靶七環，但預瞄速度還是差了隊友不少，剛才形式危急，身體第一反應也是用砸的。

有了凱撒插科打諢，方才凝重的氣氛終於稍減。

佐伊再度向另一面牆壁開槍。變異蝶倏忽如同受了指使般，前仆後繼向子彈附近圍去。

「接近了！」巫瑾眼睛一亮。

佐伊停頓了三秒，視線在明晃晃的蝶群與鏡面間穿梭，終於看到一處被層層疊疊覆住，僅露出灰褐色的觸角——

槍聲乍響。

寸寸碎裂的鏡面上，王蝶掙扎著撲起，繼而化作銀色的小型救生艙，咕嚕咕嚕從牆上滾下，落在地上。

如銀刀雪片一般的變異蝶失去攻擊性誘導，在空中茫然地撲騰了幾下，紛紛再次匍匐到鏡面上。

「……」巫瑾愣愣看向地上的銀色球體，「牠們……也配備救生艙？」

佐伊思索了一下，感慨：「別忘了，人家贊助商主營業務裡面還有寵物托運來著的……淘汰賽也是給他打廣告。看吧，別人用狙擊槍崩你家寵物，也死不了。」

隨著交火結束，先前打出的彈坑下有機關緩緩上升，露出刻有克洛森標誌的物資箱。副本通關。

佐伊打開箱子，翻出子彈的一瞬終於鬆了口氣。除此之外還有兩把槍、一張防護面具，和一張眼孔細密的小網。

又過了約莫四五分鐘，熟悉的音效「叮咚」響起。

四面鏡面緩緩張開，再次露出縫隙，與四條一模一樣的走廊。走廊盡頭，機械運轉調動重物、齒輪卡合的聲音緩緩傳來。

似乎有個房間從高處被緩緩降了下來。

巫瑾聽了許久開口：「一個時間單位，走廊會出現一次。可以選擇四個方向，走廊對面是下一個副本——副本不是固定的，因為房間本身會移動。」

佐伊點了點頭。

凱撒張大嘴巴，「什麼……」

佐伊示意他敲了敲地上的鏡面，「空的，我們腳下也是空的。和剛才始發的地方一樣，這個賽場應該由無數個這樣的房間組成，像電梯一樣上升下落，按照一定規律運動。就像——魔方。誰也不知道下一個轉到你面前的怪物是什麼。」

巫瑾思索補充：「剛才門打開的時候，走廊對面的房間，是從上面降落下來的。上個時間單位它應該還是另一個房間，現在已經變成了新的房間。賽場在不斷刷新。」

四人說著，挑了一個方向往走廊走去。

走了許久之後，佐伊忽然一愣，回頭，「門還開著。」

身後，銀氨枯葉蝶副本的大門依然敞開，能看見裡面明晃晃的光和支離破碎的鏡子。

巫瑾也是一愣。幾人迅速往回走去，王蝶的救生艙還在地上孤零零躺著，旁邊無數變異蝶安安靜靜趴在鏡子上。

凱撒竟是出乎意料地問出了一個難得有價值的問題：「賽場在刷新，那……為啥咱們這個房間沒有動？因為通關了？」

「不知道。」佐伊卻是迅速有了一個想法，「既然可以隨時回來，我們分隊。」

凱撒：「啥？」

佐伊迅速背出一段話：「……如果沒有朋友，我們會在孤獨中消失。我們懼怕擁擠，如果空間太過狹隘，我們會在擁擠中消失……比賽前的提示。孤獨、擁擠，我在想，副本觸發條件有沒有可能和人數有關。」

佐伊首先看向巫瑾。

巫瑾過了許久開口：「我不確定。」

佐伊笑了笑，「不需要確定，畢竟遊戲開始只能靠猜。」

兩人隨即和文麟商議分隊事宜，拒絕用腦的凱撒則趴在牆上戳某個蟲蛹，「這玩意兒看著好像能吃！」

巫瑾趕緊提醒：「凱撒哥！蟲蛹裡面注射了氨水和硝酸銀，食用會中毒……」

佐伊瞅了眼蟲蛹，「喜歡就帶上唄，咱小巫不是之前帶了隻兔子出來嗎。就是這幼蟲變態之後……」

凱撒回頭嚷嚷：「佐伊，你能不能不要這麼嗲兮兮的說話。哎呀，這蟲子好變態喔！」

佐伊：「……我他媽真想把蟲子扣你頭上，完全變態發育，是指成蟲和幼蟲構造差距……說了你也不懂！」

凱撒梗著脖子，「不懂就不懂，我要跟小巫一隊，嘿嘿。」

佐伊：「……喔，你確實和小巫一隊。」

四人中，佐伊文麟是兩年的老搭檔，配合上默契無間。有巫瑾跟在凱撒身邊，也等於臨時給他裝了個腦子，兩兩分隊合情合理。

「行了，」佐伊最後和兩人告別：「如果有問題，記得退到這個房間會合。」

巫瑾點頭，和兩位隊友碰了碰拳頭。

再次回到走廊時，只剩下他和凱撒兩人。

「走？」

克洛森秀導播室，血鴿正在回答觀眾熱烈的提問。

「一百個小隊，四百名選手，現在只剩下三百二十人。節目進程過快？不，我們相信最出色的選手會走到最後。」

「剛才卓瑪娛樂遇到的是什麼？毒蕈麝鳳蝶，對，也是基因改良品種。選手攻擊不是因為內訌，而是因為毒素致幻。請這位觀眾不要再發毒蘑菇照片，您把別人的彈幕擠掉了……」

「好，下面讓我們複盤白月光練習生的剛才那場，非常經典的配合。這裡我要著重表揚C位佐伊的指揮，和巫瑾分析資訊的速度……」

一旁，應湘湘忽然一頓，推了推血鴿的肩膀，「小巫和凱撒，好像在往S副本走。」

血鴿愕然抬頭，感慨：「我記得上一局，小巫的運氣也不是太好來著的。」

狹隘的走廊寂靜無聲。

背後是銀氨枯葉蝶棲息的六面鏡，面前走廊的盡頭散發著暗淡的白光。

巫瑾長吁了一口氣。人總歸是嚮往光——比起一片摸黑盲狙，有光總比沒光要好。

兩人在副本門口站定，毫不意外發現了第一張提示卡：你有令人著迷的眼睛。

巫瑾低頭思索，冷不丁被凱撒一掌拍到肩膀上，「這說的不是咱小巫嘛！」

巫瑾瞪圓眼睛：「……」

凱撒點頭，「看吧，就是這樣。」

巫瑾一聲哀嚎，他甚至開始懷疑佐伊是否故意提出分隊，好擺脫凱撒……

他深吸一口氣，看凱撒緩緩打開了門。

房間內的光線集中於另外三處牆壁，光源橘黃而昏暗，腳下是濕軟的磚紅壤，身邊是密集排開的樹木——在巫瑾死記硬背的輔助位題庫中，明確將其與熱帶雨林環境關聯。比起上一個副本中簡單粗暴的鏡面，這裡的場景設計顯然用心了許多。

巫瑾微微瞇眼，他甚至能聽見低緩的蟲鳴，潮濕的風息——還好沒有蝴蝶翅膀撲簌的聲音。他同凱撒打了個手勢，兩人警惕舉槍，隨時準備撤出門外，卻半天都沒有聽見異動。

通關副本的「門」很顯然就在另外三個方向。

「會不會是送分副本？」凱撒狐疑：「一般比賽都有安全區……」

巫瑾搖頭，分析道：「安全區不會設計成這樣，節目組一般……能省就省。還剩兩百九十七人了。」

腕錶上，只短短一個副本的時間就出局了三分之一的選手，難度顯然比第一次淘汰賽要艱鉅太多。

凱撒把視線從腕錶移開，直愣愣地瞅向前方，「小巫，那裡怎麼有隻貓頭鷹……」

巫瑾抬頭看去，凱撒所說的方向正是其中某一扇門。綠樹掩映之間，似乎真有一隻黃褐色的貓頭鷹棲息在樹間——他忽然一頓。

貓頭鷹的眼睛一大一小，漆黑瘆人，甚至泛著幽幽藍光。在這對眼睛的旁邊，還有著無數雙相似的眼睛……

「不是貓頭鷹。」巫瑾只覺頭皮發麻，迅速開口：「是眼點。」

凱撒：「啥？」

巫瑾解釋：「擬態。飛蛾翅膀紋路——生長出眼斑，模擬動物的眼睛，用來嚇退捕食者。」他微微一頓：「不是貓頭鷹，趴在門上的是飛蛾，是很多隻飛蛾。」

「我擦。」凱撒露出噁心巴拉的眼神，一面掏出槍，說道：「小巫讓開點，哥給你秀個槍法……」

巫瑾連忙阻止，「等等……」

凱撒停手，轉身看向佐伊給自己裝配的、好看的腦子，「還有啥辦法沒？」

巫瑾一噎，好像除了崩一槍之外還真沒有。

凱撒滿意上膛，兩人在草叢裡躲好，只伸出一把狙擊步槍。

槍聲響起一瞬，兩人面色突變。

原以為是褐色的門，竟然是亮橘色的。耀眼的光如同熾烈的太陽從門頂的探照燈打下，將整個雨林場景曬得像曝光過度的照片。

而門上褐色的被衣——

巫瑾只覺得胃中翻江倒海，無數黃褐色飛蛾背著大同小異的眼點被槍聲驚起，然而下一秒又回歸原位。

被擊中的那一隻翅膀微微焦黑，撲騰了幾下竟也頑強飛起。

很快，門又再次被堵住。

凱撒目瞪口呆，「……這什麼究極鋼鐵防彈裝甲么蛾子？牠們趴在那裡幹啥？」

巫瑾過了許久才動了動嘴唇，「趨光。牠們趴著是因為那裡有光。」

克洛森秀導播室。

蛾子飛起的一瞬直播平臺一陣紊亂，彈幕嚴重兩極分化。

「啊啊啊別給鏡頭了好不好！我才吃完午飯啊啊啊！求求你們了就專心拍小巫吧！老阿姨

承受不住啊啊！」

「什麼？我剛才就看到十幾隻卡通倉鼠飛起來了啊！很可愛呢！你們在說什麼？」

應湘湘一聲輕咳，接過麥，「看到卡通圖案的觀眾朋友們，應該是已經調整到了兒童模式。好了我們來說這個副本。很難有人猜到，雙斑皇蛾是螢幕中變異蛾的原始種。對於牠們的基因改進只有幾十年的歷史。科學家們注入修改基因後，原本翅膀上的褐色斑點深化為大型眼點，感官、反應力都變得非常遲鈍——防禦力卻顯著提高。就像剛才，凱撒的標準12.7mm子彈很難對其造成破甲傷害。」

血鴿點頭，「這一關毫無疑問是S級副本，因為他們不具備穿甲武器——好在是低危S級，選手頂多不能通過三扇門，不會受到變異雙斑皇蛾的實質傷害。」

「至於正確的通關模式……」血鴿看了眼地圖，「他們應該回到原來的房間，向X軸走三個座標，Y軸走兩個，拿到反坦克步槍再回來……如果他們記得路的話。相信我，雙斑皇蛾的防禦絕不是他們現有裝備能破開的。這是唯一的通關方式……」

螢幕中，沉思許久的巫瑾終於開口：「凱撒哥，你能不能狙到燈？」

凱撒一愣：「什麼？」

「飛蛾趨光，三扇門上有三盞燈，如果燈滅了牠們會不會走？」巫瑾迅速道。

直播室內，血鴿一頓。幕後的節目PD也在同時被水嗆住，教育一旁的小編導：「這副本誰設計的？」

小編導委委屈屈，回道：「您說的啊，用最節省成本的辦法把蛾子弄到門上，就沒買生物膠水……」

「他把燈狙了怎麼辦？這是S級副本嗎？啊？」

小編導眨眼，「其實也沒事，咱一開始也想過了，這種蛾子反應遲鈍，趴習慣了就……」

螢幕中，凱撒悍然開槍。

門上的飛蛾被驟然驚開，被遮住的燈光鋪天蓋地擠入視野，緊接著第二槍準確狙在頂燈——防護玻璃碰的一聲炸開，燈光閃了兩閃，毫無損傷。

「你來狙。」巫瑾迅速架好槍，他此時做的是給凱撒打輔助。

火力稍次的步兵銃迅速往門上鋪開火力，飛蛾眼點驚起——有了巫瑾墊刀，凱撒全部心思都放在狙燈上。

四槍。左側出口的頂燈再也支撐不住熄滅。

房間再次失去定光，驟然昏暗——巫瑾的小捲毛蓬鬆揚起，睜大眼睛看向被堵住的出口。

一秒。

三秒。

飛蛾一動不動。

凱撒放下槍，終於忍不住再爆粗口：「我擦，真他媽反應遲鈍，這玩意兒不論有沒有光都趴著……」

巫瑾的小捲毛軟趴趴落下，過了許久才開口：「不一樣。」

凱撒一愣。

巫瑾認真道：「只要有新的光源，牠們就會飛過去。凱撒哥，我們再狙一扇門。」

此時三扇出口中，左側的頂燈已被狙滅，仍是被雙斑皇蛾密密麻麻覆蓋。凱撒轉換方向，衝著對面的門打了一槍，飛蛾驚起，完好的頂燈暴露出來。

左側，一兩隻飛蛾似有所覺，向光源飛去，絕大多數卻只是微微翕動。少頃，對面的頂燈

再次被飛蛾覆蓋。

凱撒終於琢磨出來，「一盞頂燈不夠，除非到處都有光這玩意兒才能反應過來。」

巫瑾點頭，把槍收起，「我們回去，去找光。」

凱撒迷茫跟隨巫瑾撤退。幽暗的走廊盡頭，銀氨枯葉蝶副本依然敞開。

「小巫，咱是要……」凱撒吃驚發現，巫瑾竟然撿起了地上銀氨王蝶的救生艙。

巫瑾在手上掂量了兩下，圓圓的球體像極了前世某個動畫裡的精靈球，作為寵物專用救生艙，不設密碼、扒拉兩下就能擰開。

巫瑾冷靜的和凱撒說明了自己的計畫。

凱撒顯然已經傻了。他可能不僅需要一個大腦，還需要一個適配大腦的翻譯器。

「真可以？」凱撒傻乎乎詢問。

巫瑾點頭，「大不了再把王蝶塞回去。」

他旋即深吸了一口氣。凱撒在一旁架好槍，示意準備完畢。

巫瑾從背包中掏出開箱得來的網兜，一把套住救生艙，繼而快速將艙體擰開。

原本安靜趴伏於鏡面上的銀氨蝶再次感受到王蝶氣息，飛速驚起。

「跑！」巫瑾用網兜拖著從艙體出來、一臉懵逼的王蝶，飛快向走廊盡頭衝去。

凱撒跑得比他更快，在抵達雨林地圖的一瞬間，毫不猶豫開槍，將趴伏在對面頂燈上的飛蛾趕走。

巫瑾一直衝到距離頂燈不足十公尺，用盡所有臂力將王蝶向遠處拋去。

「去吧，巴大蝶！」

凱撒：「啥？」

下一瞬，他驚愕睜大了眼睛。

巫瑾在拋擲王蝶後的一瞬伏地，滾了兩滾滴溜溜落在戰壕裡。

不再被遮擋的頂燈灼然亮起，緊接著——走廊裡轟然湧入一群銀氨枯葉蝶，像是飛舞的一面面小鏡子明晃晃切入。

頂光從一道光束被分割為無數細小的光斑，落入叢林、樹影之間。爛漫交織翅膀翕動之中，映出光怪陸離的斑斕，黑沉沉的雨林陡然綻放出強烈的生機。

光與鏡終於在此時彙集。

對面門上，原本被驚散的雙斑皇蛾一呆，向著映在草叢間的光斑飛去。還死守在頂燈上的飛蛾則與王蝶大眼瞪小眼。在王蝶反應過來之前，半空中的銀氨蝶又驚又怒，瘋狂為了守衛王蝶飛去，絲毫不畏懼飛蛾比牠們壯碩三倍的身軀。

頂燈旁一時混亂如同戰場，光芒絢爛交織。

越來越多的飛蛾從遲鈍中驚醒，呆呆傻傻地向著亮起的頂燈飛去，一開始被狙的左側出口終於露出一條狹窄的通路。

通關條件達成。場地中央的物資箱出現。門緩緩開啟。

克洛森秀導播室，原本替血鴿圓場的應湘湘竟是一句話也說不出來。

許久才她開口感慨：「雖然是鑽規則漏洞——但必須得說，是非常漂亮的破局。」

彈幕齊刷刷聚成一片，浮在最上層的只有一句話。

「小巫啊啊啊啊啊啊啊！」

賽場內，巫瑾迅速搜羅完物資，扯著凱撒往外跑。

飛蛾不會主動攻擊，銀氨蝶卻是個硬茬。

凱撒毫不猶豫擔當了斷後的位置，臨走時回頭開槍，「小巫過去，在走廊對面等我。這群蟲子敢擋牠們凱撒爺爺……」

半空中銀鏡飛舞，臨出門前毫無疑問還要剛一輪槍。

兩人配合默契。

凱撒保護巫瑾，巫瑾保護物資，幾個帶有hip-hop風格的戰術翻滾就快速向出口奔去。

巫瑾沒入黑暗的一瞬，背後卻突然吱呀呀響起。

副本的出口驟然閉合！

巫瑾瞳孔驟縮，「凱撒哥——」

門內傳來凱撒的叫罵，和鏡片蝶翅撞擊在鐵門的脆響。凱撒聽到巫瑾的聲音立刻敲門，「小巫你跑，我把王蝶狙了就去找你，臥槽這房間在往下沉！」

巫瑾急促開口：「往下沉？能聽到機關在哪裡嗎？凱撒哥！你……」

克洛森秀直播室內，血鴿看了一眼錶，「很遺憾，時間到了，他們的通關時間太長了。凱撒沒能出去。」

應湘湘聳肩，「按照地圖規律，凱撒可能要在裡面再待五個回合，如果我沒記錯的話。」

巫瑾在走廊上呆呆站了半晌，機械轟鳴終於接近停止。

螢幕中的少年在微弱的光線裡站立，漂亮的眉眼微微耷拉，讓不少觀眾都在彈幕高呼要「衝進螢幕給小巫一個抱抱」。

然而下一瞬巫瑾已是迅速反應過來。

他皺著眉頭，把耳朵貼在走廊的金屬牆壁上，微微眯起眼睛。腦海中無數思緒劃過——凱撒還關在裡面。

聽金屬門後面機關卡合的聲音，房間似乎是在某種直上直下的梯井中運動，與運送選手的升降梯相似。也就是說，整張地圖中，每個立方體只有垂直運動軌跡，不存在平移、翻轉——至少否定了他之前的猜測。不是魔方。

巫瑾迅速整理已知線索。通關不是走廊開啟的條件，控制隊伍人數也不是副本出現的條件。「叮咚」的電梯到達聲代表一個時間單位結束，新的時間單位開啟。

銀氨蝶副本存在了兩個時間單位，飛蛾副本在上一個時間單位消失，還有他們的始發地點也在小隊進入走廊後消失。

——每個房間的存在時限是不同的，有著獨立生成、湮滅的時間點。

巫瑾眯起眼睛，瞳孔之中，昏暗的視野裡似乎延伸出無數個房間、走廊，平平整整地壘在賽場內，每個時間單位一到，房間或上升，或下沉，在黑沉沉的梯井中轟鳴作響……

不行，已知線索仍然太少。

巫瑾突然響起佐伊說過的話，遊戲開始的時候，只能靠猜。

約莫是在走廊停留得太久，右腕終端發出催促的資訊音。選手果然不能在走廊停留太久。走廊另一端，同樣散發著微弱的光芒。

巫瑾在走入之前，從包裡翻出了剛才獎勵的通關物資。一把反坦克步槍、兩板子彈，和樣式熟悉的線索信封。

巫瑾三下五除二把信封拆開——繼而驚訝睜大了眼睛。

裡面是一張薄薄的紙片，上面如同棋盤一般密密麻麻畫了將近幾百個方格，有的格子中空，有的則畫了淡淡的蝶翅標誌，右上角寫了一個圈起來的「十四」。

「……」巫瑾的心臟劇烈跳動，不敢置信看向手中的紙條。

地圖，是地圖！

巫瑾幾乎在一瞬間找到標注當前位置的紅點，與格子重合的標識上繪製著翅膀與粗壯的羽毛觸角——蛾類昆蟲的特徵之一。

他迅速遵循記憶確定方向，走廊的盡頭的副本在地圖上，似乎被標記為某種蝴蝶。

巫瑾最後檢查了一下裝備，抱住步槍向走廊盡頭走去。

房門打開的一瞬，他愕然張開了嘴。

克洛森秀直播間，應湘湘將少年一片茫然的表情放大，微微感慨：「S級副本的通關獎勵是地圖，不過，想必小巫選手很快就能發現，這張地圖在現在並沒有作用。」

「狀態十四。」血鴿點頭，開了個玩笑，「如果是我的話，可能需要收集一百張地圖才能發現規律，當然，如果是陳博士可能一張就夠了。」

鏡頭向左微移，穿著格子襯衫的青年儒雅地笑了笑，「我是研究員，這是我的工作，確實一張地圖就能看出來。不過對於選手來說，難度的確高了。」

如果賽場中的克洛森秀的選手在這裡，定是能一眼認出青年的身分——第二次淘汰賽贊助商、艾莉薇科技的首席研究員。曾在兩週前給他們上過一節莫名其妙的社會心理學。

這位陳博士在課堂上反覆解釋了孤獨、擁擠、誕生、湮滅四個概念，被無數選手當成提前透露規則，並在賽前死記硬背——此時卻一樣被副本折騰得半死不活。

螢幕中，巫瑾進入的房間空無一物，甚至可以說是非常標準的克洛森秀安全區。地圖上的蝴蝶卻一隻不見。

「小巫走到安全區了。」應湘湘笑咪咪道：「不過從鏡頭上來看，往這個方向走的不止他一個人。」

她切換監控，忽然露出期待的表情，「小薄也在這附近，還有……一位C級選手……」

陳博士忽然笑道：「我好像看到，有觀眾在抱怨鏡頭太過集中。R碼娛樂和井儀娛樂那裡，看上去有不少東西可以轉播。」

應湘湘一愣，連忙道歉，「是我的失誤，那麼一小時後我們再回來看白月光。導播幫切一下鏡頭，好的。現在可以看到，井儀娛樂……」

陳博士點點頭，鏡片後視線在監控上一掃而過。

淘汰賽場內，巫瑾很快察覺到了地圖的不對，按照標注，這裡絕不可能是安全區。他旋即迅速反應過來——賽場在隨時變換，完整的地圖不可能是一張靜態圖紙。至於地圖右上角標注的「十四」……

巫瑾腦海中靈光一閃，極有可能在第十四個時間單位，也就是「叮咚」提示音第十四次響起時，賽場中的房間分布才會和這張圖紙重疊。

他需要更多的圖紙，才能找到規律。以及還有一個問題，巫瑾視線停留在地圖一處——那是整張地圖的正中，距離自己有十二個網格單位要走。

那裡有一個極為特殊的格子。既不是空白，也沒有繪製鱗翅目，而是填上了灰白相間的底色，不知含義。

約莫十分鐘後，「叮咚」的背景音再次響起。隨著四面走廊打開，巫瑾迅速扛上槍往凱撒的方向衝去——然而原本布滿飛蛾的房間卻空無一物。

凱撒的房間依然沉在腳底。

巫瑾的步伐微微一頓。他可以選擇在這裡等人，也可以繼續去尋找下一張地圖。唯一可以確信的是，隨著時間推移，存活條件不再是運氣，而是對規律的掌控……如果他留在這裡，浪費的是凱撒為他爭取的時間。

巫瑾深吸一口氣，在走廊盡頭留了一張紙條，再次檢查了一遍機槍裝彈，毅然向著地圖中唯一特殊的格子走去。

第五個時間單位，巫瑾從布滿蟲蛹的房間內走出，握住反坦克步槍的右手還因為後座力而微微發顫。

第六個時間單位，巫瑾幸運地再次撞上安全區。

在安全區的十五分鐘內，巫瑾的地圖上密密麻麻打了無數草稿，畫滿了周圍網格的演變和推導——似乎只差臨門一腳，但依然無法摸出地圖的規律。

巫瑾並不知道，在他推導的同時，導播室內的陳博士正透過監控，驚訝地看著他。

第七個時間單位，巫瑾警惕地來到走廊盡頭，撿起了地上的線索信封。

如夢似幻。

門被悄然推開，繼而自動閉合，巫瑾陡然瞪圓了眼睛。

和上一個遍地蟲蛹、幼蟲的人間煉獄相比，這裡近乎可以稱之為天堂。

暖暖的山風在虛擬的林間飄蕩，柔和的日光像是午後暖融融的夢境，鮮花遍地綻放，空氣中瀰漫著風信子的芳香。

巫瑾一眼就看到了停在花瓣上的蝴蝶——蝶翅狹長，黑底金邊，見到有人進來便溫溫柔柔展翅飛起，依偎過來。

巫瑾警惕後退，下意識地架好槍，豔麗的蝴蝶如同有靈性一般在空中微頓。

巫瑾和牠大眼瞪小眼，許久也沒發現異常，索性找了一塊掩體背靠坐下，繼續推演密密麻麻的地圖網格。

時間似乎越來越慢……筆尖劃破地圖的聲音驟然將巫瑾驚醒，他眨了眨眼睛，驅逐不知從何處而來的睏意，然而眼前卻像喝醉酒了一般模糊不清。

空氣中，草木芬芳益發濃烈，鮮豔的蝶翅撲簌簌揚起……

巫瑾茫然看向蝴蝶，又茫然低頭，繼而用盡全身力氣把地圖塞回包裡，用袖子掩住口鼻，伸手就去拿槍——蝴蝶不對！空氣裡有神經毒素！

拿槍的手綿軟無力，停止吸入毒素後視野再度恢復如常，巫瑾的腦海中卻一片空空蕩蕩。

——我是誰？我在哪裡？我為什麼在迫害小蝴蝶？

碰的一聲，槍聲循著本能崩出。色澤斑斕的大蝶靈活躲過。巫瑾意識裡卻已然嗡嗡炸開。陽光是最舒適的亮度，芬芳也剛剛好。根本沒有什麼克洛森秀……他大概只是在午後的郊外踏青，背著吉他創作，晚上的時候再乖巧地等經紀人接他回去。

扣住扳機的右手逐漸鬆開，少年露出半是愉悅半是迷茫的表情。半空中的蝴蝶看了他幾眼，最終不再警惕，翻飛而下，在和光斑重疊的一瞬——槍聲毫無徵兆響起。

銀色的寵物救生艙彈出，迅速把蝴蝶包裹在內。

巫瑾靜靜站立了許久，才茫然放下槍。

——我在哪裡？我為什麼開了槍？我是不是犯法了……

「叮咚」一聲。副本通關，三扇出口同時開啟。

巫瑾呆呆看了兩眼，乖巧回到石塊後坐下。

——我的吉他呢？沒有吉他怎麼寫歌？

然而一抬頭看到可愛的風景，巫瑾又快樂得像一隻春日的土撥鼠，在包裡嘩啦啦翻出地圖，看了一眼，翻面，開始哼歌寫譜。

陽光爛漫的草地裡，光影躍動之中，氣質純淨的少年像是山間的精靈，手腕在地圖背面微動，筆尖沙沙作響。

就在此時，其中一扇門忽然被人打開。

薄傳火舉了個臨時組建的自拍杆，正低聲同也不知道存不存在的粉絲交流。緊接著愕然道：「小巫？」

巫瑾揚起小圓臉，傻乎乎地看向他。

薄傳火手上拿著同款線索信封，甫一踏入就經驗老辣察覺不對，「毒蕈鸊鳳蝶？毒素致幻……蝴蝶呢？臥槽小巫你通關了？啊？小巫你能聽見嗎？這是幾？」

巫瑾慢慢地、笑咪咪地開口：「三。」

「沒傻啊？小巫你還認得我不？」

巫瑾認真搖頭。

薄傳火：「……果然傻了。成，你跟我出去吧。」

巫瑾嗖的一下起立，乖巧地跟在薄傳火身後。琥珀色的瞳孔安靜澄淨，捲起的小軟毛讓他看上去像是某種動物幼崽，還是最好看的那種。

薄傳火一愣，過了許久才反應過來，眼光一動，若有所思。

「小巫，」他溫言細語道：「跟在後面別走丟了，要乖乖的。」

巫瑾點頭，「我乖乖的。」

少年聲音清清亮亮，薄傳火只覺得半邊耳朵都酥麻。他又正色道：「咱們就是隊友了。」

巫瑾點頭，「是隊友。」

薄傳火笑咪咪湊近，「乖，我牽著你走。咱們都是一個寢室的室友，每天晚上……」

少年的手心看著軟綿綿，不像是逃殺選手倒像是什麼藝術家。薄傳火剛要伸手——他驀然低頭。自己的手心有一個鮮明的瞄準紅點。

回憶如潮水湧來，他悚然想起，上一場淘汰賽，似乎也有這麼一個人用紅點狙了他一槍。

薄傳火毫不猶豫放棄巫瑾，一個標準戰術閃避，從掩體後探出腦袋。

衛時緩緩地收了狙，眼神銳利如刀鋒。

掩體背後的薄傳火一噎，差點沒爆出粗口：「我擦，這他媽不是親媽粉，是私生飯吧？打個比賽，還跟到這裡來了？」

巫瑾睜大眼睛，看到「隊友」滴溜溜的就地翻滾，神色更加空茫。

衛時站在門口，與虛擬光效相逆，被浮動的場景光勾勒出漆黑鍍金的影，背後一杆大狙，一杆輕機槍，即便看不清表情也壓迫感強勁。

卻是只有薄傳火注意到他。

巫瑾本來槍感、預判就差，此時被蝴蝶毒傻了，更加發現不了第三個人的存在。

衛時嘖了一聲，走入副本房間。大狙就在手肘後方，觸之可及。他一面走一面肆意捲起袖子，露出肌肉精悍的手臂，和爆發力十足的拳頭。

薄傳火危機感頓生，毫不猶豫舉手投降，「大兄弟！有話好好說！」

衛時漠然掃了一眼舉手把自拍杆也舉起來的薄傳火，走到巫瑾面前。

巫瑾眨了眨眼睛，傻乎乎看向他。

「手。」衛時示意。

巫瑾乖巧伸出爪子，被粗糙熾熱的掌心扣住脈搏。衛時一面估測，一面問詢：「還記得多少？知道自己是誰不？」

巫瑾搖搖頭，他覺得自己可能是蝴蝶小王子，可以把蝴蝶變成精靈球。但只好意思在心裡偷偷想一下。

衛時嗯了一聲，又問：「十二乘三十一等於多少？」

巫瑾慢吞吞開口：「三百七十二。」

薄傳火：「嗯！」他微微一頓，立刻上來套近乎，笑道：「小巫心算能力不錯啊，傻了也能做算術。」

通關後毒素散去，巫瑾稍微恢復過來一點，聞言委屈，「我沒傻……」

衛時的視線隨之如利刃一樣在薄傳火身上冷冰冰掃過，薄傳火蹬蹬倒退兩步，脊背發涼，心中咆哮——傻了就傻了還不讓人說，這親媽粉就一勁兒地護短吧！

薄傳火轉念一想，又覺得是個良機。

此時三人都是落單，臨時組個隊再好不過。這淘汰賽地圖邪門得很，自己至今只弄到一張標記為「十七」的地圖，面前這位大兄弟……雖然作為粉絲過激了一些，但顯然實力強勁。

三人組隊便如同強強接合……喔不是兩腿帶一眼……薄男神和單親媽媽帶著小傻子……

薄傳火越想越是滿意，正待開口忽見大兄弟領著巫瑾掉頭就走。

薄傳火一急：「小巫！大兄弟……」

衛時扭頭，約莫是視線不帶溫度，眼部輪廓更顯深邃駭人。這是他進來之後第一次正眼看向薄傳火。

薄傳火只覺得右手一涼，剛才試圖握住巫瑾的掌背汗毛豎立。

薄傳火迅速放下自拍杆，珍而重之地取出自己那份地圖，「我這裡有個好東西……」衛時輕飄飄用兩指撚出一遝子。薄傳火一噎，「二」、「三」、「五」、「八」都有，人家地圖序號多到能打撲克牌了！緊接著薄傳火眼珠子都要瞪出來——

在後面慢吞吞走著的巫瑾被大兄弟拎起了手！

巫瑾揚起小圓臉，思維遲緩地看向衛時，對上視線時微微傻笑，露出一看就沒有攻擊性的小白牙。

衛時牽著小傻子，出門前丟下一句話：「左轉第二個房間，有狙。」

薄傳火一愣，緊接著一陣狂喜。狙！那可是狙！自己突擊狙擊雙修，少了狙簡直就是丟了左膀右臂。

這大兄弟也有點意思，自己是為炒CP被迫牽手，他那廂耀武揚威——私生飯真是可怕，估計盯著愛豆的小手早就覬覦已久。

人家粉頭陪活動陪飛，這人乾脆把比賽也給陪了，大兄弟那身手做點什麼不好，混進來當練習生……

「叮咚」提示音一響，薄傳火最後看了眼兩人消失的方向，迅速向左行進。第二個房間果不其然是S級副本，出狙的可能性極大。

薄傳火喜出望外進門，倏忽瞳孔一縮！

人造雨水衝天而下，基因改造後的蟲蛹掛在芭蕉葉上，被雨水打出乳化的白沫。整個房間似乎都是牠們的培育艙，雨水蘊含某種脂肪酸甘油酯……

薄傳火直愣愣的摸上自己的臉。

同樣被乳化的還有自己的粉底、眼影、礦物散粉——妝掉了。

薄傳火一聲淒厲的哀嚎，迅速扔掉自拍杆，「你XX私生飯睚眥必報！不就是牽個手？你等著！爸爸我遲早把場子找回來！」

巫瑾乖巧地跟著衛時出門，走廊昏暗的光線讓他睜大了眼睛。

衛時微微側頭，就看到兩個琥珀色的眼珠子一閃一閃的，因為被毒傻了而間或一輪。

衛時徑直把傻兔子背著的槍擼了下來，往他懷裡一扔，「抱著。」

毒蕈麝鳳蝶神經毒素只能麻痹獵物半個小時，巫瑾的症狀會在短期內消退，後遺症倒是會持續兩三天——和個人意志力有關。

巫瑾此時明顯已經與賽場脫節，神遊天外，常見療法中會通過某個患者慣用物品來刺激意識回歸。

然而此時巫瑾吭哧吭哧抱起槍，手法明顯怪異，一手扼住槍膛、一手拖著槍柄，還順便把槍背帶往自己頭上一套。

衛時推開走廊盡頭的門，若有所思看著他，「還記得自己來做什麼的不？」

巫瑾點頭點頭，高興開口：「男團……主舞！」

衛時用下巴點了下槍，「這是什麼？」

巫瑾珍而重之：「吉他！」

衛時：「……」

副本大門被打開，裡面是陰森森的光，和骷髏白骨一樣趴在白樺樹上擬態的蝶。

衛時騰了個地兒，示意巫瑾坐進去。

「以後遇到這種事，先把自己藏好了。」衛時摩挲著槍柄，命令。

嘖，還是太弱了。

巫瑾聽話點頭，又把自己扒拉扒拉往掩體後面再塞了塞，見衛時轉身就走，忍不住開口：「那你……你去哪裡？」

「清場。」衛時居高臨下，看向不省事的兔子精。

巫瑾晃了晃手裡的槍，「那……我在這裡調弦！」

衛時敷衍點頭，對傻了的男團選手給予表面尊重。

槍聲悍然響起，白樺樹下火光突現，巫瑾再次翻出地圖，在背面寫寫畫畫。衛時甫一回來，就看到巫瑾喜滋滋等著。

「歌寫好了！」

衛時將物資箱清空，冷不丁看到巫瑾在那裡調準鏡。巫瑾傻了之前就不會調，斷然沒有傻了之後突然會了的道理。

巫瑾果不其然舉著槍，委屈開口：「吉他壞了。」

衛時嗯了一聲：「那就清唱。」

男人放下機槍，挾槍掃射時激出塵土與碎石揚起未散，精悍的左臂將彈鏈連通槍身夾起，低頭時能清晰看到頸部的肌肉輪廓，眼神深邃不吸光。

巫瑾呆呆看了半天，忽然來了一句：「你真好看。」

衛時不置可否，在他身邊坐下。巫瑾吸了吸鼻子，能聞到淺淡的血氣。顯然不屬於男人，而是他手下的獵物。

衛時開口：「還唱不唱？」

巫瑾趕緊點頭。

陰森恐怖的叢林裡，少年清了清嗓子。衛時懶散坐在他身邊，漫不經心看著手中的地圖。頂燈旁的鏡頭在剛才的交戰中「不慎」損壞，機位原來卻是極好——從上俯視下去，能看到男人的手臂搭在巫瑾躲著的掩體上，就像是把人按在了懷裡。

巫瑾開口的一瞬，衛時眼神微動，視線從地圖上移開。

少年的聲音很清透，溫和沒有毛刺，顯然受過專業訓練。開口的音調偏低，逐漸揚起像是行吟民謠，比激烈的流行音樂更像是緩緩流淌的水流。

「槍口的蝴蝶～紅色的番茄～軟軟的咩咩～陪你一起過兒童節～喔多麼熾烈～」

衛時：「……」

失了智的巫瑾顯然已經喪失了最基本的作詞邏輯，潛意識還能勉強約束押韻。歌詞除了押韻一無是處。然而曲調卻莫名雀躍溫軟。

衛時眼神動了動，最終忍耐了下來。

巫瑾一曲唱完，眼神晶晶亮亮。

衛時：「還不錯。」

巫瑾立刻蹬鼻子上臉，指著衛時身旁覬覦已久的機槍，開口詢問：「我能用你的吉他再唱一遍嗎？」

衛時把槍扔給傻兔子。

琥珀色的瞳孔立刻笑成了月牙，巫瑾高高興興唱了一遍，又找衛時要了那把狙擊槍。繼而是狙擊步槍……

還沒等他把衛時的所有物資禍禍完畢，男人忽然開口：「差不多了。」

巫瑾茫然：「什麼……」

「過來。」

巫瑾美滋滋趴過去，繼續藏好，約莫是靜坐太久，晃動的一瞬大腦似乎有無數亂七八糟的資訊冒了出來。

「還記得你叫什麼不？」衛時瞇眼看向傻兔子。

巫瑾一頓，「巫……巫瑾……」他的表情驟然一僵，遲疑道：「我我我怎麼在這裡……大、大哥？」

克洛森秀導播室，兩位導師主持正將鏡頭對準蔚藍人民娛樂的練習生，彈幕中一片歡騰。後臺負責全域監控的劇務忽然一愣，「座標（4，6）區域，鏡頭怎麼壞了？」

旋即有人摁下系統自檢按鈕，「被槍崩了，看口徑是加強巴特雷大狙。估計是蛾子飛鏡頭上了，選手沒注意。給鏡頭買保險了沒？」

小劇務立刻回答：「買了！就是……上一輪比賽就燒了幾個鏡頭，這次估計理賠麻煩……還有丟失的選手影像……」

劇組領導大手一揮，「丟了就丟了，好好拍蔚藍人民娛樂，人家進來之前可是給咱們塞了錢的，這次直播，務必要給滿半小時鏡頭！」

「哎好！」小劇務連忙應下，不再探究被狙的攝影機。

座標（4，6）區域。

巫瑾傻裡傻氣看向懷裡抱著的、明顯不屬於自己的狙擊步槍，記憶紛湧而來。先是色彩斑爛的大蝶，繼而是舉著自拍杆的薄傳火，然後自己乖乖跟在大佬後面，還誇大佬長得好看……狙擊槍哐當一聲掉在了地上。

巫瑾一呆，慌不迭撿起，神情恍惚的把槍擦乾淨還給大佬……活像一隻偷蘿蔔被抓包的兔子精。

光線昏暗的叢林中，男人熟練接過，眯起的眼神裡看不清情緒。

巫瑾連忙辯解：「大哥！我、我剛才好像出了點問題！」

巫瑾的大腦一片混亂，如果他是那種撥一下發條就動一下的小機器，此時約莫整個發條卡了，怎麼都擰巴不過來，所有零件可憐兮兮擠到一起。

大佬把自己帶到這裡，然後發生了……發生了啥……巫瑾表情茫然，明顯還沒從後遺症裡面緩過來。

掩體後面的空間本就不大，巫瑾被籠在衛時的陰影下面，此時費了勁兒的努力辯解：「是蝴蝶！副本提示是致幻！我一開始沒注意……」

衛時揚眉，緩緩開口：「記得你剛才做了什麼嗎？」

巫瑾呆呆搖頭。

衛時：「低頭。」

巫瑾琥珀色的眼睛慢慢、慢慢向下掃去，正看到搭在膝蓋上的比賽地圖——背面，寫了歌詞的那種。

槍口的蝴蝶，紅色的番茄。

巫瑾：「啊！」紙上明顯是他自己的筆跡，歌詞慘不忍睹。然而最讓他悚然發怵的是，看到歌詞的一瞬曲調差點脫口而出，就像唱了許多遍一般。

巫瑾：「我我我不是……我沒有……」

衛時嗯了一聲。

就在巫瑾勉強鬆了一口氣的同時，大佬忽然開口，掃了一眼他的反坦克槍。

「吉他彈得不錯。」

「……」巫瑾：「嗯？」

正在此時，「叮咚」一聲提示音響起，副本的四扇大門同時敞開。走廊上陰陰的涼風席捲而來。

巫瑾倏忽反應過來，蹭地站起。

他還在第二次淘汰賽賽場。現在位處的房間是賽場內某個網格座標，手上只有一張「狀態十四」的地圖，規則還沒有足夠的資訊破解。

凱撒還被關在幾個距離外的副本裡，他必須補上隊友犧牲換來的遊走時間。

腕錶上顯示存活數字只剩下一百六十六人，直播會在十幾個小時內結束，最後的生存條件必然與規則有關。

陰冷的寒風終於喚醒被毒素麻痹的神經，巫瑾只覺得頭疼欲裂，站起時不受控制的晃了一下，布滿槍繭的手掌忽然固住了他的肩膀。

男人帶著強烈侵略性的氣息瞬間鋪天蓋地而來，擼起袖子的手臂溫度熾烈，把即將一頭栽到地上的巫瑾強硬按住，低頭時眼神倏忽閃過一道光。

小兔子精吧唧一下撞在了衛時身上，呆呆抬頭。

巫瑾的視線終於在衛時臉上聚焦，腦殼內小幅度的抽痛。神經毒素抑制了原本活躍的思維，感官則在此時被放大。

衛時與他靠得極近，男人棱角分明的五官如同刀削，絕大部分在陰影裡更顯喜怒莫測。越靠近就越能嗅到衛時身上的血氣，不僅僅是獵物身上的，還有他骨子裡與生俱來的——就像是凶悍的獸，在暗淡的光線中居高臨下審視著他。

有那麼一瞬間，巫瑾甚至以為自己是白樺樹上的蛾子。同為被大佬鎖住的獵物。

小動物的直覺倏忽驚醒，巫瑾嗖了一下反應過來，立正：「大哥。」

「神經毒素後遺症。」衛時面無表情，手臂悄無聲息掂了兩下。

見兔子精傻站著不動，他又開口：「後遺症持續三天。如果你要離開，向南兩個單位有副本能送你出局。」

巫瑾迅速搖頭，「我……我要繼續。」

衛時嗯了一聲，緩緩道：「但是我不會和你一起。」

巫瑾忽然一頓。

這場比賽中，只有凱撒、佐伊和文麟才是他的隊友。衛時也是他的對手。

昏暗的光線中，因為後遺症而略顯虛弱的少年點頭，把自己扒拉出來，生怕再給大佬添麻煩，「好，謝謝大哥！」

衛時挑眉，看著巫瑾迅速彎腰收拾物資，將唯一的一張地圖小心揣好。

左臂放下時，男人的兩指微微摩挲。

掩體的另一側，放著衛時的兩把狙，一把機槍，和一遝子標識各異的地圖。衛時絲毫不懷疑，只要巫瑾再從他這裡拿到一張地圖，加以足夠的時間，就能把整個賽場的規則解出。

然而巫瑾只是掃了一眼，就慌不迭的移開視線。這是比賽，他有必須堅守的底線。

巫瑾重新背好物資，因為後遺症侵蝕神經末梢而止不住的吸氣，臨走時向衛時揮了揮手，

「大哥再見！」

衛時點頭，視線沉沉之中忽然開口：「過來。」

巫瑾眼神一亮，在大哥面前站定，緊接著訝然睜圓了眼。

小捲毛……被揉了揉。和大哥擼兔一模一樣的手法。

巫瑾茫然看向衛時，對方表情如常，彷彿剛才只是自己的錯覺。

衛時向來沒什麼情緒的臉上，有一瞬露出滿意的神色，下一秒又隱沒在逆光的陰影之中，

「唱得不錯，加油。」

巫瑾瞬間脹紅了臉，「我……我其實……」

衛時揮了揮手，握上機槍掉頭就走。

巫瑾盯著他消失的方向又看了一會兒，繼而迅速抱起槍，跨入方向相反的走廊。

兩人離開後，布置有白樺林場景的副本迅速閉合，因為梯井機關而緩緩下降。

巫瑾在地圖做上標記，毅然打開了走廊盡頭的大門。

【第八章】

摸頭等於大哥的嘉許

十分鐘後，巫瑾包裹著樹葉從門口翻滾而出，無比慶幸神經毒素麻痺了他的感官，副本內的場景即便回憶起來也頭皮發麻。

此時距離地圖上的中間格只剩下七個距離單位，再次摸索向前時，巫瑾僥倖撞上了安全區。然而即便體力耗盡，他沒有立刻閉目休息，而是迅速拿出地圖演算。

賽場是變動的，地圖是靜止的。如果存在規律，每一幀必然是能演化下一幀的前提。目前的已知條件並不多，巫瑾迅速在紙上鋪開推導資訊。

房間呈現垂直運動，從機械回音推斷，梯井不會太深——也就是說，賽場中控制變化的關鍵，與高度無關，整個迷宮只有X、Y兩個維度。

巫瑾忍耐著腦門的抽痛，筆尖迅速把草稿中設想的巨大立方體賽場劃去，剩下唯一平面。副本上升時與走廊相連，下沉時變為安全區，對應地圖中圖案、空白兩個標識——意味著每個分開的梯井中，只存在兩種狀態。

巫瑾定定的看向地圖，腦海中迴蕩的卻是那節莫名其妙的「社會心理學」。

「我們是生命的個體……如果沒有朋友，我們會在孤獨中消失。如果空間太過狹隘，我們會在擁擠中消失……」

他握住筆尖的手忽然一顫。無數資訊在腦海中炸裂，視線因為毒素侵襲而微微發黑，地圖上的網格像是有了生命，在視線中迅速聚合、分裂、繁衍——佐伊曾以為，提示中的「生命」指的是隊員，分隊後卻依然沒有觸發規則。

如果「生命」不是指選手——賽場中，只剩下另外一種活物。

鱗翅目！

「叮咚」一聲，提示音在寂靜中響起，催促著巫瑾走向下一個副本。他卻是一把捧起地圖，琥珀色的眼睛在黑暗中熠熠生輝。

那麼孤獨、擁擠、繁衍、死亡，對應的分別就是……

筆尖沙沙作響，巫瑾幾乎拿出了高考趕作文的速度，飛快在地圖側面驗證。

模型——對了！

參數——已知條件遠遠不夠推測出參數，他所能解出的僅僅是周圍兩個方向的狀態。眼見走廊就要關閉，巫瑾毫不猶豫揹上地圖衝出。

此時已經極其靠近賽場中心，副本難度急劇提高。

在推導出的兩個方向中，有一個百分百是安全區，卻無法給予巫瑾更多的資訊。

另外兩個未知的房間，可能是S級副本，也可能是無法折回的僵局。

巫瑾再度睜開眼，已是做出了選擇。

朝聞道，夕死可矣。

他扛起槍，向著未知的方向衝去。

走廊盡頭的門扇散發詭異的藍光，巫瑾撿起提示信封。

明徹透亮。

指尖在門把手上微微停頓，繼而果決拉開——稀薄寒冷的空氣中，翅膀薄如透明的蝴蝶在冰川上飛舞。

透明。

巫瑾聯想到了什麼，驀然一頓。

地圖最中間的網格，繪製著灰白相間的底色，在工業設計中代表透明圖層——也就是說賽場中唯一特殊的格子，極有可能是透明的、具有全方位視野的。

巫瑾幾乎要激動得蹦了起來，恨不得立刻就打出一條血路，好衝到地圖中心，完成最終的模型推導。

然而就在此時，槍聲驟然響起。

巫瑾神色一呆，滴溜溜向著一旁翻滾。現在的副本內不止有他一個人！

狙擊瞄準的鐳射紅點很快又對準了他的脖頸，巫瑾心神驟轉，如果剛槍自己毫無勝算，但如果……

冰川一側，巫瑾迅速從口袋裡掏出地圖舉了起來。

對面槍聲一頓，似乎有兩人低聲商議，開口：「地圖留下，人可以走。」

巫瑾一噎，看向前方。

兩個身材高大的練習生見他沒有拿槍，從掩體後走了出來。

卓瑪娛樂，在克洛森秀前十中迄今霸占了三席的豪門巨頭。

巫瑾迅速和記憶中對上，同為A級練習生，在課堂上也是點頭之交。

巫瑾乾巴巴開口：「門關了，走不了。」

對面兩人再度商議，半天得出一個結論，「那要不地圖留下，我們給你處決？」

巫瑾：「……」

其中一位看上去老實巴交的練習生立刻道歉：「不好意思哈，那個，我們這不，留著你沒什麼用……」

狙擊槍再次架起，巫瑾瞳孔驟縮。

對方最後奉送了一個歉意的笑容，毫不猶豫扣下扳機，子彈劃著熾烈的弧度飛旋而出，在三人的瞳孔中倒映出殺氣騰騰的影！

練習生出道前的時間是枯燥漫長的。

除了吃飯、睡覺，就是練習。

兩點一線的生活在訓練室內分割，八個小時urban、hip-hop，三個小時popping、locking，日復一日，永無止盡，為的就是出道那一天——

不對，為的就是躲槍子兒！

巫瑾一個出乎意料的側翻，「吧唧」一聲把自己拍到了冰川上。子彈與他剛好擦過，差之毫釐！

兩位卓瑪娛樂的練習生呆滯瞪大了眼睛。

「這是戰術躲避？」

「不像啊，要不我再狙一槍……」

巫瑾拚了命把自己撲騰起來，柔韌的男團主舞在鬆軟的雪地裡一個翻滾，「等等！」

拿狙的練習生見狀，再度愧疚。

逃殺秀練習生都是體面職業，活要有尊嚴的活著，死要豪情壯志戰死。哪有在雪地裡滾成雪兔球球的……他立刻道：「要不你休息一會兒，我們再處決？」

巫瑾急促喘息，微微閉起眼睛，腦海飛速運轉。

知道所剩的時間不多，他迅速開口：「你們是從西南方向首發，途經十個房間，進來之前遇到的是飛蛾副本，再之前是安全區……第五個格子也是安全區，第四個是蝴蝶……」

先前說話的練習生忽然一愣。

巫瑾看向地圖，因為快速心算而攥緊右手，指節發白：「第二個格子……也是蝴蝶。」

已知資訊不足以讓他推斷出卓瑪娛樂的全部遭遇，巫瑾謹慎的只報出了能夠百分百確定的時間線。

對面果不其然陷入了激烈討論，其中一人神色激動：「全對，他真的知道地圖規律！」說話間，拿狙那人卻是放下了槍。

卓瑪娛樂四人在薄傳火之後進入賽場，原本配合無間的小隊在接連遭遇變異孔雀蛾、毒蕈麝鳳蝶之後僅僅剩下兩人。

比賽推移至末期，代表副本通關時限的「叮咚」提示音，間隔已是越來越短。副本通關壓力劇增，破解地圖規律成了可遇不可求的通關金手指。

很快，一人端著霰彈槍走到了巫瑾身邊，「把槍放下，地圖給我。」

巫瑾毫無異議照做。

「下面該往哪個方向走？」

巫瑾眨眼，指向一個方向，「安全區。」

「然後呢？」

巫瑾閉嘴。

壯碩的練習生立刻挑起了眉毛。和隊友商議，「他只肯一步一步地報，也是為了保命。咱們不給他槍，把人帶著沒問題。只要存活數字到三，咱們立刻處決。」

巫瑾終於鬆了一口氣。

具有透明蟬翼的蝴蝶副本在兩人的配合下很快被清，巫瑾在一旁安靜站著，像極了放棄反抗的俘虜。直至四面走廊敞開，幾人按照巫瑾的推斷進入下一個安全區——巫瑾眼巴巴示意兩人把地圖給他。

「九百六一個格子，我背不下來。」巫瑾軟乎乎道。

兩人稍一商議，還是大度把寫滿草稿的地圖遞了過去。

巫瑾算得極慢，卓瑪娛樂的練習生在一旁蹲著，大眼瞪小眼。

「……不可能背下來，又不是九個格子，他要是能背下來就去參加蔚藍腦力秀了，擱這兒玩大逃殺幹啥？」

「你看那張臉，去參加偶像選秀都行。人家不還是非要來？說不定是逃殺愛好者……」

巫瑾把地圖還回去的時候，指節比剛才更白。卻是沒有人注意到這一個細節。

「左邊，安全區。其他地方不知道，我們需要往中間走，」巫瑾指向地圖正中，「只有這個格子是特殊的。」

兩人略一商議，最終同意了巫瑾的提議。白月光出名的花瓶練習生，沒有槍、沒有地圖，不可能在九百個紊亂的迷宮格子裡再使花招。

第十四個時間單位，幾人進入安全區。

十五個時間單位，在巫瑾的建議下，三人冒險向中間走去，殲滅了一群么蛾子。

十六個時間，安全區。

迷宮中的通關時限越來越短，沒有人知道不按時通關會發生什麼，只有右腕上的存活數字越來越小——梯井中無數個房間時不時輪轉，發出吱呀呀的機械聲響。再強悍的選手在如同蜂巢般浩大的迷宮中也不過滄海一粟。

第十七個時間單位，僅剩六十六人。

在么蛾子和蝴蝶亂飛的副本裡，被困的凱撒憑藉過硬的近戰實力，熬了整整近十個回合才奄奄一息出門，冷不丁被一人揪到。

薄傳火對著凱撒架起霰彈槍，眼中寒光閃閃，「面罩墨鏡防毒面具，頭盔絲襪還有口罩……拿出來一個我就放了你。」

凱撒勃然大怒：「我他媽還啤酒飲料礦泉水，香菸瓜子火腿腸呢！」他猛一抬頭，繼而哈哈大笑，「哈哈哈！畫得什麼亂七八糟玩意兒，眼線都蹭到鼻孔上了！」

薄傳火桃花眼一豎，恨意爆發而出，「媽個雞敢嘲笑你爸爸，現在就崩了你個崽子！」

凱撒眼如銅鈴，「你爺爺什麼時候怕過你！孫子吃我一槍！」

走廊上驟然爆發激烈交火，五分鐘後，兩個救生艙同時炸開。僅剩六十四人。

第十八個時間單位，文麟替佐伊擋住門，未逃出副本淘汰。與此同時，存活數字急劇下降，五十八人。

巫瑾的心跳卻是驟然加快。

此時他所在的座標，距離整個迷宮最中心只差一步。

有了巫瑾作為嚮導，卓瑪娛樂小隊一路順風順水。進入走廊的一瞬，所有人都在同一時間屏住了呼吸。

除了巫瑾之外，沒有人想到面前是這般景象。

這是一座透明的房間。它在黑暗中靜靜懸浮，散發著耀眼的光芒，在漆黑一片的賽場中如同宇宙裡不變的恒星光。

除了它之外，每一個格子都被鐵皮包裹，它們不是標準的立方體，而是有著凹凸不平的表面——裡面或是安全區，或是鱗翅目。

在迷宮中連續搏殺了六個小時，巫瑾終於看到被光源照亮的結構：無數浮起的走廊成為格子之間的連結，猜測中的梯井果然存在。梯井是透明的，和走廊橫橫豎豎排列，像是輸送生命介質的管道，每個梯井所代表的格子中都有兩個房間，在虛空裡微微起伏，彷彿是呼吸又彷彿是蠕動，形狀異常熟悉。

巫瑾喃喃開口：「……細胞。」

一旁的練習生一愣，「啥？」

巫瑾搖搖頭，看向每個梯井中緊緊相連的兩個房間。一個是安全區，一個是鱗翅目。一個代表生，一個代表死，房間在梯井中上升下降，宛若向死而生。

九百六十一個格子，就是生與死的博弈。

巫瑾深吸了一口氣，藉助光源瞇眼背下周圍格子的運動軌跡，補全了模型中最後一環——巫瑾長長呼出一口氣。

規則破解，整個迷宮已經完全對他敞開。

安全區代表生命。在一個安全區周圍的八個格子裡——如果「生命」小於兩個，它會因為孤獨而消失。如果「生命」大於三個，它會因為擁擠而死亡。生命會繁殖，當一個格子周圍有三個安全區存在時，它也會變成安全區。

「下一步怎麼走？」卓瑪娛樂的練習生瞅著巫瑾問道。

「向左，向下，然後向右，向下。」巫瑾迅速報出了接下來四步。

過來的一路上，巫瑾只會小氣巴巴的一步一步報方向，此時的慷慨讓兩人都是一愣。

「你先走。」其中一人示意。

巫瑾點頭，忽然看向右側：「那裡好像……」

他轉身走去，兩人狐疑的跟在後面，見巫瑾忽然一腳踏出。

「你——」

話音剛落，巫瑾忽然撒腿就跑，幾乎在同一時刻「叮咚」的電梯音響起，接著門扇碰的一聲關閉。

兩人大眼瞪小眼，許久一人從牙關擠出：「按照他說的，我們向左走。」

巫瑾一直跑到走廊盡頭才氣喘吁吁停下。

他沒有說謊。中間格子旁邊，一共有兩個安全區，一個在左，一個在右。

之所以連著報出四步，是因為卓瑪娛樂沒有開槍，把他多留了整整四步。充作償還。

巫瑾看了下腕錶，地圖已經被卓瑪娛樂拿走，他微微瞇眼在腦海裡複盤網格。他沒有背下整整九百六十一個格子，僅僅背了中間部分，加上規則推演足以讓他留到最後。

六分鐘一到，他迅速向下一個安全區走去。

第十九個時間單位，四十三人。

第二十個時間單位，三十六人。

時間轉換一次比一次快，每一回合都在加速推進。到了第二十六個時間刻度，「叮咚」的提示音幾乎每兩分鐘都會響起。

卓瑪娛樂淘汰一人。

還剩二十五人。

地圖一隅。衛時掃了眼人數，確保晉級，乾脆一槍把嘰嘰喳喳的紅毛送了出去，繼而直接打開救生艙。

還剩十六。

佐伊體力不支出局。

還剩七。

克洛森秀導播室內，血鴿正在解說魏衍的戰鬥，「兩分鐘內通關S級副本，如果他現在出道，也是能讓聯賽重點關注的職業選手……不過他在這一局裡消耗了太多的體力，很可能下一回合……」

很快，應湘湘又爆發出驚嘆：「魏衍選手撐到了第二十九個回合！非常值得敬佩，現在只剩下兩名選手，不出意外……」

應湘湘一頓，露出不可置信的表情，「……剩、剩下的是小巫？」

導播迅速切換鏡頭，比起魏衍殺出一條血路，巫瑾近乎全程在苟，每當鈴聲一響抱起物資就衝向下一個安全區——速度之迅疾，姿態之放鬆，活像聽到放學鈴背起書包的小學生，跑步時小捲毛都蓬鬆飛起。

應湘湘：「……」

原本為魏衍瘋狂打CALL的彈幕畫風陡變。

「6666，小巫轉運了！一路全是安全區！謝謝節目組救下小巫，啥都不說了，周邊一出氪金為敬！」

螢幕另一側，魏衍再度不幸遇上A級副本，如果他不是戰鬥機器，很可能在一腳踏入時已經淘汰。

與之相反，巫瑾又撒腳丫子地在走廊上奔跑，嗖的一下閃入安全區，乖巧坐定。

「……」應湘湘清了清嗓子，終於開口：「比賽進行到現在，九百六十一個格子裡，安全區的密度不足百分之八。小巫能留下來一定不是運氣，不過，從航拍來看，離他最近的安全區將在下一個回合消失在地圖邊緣。」

「小巫必須戰鬥了，他和魏衍將同時進入下一個關卡，同樣是A級副本。」

一旁的血鴿點點頭，感慨說道：「那麼我們就提前恭喜魏衍再次奪冠，小巫亞軍……等等，什麼？」

直播螢幕被導播一分為二，觀眾屏息聚焦。

左側，魏衍提一把衝鋒槍搖搖晃晃擠入走廊盡頭，飛蛾鋪天蓋地襲來的一瞬如英雄就義。

右側，巫瑾拖著反坦克槍衝入副本，幾乎所有人都以為他與魏衍差距懸殊，卻忽略了一個重要因素——體力。

通關時限極具壓縮的最後七個回合，魏衍有整整六個回合都在戰鬥，此時體力耗盡，已全憑本能反應作戰。

巫瑾卻始終在安全區避戰，養精蓄銳。他的槍法只有靜態七環水準，但並不妨礙他以最大消耗的方式去迎戰。

他還有一把重裝槍——反坦克槍火力全開，巫瑾絲毫不吝嗇僅剩的子彈，如同對待最後一場戰鬥，不惜一切代價。

兩分鐘後，兩人同時通關。

原以為比賽結束的血鴿愣怔回神，「看得出來，小巫非常想贏。很精彩的戰鬥，但絕對不是教科書式的。小巫用完了所有的資源，那麼恐怕接下來的副本……」

應湘湘忽然推了推他的肩膀。

巫瑾所在的地圖邊緣，再次有安全區生成——如同生命繁衍。

巫瑾像是計算好了一般，毫不猶豫穿過走廊，向死而生。

第三十一個時間單位，魏衍再次進入A級副本，巫瑾安然無恙。

第三十二個時間單位，魏衍遭遇C級副本，巫瑾再次踏入安全區。

血鴿愕然睜大了眼睛——螢幕中，魏衍臉色發白，顯然已經到了極限。

一旁的陳博士終於開口：「小巫贏了。」

鏡頭中白光一閃，魏衍體力不支，轟然倒地化作銀色救生艙。

提示音驀然響起：

「恭喜300012選手，巫瑾。第二場淘汰賽晉級。名次：一。」

「第二場淘汰比賽結束。耗時六小時十七分。」

漆黑如夜幕的賽場中，最上方的梯井驟然打開，新鮮空氣湧入。一同投射進來的還有光。

九百六十一個代表細胞的格子在被光芒照射的一瞬同時向上挺進，齒輪咬合、金屬摩擦、滑輪因為加速而擦出灼熱的火花，無窮無盡的機關牽引，向上方傳送。

原本沉睡於黑暗中的細胞組織終於被喚醒。

地下一百二十公尺深的賽場轟然升出地面，所有網格終於露出了它們的真實面目，生死博弈間交替變換，像是無機質組成的生命機器。與之一同被帶出的還有沉於地底的副本、安全區，鱗翅目，三百九十九個救生艙——以及巫瑾。

房間的出口自動打開，像是無聲的邀約。

門外，是濕潤的泥土芳香，克洛森秀龐大的基地，和遙遙相對的雙子塔。

場內鏡頭緊緊鎖定在巫瑾的臉上，漂亮的琥珀色瞳孔倏忽躍動，小圓臉興奮揚起！

克洛森秀直播間內。

應湘湘接過話筒，溫柔一笑，替血鴿說完了他未竟的賀詞：「那麼恭喜小巫，在本場比賽奪冠。」

直播彈幕轟然炸裂！

一時粉黑齊聚，克洛森秀積攢了整整三期的人氣在彈幕上陡然爆發。

「什麼？我怎麼沒看懂？」

「瘋狂舔小巫！奪冠啊啊啊啊！小巫你聽到了嗎！你的職業生涯第一個冠軍啊啊啊！麻麻見證你的榮耀啊啊啊！PICK小巫！」

「不好意思這裡是逃殺秀，不是偶像選秀現場……R碼娛樂十二年鐵粉求主辦方解釋。比賽後半程，阿衍遇到安全區機率0/9，巫瑾8/9，地圖機制是否存在偏頗？」

「薄家軍路過，合著這是欺負人家小朋友？贏了就是贏了，規則擺在那裡。」

「騷男顏控粉？你家蒸煮妝都掉了，還有心思管別人閒事？」

「舉報人參不謝！純路人表示就被小巫圈粉，軟乎乎又可愛還能解圖——你待怎麼地？」

「#克洛森秀假賽風波，順便質疑某選手九十七分先發。」

「黑子敢跳？抱走小巫，親媽粉還有三秒鐘到達現場！」

眼見越掐越亂，後臺導播連忙控場，翻出一條勉強中肯的彈幕，投射在大螢幕上。

「向幾位老師提問！巫選手到底是怎麼贏的？為什麼他遇上安全區的機率這麼高？」

一旁的陳博士從應湘湘手裡接過麥克風，把眼鏡往上推了推，「因為他找到了規律，能推算出安全區的死亡、誕生和演變。第三十回合，距離他最近的安全區消失在地圖邊緣。用完所有子彈是因為——他知道在三十一個回合之後，會再次被納入生命循環之中。」

「所以……不是運氣？」

陳博士點頭，「不是運氣，是計算結果。」

血鴿終於開口：「我記得小巫只有一張地圖。」

陳博士笑道：「我說過，有的人，一張地圖就夠了。」

賽場從地底升起。

劇務、攝像、工作人員從遠處導播大樓蜂擁而至。

「航拍機位就位，後勤組準備給選手開艙！」

「醫療隊就位，先開座標（25，6），帶上解毒劑。監控人員聽到請回答！請再次確認是否有選手體徵異常……」

比賽開始還是上午，結束時已是夕陽西下。

節目PD遲遲趕到，看見巫瑾裹著巨大的白色毛巾，在醫療隊的要求下含了個體溫計乖乖坐著，露出半個腦袋眼睛滴溜溜亂轉。

在他的對面，工作人員正在詢問選手狀況，「輕度虛弱，中量神經毒素攝入，還記得自己叫什麼嗎，這是幾……」

節目PD差點一口氣沒提上來，趕緊把人弄走，「不用問了，人小巫能留到最後，至少腦子比你倆清楚。去那邊看看，有個被毒傻的，你們去解決一下。」

巫瑾終於被例行問詢赦免，將一次性體溫計放入醫療廢品箱，扯下毛巾，蹦躂起來高高興興去找隊友。

此時救生艙紛紛打開，選手如同破殼而出的雞仔——或者暴龍。

凱撒一個縱躍從艙體鑽出，「我孫子薄傳火呢？」

工作人員半晌才反應過來，指了指一旁僅露出一條縫隙的救生艙，正有化妝師跟隨指令往裡面丟卸妝巾、粉底液——猛地被凱撒橫插一腳，伸手就往縫隙裡撈。

薄傳火大怒，硬是撐著搖搖晃晃的艙體把妝補好，哐當一聲破艙而出，「哪個傻逼兒子要找爸爸！」

兩人一個六十五名、一個六十六名，保級岌岌可危，仇人相見分外眼紅。

編導連忙過來勸架，「那邊兩個，再打要扣晚飯！」

兩人毫不畏懼。編導想了想又道：「再打，讓你們站第一排去跳主題曲……」

薄傳火一喜，下手更肆無忌憚，凱撒則一僵，束手束腳。然而少頃又被惹毛，「第一排就第一排，今天揍的就是你！」

遠處，佐伊問完凱撒排名，面無表情，「天涼了，這個傻子可以不要了。」

文麟聳肩一笑。

佐伊右側終端，顯示他的最終名次——第八。四人小隊中，取最高名次計算隊伍排名。

「應該第六或者第七，」佐伊思索：「隊伍保級夠了，就是不知道小巫怎麼樣……」

冷不丁有個編導拿起喇叭廣播：「下面公布隊伍名次，請聽到點名的各小隊派出一人過來拿主題曲DEMO。第一名，白月光、第二，R碼、第三，卓瑪……」

佐伊一愣：「什、什麼？」

遠處，巫瑾嗖的一下衝了過來，背後無數機位跟隨，招手時閃光燈連成一片。工作人員嘿嘿一笑：「恭喜啊，小巫第一。」

「……」佐伊：「啊！」

白月光四人再度聚齊，溫暖的夕陽照在身上，驅逐了賽場上毛骨悚然的寒意。佐伊二話不說，給了巫瑾一個有力的擁抱。

凱撒更為誇張，差點沒把巫瑾拋舉起來，「我就知道，小巫啊哈哈哈哈我就知道！」

路邊救生艙裡，紅毛見狀連忙把自己扒拉出來，警惕狐疑地看向凱撒。

巫瑾似有所覺，轉身看過去——紅毛旁邊的救生艙已是空無一人。

緊接著出來的是魏衍，他臉色蒼白，表情一絲不苟，視線直直看向巫瑾。

佐伊不動聲色地向前走了一步。

魏衍忽然開口：「下次再戰。」繼而沉默跟上大部隊。

巫瑾一愣，笑咪咪點頭。

卓瑪娛樂的兩位隊員見到巫瑾不免有些牙癢癢，然而此時有更棘手的事情去解決。

巫瑾終於知道，他們為何在比賽初期就折損了一名A級練習生。

毒蕈麝鳳蝶直接放倒了他們之中的最強戰力，直到打開救生艙之後還腦子不甚清醒。

「吾乃大秦金甲衛士，宵小休得放肆——」

兩位練習生苦苦拉扯隊友，勸道：「老秦啊，你醒醒！咱還有團綜要拍呢！別被蝴蝶毒傻了吧……」

凱撒哈哈大笑，巫瑾則倏忽想到什麼，耳後一紅。

在導播的不斷催促下，佐伊去導播大廳拿來了DEMO。

很快就有劇務過來督促每人掃描二維碼，「下期節目錄製之前，每隊記得選C位、主唱和主舞，熟悉基本動作，會有應湘湘老師專門檢查……」

影像中，朝氣蓬勃的應湘湘左蹦右跳，身後一群伴舞跟著做口型，「啊～英勇無畏～啊～百裡挑一～」

周圍一片哀嚎。唯有卓瑪娛樂傻裡吧唧的金甲勇士跟著節奏不斷搖擺。

草地裡，凱撒不斷搖晃巫瑾，「小巫，你C吧！」

巫瑾高高興興被搖來搖去，「……行！」

「要不你也主唱吧？」

巫瑾：「……也行……」

「主舞你也順便打包拿走唄！咱們要不就排成縱隊，你在前面擋著……」

編導倏忽看向這邊，表情嚴肅，「這位白月光選手，為粉絲獻唱是節目組的一片心意，請認真妥善對待！」

夕陽即將落山，持續了整整一天的鏖戰落下帷幕，選手如同惡狼一般向食堂撲去，中間不斷有人低頭議論，又驚訝看向巫瑾。

巫瑾則一步兩回頭，視線在人群裡翻找，最終移開目光。

賽場另一側。

火燒雲霞蒸騰，陳博士和劇務揮揮手，「行，您回去吧，我就在這裡逛逛。」

劇務點頭，又瞄了一眼從地底升上來的賽場，「真壯觀啊……您說是什麼來著的？細胞自動機？」繼而給陳博士豎了個大拇指。

陳博士笑笑，揮手告別。巨大的賽場建築在山坡的一側投下陰影，陳博士目送劇務離開，抬頭向著某個方向走去。

陳博士走得不快，到了山頂已是氣喘吁吁。

那裡已經站了一個人，看向山下的雙子塔。聽到聲音他回過頭去，眼神深邃無光，絲毫不意外看到來人，眉毛微微揚起。

「好久不見，」陳博士頓了一下，緩緩開口：「上次見到你，還是在R碼基地。」

陳博士開口之後，眼神緊緊看向面前的男人。他從沒想過能在這裡遇見衛時。六年前R碼基地解散，只剩下魏衍還有跡可循。他一直以為衛時和邵瑜一樣早已離開蔚藍星域，或者和其他實驗體一樣……徹底消失，再也不會出現。

真正看到衛時的一瞬，塵封多年的回憶從腦海浮出。

白得晃眼的實驗室，永遠保持在二十五分貝以下的研究基地，冰冷的金屬牆和沉重的檢測儀器。再之後……

陳博士深吸一口氣，把記憶中最可怖的一段壓下，端詳六年後的衛時。

輪廓深刻，瞳孔漆黑，無論看向哪裡都有著荒漠一樣的氣勢。

衛時終於開口：「好久不見。」

陳博士如釋重負，緩緩鬆了一口氣。

夕陽在天邊燒灼，掙扎著沒入雲層之中。兩人站在山頂，有一句沒一句的聊著。多數時間陳博士在說，衛時沉默不語。

在R碼基地待過許多年，陳博士早已習慣了和實驗體的相處模式。

直到天色漸暗，陳博士忽然掏出一張名片，塞到衛時手裡，「你……留著。我能幫的不多，但還有點用處。」

他苦笑，繼而正色，「我聽說，你這種情況，蔚藍深空裡面有幾個案例。我專門打探過，是浮空城放出來的消息。只要你點頭，我去找找關係，總能有辦法接頭……你……」

他剛想開口，想勸衛時去浮空城接受治療，轉瞬又把話嚥了下去。

終端上，節目組已是在不停催促。陳博士似乎還想說什麼，最後卻變成沉默，點頭告別。

山坡腳下，陳博士漸行漸遠。衛時的右手在金屬槍膛上微微摩挲，拿起名片看了一眼，又塞回口袋。

十分鐘後，克洛森秀會場。

作為淘汰賽冠軍的巫瑾迅速被推到演播室，門從外面被帶上。

漆黑的幕布緩緩拉開，螢幕散發出柔和的光芒——這是六七個鏡頭的混剪，有鏡片飛舞的銀氨蝶，有眼點密集的巨蛾，也有自己在安全區內對著地圖推算。

燈光驟然亮起。巫瑾轉身，正看到那位社會心理學老師坐在椅子上。

「老師好！」他立刻開口。

青年笑了笑，「叫我陳博士就好。很出色的表現，不過……」他低頭看了眼終端：「有觀眾質疑你，找到安全區全靠運氣，或者，提前知曉規則。」

巫瑾睜大了眼睛。

「緊張嗎？」陳博士問。

巫瑾搖頭。

「那麼，我也有幾個問題給你。拿到地圖之後，我從監控裡看到，在你的第一個猜測中——賽場模型是三維的。是什麼促使你把模型降為二維？」

巫瑾這才發現，自己在比賽後交還的地圖已是在陳博士手中。

「梯井高度。還有從機械運動聲音時長判斷，梯井內只存在兩個房間。」巫瑾解釋：「還有賽場複雜度。比賽初期，所有線索只能靠猜測，如果網格模型有三維，那麼解題的時間複雜度就是網格邊長的三次方（n^3），理論上來說無法在節目錄製完畢之前破解……也就是說，一個合理的規則，最多只會有平面二維變化。」

陳博士點點頭，「我很好奇，你是如何逆推卓瑪娛樂的行動路線？」

巫瑾回憶了一下，「首先要知道他們的先發時間。從位置測評分數來看，卓瑪娛樂應該在第二個或者第三個時間點進入賽場。然後是先發位置——我的猜測是，既然中間格為線索格，出於公平性考慮，選手的始發點距離中間座標應當基本一致，也就是十四個距離單位。綜合判斷，卓瑪娛樂能在十一個時間單位內走到當前座標，應該是一直在往南走。」

陳博士終於再度露出了驚訝的表情。他在紙上沙沙地記下什麼，繼而按下終端，虛擬螢幕一變。

賽場在不斷縮小，鏡頭一路向上——巫瑾睜圓了眼睛。

這是航拍視角。九百六十一個網格如同蠕動的細胞，運動規則與他所推測完全重合。安全區不斷繁衍，又因為擁擠、孤獨而死亡，像是生命輪迴。

「這個模型，叫做細胞自動機。」陳博士溫和解釋：「可以類比組織結構內的複雜運動。在二十世紀中期，第一次被馮諾．依曼提出，為學界所忽略。直到二十世紀末，才被約翰．康威再次提起，並在二十二世紀成為推動生命科學的重要基石。」

巫瑾緊緊盯著螢幕，琥珀色的瞳孔閃閃發亮。

「它是這個世界上最美麗的二維模型之一。」陳博士感慨，看向一旁的巫瑾，「輪迴涅槃，生生不息。」

冠軍訪談結束，陳博士披上外套，和巫瑾一起走向門外。陳博士忽然開口：「小巫見過，散落的生命格子嗎？」

巫瑾一愣。

陳博士道：「它和環境格格不入，會在地圖邊緣快速消亡，是無法融入模型的格子。就像孤獨的人。」

巫瑾想了想，回道：「隨著時間推移，它們會在模型演變中消失……理論上只存在於初始回合。」

陳博士搖頭，「還有一種，是人為『改造』過的格子。沒有情感、沒有同類，適用於他們的規則只有一條，就是孤獨和消亡。小巫你知道嗎，這樣的人，眼睛被光照射也不會發亮。」

巫瑾似是想到了什麼，正要開門的手一頓。

陳博士替他打開門，笑了笑，「抱歉，扯得太遠了。」

遠處，導演組還在催促，巫瑾在被趕回導播大廳前回頭看了一眼，看見陳博士站在原地，向他點頭。

直到少年的身影消失之後，陳博士才看向終端上的監控錄影，喃喃開口：「……希望他可以……」

座標相鄰的四個格子，監控一併損壞，但從模型推算，巫瑾和衛時的座標必然在兩個時間單位內，於此中交會。

十分鐘後，節目編導過來詢問陳博士賽場拆除工事，「鱗翅目已經封裝好，升降裝置約了明天的工程隊，其他還有什麼要留下來的嗎？」

陳博士搖搖頭，「不用，監控也刪了吧。」

導播大廳。

節目PD拎著個喇叭，宣布只剩下四十人的雙子塔即將再搬走一百人。

根據比賽內的存活時長、擊殺數量以及小隊名次排序，F等級淘汰三分之二，E等級淘汰二分之一。D等級以上，以降級代替淘汰。

名次公布之後，大廳內一片沉寂。

有練習生早預料到結果，和同伴擁抱告別，臨走時脫下作戰服，在交還之前親吻克洛森秀的燙金徽章。

凱撒拍了拍巫瑾的肩膀，感慨：「真殘酷啊……」

佐伊一個沒留神，才發現巫瑾差點沒被拍塌了，立刻把凱撒趕走，「你說你自己的，拍人家小巫什麼意思，要不是小巫拿冠軍，你就跟騷男一起降級了。」

一面看了看巫瑾的細胳膊細腿兒，忖：「不應該啊，照理說吃了兩週蛋白粉總該壯實點……」

見巫瑾收回視線，一旁的文麟笑咪咪開口：「小巫在想什麼？」

巫瑾一頓，「在想下次比賽。」

佐伊給他豎了個大拇指，「可以，有拚勁。但是小巫你要做好準備，」他頓了一下：「下次比賽，解謎的比重應該會下降。」

巫瑾點頭。

解謎是比賽趣味的一部分，如果有一半選手能從中受益，不會破壞遊戲平衡。但如果只有一位選手能破解——就等同於bug。

克洛森秀，本質上還是逃殺秀。

大廳內只剩下三百人不到，節目PD打開虛擬螢幕，冷不丁應湘湘的身影被投影在球幕上。演而優則唱，一千年後也未曾改變。

知名女演員應湘湘曾發表過數次專輯，並重金購買某野雞歌唱、舞蹈獎項給自己增添身價，此次克洛森秀主題曲，也是由應湘湘御用班底打造。

螢幕中，應湘湘一身粉紅修身短打，頭髮綰起，巧笑嫣然。

此時播放的是高清版本——打從她開口的第一瞬，凱撒秒速委頓在地，「什麼玩意兒？讓我們跳這個？」

清亮的少女音色迴蕩在整個導播大廳，完全看不出三十五歲的應湘湘宛若每位直男選手的夢中情人，集清純與嬌媚一體，腰身扭成水蛇。

當唱到「跋山涉水，匍匐前進」時，應湘湘乾脆右膝落地，左手肘撐起上身，俯看向鏡頭，右手撩起長髮，卡著節拍一個媚眼。

導播廳內，寂靜得連一根針落地的聲音都能聽清。

緊接著一片譁然，凱撒更是直著脖子大嗓門嚷嚷：「臥槽！現在淘汰我還來不來得及……小巫你看，那死騷男已經跟著跳了，要不要臉啊他……」

巫瑾迅速看了一眼，安慰凱撒，「能改。」

凱撒：「啥？」

巫瑾揚起小圓臉，「沒事！動作微調一下，還是能跳……」

場內，節目PD再次拿個喇叭無情鎮壓，「安靜！安靜！這是為你們投票的觀眾從三首歌裡面選出來的！觀眾是什麼？觀眾就是上帝！沒有觀眾就沒有我們克洛森秀，就沒有捧你們的收視率……還有排名前五的隊伍，你們不僅要在MV裡面跳，還要在團綜裡跳！現在去後臺化妝室拿你們的團綜臺本，明後兩天，動作考核不合格不許休假……」

在應湘湘魔音穿耳的歌聲中，白月光四人迅速溜走。

化妝間外，人甫一來齊，節目編導立時開始上課：「這是你們人生中的第一個綜藝，上之前要確定好各自藝能分配。來，咱們依次站好，先給你們梳理梳理。」

「第一個，巫瑾選手。」

巫瑾趕快站定，為了節省編導時間迅速報出：「我可以主舞……」

編導大手一揮，「門面擔當！就是臉長得最好看的。行了下一個，魏衍選手。」

巫瑾鼓起臉頰，「……」

魏衍在編導手裡也不是難題：「氣場擔當。冷著臉往那兒一站，多得是小女生喊好帥好帥。好了，然後這位秦選手……」

卓瑪娛樂練習生抬頭，眼中混混沌沌，「呔！吾乃——」

兩名隊友迅速把他制住，「才吃了解毒劑，還沒生效，醫生說要再等一刻鐘！有沒有那種傻乎乎的角色先給他擔一個？」

薄傳火在一旁指了指凱撒，「不行啊，傻子的角色撞了。」

凱撒勃然大怒：「你這騷男！抱大腿進前五！」

薄傳火涼涼道：「你難道不是？」

編導一個頭大，「拍攝安排站位的時候，記得把這兩個人分開。行了行了，領好臺本，再鬧把蛾子塞你們寢室裡面……下面，薄傳火。」

薄傳火嗖的一下站起，「老師！我！我主舞、主唱！不動C！」

編導：「……」

薄傳火恭恭敬敬，「您放心，不信您來我的直播間。」

編導：「……咳，團綜C位是競選制度。誰想來，舉個手。」

包括凱撒、佐伊在內，所有練習生刷的一下縮成鵪鶉。

只見薄傳火手臂高高舉起，跟著舉手的還有神志不清的大秦金甲衛，以及——編導詫異看向巫瑾。

巫瑾眨眼，「……老師，我也想試試。」

一時間，視線齊刷刷看向巫瑾。

編導一拍大腿，「小夥子有勇氣！要的就是這種積極性，組織需要你……成，三位選手過來抽個籤，準備battle一下C位！」

導演助理嗖嗖地準備好道具，往一個透明罐子裡塞了三張紙條。

凱撒直著眼珠子看了半天，回頭嚷嚷：「battle？啥玩意兒？比槍桿子還是搏擊？」

說話間，金甲衛士已是「呔」的一聲撥開隊友，奮勇伸手。

紙條攤開，序號正巧是「一」。

導播瞅了一眼，重申規則，「咱也不是專業搞這個的，唱得好不好再說，後期都有修音，就battle個跳舞吧。freestyle都懂？」

卓瑪娛樂，兩位練習生苦苦拉住隊友，「老秦，別去，你會後悔的……老秦啊啊啊等你醒了我們該怎麼向你交代……一路走好啊老秦……」

白月光娛樂，凱撒不住憂心忡忡，「聽不懂啊，小巫你真要上去？小巫你有freestyle嗎？」

臺上，薄傳火已是一個疾步上前抽籤，桃花眼笑咪咪像狐狸，美得冒泡。

序號攤開，第二。剩下一張留給巫瑾，battle順序確定。

臺下，巫瑾向凱撒點頭，「我有……」

聲音驟然被突然放出的音樂蓋過。從音箱裡放出的正是應湘湘演唱的主題曲DEMO，女演員甜美柔膩唱著「英勇無畏、萬裡挑一」讓一眾練習生頓生雞皮疙瘩。

欣欣然上臺的金甲武士卻毫無畏懼，倨傲地站在舞臺正中，展臂一揮，露出塊塊膨脹鼓起的三角肌、肱二頭肌、肱側腕屈肌。

眾人瞬間屏住呼吸，然而金甲武士就這麼直直站了四個八拍——繼而一聲暴喝：「嘿！」他身形驟變，彎腰做沉思狀，肌肉虯結的左臂抵額頭，右肘向後內屈手搭膝蓋，兩眼虛虛閉起。

眾人：「……」

導演助理在一旁小聲緩解尷尬，「……經典的藝術造型，沉思者，看得出來是在模仿十九世紀藝術家羅丹的銅塑……」

正此時，臺上的練習生雙目怒睜，身形暴漲，大聲道：「吾乃秦皇麾下金甲兵傭，何人將吾喚醒——」

導演終於忍不住拎出喇叭，「什麼跟什麼？換人，下一個下一個……」

兩位卓瑪練習生惶惶然把人架走，「別浪了，睜眼看看，大秦亡了，亡了啊！」

那廂，薄傳火已是一個箭步上前，脫下外套，喜滋滋準備。

周圍舞臺燈光讓他激動不已，恨不得臺下立刻就是人頭攢動，薄家軍搖旌助威，十二檔星臺黃金時段同時直播。

「DJ，」薄傳火壓低聲音，微微一笑，打了個響指，「Drop the beat！」

凱撒一陣乾嘔，應湘湘的歌聲已是再次響起。薄傳火做了一個拉伸，繼而開始風騷旋轉。佐伊看了半天，一巴掌拍在凱撒背上，「別嘔了！抬頭看看。」

薄傳火的動作起初很慢，繼而開始變快。從第二個八拍開始，幾乎所有人都同時生起了一

種感覺——和應湘湘跳的DEMO太像了。

無論是撅臀、挺胸、雙手抱頭拉長頸項，還是撩根本不存在的頭髮，都幾乎複製了DEMO裡的所有動作。

但大約因為薄傳火長得不錯，竟出乎意料地能把動作控制得並不十分討嫌。雖然視覺效果上仍有怪異，但並無法否認他模仿得極好。就像男版的應湘湘。

凱撒立刻嚷嚷：「這廝剛才就在大廳裡練舞了，還去找了應老師單獨指導，要不要臉！他跳的是個什麼玩意兒？」

巫瑾聞言回答：「Waacking。」

凱撒，佐伊：「啥？」

巫瑾：「一個舞種。」繼而分析，「薄前輩……沒有練過基礎，看樣子主要依靠肌肉記憶。練了不止一週，應該在主題曲消息放出之後就開始模仿應老師的MV……」

凱撒一拍大腿，「臥槽！想起來了！我說那騷男寢室怎麼天天放音樂。他本來就不是跳這個的，他直播間裡跳的那種，戴著墨鏡，搖來搖去叫啥來著？」

主旋律第二段結束，節目編導滿意至極，順便拿著個小喇叭警告凱撒，「白月光選手請不要喧嘩！小薄啊——很好！完美！」

薄傳火施施然下臺。

編導看向巫瑾，「小巫要上來嗎？」

巫瑾點頭，「我試試吧。」

臺下，薄傳火和凱撒擦肩而過。凱撒再次故意乾嘔，薄傳火倒是不惱不怒，慢吞吞道：「看我跳舞，眼睛會懷孕。」

凱撒：「孫子你說什麼？」

薄傳火：「兒子別比比。」

身後，卓瑪娛樂練習生終於清醒，樂呵呵看向隊友，「咱們第三？不錯啊！我們現在圍在這裡是要幹啥？咦，誰在臺上？」

佐伊則看向文麟，「小巫好像忘記脫外套了……」

節目編導頭疼腦大，「別吵！放歌放歌！」

巫瑾揚起小圓臉表達感謝，在舞臺中央站定，逆著鎂光燈頷首，再抬頭時眼神微微瞇起，驀然卡在光影交接之中。

臺下忽然安靜。

佐伊一頓，訝然：「小巫……氣勢上來了。」

一時間，幾十雙視線齊刷刷注視在巫瑾身上。一眾練習生還很難分辨其中緣由，編導卻看得清楚。

很難想像一個人，在拿槍的時候都乖巧得像白兔，站在舞臺中央卻能硬生生散發出壓住全場的氣勢。

就好像他對舞臺有著超乎想像的熟悉與自信。

前奏在臺下莫名沉默中飛掠，第四個小節，巫瑾驟然出動。

凱撒愣愣地看向舞臺，「……這、這是小巫？」

如果用一種特質來形容巫瑾的動作，那就是侵略性。

鎂光燈自上而下打出光束，將少年的柔韌性和肌肉爆發力收攝得一覽無餘。

舞蹈本身是剛柔相濟，按照巫瑾的五官，無論讓誰來猜都會以為跳起舞來更偏陰柔——事實卻恰恰相反。

明明是和應湘湘一模一樣的動作，卻因為巫瑾爆發性的速度、力道和肩膀的開度而帶有一種極端擴張的視覺衝擊。

沒有絲毫女氣，乾淨、鋒銳，絕不拖泥帶水。

控制力精細到可怕的肌肉即便不顯，卻要了命的性感。

一旁的編導一愣，喃喃開口：「動作……微調過了。」

還是近乎一樣的動作，應湘湘鮮明的個人風格卻絲毫不見，剩下來的只有男孩子銳利的帥氣與冷峻。他幾乎能想像，正式團綜播出時，臺下坐滿女飯，會有什麼樣的反應。

一群人看到目瞪口呆，就連薄傳火也把桃花眼睜成了杏仁。直到最後——巫瑾低頭，左手毫不猶豫拽下外套，扔在腳下。

就像最後一層禁慾的表層被剝開，露出因為薄汗而微微發亮、色氣滿滿的少年身軀。

碰的一聲，助理手裡的抽籤罐掉到了地上。

導演許久才一聲輕咳，「那……沒什麼問題就投票吧。」

五支隊伍，十四隻手都迅速指向巫瑾。

第一個回過神來的是凱撒，幾乎在巫瑾下臺的一瞬就給人迅速一個熊抱，「臥槽小巫厲害了！看得我眼睛都懷孕了……」

巫瑾身上鋒銳的氣勢被這一抱擠得煙消雲散，臉色微紅，「什麼……」

佐伊趕緊把人撈出來，看到秒變小白兔的巫瑾感慨：「小巫啊，你怎麼跳個舞跟用火箭炮往臺下轟一樣？」

巫瑾高高興興：「我——」

那廂，編導拿了個大喇叭，迅速讓眾人安靜，「十七票，那定下小巫選手就是咱們的C位和主舞。小薄選手和秦選手……也不會虧待，MV拍攝時你們會分別成為D班和C班的中間位，左右兩翼哈。行了沒什麼事就回去練舞，明天晚上八點集合拍攝團綜，屆時會有所有選手在臺下觀看……」

薄傳火終於鬆了口氣，好歹保住了一個護翼C位，眼神還不住往巫瑾那兒瞟，又像是羨慕，又像是在思考謀劃。

卓瑪娛樂的秦選手蹭的一下跳起，「這這這不對啊，關我什麼事兒啊！我不是一直在臺下看著嗎？導演我……」

兩位隊友再次惶惶把人拉住，「老秦，咱們回去看重播，啊……」

導播大廳內，一直吵吵鬧鬧到將近九點才結束。

巫瑾往寢室走去時已是精疲力盡，回程時下意識看向雙子塔北塔，原本已經耷拉的圓圓眼睛卻驟然亮起。

比賽後就消失的大佬，竟是在草坪用終端通訊。

男人幾乎要融入沉沉的夜色裡，多數時候沉默，偶爾嗯一聲，或是在吩咐什麼。

巫瑾在遠處瞅著，腦海裡忽然翻湧上幾句話。

「它和環境格格不入，會在地圖邊緣快速消亡，是無法融入模型的格子。就像孤獨的人。」

許久，衛時掛斷通訊，回頭示意兔子精過來。

巫瑾蹭蹭趕來，眼神亮晶晶看過去，緊接著又想到自己在比賽裡犯傻事……眼珠子滴溜溜亂轉。

衛時揚眉。少年的臉頰帶著健康的紅暈，能看到一層運動後的薄汗。訓練服還沒換，外套脫下搭在手上，低低的領子裡露出精緻的鎖骨，渾身散發著動物幼崽一樣毛絨絨的奶香味。眼睛晶晶亮亮，看上去開心得很。

「剛才去哪裡了？」衛時盯著他的臉問。

巫瑾比賽名次第一，又拿到主舞，小捲毛都要輕飄飄飛起，開心說道：「團綜排練！主題曲站C位！」

他並不是只會寫紅色的番茄，軟軟的咩咩這種兒童歌曲！

衛時點頭，「不錯。」

少年湊得越近，運動後清清淡淡的兔子味也就越是明顯。小軟毛在風中微微飄揚，好像一伸手就能按到懷裡，把兔子毛擼得服服帖帖。

衛時微微瞇眼。

巫瑾嘰裡咕嚕的說著，空氣卻益發靜謐。能聽到他吐出隻言片語，例如「副本裡的蛾子」、「剛才在錄音棚」、「大哥，我扒舞賊6」云云。

無論有沒有被毒傻，都事兒巨多。

衛時忽然伸手，按在了軟乎乎的小捲毛上。

基因改造後，溫感遲鈍的掌心被溫柔的觸感包裹。

巫瑾茫然睜大了眼睛。

衛時面無表情收手。

巫瑾立刻將剛才的摸頭與「大哥的嘉許」畫上等號！

宵禁時間將至，巫瑾只得在關門前回寢。俄而想到衛時在比賽後就能晉級到C，搬入南塔，又莫名雀躍起來。

「大哥！」他忽然開口：「明天晚上團綜拍攝……大哥會來嗎？」

衛時頷首。

巫瑾心中倏忽歡呼，高高興興告別。

夜幕漸深。巫瑾給兔哥添了草，洗了個澡沉沉睡去。

凱撒正在和女友視訊，兩個人「你是我的小兔嘰，我是你的小福蝶」……

薄傳火正在向兄長薄覆水彙報工作。

薄覆水一身睡袍，淺嚐手中紅酒，「崽，你哥對你很失望。」

薄傳火：「哥嗷嗷嗷嗷——」

薄覆水：「你哥花了這麼多年才衝出蔚藍賽區，正是刷新形象的好時機。你不和巫瑾炒CP，粉絲又要炒我們的骨科CP。你哥一把年紀了，炒不動了。」

薄傳火：「哥啊啊啊啊——」

薄覆水：「崽，明天主題曲，好好跳，上熱搜了再給我打電話。」

薄傳火一頓，惶然開口：「哥！我、我其實……」

通訊轉瞬掛斷。

一夜倏忽而過。

再次少了一百個人的雙子塔罕見安靜，就連巫瑾都舒舒服服睡了個懶覺。

按照日程表，晚上的團綜拍攝之後，就是練習生們長達一週的假期。血鴿早在昨晚就請假

去看老婆孩子，基地內只剩下應湘湘導師——午飯一過，基地內鬼哭狼嚎。

應湘湘踩著十公分高跟鞋，挨個兒抓幸運的練習生練舞。

「動作不合格不給休假。你說A級練習生？不好意思，排名前五隊伍今晚就要在團綜裡跳這支舞。」

「不認真跳主題曲，怎麼好意思讓觀眾給你投票？啊？」

「不是說每個人抓一遍嗎？那位選手——紅毛怎麼被抓了兩次？算了不管了，敢替別人簽到，就讓他跳兩遍……真是不可愛啊……」

晚上八點。克洛森秀導播大廳燈火輝煌。

巫瑾從化妝間內出來，就連應湘湘都愣神許久。

「小巫啊，以後要是不想比賽了，記得來我工作室。」應湘湘語重心長，開心道：「準備好了沒？」

巫瑾點頭，眼神閃亮。

臺下。觀眾席人潮洶湧。

除去前五的隊伍外，其他選手均坐在一側，另一側則是現場觀眾。

克洛森秀秉承了一貫凶殘圈錢的作風，將團綜門票賣出近乎與開幕式一樣高昂的價格，仍是有數不清的粉絲願意掏腰包購買。

頂光璀璨閃爍，碗形的導播大廳耀眼明亮，燈光暗下後應援牌不斷閃爍。

有「十年R碼，砥礪成王」、「小巫，麻麻來看你了」，以及「薄家軍」、「蔚藍人民娛樂——精準扶貧看板」種種。

觀眾席上歡聲笑語，幾十架直播鏡頭蓄勢待發。和昂貴的團綜現場票價相比，克洛森秀顯然也拿出了足夠的誠意。

單只讓選手跳主題曲一事，稍微有點理智的逃殺節目主辦方還真做不出來。

八點十分。

燈光終於完全熄滅。

一道鎂光燈打在舞臺上，機關緩緩升起。

場內尖叫聲一片，紅毛伸頭看著，「衛哥，你看這舞，咱們是不是非要跳？哎小巫，衛哥你看是小巫——」

克洛森導播大廳。碗形建築在鎂光燈亮起時有一瞬寂靜。

孤獨的光束在舞臺剝離出一角，卡在視野正中如鋒利的銳器劈開。

光束中只有一個人。巫瑾。

巫瑾繼承了複賽表演中的妝容，幾乎沒有鋪粉底，只打了淺淺的高光，穿著漆黑印有克洛森秀LOGO的作戰外套，裡面則是一件純黑背心。

他對著鏡頭明朗一笑。

凝固的觀眾席陡然被撩動，尖叫聲衝天而起。一時間喧囂如潮水，遠道而來的親媽粉、姐姐粉們終於從石化中反應過來。

「小巫——是小巫啊啊啊啊！」

「撩死……我兒子被帶壞了！麻麻不准你這麼笑！」

【第九章】——活-潑-可-愛，喜不喜歡？

臺上，衛時微微瞇起了眼睛。

毋庸置疑，少年身上柔軟的部分足以凝聚所有的視線，僅僅一個笑容就能讓好感鋪天蓋地向他湧去。

不過下一瞬，當克洛森秀主題曲響起時，少年的薄唇陡然抿起，微一偏頭，伸出手指，朝臺下做了個噤聲的動作，半垂的長睫掩住了淡色眸子裡鋒利的光芒。

尖叫聲戛然而止，被少年攫住的視線有一瞬茫然，整個舞臺，甚至於整個觀眾席位都被這個手勢瞬間鎮壓。

如果說剛才還是克洛森觀眾所熟悉的巫瑾，此刻卻是翻天覆了地。幾乎所有人都沒見過這樣的巫瑾。

他的眼神在暖色光源下曖昧不明，細看卻幾乎將情感剝離，連帶整個五官都疏離淡薄——媽的，要了命的性感。

距離選手席最近的幾個女粉絲激動得近乎躍起，雖因為愛豆的手勢而強壓聲音，仍能聽到她們議論紛紛：「小巫……這真的是小巫……不想做親媽粉了，不行我想……」

紅毛呆呆回頭，卻在觸及衛時視線時猛地一縮。

第一個八拍在此時卡入，少年驟然出動。暖色的舞臺射燈勾勒出光影斑駁的邊緣、鬆垮的袖、緊實的腰身和豹一樣的腿部曲線。動作從肩與手肘帶動，因為控制得極致精準的力度而帶出乾淨筆直的殘影，在緊實的腰腹收束——作戰外套揚起，極具爆發力的手臂終於能看見一層薄薄的肌肉，在光影下散發誘人的光澤。

臺上的巫瑾毫無疑問統治了視線中的一切。

衛時面無表情。就連他都沒有想到巫瑾在和舞臺衝撞之後，會爆發出如此強烈的侵略性。

就像兔子精蛻變成了小狼崽子，激發出內心最旺盛的征服欲，要把他按住，用牙齒抵住收緊的腰腹、小臂，讓狼崽子發出兔子精的哭饒……

衛時的眼神陡然幽深。

此時不僅觀眾席，就連臺下的三百多名克洛森選手都一臉呆滯地看向舞臺。

巫瑾動作極度擴張，即便是最輕盈、有技巧的部分，也因為臀腹、小腿的收緊而迸發出猛烈張弛的視覺衝擊。

他的肩、肘開度極大，DEMO中不少動作都具有少女氣息，然而落到巫瑾身上卻像是一把尖刀，蠻橫侵入視野，看似纖細的身軀充滿了不可思議的爆發力和柔韌度，一開一合像是擁抱，卻因為疏離冷漠的眼神讓粉絲斷絕一切遐想。

他是舞臺上神威莫測的王。

觀眾席再也無法抑制，不僅是為巫瑾舉牌的親媽粉，首先倒戈的是顏控薄家軍，繼而是其他路人轉粉。

「臥槽！小巫！咱們母子關係就此斷絕，從今天起重新入籍，女朋友瞭解下啊啊啊！」

「我是不是在做夢？這是巫瑾？我為什麼連著兩次都沒有給他投票？我是不是瞎？」

「我好像發現寶藏了……為什麼我從來沒有發現男團舞這麼好看？抱緊小巫狂喜亂舞！」

「你他媽撩我啊啊啊啊！糟糕，見鬼，朕今天要出不去了啊啊啊！」

選手紛紛驚醒。

正此時，臺上燈光依次亮起，站在C位巫瑾身後的前五隊選手倏忽切入視野。

銀絲卷娛樂的薄傳火與卓瑪娛樂的秦金寶一左一右副C，在主題曲人聲切入的一瞬，五隊練習生同時跟上巫瑾的動作。

整齊劃一，如刀光閃閃。

紅毛一驚，「臥槽！這都可以！」

音箱中，應湘湘甜膩的DEMO被替換，十七位練習生雄渾的歌聲響徹，原本走得天上地下的調子硬是被調音師調出能夠入耳的水準。

臺上，薄傳火風騷依舊，後面是凱撒及佐伊混在人群裡。單看每個人舞蹈都束手束腳，但合在一起卻莫名威懾。

氣氛終於在此時被推上高潮，臺下，五大豪門戰隊的粉絲用最大熱情爆發出震耳欲聾的讚美與歡呼！

臺下，應湘湘小聲和編導讚嘆：「小巫說，這個叫刀群舞。逃殺選手肌肉記憶能力強，不一定要跳出感覺力度，只要整齊劃一就能讓觀眾記住。」

編導一愣，「小巫也幫著排舞了？」

應湘湘點頭，笑道：「他是主舞，主動就幫著排了……我看Leader位也給他好了……」

選手席，眾人真正看到現場均如釋重負。一面感慨巫瑾深藏不露，一面又慶幸——最不濟跳成凱撒那樣，也不至於丟臉！好歹不用跳成應湘湘！

副歌第二次響起，先前被抓去練舞的練習生忽然一個哆嗦。

編舞在這裡有個扭臀，整個人上身重心不變，下面突然扭動，任鐵骨壯漢看起來也一言難盡，不知道巫瑾會如何處理……

臺上，少年依然站在燈光亮處，袖口裸露的手臂浮起晶瑩的薄汗，轉瞬又被外套遮擋，色氣與禁慾交織。

直到第三個重音切入，他忽然扯開外套，隨手丟到臺下。

前排粉絲瞬間high起，卻是被早有準備的編導一撈撿走。光芒再次聚焦，巫瑾的肩胛骨、鎖骨，與上臂一併裸露，眼眸微斂，毫無遮掩散發著極富侵略性的荷爾蒙。

好在與完全瘋狂的粉絲不同，逃殺秀選手依然惦記著下個八拍的扭臀，緊接著他們愕然睜眼——動作果然改了。

巫瑾的右手虛虛按在筆直的長腿上方，順著燈光懶散抬頭，從胸腹、腰身到脊背卻因力度悍然收緊，繼而他一個爆發，腰身陡然靠近鏡頭，純黑的T恤無意識上扯，露出侵略意味十足腰身，淺薄的腹肌在燈光下因為極致性感而色慾交織，露出曖昧的曲線。

下一秒——挺胯。

全場一片寂靜。

在觀眾還沒反應過來之前，直播彈幕已然沸騰。

「臥槽槽槽！你有本事跳舞，你有本事roll胯！你為什麼不正面上我啊啊啊啊啊！」

「色氣滿滿……我死了啊啊啊啊……」

就連紅毛都忍不住嚥了口口水，毫不畏死地向左看去。

衛時的眼神如深潭般沉不見底。視線直直看向舞臺下方，明明沒什麼溫度，但似乎下一秒就能把人剝開，吞吃入腹。

此時此刻，星網。

正值星際聯賽小組賽結束，蔚藍賽區被寄予眾望的兩大豪門止步三十二強，逃殺秀話題熱度一時下降。

熱搜榜單上取而代之的，變為「驚！ＸＸ影星祕密拍拖」、「驚！ＸＸ旅遊區節日半價」等口水話題。

中間無數即時熱搜輪過星博首頁，冷不丁其中一條迅速崛起——克洛森主舞蘇到腿軟。

該話題起初流量甚微，然而在被某娛樂自媒體轉載後幾乎呈現爆發式傳播增長。無他，話題首頁的影片幾乎攫住了每個瀏覽者的目光。

俊美絕倫的少年，鎮壓舞臺的氣勢，色慾薄發的領舞，還有最後絕殺的roll胯——短短半小時內，這位神祕的克洛森主舞竟是一舉衝上熱搜前二十，還有繼續上升的趨勢。

「新出道男團？五分鐘內寶寶要知道小哥哥、不，我男票資料啊啊啊啊＠娛樂星８＠蔚藍偶像速遞！」

「本來只想低頭看個終端，結果擦鼻血擦到現在！啥都不說，今天是我見到新牆頭的第一天，高興！求資料+1，應援APP已裝，隨時可以輪話題打CALL！」

「克洛森聽著有點耳熟……影片舔了三遍，總覺得哪裡不對。這男團什麼配置？十七個人？是不是那個……太壯實了點……拋走主舞小哥哥，後面十六個大兄弟簡直讓人瑟瑟發抖！」

「哈哈哈哈而且十六個大兄弟動作還跟不上，莫名可愛怎麼回事？論顏，我吃主舞大大、左邊的桃花眼、後面的冰塊臉，和有點儒雅的那隻，其他哈哈這是要刷新男團氣象嗎……」

沒多久，蔚藍偶像速遞就給出回覆：「收到。資料如下：巫瑾，十九歲。白月光娛樂的簽約藝人。」

一眾粉絲迅速激動，爭前恐後去給愛豆應援，冷不丁卻發現——偶像line裡，不說巫瑾，連個姓巫的小哥哥都沒。

收到大量詢問的蔚藍偶像速遞再次補充：「對，是簽約藝人。簽的不是偶像約，是逃殺練習生。白月光旗下只有逃殺秀這一條線……」

「啥？」

話題下再次沸騰。

「長這麼好看去當逃殺練習生？你驢我！」

「小哥哥怎麼這麼想不開……等等，完全無法想像小哥哥在賽場和人拚死搏殺！畫風根本不搭啊啊啊！」

然而很快就有人扔出幾段CUT——

從降落傘上跳下，在半空中WINK的巫瑾。

用衝鋒槍掃射高溫區的巫瑾。

驟然放出銀氨王蝶，在粼粼光鏡中戰術躲避的巫瑾。

在終端前狂刷影片的路人粉呆呆張大了嘴巴。

好像……有點……帥啊啊啊啊！

「求教啊啊啊！追星少女只會給愛豆打CALL，從來不看逃殺秀……該怎麼給小哥哥應援？哪裡能買周邊？會有握手會嗎？怎麼搶票？比賽時我能給小哥哥送槍嗎……」

蔚藍偶像速遞一時之間收到無數類似問題，只得整理出一份清單。

1可以在克洛森秀中為選手投票，投票只決定比賽先發順序。

2可以搶團綜票、半決賽票和決賽票。

3其他問題請移步蔚藍之刃論壇（逃殺秀粉絲論壇），為了您的偶像著想，請潛水三天後再發帖，務必不要掛人上牆頭……

4克洛森秀團綜還在直播中，現在可進入星臺5768直播間……

半小時後，克洛森秀直播間瞬間流量爆滿，正低頭看統計的導播一愣，「人……這些人都哪兒來的？誰買粉了？發票給我看看……」

此時節目已進行到尾聲，主持人應湘湘笑咪咪地採訪完五個隊伍，招呼了下鏡頭，「那麼最後一個問題是給我們的淘汰賽冠軍，小巫。」

直播間流量瞬間又上竄二十萬。

應湘湘看向提示板，「提問觀眾來自南十字星座星系，ID為兔子放開那個小巫讓我來。」

巫瑾一呆：「……」

應湘湘面色如常地讀到最後。

「提問內容是，」她緩緩開口：「小巫喜歡什麼樣的戀人？男孩子還是女孩子？」

克洛森秀導播大廳。十二個機位齊刷刷向巫瑾聚焦，能明顯看到他的反應慢了半拍。觀眾看臺，幾乎在同一時間，親媽粉、女友粉一時興奮，無數目光警惕亮起，在暗處幽幽發綠。

巫瑾條件反射坐直，「還沒想過……」

臺下，導播對驟然突起的流量欣喜若狂，趕緊提示應湘湘繼續拖延時間，好再插一輪廣告。應湘湘不動神色頷首，笑咪咪問道：「小巫以前有交往過女朋友嗎？男朋友呢？」

巫瑾嗖嗖搖頭，「沒有。」

應湘湘帶動氣氛手段高超，「咦，沒有交往過，那就是現在在交往中？」

巫瑾一呆：「也沒有……」

一小時前，在主題曲舞臺上色慾交織的巫選手現在凝固在了座位上——措手不及被問到比賽以外的問題，表情管理還算優秀，耳後卻微微發熱。

就像粉紅色、軟乎乎的兔子耳朵，讓人恨不得揉一把上去，讓一本正經的表情變得糟糕。

突如其來的反差幾乎在一瞬擊潰了直播間內的粉絲。

「小巫在害羞啊哈哈哈哈——救命怎麼這麼可愛！」

「小巫你才九歲，麻麻不允許你談戀愛啊啊啊！麻麻現在對你的感情生活很滿意，聽到了嗎小巫！」

「鑑真防偽大師路過，這是真．一片空白了，小表情太誘人。講真，舞蹈底子好成這樣，追星少女百分百確信是7×24小時練過。絕對抽不出時間牽女孩子小手。」

「哈哈哈哈明明是小巫的小手！擦鼻血，目測練舞以外只有做數學題與練槍。十九年單身寂寞少男，怪不得要在海選比賽裡偷兔子聊以慰藉……哈哈哈小巫看開點！」

「臥槽忽然狼血沸騰……上一秒撩得鼻血橫流，下一秒才發現是涉世未深的小白兔在披著狼皮嗷嗚亂叫……臥槽麻麻不想讓你談戀愛！放著那個小巫讓我來啊啊啊——」

導播室內，節目PD看了嘖嘖稱奇，「這些粉絲不是才和小巫斷絕母子關係？怎麼又突然反悔了？」

小編導數著剛收的廣告尾款精神振奮，「沒關係！您手上捏著她們兒砸，怎麼圈錢都容易……」

選手席位，紅毛直著脖子，眼睛瞪成銅鈴。

那天他明明看到巫瑾選手收了衛哥的香檳，深更半夜進來膩乎，第二天早上衛哥床上被子蓬鬆成球，明顯是被巫選手拱的……

就這還說沒有在交往？

難不成是還沒給名分……紅毛突然回頭，看到衛時表情不變，對巫瑾的回答勉強滿意。

臺上，應湘湘頗為感慨。

她縱橫娛樂圈數十年，交往過的小鮮肉數不勝數，巫瑾是隱瞞是坦誠一眼就能看出來。真是……青澀啊。

少年坐在團綜採訪的高椅上，顯得四肢修長，像剛成年的豹，充滿年輕的爆發力。眼神卻認真純澈，混雜在一起讓人經不住就想多逗兩下。

應湘湘再次看向問題，「小巫還沒回答，是喜歡男孩子還是女孩子，嗯？」

巫瑾只得回答：「都不重要，喜歡就好！」

應湘湘點頭，算是圈內標準回答之一。

她繼而問道：「那小巫理想中的戀人是什麼樣的呢？」

巫瑾鬆了一口氣。這個問題他背過！

當年做男團預備練習生時，公司給每個人都準備了標準答案，模棱兩可，絕不會製造任何誤會。終於在考場遇到拿手真題的巫瑾流利開口：「活潑可愛，溫柔知性，喜歡撒嬌，有共同愛好……」巫瑾背了一半，才想起來當初的題幹是「理想中的女朋友」，不過此時也顧及不了這麼多。

彈幕中再度飄起一片，內容呈現兩極分化。

女友粉：「小巫是我啊啊啊啊啊啊Me！Me！Pick Me！現在下單立刻撒嬌！什麼共同愛好！咱們關燈了再培養！」

親媽粉：「兒啊！誰給你背的稿子？醒醒啊兒砸，都二〇一八年了咱不興這一套了，誠意呢兒砸——」

臺下。

巫瑾每蹦出一個詞兒，紅毛就是一僵。

活潑可愛，衛哥……

溫柔知性，衛哥……

撒嬌……

他顫顫巍巍回頭。

衛時漫不經心坐著，眼神對著臺下斂起，沒什麼光的瞳孔讓人望而生畏。

一直到巫瑾說完。衛時收回視線。

紅毛脊背一涼，「那啥，衛、衛哥……」

後半句卡在嗓子裡，硬生生被男人漠然的氣勢逼退。衛時的右手在明顯違禁的槍柄上肆意摩挲，兩指撚起時手臂肌肉緊繃，如果再大力點，紅毛懷疑那把小型手槍都能直接被捏碎膛管——這哪裡叫溫柔，這哪裡活潑！這簡直能把人活剝！

臺上驟然黑暗。導播費盡心思插播的廣告切入直播鏡頭，此時已經九點二十三分——距離克洛森團綜結束不到十分鐘。

一片漆黑之中，衛時眼部輪廓陰影更顯，讓人完全無法揣測他的表情。

紅毛正在大開腦洞暗自揣摩之際，兩人的終端忽然同時亮起。

來自浮空城的消息。

紅毛一喜：「交易成了？衛哥，那我們還用不用繼續……」

衛時：「你留下。」

紅毛一怔，忽然看見衛時把外套脫了，隨手扔給他。克洛森秀作戰服一律統一制式，內襯黑色純棉背心，外面加防水作戰服。男人露出精悍的肩臂，隨即又隱沒在黑暗裡。

紅毛趕緊狗腿接過，「……您說啥？外套給他……欸好……然後讓他晚上去北塔對吧……衛哥放心！我絕不打擾……」

九點半。

克洛森秀第一期團綜結束，相關話題在熱搜榜上再度高歌猛進。

巫瑾正要跟著大部隊走出，冷不丁被編導拉到一邊，交代道：「小巫，聽姐姐的，從後面走，啊！」

巫瑾睜大了眼睛，從監控看去，導播廳正門熙熙攘攘，節目PD正拿著個喇叭絕望嘶吼：「請觀眾朋友依次按秩序出場，前廳有選手等身人形看板可供合影，對，本期暫不提供實體選手肢體接觸業務……」

巫瑾被PD所謂的「本期暫不」一驚，轉眼已被編導拉到了後場。臺下選手席上，不少人也是在此處退場。

有相熟的選手看到巫瑾，樂呵呵打了個招呼。巫瑾在人潮裡看了半天，似乎在尋找什麼，身後偶有議論聲飄來。

「小巫跳舞扔下來的外套呢？」

「被PD拿去拍賣了……外面還在競價……明天後勤會拿新的。」

「就這麼讓他出去啊……」

巫瑾微微側身，兩個小劇務立刻滿臉通紅。

介於少年與青年之間的身軀在燈光下泛著曖昧的蜜色，因為舞臺燈溫度熾熱而沁出晶瑩的薄汗，純黑的作戰背心緊貼，勾勒出細緻到令人血脈賁張的線條。

巫瑾禮貌開口：「您好，請問選手都是在這裡離場嗎？」

小劇務趕緊點頭，「您要找誰？他們還沒走遠……」

門口倏忽有人一跳，露出扎眼的紅毛，「小巫！這裡！」

巫瑾眼睛驟亮，美滋滋地湊過去，卻只看到紅毛一個人蹲在門口。

大哥說是晚上會來的……

紅毛忽然把手裡的外套給巫瑾一塞，「穿著，衛哥給的。」

巫瑾訝然接過，不由自主地睜大了眼睛。

外套明顯比他的要大上一號，當防水作戰服覆上緊密貼膚的黑色背心時，巫瑾微微一頓。強侵略性的氣息如同某種生物資訊素一般標記在外套上，內襯帶著熱度——衛時的體溫一向偏高，穿上外套的一瞬，巫瑾忽然有了被大佬制住手肘、按在靶場射擊位的錯覺。

巫瑾眨了眨眼睛，小捲毛因為緊張而收起，耳朵後面微微泛紅，少頃才和外套的溫度融在一起。

紅毛點點頭，自來熟的把人拉過來，「明天開始休假一週，今兒個晚上要不來北塔。」又壓低聲音：「那啥，嘿嘿，衛哥今晚也在。」

正此時，門後突然衝出來一個三百斤的凱撒，把巫瑾結結實實堵在牆角，「小巫！走著，回公司……哎這衣服誰給你的，碼不對啊？哎紅毛你咋來了？哥幾個去吹一杯啊！再不走又被抓去跳舞了……」

紅毛趁機對巫瑾擠眉弄眼：去不去北塔？

巫瑾的小捲毛蹭的一下飄起：要去！

紅毛：那凱撒咋解決？

巫瑾正要擠出個理由，冷不丁凱撒身形一頓。

不遠處，薄傳火拿著個自拍杆緩緩飄過，對外界一切毫無所知，「寶貝們晚上好啊。」

「昨天講到哪裡了？克洛森烽煙再起淘汰賽第二輪，薄傳火單槍怒闖細胞自動機，自毀妝面以鳴志，不料遭遇小人伏擊，正是那白月光賊人凱撒……」

凱撒一聲怒喝：「孫子敢爾！」

薄傳火一頓，緩緩摘下耳機。

五公尺開外。紅毛迅速把寢室鑰匙往巫瑾手上一塞，「就是現在，小巫，走！」

在紅毛自告奮勇會把兩個傻子拉開後，巫瑾迅速拿起鑰匙，向北塔歡脫奔去。

夏日的微風流淌著不知名植物的芬芳，終於結束一場鏖戰的克洛森練習生們三三兩兩走在路燈裡。

為了培養樂感，應湘湘把昔日優雅的背景管弦樂一應換成了克洛森秀主題曲。

小徑、草叢、樓側，到處都是悠揚的「百裡挑一啊英勇無畏」、「為了觀眾啊奮勇向前」歌詞零碎飄來。

雙子塔在不遠處山坡腳下，藉著明亮的頂光投下漆黑雄渾的影。

此時距離宵禁還有近一個小時，往時練習生都在訓練場和寢室度過，這一晚卻因為假期將近，大家紛紛選擇在塔外流竄不願回去。

塔外草坪上橫七豎八躺了幾名練習生，中間高大壯實的正是卓瑪娛樂選手，老秦，秦金寶。剛在臺上跳完副C位，秦金寶整個人都放鬆不少，正搖搖晃晃躺在草裡，聽著個老年收音機咿咿呀呀——

「卻說那項籍引兵西屠咸陽，殺寢降王子嬰；燒秦宮室，火三月不滅，大秦……」

巫瑾拐了個彎，正待往北塔進去。

秦金寶忽然咬著根草抬頭，向巫瑾揮手招呼，「哎小巫，過來攤著唄！涼快得很！」

巫瑾笑咪咪地搖頭。

秦金寶被巫瑾糾正過舞蹈動作，雖然在比賽裡沒有正面遇上，卻是心服口服。

他見巫瑾開門的方向在北塔，一愣反應過來，「是去看賽場啊……也是，這會兒新贊助商也簽完合約了。」

巫瑾這才恍然想起。下一輪淘汰賽的賽場不會移址，今天早上北塔對面的「細胞自動機」被拆得差不多，就是要給新場地騰位置。

從北塔開窗看去，能見到新打的地基和下一任贊助商派來的施工團隊。據說經驗豐富的選手看一眼地基就能猜到比賽環境。

秦金寶揮揮手，繼續攤著聽他的「秦漢演義」。巫瑾走進北塔，溫控設備裡涼風躥入，直教耳朵尖尖都要舒適的抿起來。

兩輪淘汰賽後，原本五百名練習生只剩下三百不到，比起上一次進來，擁擠的北塔空空蕩蕩。白牆上畫滿了落選選手的塗鴉，其中一句「三〇一九，克洛森再戰」下簽了不少名字。留下來的練習生中，許多在淘汰賽裡痛失前室友，門上紛紛掛著牌子：「空虛少男誠徵室友，無不良嗜好，有意者火速聯繫」……

巫瑾從樓梯口向外望去，果不其然見到了為新賽場紮下的複合地基。黑暗中隱隱看不真切，只能見到一批一批鋼材通過集裝箱運來，再經由工業建築機器人鋪開壘好。

第三場淘汰賽的贊助商還未公布，建築物周圍拉開的圍牆上卻是印著一個不顯眼的LOGO。

銀色六芒星。

巫瑾又看了幾眼，點開終端查找。然而以六芒星為標識的載體太多，完全找不出頭緒。巫瑾只得暫時將其拋在腦後，走到衛時寢室前，從口袋裡掏出鑰匙的一瞬眼神晶晶亮亮。

房門吱呀一聲打開。

大佬還未回來，裡面空無一人。

房間內乾淨整齊，幾乎看不到有人住過的痕跡。兩張床，一張似乎很久未使用過，另一張靠窗，被子疊得一絲不苟。

此時巫瑾的臉上滿滿都是「去別的小朋友家找他玩兒」的快樂，扯了把椅子在桌子旁邊乖巧坐好，眼神滴溜溜亂轉。

幾乎每個練習生的寢室都有鮮明的個人色彩，例如走三步就有鏡子的薄傳火、到處貼了膠布防止兔子掉下去的巫瑾、時時刻刻在播放狗血偶像劇的魏衍。然而衛時居住的地方，卻顯得安靜冷淡。

巫瑾視線掃到隔間，驀然想起上次敲門時，大佬似乎就裹了個浴巾，水珠順著賁張的肌肉曲線滑下……他立刻露出羨慕的眼神。

說起來，上次大哥把蛋白粉拿走後給了兩顆糖，似乎沒有什麼用……

微風透窗而入，跳完舞的巫瑾等衛時等得百無聊賴，軟乎乎趴在桌子上像是抿起耳朵淺寐的兔子精。

在夜風將床鋪上熟悉的氣息捲來時忽然驚醒——巫瑾這才發現，自己還穿著大佬的外套！

他趕忙把大佬的戰袍脫下，乖巧疊好，放在櫃子裡的空格，殊不知整個格子都被蹭滿了軟乎乎的兔子精氣息。

正此時，終端傳來幾條訊息。

佐伊：「小巫在哪裡？走，快回公司！林隊他們回來了！」

巫瑾一呆。

白月光職業戰隊隊長，林玨。

巫瑾與白月光簽約剛滿一個月，雖然從未見過公司戰隊，耳濡目染都是練習生們對林隊以及幾位職業選手的吹捧。

白月光旗下職業戰隊，在星際聯賽第一輪小組賽淘汰。即便外面翻天覆地噴子成群，到底也是自家前輩，為公司服役近十年、讓白月光屹立不倒的老將。只是沒有想到，他們會在這個時候回來。

那廂，佐伊還在催促，「戰隊經理來克洛森秀接人了。我們十分鐘後在門口集合，我去撈凱撒那個傻子……這次林隊會挑幾個練習生和預備役一起特訓，小巫你要爭取搶一個名額，記住，特訓和平時訓練天差地別，對下一輪淘汰賽至關重要……」

巫瑾認真點頭，掛斷通訊後眼神一秒耷拉下來。

大佬那裡……他最後依依不捨看了一眼，給衛時留了張字條，又在終端發訊，背上背包向南塔走去。

巫瑾東西不多，收拾得極快，抱上兔子時正好遇上文麟來給凱撒整理東西。

這位白月光輔助把凱撒全部行囊一扔，熟練地用腳一踹，合不起來的箱子立刻哐啷哐啷被制服妥帖。

文麟無奈聳肩，「凱撒打架被抓去批評了。」

巫瑾：「啊！」

兩人火速走到克洛森基地門口，正看到節目PD和顏悅色同白月光戰隊經理說話，順便交接

引渡凱撒。

不只凱撒，薄傳火和紅毛都神色懨懨地蹲在地上。

一旁兩個小劇務正咕嘰咕嘰閒聊。

「他們倆打架，怎麼把那個紅毛也抓了？」

「嗨，紅毛在旁邊看得開心，應老師怎麼說來著的——叫做『見二蟲鬥草間，觀之，興正濃』不勸架，不作為，乾脆就三個人一起抓了……」

戰隊經理處事圓滑，節目PD也緊張巫瑾這棵搖錢樹，兩人心照不宣抹了凱撒的記過，薄傳火和紅毛也得以重獲自由。

只是紅毛看到巫瑾離去，悚然一驚打給衛時，急忙報告：「衛哥！大事不好！小巫被戰隊接走了……」

克洛森基地山頂，衛時嗯了一聲，看向消失在遠處的懸浮車，兩指間把玩一張通體黝黑、材質不明的晶片卡。

通訊另一端，蔚藍深空，宋研究員正在向他彙報工作。

「除了炙薇、聯邦軍化六處之外，矩尺座、南十字座都有和浮空城合作的意向。」

「第二批資金到位，已經和浮空研究所確認，可以繼續展開研究。今天通過了六個A級項目審計，主要集中在基因產業和新能源……」

「還有，」宋研究員看向報告，有些遲疑，「有人說，在聯邦邊界見到邵瑜了。」

衛時眼神淡淡，「加強戒備。」

宋研究員點頭。邵瑜離開R碼基地已經四年，沒有人知道他究竟去了哪裡。

按照宋研究員的猜測，邵瑜很可能已經離開蔚藍星域，甚至離開聯邦。當年R碼基地的三大人形兵器中——邵瑜絕對是最恐怖、最瘋狂的那個。

雖然……宋研究員下意識看向衛時。衛時做的那些事情，又比邵瑜更甚。宋研究員一聲感慨，眼神崇敬。

工作彙報完畢，宋研究員瞅了眼衛時手裡的晶片卡，回想到紅毛傳來的八卦，面露了然，說道：「這個是給小巫選手的……我這就幫您啟動，只要在十分鐘內給他，進行生物驗證就能綁定……」

正此時紅毛傳來訊息，宋研究員一愣：「咦，巫選手不在基地？」

衛時隨手把晶片卡扔進口袋，被一張紙條卡住——比賽前被節目組送過來的、克洛森秀練習生粉絲應援橫幅。

克洛森基地外。

懸浮車載著練習生向公司駛去。

巫瑾正要把睡得呼嚕嚕的兔子放到水杯插槽，才發現只一個多月的工夫，兔哥已經長大了一圈，軟軟的、塞進去就會冒出來一點。巫瑾連忙把兔哥抱出來，放在腿上。

前座，白月光戰隊經紀人笑咪咪地看向巫瑾，眼神滿意。

當初公司簽約時，是他力排眾議把脫靶狂魔巫瑾招作練習生，事實證明這是白月光這季度最正確的聘用合約之一。

「小巫的比賽我都看了。」經紀人打斷了凱撒咋咋呼呼的說話聲，稱讚道：「不錯，出道位有希望。」

巫瑾瞇著眼揚起了驕傲的小腦瓜。

下車後，三位隊友提起箱子向公司衝去，經紀人落在後面忽然低聲開口：「小巫啊。」

巫瑾眨眼。

經紀人：「剛才的團綜訪談我也看了。說起來，咱公司不禁止練習生自由戀愛。」

巫瑾茫然：「啊……」

經紀人拍了拍他的肩膀，予以鼓勵：「就算戰隊裡面，和粉絲結婚領證的選手都大有人在。小巫你的工作簽證一年後過期。雖然可以續簽。但是，要是想提前拿聯邦公民身分，結婚倒不失為一個好方法。」

巫瑾：「……」

此時已是深夜十點，原本應該空空蕩蕩的白月光大樓卻燈火通明。戰隊隊員的行李堆成一片，六名正式隊員，兩名預備役，半小時前剛從星船下來，時差顯見的還沒倒過來。

公司食堂菜香四溢，特意為隊員準備了宵夜。

巫瑾轉了一圈，卻是沒看到白月光隊長林玨的身影。那廂凱撒已是向著餐盤狂奔而去。

食堂二樓。

穿著白月光隊服的林玨正在同副隊說話，見經紀人走過來微微點頭。

林玨多數時候面色嚴肅，表情不多。

經紀人指了指樓下，「那個就是巫瑾。」順手把幾份評測報告送了過去。

第一張是練習生招聘時的槍法測評，後面則是克洛森複賽、第一次淘汰賽、選位和第二次淘汰賽的數據。

每張的負責人各不相同，有白月光考官，也有血鴿。評測對象都是巫瑾。後面幾張是經紀人剛從克洛森秀要回來的，各項指標隨著時間推移都有明顯提升。

白月光隊長林玨看了幾張，「有影片嗎？」

經紀人點點頭，隨即打開投影。一群正式選手見狀都湊了過來，影片是巫瑾在淘汰賽第二場和蛾子剛槍的錄影。

一分三十二秒。林玨按下暫停，「看出問題了嗎？」

副隊沒有出聲，他知道林玨問的是兩個預備役選手。

「動態靶準心不夠……」一人斟酌著開口。

林玨皺眉，視線轉向另一人。

另一人微頓，「開槍不利索，或者說——看不到戰鬥欲。」

林玨露出了滿意的表情。

一旁經紀人噗哧一笑，巫瑾還真沒什麼戰鬥欲。淘汰賽幾乎從頭苟到尾，只有迫不得已才會開槍。

逃殺秀中，用智慧取勝也算方法之一。但一個合格的逃殺秀選手，一定是無所畏懼，能隨時進入狀態，把槍當成自己身體的一部分。

「進不了狀態。」林玨點評，「一個月，太慢了。」

周圍頓時鴉雀無聲。

巫瑾的進步幾乎眾目共睹，林玨的要求未免太過偏頗。

經紀人卻是嘆了口氣。白月光在星際聯賽接連失利，「內戰之虎，外戰之鼠」的帽子被戴

了整整四個賽季。林玨的心態也開始不穩。

旁邊的副隊陳希阮笑了一下，打圓場開口：「不用要求太高，打輔助位夠了。小巫做過性格估測嗎？」

性格估測，全稱逃殺秀選手MBTIS性格傾向估測，也是選手入行的重要標準之一。逃殺秀選手在職業生涯中會遇到超出想像的精神、體能壓力，且絕大多數時間都在永無止境的訓練中度過，性格承壓能力、主觀能動性是決定能走多遠的重要因素之一。

巫瑾是非常明顯的「暗中觀察」選手。

按照陳希阮的估測，很可能性格評級在C至D之間。

白月光練習生中，凱撒就是不可多得的S級性格測評對象。神經粗大，承壓能力強，不服就是剛，剛完立刻忘，訓練一週就能扛著衝鋒槍對前輩突突突。

一時間，視線集中在戰隊經紀人身上。經紀人開口：「這就是我想要說的事。小巫的性格評測，和我們過去收的練習生都不一樣。」

一張報告表攤開。開放性S，穩定性S，外傾性E。

單從性格評測來看，不像是逃殺選手，倒像是某個藝術家——且外傾性極低。就算在逃殺選手以外的人群中，E也只占百分之五。對於一個成功的逃殺選手來說，外傾性所代表的熱情、戰鬥欲、攻擊性都是至關重要的素質。

經紀人繼續道：「小巫對比賽的熱情還是有的，和其他練習生交流也沒有問題。理論上來說，不該有這麼低的評測分。我想可能是因為一點……」

「小巫太乖了。」

副隊陳希阮一愣，就連正隊林玨都沒反應過來。

經紀人苦笑，「我也挑不出其他形容詞。應該跟個人成長經歷有關，從心理側寫來看，小巫估計是在和平地區出生，接觸到的科技並不算高，還有，很可能並不具有幸福的家庭，所以會在人際交往中更傾向於信任、利他、依從，具有同理心，缺少衝動性。」

依然一片靜默。

經紀人一頓，才想起來這些隊員加起來也湊不出一個能聽懂的。他招招手，跟一旁的曲祕書說了點什麼。曲祕書點頭下樓。

經紀人：「做個示範。」

食堂內，從克洛森秀回來的四位練習生正端好盤子排隊拿餐。

曲祕書笑咪咪攔住巫瑾，指了指盤子裡的薯條，「小巫，咱們公司規定，馬鈴薯製品必須和番茄醬分開。薯條不可以蘸醬喔。」

巫瑾茫然眨眼，「真……真的嗎……」

曲祕書嚴肅點頭。

巫瑾立刻乖巧放下番茄醬，端著光禿禿的薯條回座。

二樓。

白月光戰隊隊員：「……」

經紀人一聲輕咳，「再做個對比。」繼而對曲祕書打了個手勢。

曲祕書再度走向凱撒，說道：「凱撒，咱們公司新出的規定，馬鈴薯製品必須和番茄醬分開……」

凱撒眼睛瞪成銅鈴，「什麼玩意兒？不可能！」繼而把番茄醬擠了滿滿當當一盤子。

白月光戰隊隊員：「……」

經紀人攤手，「外傾性S和E的差別。」

許久，林玨終於開口：「所以？」

經紀人笑了笑，「小巫是個好苗子。我想公司也不願意放棄他。正常訓練很難改變一個選手的性格，除了一種……」

林玨嗯了一聲：「生死攸關，沒有救生艙干涉的訓練。你是說特訓？」

經紀人點頭，「當然，會在徵求小巫本人同意的情況下。」

在整個蔚藍星域，只有一個地方會為逃殺選手提供這種特殊訓練。即便沒有救生艙，傷亡率也在百分之零點零五以下。當然，被送進去的選手並不會提前知曉——只會在恐懼中激發更大潛能。

訓練的造價也極其昂貴。

許久，林玨終於點頭，「可以。讓他跟特訓，前提是和公司續S約。」

經紀人終於露出了笑容。他比林玨想得更多，巫瑾身上不僅是天賦，還有許多逃殺選手都不具備的商業價值。特訓造價昂貴，但牽扯到的S級合約卻是把巫瑾出道後的三年都和白月光牢牢綁在一起。

「好好休息，」經紀人收回資料，「今晚大家都累了，睡一覺，明天再繼續複盤。」

林玨點頭。

一小時後，巫瑾被叫入白月光頂層辦公室。一份嶄新的合約放在了他的面前，待遇、訓練程度都大幅度提高。

出乎經紀人意料，巫瑾簽得極快。

「小巫不怕被公司吃了？」經紀人笑問。

巫瑾連忙搖頭，「合約我看完了……」

比起穿越前簽署的藝人合約，白月光給出的福利已經算是非常大度。

「不怕訓練吃苦？」

巫瑾眼神發亮，「不怕！而且……比賽還挺有趣的……」

經紀人拍了拍他的肩膀。

門外，曲祕書笑咪咪地給巫瑾一盒薯條加番茄醬，揉揉頭，「抱歉，剛才開了個玩笑。」

巫瑾小捲毛翹起，「沒關係、沒關係……」

曲祕書美滋滋的收手，再度遞給他一張卡，「你的訓練卡。十分鐘內要完成生物驗證，不要弄丟了。」繼而補充：「非常珍貴的喔！訓練地點不在公司，明天中午會有車送你們過去，你和佐伊一起。訓練耗時五天，回來正好趕上克洛森秀。吶，還有一件事。」

曲祕書示意巫瑾看向終端，擠了擠眼睛，「你的第一個月工資。訓練之餘不要節省，畢竟是住在銷金窟。」

巫瑾打開終端，緊接著睜大了眼睛——

白月光練習生工資：八千信用點。

香檳拍賣：十二萬信用點。

克洛森秀代言費：四萬信用點。

……

林林總總加起來有七八條。

巫瑾一路看到最後，深吸一口氣。

扣稅：六萬七千三百三十二信用點。

應發：十七萬三千四百二十三信用點。

巫瑾：「十七萬！」

曲祕書笑咪咪放他回去，都不好意思告訴巫瑾，白月光買選手轉會的薪水要比他高不知道幾倍……

巫瑾抱著兔子，暈暈乎乎走回寢室，似乎走廊上都被名為信用點的幸福泡泡擠滿！

進入寢室後，巫瑾嗷嗚一聲撲到床上，使勁兒揉兔，「兔哥！咱們終於有錢了。」

揉完兔，巫瑾在床上翻了個面，軟兮兮的攤著，一面盤算如何使用這筆資產。

十七萬信用點——占比最終還是大哥拍下的香檳，一定要回贈禮物！還有給兔哥買更好的飼料，訓練回來送給其他練習生的伴手禮，還有給曲祕書的，還要購置訓練器械……

巫瑾的視線移到他剛剛到手的訓練卡上。

通體黝黑、材質不明。按照曲祕書的說法，他幾個月薪水加起來也沒有這一張卡昂貴。

巫瑾翻到訓練卡背面。忽然睜大了眼睛。上面刻著幾行燙金小字——

極限槍械訓練。

訓練時長：五天。

訓練強度：A+。

訓練地點：蔚藍深空，浮空城。

一夜無夢。

清晨，巫瑾迷迷濛濛醒來，站在鏡子前微微一呆。

窗外沒有克洛森基地綿延無盡的小山坡，這裡也不是熟悉的雙子塔，開門時卻依然能聽到凱撒大著嗓門嚷嚷：「小巫，你投票快超過魏衍了！」

克洛森秀第三輪投票已經啟動，巫瑾勢頭大盛，幾乎快與魏衍持平。

原本和他同處第二梯隊的薄傳火被遠遠甩在了後面。

從選手後臺可以看到，投票流量來自四面八方，曾經只占比百分之三十的星博用戶更是直接攀升到百分之四十五。

克洛森秀團綜播出後十個小時，熱搜引流的效率之高，近乎匪夷所思。

「為主舞小哥哥惡補逃殺秀，看槍械基礎頭昏腦脹……」

「小巫，麻麻來給你投票了！」

佐伊刷完牙，正從寢室走出。他拍拍巫瑾的肩膀，「粉絲活躍是好事。但是小巫有一點——星網流量高，熱搜能一次吸粉，不過能留下來陪你走完職業生涯的不會太多。實力才是固粉的基礎。」

巫瑾努力點頭。

那廂，凱撒洋洋得意，「死騷男投票上不去，還是咱小巫爭氣！」

佐伊皺眉，「我說你別跟人家杠了，本來就沒什麼腦子，一天到晚還盯著別人。那騷男是不是被你影響了？最近頭腦也不大靈光……」

佐伊微一思索，倒也符合凱撒一貫作風——先把人智商拉到同一水平線，再用作為傻子的豐富經驗把人打敗。於是他欣然點頭，「行吧，以後記得多找小薄玩。」

凱撒嚷嚷：「滾你的！我……」

佐伊徑直把巫瑾揣走，「下樓吃飯。我和小巫去特訓，你就在公司繼續補你的課吧。看著點薄傳火，就他那票數，近期肯定得有點動作。」

千里之外。銀絲卷戰隊。

薄覆水冷冷地看著投票通道，薄傳火在一旁蔫蔫巴巴站著。

「最後一次。」薄覆水開口。

薄傳火喜出望外，「謝謝哥、謝謝哥！」

兄弟倆迅速布置好場景，客廳內搭了兩個補光板。薄覆水冷冰冰繫上圍裙，冷冰冰打開爐灶，冷冰冰給沒用的弟弟煎了個蛋。

其間薄傳火扛著個單眼，時而彎腰撅臀，時而趴在地上，勢必要擺拍出最佳角度。

薄覆水一鏟子把煎蛋扔到盤子裡，「拍。」

薄傳火一連拍了二十幾張，乖乖站到角落裡磨皮修圖——一整個乾癟癟的雞蛋被修得金黃璀璨，鮮亮飽滿。薄傳火迅速把它和剛才兄長下廚的照片一起拼了個九宮格，發送星網：一早醒來就看到哥哥做的愛心早餐【愛心】【擁抱】【擁抱】感動！

短短十分鐘內，薄家軍從四面八方湧來，幾乎一刷新就能多出近萬條評論。

「啊啊啊啊啊！骨科萌一臉血啊啊啊啊！」

「覆水傳火，覆水傳火！」

「大薄這麼久不PO照片，果然還是要從小薄的星博裡找！忽然想起來今天克洛森投票開啟！小薄等著！我這就來啊啊！」

薄傳火的票數開始穩健上升。

小薄終於鬆了口氣，縮在牆角開始吃蛋。那煎蛋著實沒有修圖之後好看，又小又扁，吃完之後肚子還是咕咕叫。

薄覆水一聲冷哼，最後敖不過弟弟可憐巴巴的目光，又起身給他煎了一個。

薄傳火大喜，終於有了點膽子，「哥……我是真沒辦法，巫瑾旁邊跟了個私生飯，親媽粉，陪飛陪賽的，估計休假也在後面跟著……咱要不換個策略？」

薄覆水明顯不信，「怎麼可能？拿工資的站姐都沒這麼勤快。」

薄傳火急吼吼道：「哥，是真的！我……」

薄覆水只一眼就讓他噤聲。許久，大薄緩緩開口：「崽，淘汰賽六十五名，嗯？你這成績，炒CP也是上趕著倒貼的那個。下次淘汰賽，要是再進不了前三——」

薄傳火一臉驚恐，撲通一下扔了半個蛋，「哥……哥別……哥啊啊啊啊我保證……」

上午十點。

白月光大樓前懸浮車剛剛停妥，曲祕書就迅速把人趕了進去，「小巫戴好墨鏡，別被粉絲看到了啊，乖。」

佐伊無奈，「曲姐，哪裡有粉絲能追到蔚藍深空去……」

曲祕書瞪眼，「有啊，有錢有勢的那種。還是那句話，看好小巫別被偷了！」

巫瑾：「……」

直到懸浮車開走佐伊才鬆了口氣，「親媽粉，架不住、架不住。」

去往蔚藍深空的航線不只一條，兩人在星港出示了訓練卡，立刻就被專程星船接走。內設低調奢華，隨處可見訓練主辦方的宣傳本冊。

《變強的一百個小訣竅—訓練，發掘你身體深處的奧♂祕》By阿俊老師。

《驚！地獄訓練竟然假期八折包住宿，蔚藍深空地下聯賽傾力推薦，買四天送一天》代言人阿俊老師。

兩人百無聊賴翻完所有資料，這位「阿俊老師」近乎無所不在。

佐伊合上本冊，許久才接受畫風，「隊裡有不少前輩去過……都說看著不靠譜，有用是真有用。畢竟是浮空城出品。」

巫瑾腦海中立刻浮現起了衛時的銀色面具，「佐伊哥，浮空城是什麼？」

「蔚藍深空四大勢力之一。」佐伊解釋：「其他我也不清楚，過去之後不要亂走。據說裡面危險得很。」

巫瑾睜大眼睛。

佐伊搜刮回憶，「大概四年前，浮空城出了點事，還牽連到聯邦政要。」繼而搖搖頭，「後來這件事被壓下來了。」

星船緩緩駛入碎石帶，在某個不起眼的接駁口靠岸。

蔚藍深空由主城和若干輔城組成。四大輔城浮空、炙薇、黑沙、出雲分由不同勢力接管，並瓜分主城各區。

兩週前，巫瑾同兩位隊友去主城區找過紅毛，所在街區就隸屬浮空城名下。

但這還是巫瑾第一次踏入浮空城。

登港時，巫瑾把手放入口袋，銀色面具徽章在指尖微微發涼。

港口瀰漫著薄薄的霧氣，因為星船降落受熱而散開。這是一座繁華不遜於深空主城的城池，躍動的看板上隨時能見到熟悉的銀色面具。執法智慧在城市上空逡巡，摩天大廈坐立於重重迷霧之中，港口另一側有大宗貨物不斷接駁吞吐。

視野邊緣被迷霧包裹，城市周邊是深不見底的天然裂谷，整座城市如同在深淵中拔地而起，浮空而造——易守難攻。

城名浮空。

許久之後，佐伊才一聲感嘆：「……能在這裡建城，真他媽有錢。」

很快，接引他們的負責人也抵達港口，遞給兩人一人一張面具。

「外來訪客需要去海關登記，到浮空城之後，一共有三種身分可以選擇。」

「不戴面具，你還是你。戴上面具之後，沒人會細究你的過去。對於參加訓練專案的客戶來說，我們通常建議身分保密……」

巫瑾好奇：「第三種身分呢？」

負責人揚眉，「第三種，是被浮空城的榮耀庇護的人。可以在城市暢通無阻，受到所有你能想像的尊敬。看到那個徽章了嗎？那個就是身分證明。」

巫瑾順著他指的方向看去，虛擬投影中，銀色面具徽章熠熠發光。

巫瑾放在右口袋裡的指尖下意識微微摩挲。

和衛時送給他的一模一樣。

過了海關，一輛懸浮車悄無聲息將兩人接走。

特訓基地設在距離港口幾十公里外的某個巨型建築裡，兩人抵達時，大廳內已站了不少和他們相似的「訓練營客戶」。

胖瘦高矮不一，戴著一模一樣的白色啞光面具。

進門前，巫瑾花了近十分鐘才把面具戴上，光暗釦就有六七個之多，材質柔軟服帖，還可根據臉型微調形狀。

巫瑾嚴重懷疑，就算腦袋打飛面具也不會掉。

佐伊則饒有興趣的看著其他訓練者。

「有咱們一樣的逃殺秀選手，也有雇傭兵、尖端保全公司……」

說話間，看板上的「阿俊老師」忽然出現。

「阿俊老師」戴著花里胡哨的金色面具，上面甚至還黏了兩根羽毛，聽聲音像是二十八、九的青年，語氣輕佻，「現在打開你們作戰服右手臂暗釦，看到那個黑色裝置了不？沒有人不認識吧？彈出式生物救生艙。現在你們要做的第一件事——就是把救生艙電源給我摳出來。」

訓練生們微一沉默，但早有心理準備，紛紛照做。

「行了，左轉二十公尺拿槍。為了你們的生命考慮，我代表培訓專案組建議你們抱槍睡覺。拿完槍去簽訓練責任書。順便說一句，如果在這裡出事，你們購買的人身保險不會賠付——喔，因為訓練死亡率太高，死在這裡通常叫詐保。」

面具後，訓練生眼神逐漸僵硬。

拿完槍，阿俊老師吹了個口哨，「排好隊，一個個跟我進去測評。然後會給你們分配一對一指導教官。」

佐伊給巫瑾打了個手勢，率先排進了隊伍裡。

等輪到巫瑾時，門扇微微開啟。阿俊老師頭也不抬開口：「作戰服脫了，身高體重職業專長報一下……」

窸窸窣窣的聲音傳來，阿俊老師掃了一眼訓練室的鏡子，忽然一頓，繼而眼神發亮，面具上的羽毛興奮打顫，「一百七十八……六十一……」

巫瑾：「啊！」他明明還沒有報！

阿俊老師的眼神幽幽泛綠，就差沒黏在巫瑾身上。巫瑾背對著他，介於少年與青年之間的體格稍顯瘦削，並不明顯的肌肉在燈光下十分吸睛，肩膀膚色細膩柔和，是讓人看了就心中癢癢的牛奶色。

他一聲輕咳，畢竟是培訓項目，他還沒有禽獸到對學員下手。

但必要的「溝通」還是需要的。

阿俊老師和顏悅色開口：「你的一對一指導教官已經定下來了。小同學，來，過來加個終端好友……」

巫瑾乖巧掃碼，阿俊的話忽然卡在了喉嚨裡，見了鬼似的看向門縫。

巫瑾正對著鏡子，驚訝得睜大了眼睛。從門縫裡慢吞吞擠進來的——竟然是一隻豚鼠。

豚鼠被洗得乾乾淨淨，鬆鬆軟軟，前爪後側被套了個溜鼠繩，慢吞吞擠進來之後，又被主人慢吞吞拉了回去。

木門被豚鼠擠得開開合合，阿俊嗖的一下站了起來，慌不迭向外跑去。

隔著一扇門，巫瑾安安靜靜地填寫技能測評表，外面斷斷續續傳來爭吵。

「怎麼過來了？基地出事了？」

「……什麼？他就是……臥槽我要死了……你怎麼現在才來？」

「溜豚鼠走慢了？就為了這傻逼豚鼠？我￥&#……」

豚鼠的主人冷冰冰開口：「不好意思，這是我的伴療者。五分鐘人會過來。」

樓下倏忽傳來一陣巨響，學員們愕然抬頭，只見阿俊老師不知為何狂奔而去。

豚鼠的主人慢吞吞進門，「接下來的測評由我主持。」

他看了眼巫瑾，「A073房間，你的指導教官會在五分鐘抵達。行了，下一個。」

巫瑾抱著槍，打開A073訓練室的大門。

地上放著防具，全息動態靶是裝甲蟲獸，在訓練室開啟後伏在草叢中蠢蠢欲動。巫瑾好奇的用手戳了一下，蟲獸驟然縮成一個球殼，往旁邊警惕地挪了挪。

巫瑾頓時手癢，左等右等也不見導師過來，索性調成初級難度，按下訓練開始按鈕。

幾分鐘後，A073大門無聲打開。

巫瑾的指導教官在門口淡淡看著，兔子精拿槍就像抱蘿蔔，戳起蟲獸就像打地鼠。即便是初級動態靶場，漏掉的蟲獸加起來能繞練習室兩圈。

「重心下沉。」教官懶散開口。

巫瑾一愣，噗噗噗又漏掉七八個蟲獸，小捲毛卻突然翹起，美滋滋在風中抖動。

「大哥——」他還沒來得及開口，壯碩有力的手臂驟然把他按住。只穿一件作戰背心的少年肩膀微沉，在男人掌心無意識蹭了蹭，軟乎乎的就像是墊了兔子毛。

教官把人往懷裡撈了撈，調整巫瑾亂七八糟的射擊姿勢。

兩人一時靠得極近。放在一個月前，巫瑾還警惕得很，甫一靠近就像被捏住耳朵的兔子，兩腿一蹬一動不敢動。此時卻熟悉至極，麻溜兒地跟隨大佬指示開槍。

教官嘖了一聲：「肩膀放鬆。」

巫瑾眨巴眼睛，忽有所覺回頭。

戴著純白面具的男人眼神冷淡，穿著制式教官作戰服，外披深色的軍氅，領口掛著燙金浮空城標識和暖金色流蘇。透過面具能看到他深邃的眼部輪廓，瞇眼時冷峻得要命。

男人說話聲音極低，帶著些微沙啞，像是帶著槍繭的手在摩挲槍膛。

巫瑾後知後覺反應過來，呆呆地看過去，耳後淺淺泛紅。

教官漠然看了他一眼。

巫瑾蹭的一下回神，視線向下移去。深黑的皮質軍靴，筆直的褲腿往上，腰間懸著配槍。

有點……炫酷！巫瑾嚥了一口口水，眼神羨慕。

發現兔子精視線在胯部逡巡的男人，「……」

初級動態靶訓練「滴」的一聲結束，巫瑾刺溜躥起，正要叫一聲大哥，卻疑惑發現大佬眼神冷淡。

「脫靶八十六次，不合格。」大佬面無表情道。

巫瑾點頭點頭，乖巧認錯。一面兒緊張思索哪裡讓大佬不悅。

好像哪裡都有……

脫靶率太高。

昨天爽約。

外套沒疊好。

男人居高臨下看著，兔子精緊張得就差沒打個嗝兒。

巫瑾呆呆抬頭，只見大佬打開訓練室設置，手速如電，轉眼就換了個全息場景布置。

荒星草叢變為卡通樂園。黏液四濺的鐵甲蟲獸變為嚶嚶嚶蹦跳的金屬史萊姆。

巫瑾蹭地一下反應過來，「謝、謝謝大哥！我還是用蟲獸練習……這個太卡通了……」

男人揚眉，「活潑可愛。」

巫瑾茫然：「什麼……」

男人漠然重複：「活－潑－可－愛，不喜歡？」

巫瑾呆呆開口：「什麼活潑……」

衛時眼眸一瞇，轉身「砰」的打開了訓練室的側門。

衛時闊步走在前面，一面走一面漫不經心戴上純白制式手套。巫瑾跟在後面，琥珀色瞳孔迷茫睜圓，顯然一時半晌還沒反應過來。

漆黑的走廊向下延伸，呼吸時甚至能嗆入飛舞的浮塵。走廊一側是堆滿金屬貨架的倉庫。

衛時轉開門，巫瑾趕緊跟上，因腿長不及人，還得不時地小跑幾步，小捲毛一晃一晃的，看上去就像在蹦躂。

下一刻，倉庫頂燈被打開。巫瑾倒吸一口氣，繼而被灰塵嗆得咳嗽連連。

【第十章】——把面具摘下來

這裡是一座真正的軍械庫。

約莫四公尺高，一眼望不到邊，貨架上壘著槍枝、彈藥，甚至小型中子武器、手持鐳射炮。每把武器上貼著標籤，密密麻麻寫著生產編號、彈道測試結果、校槍員ID、服役時間。

巫瑾眼神倏忽發亮，目光灼灼在貨架間躍動，看得幾乎挪不動步。單兵武器，班組攜行戰鬥武器，機動性強，配輕型裝甲——幾乎是每個直男夢寐以求的地下私庫！

衛時回頭，示意傻里吧唧的兔子精跟上。

巫瑾連忙動腿，這才注意到倉庫一側貼著「訓練用」三個大字，下方浮刻有銀色面具標識。巫瑾迅速揚起腦袋，一臉崇敬地看向大佬。這裡顯然也歸衛時所有。

兩人一路深入，男人終於在一處軍械貨架前停步，伸手卸下一把槍，扔給巫瑾。巫瑾連忙美滋滋接住。

「史密斯維森，XVR460，初速度最快的左輪手槍之一，槍口動能3254焦耳。」衛時面無表情，「活潑可愛。」

巫瑾茫然張大了嘴，「……」

衛時領著巫瑾轉向下一個貨架，軍氅翻滾如雷雲，瞇眼拿槍時露出線條筆直的肩臂。白色手套不知是什麼質地，在布滿灰塵的貨架中翻找也保持顏色不變，在昏暗的光線下顯得禁慾倨傲。

「BMQ匕首麻醉槍，彈頭後部高壓推動發射，麻醉藥劑量0.005g。中彈目標無身體負荷，持續沉睡約兩個小時。」衛時把匕首遞給巫瑾，「溫柔知性。」

巫瑾：「……」等等！他好像想、想起來什麼……

兩人在最後一個貨架前停步，衛時揚眉，最終抽出一把巫瑾叫不出名字的細長槍體，遞了過去。

「Alpha17單兵中子輻射槍，填彈亞臨界品質鈈239，非實戰使用。操縱者受放射性永久傷害反噬，無法人為控制，二十二世紀最失敗的研發武器之一。」

衛時補充：「喜歡撒嬌。」

正研究槍管的巫瑾一呆，撲通一聲槍體掉落。

衛時靠在貨架上，低頭看向兔子精，緩緩開口：「還喜歡嗎？」

巫瑾連忙把Alpha17撿起，抱在手裡如同燙手蘿蔔，無意識迎合，「不……不喜歡……」

衛時頷首，把燙手蘿蔔從兔子精懷裡抽走，扔回貨架。

巫瑾終於反應過來，「大哥是說團綜訪談？我當時背的是臺詞……我其實……」

衛時居高臨下看了他一眼。巫瑾刺溜一下貼在冰冷的牆壁上，像一塊扁扁的兔子餅，直到衛時移開視線才軟乎乎滑下來。

男人反手帶上倉庫大門，再次往訓練室走去。

巫瑾一手左輪槍一手麻醉槍，隱隱覺著哪裡不對，又分辨不出。

他捧起槍，「大哥，這些放哪裡？」

衛時開口：「喜歡就留著。」

再回頭時，兔子口袋裡鼓鼓囊囊塞了兩把槍，就像是裝滿了糖。比起第一次藏槍，可謂熟門熟路。

兩人再次回到訓練室時，在巫瑾的強烈請求下，卡通草地加金屬史萊姆再度被換成了蟲獸背景。

下午的訓練科目只有一門。戰術閃避。

巫瑾換上練習裝置，從更衣室走出時，衛時已經替他調整好訓練難度。

四周蟲獸雙眼瑩瑩發綠，跟隨副本指令會對目標實施撞擊、碾壓、絞殺等進攻方式。虛擬場景中同時存在類比彈道，會根據流彈擊中練習者的次數扣分。

「戰術閃避一共有六套基礎動作。」衛時開口：「比近戰閃避更難的是躲子彈。人類最快反應時間在零點一一秒至零點一三秒，子彈射速最低每秒兩百公尺。」

巫瑾默默估算，腦海中迅速將速度、時間、距離建模，揚起腦袋，「如果有人在二十公尺以內開槍，會不會無解？」

衛時漠然，「分人。給你一把槍，二十公尺內能打中誰？」

巫瑾鼓起臉頰，「……」打打小蝴蝶還是可以的！

二十公尺以內幾乎算作剛槍肉搏，也是巫瑾最弱勢的項目之一。

衛時按下按鈕，虛擬投影應聲打開。六套戰術動作與克洛森秀所教授的相似，細節有輕微調整。

「重複練習，形成肌肉記憶。」衛時命令：「跟著做一遍。」

巫瑾點點頭，高高興興蹦躂起來，拿出扒舞一樣的熱情認真學習。

訓練室內，少年矯健揮灑汗水，青春昂揚，朝氣蓬勃——繼而頂著熱乎乎的小捲毛眨巴著眼睛看向大佬。

衛時微微沉思，「之前做過廣播操領操？」

巫瑾下意識點頭。衛時嘖了一聲，上前給他調整動作。少年柔韌的肌膚泛著淡淡水光，運動後散發出軟軟的小動物氣息。

布滿槍繭的手在他肩臂、腰窩利索拍下，軟乎乎的巫瑾立刻如橡皮泥一般被捏了出來。

鏡子裡，廣播操領操員終於有了奶凶奶凶的氣勢。

衛時收手，忽然開口：「臉紅什麼？」

巫瑾一呆：「可能是因為熱熱熱……」

衛時：「行了。實戰練練。」

巫瑾終於鬆了口氣，無意間對著鏡子一看，頓在當場。

好像有哪裡不對。他明明還戴著面具……

虛擬作戰環境應聲啟動，巫瑾來不及思考，就被迫捲入戰鬥之中。

首當其衝的是兩三隻低級蟲獸，進入視野之後迅速經過大腦中樞——巫瑾在電光石火之間揀出來兩個戰術躲避，磕磕絆絆拼接在一起，和蟲獸布滿鋸齒的前肢剛好擦過。

緊接著是第二組。四隻蟲獸同時衝上，巫瑾轉身回撤，因為記憶迅速運轉而瞳孔微眯，散發出湛湛寒光。

第三組、第四組。

當進攻警報第七次響起時，巫瑾面具下的額頭已經被汗水浸濕，捲髮濕漉漉的翹起，閃避明顯比剛才遲緩。

訓練室投影上的心率檢測迅速攀升——每分鐘一百七十下。

衛時看了眼心率圖，「繼續。」

鏖戰中的巫瑾忽然捕捉到蟲獸以外的聲音，先是微微一頓，繼而在第八波次的進攻中迅速翻滾。

然而和剛才相比，瀕臨警戒線的體能、和高強度訓練下的心理壓力都干擾了此時思維運轉。

場地正中，巫瑾一個踉蹌，像草地裡被踹了一腳的兔子球球，完全看不出戰術躲避的痕跡。第九組蟲獸正在此時被放出。

衛時驟然開口：「B6動作，銜接C3。」

還在地上翻滾的兔子球球一喜，毫不猶豫照做。從草坪上爬起來的同時，衝在最先的異獸被巫瑾一腳踹開。

第十組。

衛時：「A1動作。」

有了衛時協助，巫瑾霎時輕鬆不少。

然而第十一組出現時，男人卻遲遲沒有開口。巫瑾一愣，下意識回頭看去，只見衛時抱臂站在高處，神色冷漠不帶光。

三隻半人高的銀色成蟲倏忽撲來，巫瑾幾乎來不及思考，右肩微沉，重心向後藉勢跌入掩體之中——肢體比思維的反應更快。

琥珀色的瞳孔驟然亮起。肌肉記憶。

衛時終於再度開口：「繼續。」

此時巫瑾的心跳已經上竄到每分鐘一百八十下，幾乎是激烈運動的上限。然而衛時很快露出了滿意的神色。

兩個回合之後，巫瑾竟然再次找回了訓練開始的節奏。

此時距離巫瑾踏入訓練場已有將近二十分鐘，處於體能強烈衰退期，維持作戰的只剩下意志——巫瑾的意志力，要比絕大多數選手都來得強悍。

衛時站在訓練場一側無聲看著。

二十七分鐘，巫瑾失掉了第一個戰術分，被虛擬蟲獸一口咬在左腿。原本因為劇烈運動而趨向茫然的瞳孔一震，再度亮起。

意識回歸之後，原本狼狽的身形跌跌撞撞站穩，巫瑾在場內急促呼吸，裸露在作戰服外的皮膚微微泛紅。

三十分鐘。

四個戰術動作被完美銜接在一起，巫瑾並不知道，副本難度已經被衛時調成了中級。

三十分鐘整。沉默許久的衛時終於開口：「要繼續嗎？」

破天荒第一次變成了疑問句。

巫瑾擦了一把脖頸間的細汗，捲毛在透支性運動之後濕噠噠地塌在頭頂。巫瑾小聲開口，聲音不自覺沙啞，像軟乎乎的貓，一腳踹開蟲獸時卻像凶悍的豹，「……繼續。」

衛時點頭。訓練室外，下課鈴在此時響起。教官的呵斥聲、學員的嚷嚷以及刺耳的鈴聲混合。男人絲毫不受干擾，目光緊緊鎖在巫瑾身上。

少年的動作明顯吃力，卻隨著回合推移而褪去稚嫩青澀。像是被不斷打磨、拋光，露出金屬一樣無機質般冷冽的色澤。

鋒芒絢爛。

頂燈明晃晃的從高處灑下，巫瑾泛紅的肌膚因為高負荷運動而微微發抖，肩臂肌肉緊繃，在燈光下耀眼奪目。或者說，他就是光的本身。

三十六分鐘。巫瑾的心跳忽然上竄到每分鐘兩百下，衛時按下按鈕，向巫瑾湧去的蟲獸陡然靜止。

場地中央，巫瑾呼吸急促，瞳孔微微渙散。失去戰意支撐後，他下意識彎腰撐住膝蓋，卻一個踉蹌——衛時閃電出手，牢牢把人接住。

「站起來，走走。」

巫瑾手腳脫力，思維在半空中飄浮，許久才應了一聲。

濕噠噠的小軟毛蹭在衛時的下巴上，熾熱的氣息撲面而來，將沸騰的血液、心跳一併勾住。衛時脫下手套，粗糙的手掌按上小兔子的脈搏。

「深呼吸。」衛時低聲道。

巫瑾沒有回應，面具下眼睛微微眯起，似乎下一秒就要睡過去。衛時皺了皺眉頭，手臂攬上巫瑾肩，快速解下了他的面具。

巫瑾反應過來，茫然看向他。原本淡牛奶色的肌膚微紅，五官被蒙上一層細汗，泛著濛濛的光，好看得要命。

巫瑾的脈搏在每分鐘一百九十下左右徘徊。體力透支。

衛時把人換了個姿勢摟著，壯碩的手臂固定住巫瑾不讓他倒下去，下頜抵住他的頭頂。

低沉的呼吸聲自巫瑾上方傳來，整個人被強侵略性卻又刻意溫柔的氣息包裹。巫瑾深吸一口氣，原本急促的呼吸被衛時的呼吸聲帶動，終於開始趨於平緩。

三十六分鐘極限訓練。巫瑾的資質、體格在所有訓練者中不算最好，卻是支撐到最久的那一個。

「睏了？想睡？」衛時低聲問。

巫瑾嗯了一聲，點頭。粗糙的掌心忽然遮住他的眼睛。睫毛在手掌下微微翕動。

「閉眼休息，」衛時沉聲命令：「我帶你回去。」

布滿汗水的肩臂在冷風中微微發涼，衛時脫下軍氅，披在巫瑾身上，連衣帶人往懷裡固住，打開了訓練室的門。

基地的學員寢室在五十公尺外的對街上。中間有天橋相連，銀白色的執法機器人守在門口，嚴格篩查每個人手中的訓練卡。

天橋一端排了不見尾巴的長隊。

衛時則是帶著巫瑾直接從地下軍械庫穿了過去，錯開了學員回寢的洶湧人潮。

寢室大門打開時，樓內空無一人。微涼的冷氣從毛孔內躥入。門內散發出室內空氣清新劑的味道，床鋪乾淨簡潔，一人一間。從白月光帶來的行李已經塞到了櫃子裡。

房間燈光下，巫瑾臉色依然蒼白，卻比剛才清醒了許多。

他眨了眨眼睛，看向攙扶自己的衛時，連忙開口：「謝謝大哥！」

衛時見人差不多恢復，把軍氅解開，慢吞吞放出兔子精。示意他自己坐到椅子上。

巫瑾乖巧坐好，眼巴巴看著大佬打開書桌抽屜——一排十二支修復劑，整整齊齊。顏色從透明到深紫，每種三支，顏色越深標價越高，一旁標注為「刷卡取用」。

衛時抽出一支深紫遞給他。巫瑾這才發現大佬手裡還有另一張用於付款的訓練卡。材質黝黑，和自己手中相似。

衛時拉開窗簾，一回頭就發現兔子精已經喝完修復劑，兩隻眼睛滴溜溜跟著他轉，時不時瞅一眼訓練卡。

「這張也是你的。」衛時乾脆遞給他。

巫瑾擺手，「我也有一張……」

衛時示意他看向黑卡背面。

自由槍械訓練。無限期。綁定教官卡ID：0001。

巫瑾迅速抬頭，看向大佬。

衛時揚眉，並不解釋。

頂級修復劑在巫瑾體內擴散，力氣很快恢復。巫瑾長舒了一口氣，身體暖洋洋的像是被泡在熱水裡。

衛時見狀，看了眼終端，「訓練結束十五分鐘。你現在可以去床上休息。」

巫瑾掃了一眼床，立刻反應過來自己出了一身汗，頭髮都濕噠噠黏糊著。他刺溜一下從椅子上躥起，「大哥，我去洗個澡！」

衛時嗯了一聲。

巫瑾有些不好意思，「如果大哥有事，可以先忙……」

衛時看向終端，示意巫瑾利索洗涮。

巫瑾「哎」了一聲，抄起毛巾就往浴室衝去，嘩啦啦洗了個戰鬥澡，高高興興推門而出。

衛時面無表情看向他。門後水汽氤氳，巫瑾探出半個腦袋，十分愧疚，「大哥，我的衣服好像掛在椅背上了……」

衛時把換洗的作戰服遞了過去。

巫瑾笑咪咪道謝，三下五除二穿好，下面裹了條浴巾就鑽了出來。

少年偏白的肌膚帶著運動後健康的潮紅，作戰背心黏在還沒擦乾的腰腹上，顯露出淺薄的肌肉弧度。下面是一雙筆直的小白腿，坐在床上來回晃蕩，又軟又細。

衛時的眼神微動。

巫瑾洗完澡，整隻兔子都舒服不少，坐在床上呱唧呱唧一刻也安靜不下來，甚至從箱子裡翻出了珍藏已久的小零食，「大哥大哥！凱撒說這個特別好吃……」

衛時接過兩塊軟糖，最終在巫瑾濕漉漉的小軟毛擼了一把，「不錯，好好訓練。」言罷帶門而出。

巫瑾腮幫子鼓鼓的含著糖，連忙蹬腿下來送大佬出門。關門時十分感動。

大哥對他真好！一路送他回來，給他槍、給他訓練卡，還親自教他戰術動作！

巫瑾忍不住扒拉開被子，在床上幸福的小幅度滾來滾去。

以及。大哥剛才等他這麼久……就是為了說一句「好好訓練」。自己一定要更加努力，不能辜負大哥的期望！

翻滾完畢，巫瑾從書桌上抽出接下來的訓練表。一對一指導的課程只占不到四分之一。他逐一記下，眼神閃閃發亮。

一刻鐘後，擁堵在天橋上的學員們終於擠回了寢室。

佐伊再度出現時，彷彿已經變成了一條鹹魚。

巫瑾嚇了一跳，趕緊開門放人進來。

「真他媽極限訓練。」這位白月光狙擊手坐了許久才緩過氣來，「二十六分鐘戰術躲避……咱們公司都是八分鐘休息一次的。」

他又頓了頓，眼神滿意，「這裡的教學資源確實不錯。」繼而思索：「下次讓凱撒、文麟也過來。」

巫瑾點頭點頭，深表贊同。

佐伊在四人小隊中擔當C位，不少時候也兼職Leader。對於團隊的考慮遠遠高於個人。他拿出一張紙，和巫瑾趴在桌子兩邊，回溯剛才的訓練。

「六套戰術躲避動作，微調至少有二十處，小巫幫我想想，我就記得十六個……」

巫瑾歪著腦袋，手上動作不停，轉眼已是把二十三個微調寫了出來。

佐伊向他豎起了大拇指。

「訓練方法基本是壓榨體能極限，監測學員心率體徵，由教官把控戰術動作……」

巫瑾補充：「手把手糾正。」

佐伊立刻反駁：「手把手？不是拿著個雷射筆，就逗貓的那種，往你胳膊肘子上面照讓你跟著動嗎？這可不叫手把手……」

巫瑾眨了眨眼睛，立刻閉嘴。

二十分鐘後，兩人把資料整理完畢，佐伊才鬆了一口氣。抬頭時忽然想起什麼，「小巫怎麼把面具摘了？」

巫瑾一頓，「就，洗了個澡……」

佐伊細心囑咐他重新把面具戴好，「晚上還有一節理論課，這裡是浮空城，一切還是謹慎為上。」

巫瑾連忙點頭。

佐伊又道：「浮空城又叫面具之城，收留了不少放棄身分的人。摘下面具也有特殊含義。」

巫瑾睜大了眼睛，臉上寫滿好奇，「什麼含義呀？佐伊哥。」

佐伊感慨：「替對方摘下面具，代表接受他的一切包括過去。容許別人摘下面具，代表坦誠和獻出榮耀。」

巫瑾「哇」的張大了嘴巴。

佐伊瞅了他一眼，納悶：「怎麼傻乎乎的？」

巫瑾茫然。

「一看就是沒有感情經歷啊。」佐伊拍了怕他的肩膀，嘖嘖感嘆：「多看點電視劇，愛情小說也成。別訓練訓傻了。還有，要是有妹子騙你給她摘下面具，千萬別答應，要不咱哥倆就陷在浮空城走不了了……」

巫瑾忍不住開口申辯：「我又不傻！」

佐伊笑笑，「可不。行了，收拾收拾。一會兒過去上課。」

基地晚課在八點之後。幾十個訓練學員席地而坐，偶爾發出小聲交談。

夾在一群肌肉壯漢之間，即便面具制式一樣，巫瑾仍是極其顯眼。佐伊一聲輕咳，不動聲色把巫瑾擋在後面，攔住了少許好奇的目光。

理論課老師遲到了將近十分鐘，期間巫瑾百無聊賴，耐不住好奇在終端搜索「浮空城面具」。星網立刻出現幾百萬結果條目。

巫瑾繼續下翻。

面具之城．從混亂到有序。ＸＸ新聞帶你探訪浮空城崛起的六年。

面具下的基因產業——浮空城第一大壟斷行業探祕。

聯邦內你所不知道三百個浪漫之地！No.149帶上你的戀人去浮空城旅遊吧！

帝少祕戀：我成了他的神祕未婚妻。

——真人同人拒絕KY，無關政治純屬YY。公眾章節試讀：那一夜，王蠻橫地把我帶走，在我面前摘下了面具……

巫瑾手一抖，差點沒把終端扔了。

這時，理論課老師終於姍姍來遲。

「首先，歡迎你們來到浮空城。」巨大的虛擬投影在半空中展開，迷霧、城市、深淵、裂谷微縮成一小塊，在導師的操作下不斷放大，逐漸顯露出高樓、街道與行人。

「你們的訓練一共四天半。最後半天可以在浮空城自由度過。無需擔心人身安全，浮空城治安比六年前進步太多，片區暴力犯罪控制每個月在五宗以下。護衛隊7×24小時隨時出警，比你所見過的任何聯邦警署都要有效率。」

導師笑著道：「因為我們不受聯邦管轄。」

「旅遊是一件好事，不過。」導師忽然正色，「前提是你們能完成訓練。」

「你們的結業證書不會從我手裡拿到，你們的畢業考核也不會在這裡，而是在三百公里以外的蔚藍深空主城，地下逃殺秀賽場。」

包括佐伊巫瑾在內，所有學員皆是一頓，露出難以置信的神色。

教室內霎時議論紛紛，繼而被導師一個手勢掐斷，「沒有救生艙，沒有比賽規則，生死自負。會有至少三百名觀眾在秀場觀看，記住，他們也會為你們的死亡歡呼。」

「1V1對決賽場，你們需要面對三個對手。三輪之後，只要能活著下來，我們就會給你的結業資格蓋章。也就是說，這四天的戰術躲避和槍械訓練將會決定你們能否活過結業考試。」

導師板起臉，「極限訓練沒有懦夫、軟蛋，現在退出還來得及。」

「還有異議嗎？」

教室內一片死寂。

「很好，那麼我們從戰鬥應激反應開始。」

兩小時後，刺耳的下課鈴響起。

佐伊沉默幾秒，終於開口：「這他媽玩太大了吧——」他看向巫瑾，明顯擔憂，「小巫可以嗎？」

巫瑾揚起小圓臉，「我盡力！」

佐伊拍了拍他的肩膀，似乎想說什麼，最終沒有開口。

作為白月光C位，他所知道的比凱撒、文麟都要多。巫瑾僅有E的外傾性是阻礙他職業發展的障礙，如果不能在練習生時期解決，未來將僅限於輔助位——還是被戰隊配置拋棄的純防禦型輔助。

訓練基地內，有了結業考試的恐嚇，原本還算輕鬆的氛圍已然凝重。下課之後，幾乎所有學員都向訓練室蜂擁而去。

巫瑾夾在人群之中，刷卡進入了暫時歸屬於他的A073房間。

浮空城基地的訓練資源遠遠比克洛森秀、白月光娛樂豐裕。學員單獨配給高級全息訓練室，設備中有多半巫瑾都叫不出名字。

他並未仔細探究，徑直在控制臺復原了衛時設置的訓練強度，毫不猶豫拿上槍進入戰術訓練模式。

半小時後，蟲獸如潮水散去。巫瑾劇烈喘息著摸到訓練室邊緣，喝下一整支修復劑，在體力恢復的間隙複盤訓練影片，不斷進行細節調整。

一小時，巫瑾再度開啟第二局。

戰術躲避的訓練難度已經從中初級上升到中級。

門外，汗流浹背的佐伊敲了敲門，試圖拉自家隊員回去。沒有聽到回應，便留了個終端訊息，獨自走上了回寢的天橋。

兩個半小時。

基地內燈光逐一熄滅，僅有兩三間訓練室依然處於啟動狀態。

中控室內，戴羽毛面具的青年正在同一人激烈爭執：「你根本就沒有同事愛！」

對面冷冷回答：「不好意思，我什麼感情都沒有。」

「你騙人！在你心目中只有豚鼠，然後才是你弟弟二毛，根本就沒有可憐的阿俊！你他媽跟豚鼠結婚算了！讓二毛喊豚鼠叫大嫂……」

對面冷靜反駁：「不可能，浮空城的榮耀永遠排在第一位，其次才是寶寶。」

「你還喊二毛他嫂子叫寶寶！」

對面打斷他的胡攪蠻纏，「有話直說。阿俊。」

阿俊哼了一聲，悻悻開口：「我他媽這個月訓練又被加重了……肯定是衛哥知道上午的事了，不行我得過來接人。」

對面挑眉，「接誰？」

阿俊僵著脖子，「你知道的那個。我沒法過去，避嫌，避嫌懂不懂！車我給你停外面了，你把人接過來。」

對面果斷回絕，「不行。」

不料阿俊忽然拉開夾克，洋洋得意從裡面掏出一個物事——乒乓球滾筒。

「你家豚鼠最愛的玩具在我手裡，你不答應我就撕票了，乒乓球都給你捏扁！讓牠去滾衛生紙捲筒去吧！」

對面：「……」

阿俊要脅完畢，又軟磨硬泡，「小宋說了，衛哥今天進行下一個療程，黑貓已經送過去陪著了。這不得關愛衛哥心理健康，咱再送一個人過去也成。哎大毛，咱們這些做小弟的得能揣摩上意。衛哥不說，咱也得有所行動不是！」

對面忽然皺眉，「宋研究員說，伴療者要在旁邊陪著？」

阿俊點頭。

對面嗯了一聲，「車鑰匙給我，我把人送過去。」

阿俊一愣，「……這就答應了？哎臥槽大毛你厲害了啊，車就停在我那個位置，衛哥十二點回來，你把那個小巫同學直接送過去。客氣點啊！人家才十九歲，別表現太明顯了！」

「哎那個乒乓球滾筒你拿著，我還給你擦了一遍，下次玩之前記得給你家寶寶洗澡啊，一股子豚鼠味，把我夾克都熏的……」

男人拿起車鑰匙，穿過漆黑的走廊。

A073訓練室，巫瑾剛剛喝下最後一管修復劑，去更衣室簡單洗了個澡，打開通往走廊的大門。突然出現的陌生人讓他一愣，繼而迅速反應過來，對方沒有戴著基地裡最常見的面具。

來人約莫三十歲左右，眼神淡漠，五官似曾相識。

巫瑾迅速反應過來——來人相貌和紅毛至少有八成相似。氣質卻是天差地別。頭髮是質樸的黑色，沒有誇張洗剪吹的痕跡，眼神肅穆，在頂燈的照耀下幾乎完全不反光，和衛時幾乎同出一轍。

巫瑾愣愣開口：「您好……」

對方徑直投影出了終端晶片。浮空城第四執法官，毛冬青。

巫瑾立時表露出十二分崇敬，對方顯然是個大人物！繼而趕緊回想自己是否有在浮空城違章違紀違規……

沒想這位執法官開口：「叫我大毛就好。」他又出示了手裡的車鑰匙，「如果可以，請允許我送你去十六公里外的浮空城軍事基地。衛哥在那裡等你。」

「這張是我的身分證明，這是授勳儀式上的影像資料，六分三十五秒至七分十六秒有我和衛時大人同框。此外還有執法官後臺、中控認證系統可以證明我的身分。如果還需要其他資料的話……」

巫瑾趕緊搖頭，「謝謝您……我相信您。不需要對我出示資料，這些機密資訊……」

「不，你有權知道。」毛冬青說道。他的聲音幾乎沒有起伏，面部表情也泛泛，讓巫瑾想起了R碼娛樂的魏衍。或者說，衛時、魏衍、毛冬青身上都有相似的氣場，只不過大佬看上去更近人情——雖然也不食人間煙火。

懸浮車載著兩人向夜空中駛去，劃破整個浮空城的霓虹燈影。巫瑾趴在窗口看著，瞳孔睜得溜圓。

迷霧中的城市浸泡在光怪陸離的色彩之中，腳下街道喧鬧繁華，行人或言笑晏晏，或戴著面具匆匆走過。

摩天大樓倒映出絢爛的浮光，銀白色的執法智慧在半空中持槍掃描，在懸浮車路過時恭敬響起電子合成音：「恭迎執法官大人。」

毛冬青坐在前座，巫瑾坐在後座。

冷不丁身旁砰砰兩聲，巫瑾迅速回頭，從腳下的絨毯內撿起了一個亮黃色的乒乓球。

巫瑾愕然低頭，座位旁窸窸窣窣，不知何時鑽出一隻胖乎乎、身體緊實的豚鼠。兩隻眼睛小小的、晶晶亮亮的看著他。

巫瑾伸出手，攤開在毛茸茸的懸浮車坐墊上。豚鼠慢吞吞挪過來，舔了舔巫瑾的手指。

巫瑾笑咪咪低下小圓臉，把豚鼠抱起，左手墊住牠的前爪，右手托住牠的屁股。巫瑾沒有立刻把豚鼠舉起，而是先往上挪了挪，確保牠適應高度之後再緩緩塞進懷裡。

豚鼠又舔了舔他的手指，安安靜靜被抱著。少年用下巴蹭了蹭豚鼠腦袋，在後座玩得不亦樂乎。

前座，執法官毛冬青終於移開了聚焦在內視鏡上的目光。

十幾分鐘後，兩人抵達浮空城軍事基地。穿著作戰服的護衛隊成員替兩人打開門，在看到巫瑾抱著豚鼠出來的一刻——驚訝得差點掉了下巴。

毛冬青面無表情，從巫瑾手裡接過豚鼠，領著他進入基地大門。

與蔚藍深空主城的逃殺賽場地下基地一般，這裡有著一致冷淡的布局風格。窗外，無數建築在黑暗中順著山峰密集堆疊，看不到基地的盡頭。

兩人乘坐電梯一路向上，最終停在了某棟不起眼的建築前。

夜風帶著濕潤的霧水送入，空氣散發淡淡的瓊花芳香。毛冬青把鑰匙遞給巫瑾，「你和牠一起進去。」

巫瑾下意識看向豚鼠，沒想黑漆漆的走廊盡頭忽然「喵」了一聲，突兀兀冒出來兩隻綠色眼睛。

巫瑾：「……」這貓可真黑！

毛冬青吩咐了兩句，轉身帶著豚鼠離開。

黑貓翹著尾巴走近，在巫瑾旁邊轉了兩圈，大搖大擺示意他開門。

巫瑾立刻認出是大佬養的那隻黑貓，倏忽站直，在黑暗中分辨鑰匙，「貓哥稍等……」

門甫一打開，黑貓刺溜一下躥了進去，拋棄失去利用價值的巫瑾，精準的在房間中找到衛時的床——化作一隻貓餅撲上，在床單上激動地拱來拱去。

巫瑾打開燈。

房間陳設一應俱全，色調單一，除了深色織物就是金屬啞光面。除卻被黑貓打亂的床單之外，幾乎看不出有人居住的痕跡。

床很大，靠近時帶著熟稔的氣息。

打開窗，外面依然是浮空城潮濕的霧氣，卻因山風吹散而稀薄。視野向下，能看到無數高高低低的房舍、倉庫在迷霧中閃爍燈光。瞇眼看去，每一盞燈都是閃亮的銀色面具標識，在夜空中蔚為壯觀。

巫瑾睜大了眼睛，心臟猛烈一跳。

這種感覺就像是——去別的小朋友家找他玩，發現小朋友竟然權勢滔天……

巫瑾深吸一口氣，關上窗，「浮空城」三個字所代表的含義終於清晰。

指標指向十二點，屋內燈光因為智能調控而逐漸變暗。巫瑾趴在桌子上，小圓臉軟塌塌地蹭著，即便喝了三管修復劑，一天的疲憊還是奔湧而來。

十二點一刻，走廊上隱隱有聲音傳來，細聽卻又歸於安靜。

巫瑾迷蒙抬頭，鏡子裡的臉頰已是多了兩道紅印子。

他微微猶豫。床非常大，他可以就睡一個角，絕對不占地兒！

等大佬回來，如果介意可以把他從床單上抖下來！

巫瑾盤算好，小心翼翼挑了一個最不引人矚目的角，乖巧爬上床。

不料在床上蹦躂的黑貓忽然跑來，「喵喵喵」用爪子腦袋一起把他往床下推。

「哎貓哥！」巫瑾連忙擼貓，「我我我真的不占地兒！咱倆都睏了，一起等大哥回來啊……乖……」

黑貓卻異常蠻橫驕縱，往時在基地裡都是橫著走，加上伴療者身分，誰敢跟牠搶主人？

四隻毛茸茸的爪子頓時化作一道虛影，對著巫瑾就是一陣招呼。兔子精一個猝不及防險些被攻占角落，然而經過逃殺練習生的艱苦訓練，對付一隻貓還不是難事——一時間，房內貓飛兔跳，床單亂成一團，就連被子都被打散，「喵喵喵喵」吵個不停，左邊才按下去黑乎乎的貓咪腦袋，右邊又探出巫瑾的小圓臉——

房門忽然打開。

「治療之後四小時內，情緒處於非穩定期，建議您和伴療者保持在親密距離之內……」

宋研究員聲音戛然而止，呆呆看向屋內。

衛時瞇起了眼睛。

巫瑾似有所覺，趕緊乖巧坐好，凌亂的小捲毛軟乎乎抖動，臉頰泛紅，明顯被貓欺負得不輕。黑貓亦察覺到來人，瑩綠色眼睛一亮，吧唧一聲歪倒在床上，慘兮兮伸出爪子控訴地指向巫瑾。

巫瑾委屈得瞪大了眼睛。明明是牠先動手的！

一人一貓盤踞大床兩側，同時抬頭看向衛時。

巫瑾下意識往後縮了縮。大佬……似乎有點不一樣。

衛時戴著銀色面具，眼裡不含任何情緒，直直看過來時冷峻危險，站在漆黑的走廊邊緣如同淬了火的刀，讓人脊背發涼。

微弱的光打在他的身上，巫瑾分明看到大佬的喉結動了動，像是一身血氣的悍獸，下一秒就能出手把人脖子擰斷。

巫瑾又往後縮了縮。

衛時向宋研究員點點頭，反手關上門，同時解開兩個衣領扣子。襯衫袖子被肌肉緊實的手臂撐開，巫瑾呆呆看著，似乎大佬馬上就要抬手揍人。

衛時冷冰冰看向亂成一團的床，「下去。」

巫瑾和黑貓同時驚醒，慌不迭往床下逃竄。

衛時視線微暗，看向巫瑾，「你回來。」

巫瑾一頓，小動物般直覺悚然驚起，明明正對著衛時，脖子後面卻是一涼。

他蹭蹭蹭後退，一小片兔子精服服帖帖黏在牆上，軟得幾乎能一把擼起，結巴道：「大、大哥……」

男人面具後毫無表情，眼中卻鋒芒更勝。

基因治療到第三階段，後遺症遠比前兩個階段嚴重。實驗體本身缺失了多少情感，都會在治療後迅速湧出，從意志、思維等各個方面影響被治療者，讓他成為被本能操控的利刃。

而任何一個觸發契機，都很可能給被治療者「開刃」。這段危險期又被稱作「情緒非穩定期」。喜悅、憎惡、占有欲、仇恨……所有情感都會一併放大，被撫慰的欲望也會激烈增長，激素代替理智操控神經中樞。

巫瑾顯然不知道，此時的衛時已經和平常判若兩人。

衛時也並沒想到巫瑾會在房間等他。但打從他關上門的一瞬，就沒打算再放人出來。

銀色面具下，渾身沸騰的血液因為軟乎乎的少年而蠢蠢欲動，整個身體如同空洞的人形兵器，亟需契合的陪伴者撫慰。

衛時一眼都沒有再施捨給黑貓。他比誰都更清楚，誰才是自己真正的伴療者。

他向巫瑾走了幾步，連著袖子一併捲起，凶悍的侵略性氣息鋪天蓋地壓來。

巫瑾呆呆看向床。在他的腳下，黑貓可憐巴巴窩著，同樣縮成一團躲在窗簾後面，卻全然沒有被衛時扔回床上的風險。

見巫瑾一動不動，衛時神情益發冷峻。

少年悶著腦袋，表情因為驚嚇而一片茫然，沒什麼膽子直視衛時的眼睛，只能從聲響推測大佬的動作，腦海裡零零亂亂閃著剛才攝取的信息。

「治療」、「情緒非穩定期」……

兩公尺之外。大佬脫下了襯衫。

大佬解下了作戰服上的金屬皮帶，哐啷一聲扔在地板上。

大佬換上了睡袍……

巫瑾終於找回了理智！他到底是來幹什麼的？他是來找別的小朋友玩的！可是別的小朋友好像狂化了啊啊啊啊！

下一秒，巫瑾悚然抬起頭。大佬漠然向他撲來。

窗簾裡的黑貓「喵嗚」被嚇跑，巫瑾一個收勢不住向後仰去，左側是雪白的牆壁，身後是緊閉的窗扇。在巫瑾差點踩到窗簾後面的同時，衛時蠻橫地伸出右手，把少年卡在狹小的牆壁縫隙之間。

巫瑾被迫仰起下巴，在男人面前露出脆弱的脖頸。

對上衛時視線的一瞬，巫瑾心跳劇烈一震。分明是凶獸狩獵的眼神。

曖昧的燈光下，剛洗完澡的少年像是被按在身下的獵物，奶白的肌膚微微顫抖，在絕對壓制下絲毫沒有反抗之力。

眉眼、脖頸、鎖骨每一寸都漂亮得恰到好處，弧線剛好夠啃咬，似乎稍稍動動手指就能分拆入腹。軟塌塌的小捲毛因為緊張而不斷顫動，琥珀色瞳孔可憐兮兮閃著光，細碎如同打散的薄霧——如同任人宰割的祭品。

衛時定定地看著他，把軟乎乎的少年完全籠罩在自己的陰影裡，眼中閃過無機質的冷光。

回憶撲簌簌翻開。先是雪白的實驗室牆壁，繼而是窗口內空蕩蕩無力懸掛的雙腿，被批量銷毀的實驗體，蜂擁而入的聯邦軍方，架在樓頂的狙擊槍，銀色刺刀，浮空城漆黑的夜，銀色面具和新王，永無止盡的治療……

還有訓練室裡用軍氅一把裹住的兔子精。

灰暗的視野終於在身下聚焦。

巫瑾嗚噎一聲，小幅度掙扎著想從衛時的桎梏下逃走，卻被衛時布滿槍繭的手按住右肩，灼熱的氣息直直侵入，把軟綿綿的兔子奶香壓制得毫無翻身之力。

男人的喉結再度動了動，抑制住身下同樣難熬的反應。他的右腿和膝蓋蠻橫擠入少年身側，把人死死按在牆角，眼中晦暗不明。

「摘下來。」衛時沙啞開口：「把面具摘下來。」

巫瑾緊張得一塌糊塗，大腦已然當機，下意識摸向自己的臉，卻陡然反應過來面具早在進門就摘了下來……

是大佬的面具。

第十章
把面具摘下來

衛時點了點下巴，示意巫瑾伸手。昏暗的燈光下，男人的銀色面具泛著淡淡的光，就像窗外霧氣中星星點點的領航燈。

衛時眼裡有著不容置疑的光。

巫瑾緊張得嚥了一口口水，在大佬囂張的氣焰下被迫伸手，雜亂無章地解開男人的銀色面具，光暗釦就有六七個之多，越是緊張動作越亂……

衛時突然覆上他的手，就著他的動作一氣呵成把銀色面具拆下，隨手扔在地上。

男人向來淡漠的臉終於切入巫瑾的視野。五官冷硬，在燈下投出深邃的輪廓，眼裡躍動凶狠的光。

巫瑾呆呆開口：「大哥……」

下一秒，陰影兜頭而下，軟乎乎的少年嚇了一跳往後縮去，然而已經退無可退。

男人順從心意低頭，凶殘的利齒在少年最脆弱的頸部動脈停住，似乎只要一張口就能刺開最新鮮的血液。

被嚇傻了少年終於反應過來，拚了命的開始掙扎。少年柔韌的肌肉散發淡淡的香氣，衛時眼神一暗。所有衝動在這一刻奔湧而來，失去理智壓制的慾望在耳畔喧囂，他像是急於掠奪領地的雄獸凶狠奔向自己看中的地盤，想讓祭品對自己臣服、哭泣、心甘情願被掠奪一切。

尖利的牙齒悍然咬入，巫瑾吃痛叫出。然而衛時僅用一隻手就能按住他，齒尖在香甜的血管旁逡巡，繼而惡狠狠的留下標記，最後又將利刃撤回，換做舌尖微微舔舐。

香甜可口。

治療後喜怒不定的情緒終於平復，意識中惡狠狠的凶獸被取悅。男人抬頭，看向被自己死死制住的少年。似乎差一步就能清醒，理智卻依然在慾望的深淵旁徘徊。

巫瑾顯然已經傻了。他被大佬……咬了脖子。

咬了脖子啊啊啊！

衛時鬆開桎梏後，巫瑾倏忽反應過來撒腿就要跑，忽然被男人再度按住。

「抱歉。」衛時沙啞開口，一字一頓：「今晚你就睡在這裡。」

巫瑾蹭地再次貼上牆，彷彿一塊自動黏著的兔子壁貼，驚恐不定，結巴道：「大哥，我我我我……」

衛時沉沉看著他。

巫瑾捂著脖子，又委屈又不敢說，似乎被嚇得狠了，一股腦兒就開始認錯：「大哥……床不是我有意弄亂的……剛才不是我先動手的……不是故意爽約……我我我……」

巫瑾數來數去，愣是挑不出一個能讓大佬咬他的理由。

衛時深吸一口氣，忽然把右手按在了無力耷拉的小捲毛上。

「抱歉。」衛時再度重複，掌心被軟軟的捲髮勾住，甜絲絲得發癢。

危機解除。

巫瑾茫然睜大了眼睛。

衛時揚眉，下巴點了點床，「自己上去，還是我幫你上去。」

巫瑾遵從本能，砰的一聲從地板上彈起，手腳並用亂七八糟爬上床，回到原來的角落，乖巧緊張兔子耳朵都要豎了起來，在被拱得一塌糊塗的被子旁邊縮著——根本不占地兒。

衛時睇眼看向他。

巫瑾刺溜一下把被子拉好，眼珠子轉來轉去，顯然大腦皮層異常活躍。

衛時低頭看終端，聲音沉悶：「給你十分鐘，如果還不睡著，我不保證接下來會發生什

麼事。」

被再次壓迫的巫瑾一僵，趕緊閉眼。眼皮子底下動來動去，顯見的根本睡不著。

衛時給自己倒了一杯水，將從實驗室帶出的藥劑吞下，那廂巫瑾還在床上一動不動裝睡。

「睡不著就數兔子。」衛時命令。

僵直的兔子趕緊點頭，閉著眼睛開始數。

一隻兔。

脖子有點疼。

兩隻兔。

確實疼……

三隻兔。

床上的兔子精悄悄吸氣，刺溜刺溜像是漏氣的兔子。

衛時開口：「還有三分鐘。」

巫瑾一呆，活躍的意識裡一大群兔子球球奔湧而過，約莫是被嚇著了跑得飛快。

屋內燈光昏暗近乎熄滅。掛鐘滴答、滴答有節奏走動。窗戶被衛時打開一半，濕漉漉的瓊花香氣跟隨夜風飄入，輕緩催人入眠。

巫瑾的睫毛動了動。訓練後的疲憊如潮水襲來，腦海中最後一隻兔子越過柵欄，兩腳一蹬，將他送入夢鄉。

衛時站在床邊看了許久，放下水杯走進浴室。水流嘩啦啦淌過，男人出來時夜色已深。

巫瑾依然蜷縮在靠近床邊的一側，臉色泛紅，呼吸勻稱綿長。

他睡得極其乖巧，就連被子也只好意思蓋一個小小三角，搭在肚皮上，露出白白嫩嫩的

腿，隨著呼吸一起一伏，

衛時伸手。粗糙的指尖覆上少年脖頸的傷口，在標記邊緣微微摩挲，小心不觸及血印。

巫瑾睫毛動了動，並未醒來。

五分鐘後，輕微的敲門聲響起。毛冬青把醫療箱交給衛時，面無表情彙報：「按照您的吩咐，不會留下疤痕。還有您要的十二支修復劑。」

衛時點頭。房間內昏暗無光，身著浴袍的男人體格高大壯碩，擋住了毛冬青的視野。

這位浮空城第四執法官遲疑了一下，還是開口：「宋研究員說……要注意節制。」

衛時沉默。

毛冬青又加了一句：「請您妥善對他。」他頓了一下，又用平板無起伏的聲音繼續：「心理暗示對您沒有任何作用，對您來說，只有主觀意志才會和伴療者締約。請恕我直言，除了巫瑾之外，您可能永遠不會遇到第二個完全契合的撫慰對象。」

「對於S級實驗體，主觀意志的適配機率在兩百億分之一以下。」

衛時接過醫療箱，漠然開口，絲毫不容置喙，「我會對他負責。」

房門輕輕關上。毛冬青穿過黑暗的走廊，進入電梯，抵達實驗室。

阿俊蹭地一下跳了起來，臉色慘白瞠目結舌，「是是是第三個治療階段？怎麼進展得這麼快……一下跳過兩個療程，實驗室同意了？臥槽我還真把人送過去了！第三個療程，還是前四個小時，情緒極端狂暴期，這他媽可是會出事的……」

毛冬青：「沒事。」

阿俊一呆，終於鬆了口氣，少頃磕磕絆絆開口：「真、真的？為什麼……我又不是沒見過第三個療程的患者……」

毛冬青沉默不語。

半晌阿俊才乾巴巴開口：「真沒事？」

又自言自語：「衛哥控制力真好……你剛才去送藥了？」

毛冬青點頭。

阿俊一聲哀嚎倒在地上，「是我慫恿你把人送過去的……我他媽差點成殺人兇手了。這事我擔著，跟你沒關係。」

「明天我去跟正主道歉。」

「然後找衛哥負荊請罪……」

「不對，人明天都不一定能下得了……出得了房間……我就在門口蹲著。嚇死我了……」

毛冬青忽然出聲：「這件事你不要干涉。」

阿俊茫然抬頭。

「人很重要。」毛冬青緩緩開口：「還有，瞞著。」

昏暗的房間內。

衛時撩起小捲毛，把癒合藥劑塗上創口。藥劑呈淡綠色，促癒合能力強大，幾乎一刻鐘後咬痕就淡得淺不可見。

藥水隨後蒸發，在皮膚表層涼颼颼的飄著。確認不會感染後，男人粗糙溫熱的右手抵在創口周圍，直到巫瑾的呼吸再度恢復平穩。

食指下，脈搏平緩有力，巫瑾無意識地就著衛時的手蹭了蹭。

原本準備起身離開的男人又無聲坐了許久。

一刻鐘後，衛時收好醫療箱，甫一出來就神色微沉。

原本躲在窗簾後面的黑貓悄無聲息竄了出來，還爬上了床，不敢離衛時太近，就軟乎乎地在巫瑾蜷著的角落待著。半個貓腦袋都埋在被子裡，兩隻眼睛可憐巴巴，黑色的尾巴耷拉下來一勾一勾。

衛時當即就要利索趕貓出門。

黑貓「喵嗚」一聲，又往巫瑾那處縮了縮。睡得迷迷糊糊的少年伸出手，下意識把貓抱住。和抱豚鼠的姿勢一模一樣。兔子精軟乎乎地蹭了蹭貓腦袋，明明還在睡夢中，看小圓臉似乎還挺開心。

衛時一頓，用眼神示意黑貓留在原地。

黑貓鬆了口氣，在巫瑾懷裡乖順的窩著，許久似乎覺著被抱得挺舒服，也咕嚕咕嚕沉沉睡去，尾巴鬆鬆軟軟抽出來，在床邊搖搖晃晃。

微風捲起窗簾，衛時最後確認了一眼，撩起被子。床的另一側微微塌陷。

浮空城的霧氣散去又聚。

熹微晨光透過薄霧，復又穿過窗扇，在地毯上落下淺淺淡淡的光和影。

巫瑾舒舒服服把自己拉伸成長長的兔子條，又美滋滋蹭了蹭貓，裹在被子裡拱來拱去。繼而迷蒙睜眼——琥珀色的瞳孔倏忽瞪得溜圓。

房間的陳設極其陌生。懷裡抱的根本不是兔哥——比兔哥大了不止一號，還是兔哥的相反顏色！

巫瑾嗖地一下躥起，當機的腦袋終於恢復運轉。

昨天晚上。去找大哥玩。

然後……然後然後然後……

巫瑾呆呆地伸出手，在頸側輕輕一貼。找不到任何傷痕。

他又嗖的一下跑到洗浴間——浴室內還殘留淡淡的水汽，熟稔的侵略性氣息夾在水汽之中，似乎有人才洗了個澡。

巫瑾吭哧吭哧抹開鏡子，對著裡面左照右照。根本沒有記憶裡被咬了一口的痕跡。

再回到床上時，巫瑾已是滿臉迷茫。黑貓咕嚕咕嚕滾了一圈兒，爪墊按上巫瑾的手，示意他過來擼毛。

巫瑾機械的擼著貓，記憶似乎出現了嚴重的斷層。昨天黑貓還和他打得飛起，今天就黏黏糊糊像隻假貓。

還有大哥……他一定是在做夢……

門吱呀一聲打開。

床上的兔子精一僵，手心出汗把乾燥的黑貓擼成了濕潤的貓條。

衛時淡淡看了他一眼，把早餐放到桌上。

巫瑾撲通一下跳下床，順著香味乖巧坐好，抓心撓肺地想開口又不敢開口。

餐盤裡放著一人份的皮蛋肉粥、煎餃、奶黃包和豆奶。白色的粥碗下面壓了一張打印紙條「身高一百七十六公分，體重六十一公斤，營養餐B組」。

巫瑾的小捲毛瞬間雀躍。是大佬特意端過來的！

衛時見兔子精傻愣愣地看著，把餐盤換到桌子的另一側。巫瑾立刻滴溜溜地跟著看過去。

衛時又把餐盤推回來。巫瑾又滴溜溜地跟著看回來。

「……」衛時從抽屜裡拿出一次性體溫計，「過來。」

攝氏三十六點三度，正常體溫，無感染跡象。衛時又示意巫瑾抬起下巴，在少年瓷白的頸側掃了一眼。

巫瑾一愣。昨晚的記憶奔湧而來，脖子上果然被咬過一口……

衛時揚眉，把餐盤推到巫瑾面前。

沒有發燒、沒有感染，應該只是數兔子數傻了，還有救。

男人為自己倒了一杯水，將手裡的兩顆膠囊嚥下。

巫瑾趕緊縮回視線，腦海中迅速將所有資訊聯繫在一起。治療，情緒非穩定期，四個小時，吃藥，正常的大佬，不那麼正常的大佬……

大哥生病了？

巫瑾眉心一跳。大哥在他心目中無所不能，近乎知曉他的全部——但他對大哥的一切卻所知甚少。

衛時坐到巫瑾對面。餐桌上的兔子精縮著腦袋，手裡的小勺子一動一動，像隻充電不足的機械兔子，卻是刺溜刺溜吃得極快。

「我送你回培訓基地。」衛時看了一眼終端，開口。

巫瑾跟在衛時身後，幾次想出聲又嚥了下去。懸浮車穿過霧氣而來，停在門口，巫瑾這才發現衛時居住的地方，應當是整個浮空城的最高點。

浮空軍事基地順著整座山坡盤旋而下，如霧氣中星羅密布的燈塔。

衛時為他打開副駕，看兔子精乖巧爬進去，才轉身進去開車。

熹微晨光透過車窗，勾勒出男人冷峻的側臉，眼廓深邃投下濃重陰影。

巫瑾忽然想起，上次大佬開車捎他的時候，似乎沒有刻意開門等他進入副駕。

衛時突然側身，用安全帶牢牢把兔子精綁了個結實。

巫瑾下意識往後座一縮。

衛時側身，微微揚眉，「怕？」

巫瑾一驚：「沒沒沒……謝謝大哥……」

衛時滿意頷首。

懸浮車在晨風中穿梭，緩緩駛入基地。

下車時，不知是否是巫瑾的錯覺，大佬的視線在他頸側淡淡掃過。然而巫瑾注意到的卻是另一個細節——衛時的駕駛座旁，露出一板白色藥片「MHCC精神安撫劑」。

衛時把兔子精放在了基地門口，巫瑾在懸浮車下揚著小圓臉揮手揮手，少頃忽然一頓。

好像，有點像幼稚園旁邊告別家長一樣……

此時不過早上七點，學員大多還在寢室熟睡。巫瑾攤開手，裡面塞著大佬送的十二支頂級修復劑，擠在一起也小巧玲瓏。

他推開訓練基地的大門，進入A073訓練室，繼而火速翻出了終端，在搜索欄迅速鍵入。

情緒非穩定期：病症或藥物副作用導致。激素失調，部分極端情感放大，建議陪護。

MHCC精神安撫劑的搜索結果一片空白。

巫瑾連換了幾個搜尋引擎，終於在某收費詞條庫中找到寥寥一句：MHCC精神安撫劑。禁藥，聯邦三〇一二年停售。

巫瑾一頓。

正在此時，訓練室外忽然傳來有節奏的敲門聲。

巫瑾打開門，只見一人抱著豚鼠站在門外。

巫瑾立刻問好：「早安，執法官先生。」

毛冬青遞給巫瑾一個包裝袋，「阿俊讓我給你的，向你道歉。」

巫瑾睜大眼睛，「什麼……」

毛冬青搖搖頭，卻是不做解釋，轉身就要離開。

巫瑾的右手插在口袋，和大佬送的修復劑微微摩挲，似乎猶豫了許久，終於鼓起勇氣開口：「執法官先生，我有個問題！」

雖然這位浮空城第四執法官與他並不熟稔，但巫瑾卻執著想知道這些他如何搜索也無法獲取的答案。

毛冬青緩緩回頭，手中的豚鼠也正瞅著巫瑾。

他頓了一下，最終頷首，「去後面說吧。」

清晨的基地空氣微涼，訓練室後側是不大的花園，散發著淺淡的白蘭花香。

不出毛冬青所料，巫瑾問的是衛時正在接受的治療。

「基因修復。」浮空城的執法官隱去細節，言簡意賅回答：「一共六個療程，用於恢復被摒棄的身體機能，最主要的是情緒和感知力。」

巫瑾一愣：「情緒？病因是什麼？」

毛冬青：「我不能和你透露太多。不過，以後你想必有機會知道。治療過程本身就是情緒放大過程，包括喜樂、憎惡、撫慰欲、饑餓、焦躁。」

正在搜刮回憶的巫瑾恍然大悟，「饑餓……」

毛冬青若有所思看了他一眼。

兩人一直走到花園的盡頭。

執法官先生看了眼終端，就在巫瑾以為他要離開的時候，毛冬青忽然把豚鼠遞了過去，「要抱一下嗎？」

巫瑾一愣，點頭點頭。

還沒抱熱乎就被毛冬青收了回去，原來真的只是抱「一下」而已。毛冬青向來面無表情，把豚鼠遞出去，似乎是他僅有的表達友善的方式。

男人在霧氣中逐漸消失。

巫瑾微微感慨，大毛先生……真是和紅毛完全不同。

（未完待續）

【特別收錄】

獨家紙上訪談第一彈，暢談創作緣由

Q1：晏白白老師您好，請您先跟讀者打個招呼吧！能否談談當初怎麼開始走上寫作這條路？

A1：大家好啊！以前會躲在被子裡看小說，看到精彩之處在床上胡亂翻滾，之後就開始寫文啦。

Q2：《驚！說好的選秀綜藝竟然》是您連載過的少數作品之一，但不論設定、故事架構、角色塑造、劇情舖陳轉折、闖關解謎的設計……等等各方面都十分成熟，很好奇您是不是私下已寫過很多作品？平常都是怎麼練筆的？

A2：在我的作者專欄裡，這部是第二本長篇連載。第一本是黑歷史XD，寫得磕磕絆絆，上氣不接下氣，把新手能犯的錯誤都犯了一遍。運氣很好的是，在寫作的過程中，經常會有溫柔的讀者小天使們經過，幫助白白改進，寫得好的地方會表揚，寫得有欠缺的地方會耐心指出。

可以說，《驚！說好的選秀綜藝竟然》這本書的連載，就是用大家的溫柔澆灌出來的。

Q3：請問當初寫《驚！說好的選秀綜藝竟然》的創作靈感是怎麼來的？有沒有什麼不為人知的裡設定？

A3：最初寫這部作品的時候，是想塑造一個活潑可愛、有少年氣，以及所有故事都在科學範疇內的「無限流」小甜餅。故事裡要有一群少年在打打鬧鬧，要有兄弟義氣，還要有針鋒相對、血氣方剛。

在構思情節時，第一個想到的首先是克洛森秀的宿舍雙子塔，然後人物就一個一個咕嘟嘟冒出來。

小巫冒出來的時候，穿著那件戰隊T恤，正面寫「練習生來了」，背面寫「練習生走了」。

小巫沒有私服，衣櫃都是白月光友情贊助，好幾件一模一樣的小白T恤。勤務機器人洗完衣服，烘乾了還給選手，只有巫瑾會保持二十一世紀的習慣，把T恤掛在陽臺曬得鬆鬆軟軟。

夏天的巫瑾高高興興往陽臺上攤衣服餅，而雙子塔下有個人在看他，就像在看小兔子給自己曬毛。

這個人後來出現在文裡，就是衛時。

Q4：當初怎麼會想到將「逃殺闖關」與「選秀綜藝」結合，寫出這部題材獨特的作品？

A4：因為想寫娛樂性強的無限流，所以就寫娛樂圈無限流啦XD

然後想讓副本裡的大逃殺更環保、更綠色，就需要用淘汰代替抹殺，所以就寫選秀綜藝啦！

Q5：請問寫作對您而言的意義是什麼？不知您有沒有比較偏好的創作題材或角色類型？

A5：寫作是第二生命。打字的時候感覺很奇妙，有時候喜愛更多一點，有時候敬畏更多一點。

我比較偏好劇情類長文，和輕鬆可愛的故事。但往後開文，會更著重沒有寫過的題材與角色，或許不能盡善盡美，但在嘗試中進步，才能對讀者負責。

（未完待續）

i小說 023

驚！說好的選秀綜藝竟然1

國家圖書館出版品預行編目（CIP）資料

驚！說好的選秀綜藝竟然1/ 晏白白著. -- 初版. -- 臺北市 :
愛呦文創, 2020.07
冊； 公分. --（i小說 ; 023）
ISBN 978-986-98493-6-4（第1冊：平裝）

857.7 109006111

愛呦文創

作者	晏白白
封面繪圖	六零
Q版繪圖	魅[illegible]POS
責任編輯	高章敏
特約編輯	劉怡如
文字校對	劉綺文
行銷企劃	羅婷婷
發行人	高章敏
出版	愛呦文創有限公司
地址	10691台北市忠孝東路四段59號10-2樓
電話	（886）2-25287229
郵電信箱	iyao.kaoyu@gmail.com
愛呦粉絲團	https://www.facebook.com/iyao.book
總經銷	聯合發行股份有限公司
電話	（886）2-29178022
地址	231新北市新店區寶橋路235巷6弄6號2樓
美術設計	廖婉禎
內頁排版	洸譜創意設計股份有限公司
印刷	沐春行銷創意有限公司
初版一刷	2020年7月
初版二刷	2021年2月
定價	360元
ISBN	978-986-98493-6-4